U0109723

# 人民共和國文化與文學叢書

六　編

李　怡　主編

## 第 3 冊

共識・分化・多元
——五十年雷鋒報導話語變遷研究

胡　襯　春　著

花木蘭文化事業有限公司

國家圖書館出版品預行編目資料

共識‧分化‧多元——五十年雷鋒報導話語變遷研究／胡襯春
著 — 初版 — 新北市：花木蘭文化事業有限公司，2018〔民107〕
目 4+258 面；19×26 公分
（人民共和國文化與文學叢書 六編；第 3 冊）
ISBN 978-986-485-462-2（精裝）
1. 中國新聞史 2. 新聞報導
820.8 107011332

**特邀編委**（以姓氏筆畫為序）：

吳義勤 孟繁華 張 檸
張志忠 張清華 陳思和
陳曉明 程光煒 劉福春
（臺灣）宋如珊
（日本）岩佐昌暲
（新西蘭）王一燕
（澳大利亞）鄭 怡

ISBN- 978-986-485-462-2

9 789864 854622

人民共和國文化與文學叢書
六 編 第三 冊 ISBN：978-986-485-462-2

## 共識 ‧ 分化 ‧ 多元
——五十年雷鋒報導話語變遷研究

作 者 胡襯春
主 編 李 怡
企 劃 四川大學中國詩歌研究院
總 編 輯 杜潔祥
副總編輯 楊嘉樂
編 輯 許郁翎、王 筑 美術編輯 陳逸婷
印 刷 普羅文化出版廣告事業
出 版 花木蘭文化事業有限公司
發 行 人 高小娟
聯絡地址 235 新北市中和區中安街七二號十三樓
電話：02-2923-1455／傳真：02-2923-1452
網 址 http://www.huamulan.tw 信箱 hml 810518@gmail.com
初 版 2018 年 9 月
全書字數 209890 字
定 價 六編7 冊（精裝）台幣13,000 元

版權所有‧請勿翻印

# 共識・分化・多元
## ——五十年雷鋒報導話語變遷研究

胡襯春　著

## 作者簡介

胡襯春：女，漢族，江西省修水縣人，武漢大學新聞學博士，英國斯旺西大學訪問學者，現爲
南通大學文學院新聞系副教授，主要研究興趣爲大眾媒介與社會，政治傳播、新媒體傳播。主
持在研或已經完成的課題主要有：《當代英國紙質媒體中的中國形象之變遷（1950～2015）》（國
家哲社科規劃課題）、《新媒體對中國公眾政治信任的影響研究》（教育部課題）、《地方政務微博
現狀、問題與對策研究》（江蘇省教育廳高校哲社科課題）等，並發表相關領域學術論文十多篇。

## 提　　要

　　在中國的大眾媒介中，「雷鋒」議題持續了五十年，「雷鋒」符號早已深入人心，滲透於普
通民眾的日常生活中，成爲幾代人的集體記憶。然而，由於中國社會的變遷以及媒介環境的變
化，大眾媒介對於「雷鋒」符號的建構與話語也在發生著變遷。通過五十年來對於媒介中「雷
鋒」議題報導文本的梳理和分析，考察不同時代、不同媒介「雷鋒」報導的符號與話語變化，
本書將中國大眾媒介中的「雷鋒」報導話語分爲三個階段：共識階段、分化階段和多元階段。
從二十世紀六十年代初至七十年代末，是雷鋒報導的話語共識階段。這一階段中，媒介中的雷
鋒報導話語是高度一致的，「雷鋒」被塑造成平凡的英雄人物，其功能主要是滿足國家意識形
態的需要。二十世紀八十年代至九十年代末，是雷鋒報導的話語分化階段。由於改革開放帶來
的社會語境的變化，使得先前形成的高度共識的雷鋒精神受到衝擊，「雷鋒」符號也從具有鮮
明政治色彩的「政治神話」變爲更具普世意義的道德符號，而「學雷鋒」的困境在媒介報導中
被呈現，甚至雷鋒報導出現了娛樂化的苗頭。新世紀以後，雷鋒報導進入了多元化階段，雷鋒
報導的話語更加豐富。官方控制的主流媒體、市場化媒體、具有專業傾向的媒體以及網絡微博
中的「雷鋒」議題話語各不相同，體現了宣傳管理、市場力量、新聞專業理念以及公眾力量之
間的衝突與博弈。

# 人民共和國時代的文學史料與文學研究
## ——《人民共和國文化與文學》第六輯引言

李 怡

　　人民共和國文學的研究同樣以文學史料工作爲基礎，這些史料既包括共和國時代本身的文學史料，也包括在共和國時代發現、整理的民國時代的史料，後者在事實上也影響著當前的學術研究。

　　討論共和國文學的問題，離不開對這些史料工作的檢討。

　　中國新文學創生與民國時期，其文獻史料保存、整理與研究、出版工作也肇始於民國時期。不過，這些重要的工作主要還在民間和學者個人的層面上展開，缺乏來國家制度的頂層擘劃，也未能進入當時學科建設的正軌。

　　作爲國家層面的新文學文獻史料的搜集整理工作始於新中國成立以後。

　　十七年間，作爲新文學總結的各類作家文集、選集開始有計劃地編輯出版。如在周揚主持下，由柯仲平、陳湧等編輯了《中國人民文藝叢書》。該工作始於 1948 年，1949 年 5 月起由新華書店陸續出版。叢書收入收作家創作（包括集體創作）的作品 170 餘篇，工農兵群眾創作的作品 50 多篇，展現了解放區文學，特別是自《在延安文藝座談會上的講話》以來的文學成果，從此開啓了國家政府層面肯定和總結新文學成績的新方式。此外，開明書店、人民文學出版社等也先後編選了一些現代作家的選集、文集，通過對新文學「進步」力量的梳理昭示了新中國所認可的新文學遺產。

　　除了文學作品的選編，文學研究史料也開始被分類整理出版，如上海文藝出版社影印了二、三十年代的革命文學期刊四十餘種，編輯了《魯迅研究資料編目》、《中國現代文學期刊目錄》等專題資料，還創辦了《中國現代文藝資料從刊》；作爲「內部讀物」，上海圖書館在 1961 年編輯出版了《辛亥革

命時期期刊總目錄》。這樣的基礎性的史料工作在新文學的歷史上,都還是第一次。第二年 5 月,在《中國現代文藝資料叢刊》的創刊號上,周天提出了對現代文學資料整理出版的具體設想,包括現代文學資料的分類法:「一、調查、訪問、回憶;二、專題文字資料的整理、選輯;三、編目;四、影印;五、考證。」〔註1〕標誌著中國新文學史料文獻研究之理論探討的起步。

作家個人的專題資料搜集、整理開始受到了重視,在十七年間,當然主要還是作爲「新文學旗手」的魯迅的相關資料。1936 年魯迅逝世後即有不少回憶問世,新中國成立後,又陸續出版了許廣平、馮雪峰、周作人、周建人、唐弢等親友所寫的系列回憶,魯迅作爲個體作家的史料完善工作,繼續成爲新文學史料建設的主要引擎。

隨著新中國學科規劃的制定,中國新文學(現代文學)學科被納入到國家教育文化事業的主要組成部分,對作爲學科基礎的文獻工作的重視也就自然成了新中國教育和學術發展的必然。大約從 1960 年代開始,部分的高等院校和國家研究機構也組織學者隊伍,投入到新文學史料的編輯整理之中。1960 年,山東師範學院中文系薛綏之等先生主持編輯了「中國現代作家研究資料叢書」,名爲內部發行,實則在高校學界傳播較廣,影響很大。叢書分作家作品研究十一種,包括《郭沫若研究資料彙編》、《茅盾研究資料彙編》、《巴金研究資料彙編》、《老舍研究資料彙編》、《曹禺研究資料彙編》、《夏衍研究資料彙編》、《趙樹理研究資料彙編》、《周立波研究資料彙編》、《李季研究資料彙編》、《杜鵬程研究資料彙編》、《毛主席詩詞研究資料彙編》等;目錄索引兩種,包括《中國現代作家著作目錄》、《中國現代作家研究資料索引》;傳記一種,爲《中國現代作家小傳》;社團期刊資料兩種,有《中國現代文學社團及期刊介紹》和《1937～1949 主要文學期刊目錄索引》。全套叢書共計 300 餘萬字。以後,教研室還編輯了《魯迅主編及參與或指導編輯的雜誌》,收錄了十七種期刊的簡介、目錄、發刊詞、終刊詞、復刊詞等內容。這樣的工作在當時可謂聲勢浩大,在整個新文學學術史上也是開創性的。另據樊駿先生所述,中國社會科學院文學研究所現代文學研究室在五十年代末也做過類似工作。〔註2〕

---

〔註 1〕 周天:《關於現代文學資料整理、出版工作的一些看法》,載《中國現代文藝資料叢刊》第 1 輯,上海文藝出版社 1962 年版。

〔註 2〕 《這是一項宏大的系統工程——關於中國現代文學史料工作的總體考察》上,《新文學史料》1989 年 1 期。

　　當然，這些文獻史料工作在奠定我們新文學學術基礎的同時也構製了一種史料的「限制性機制」，因為，按照當時的理解，只有「革命」的、「進步」的文獻才擁有整理、開放的必要，在特定政治意識形態下，某些歷史記敘和回憶可能出現有意無意的「修正」、「改編」，例如許廣平 1959 年「奉命」寫作的《魯迅回憶錄》，1961 年 5 月由作家出版社，周海嬰先生後來告訴我們：「這本《魯迅回憶錄》母親許廣平寫於五十年前的 1959 年 8 月，11 月底完成，雖然不足十萬字，但對於當時已六十高齡且又時時被高血壓困擾的母親來說，確是一件為了「獻禮」而「遵命」的苦差事。看到她忍受高血壓而泛紅的面龐，寫作中不時地拭擦額頭的汗珠，我們家人雖心有不忍，卻也不能攔阻。」「確切地說許廣平只是初稿執筆者，『何者應刪，何者應加，使書的內容更加充實健康』是要經過集體討論、上級拍板的。因此書中有些內容也是有悖作者原意的。」〔註3〕

　　而所謂「反動」的、「落後」的、「消極」的文獻現象則可能失去了及時整理出版的機會，以致到了時過境遷、心態開放的時代，再試圖廣泛保存和利用歷史文獻之時，可能已經造成了某些不可挽回的物理損失。

　　1950 年代中期特別是「大躍進」以後，以研究者個人署名的文學史著作開始為集體署名的成果所取代，除了如復旦大學中文系、吉林大學、中國人民大學、北京大學師生先後集體編著出版的《中國現代文學史》外，以「參考資料」命名的著作還包括東北師範大學中文系中國現代文學教研室《中國現代文學參考資料》（1954）、北京師範大學中文系編《中國現代文學史參考資料》（高等教育出版社 1959）、吉林師範大學中文系現代文學教研室《中國現代文學參考資料》（1961）等，所謂「資料」其實是在明確的意識形態框架中對文藝思想鬥爭言論的選擇和截取，東北師範大學中文系中國現代文學教研室《中國現代文學參考資料》在文學史的標題上彙編理論批評的片段，讀者無法看到完整的論述，而其他保留了完整文章的「資料」也對原本豐富的歷史作了大刀闊斧的刪削，甚至還出現了樊駿先生所指出現象：

　　　　「大躍進」期間，採用群眾運動方式編輯出版的一些「中國現代文學參考資料」書籍，有的不知是因為粗心大意，還是出於政治需要，所收史料中文字缺漏、刪節、改動等，到了遍體鱗傷的地步，

---

〔註 3〕周海嬰、馬新云：《媽媽的心血》，見許廣平《魯迅回憶錄：手稿本》1～2 頁，長江文藝出版社 2010 年。

叫人慘不忍睹，更不敢輕易引用。理論上把堅持階級性、黨性原則
和爲無產階級政治服務的要求簡單化、絕對化了，又一再斥責史料
工作中的客觀主義、「非政治傾向」，也導致了人們忽略這個工作必
不可少的客觀性和科學性。〔註4〕

不過，較之於後來的「文革」，新中國十七年間得文獻工作還是值得充分肯定
的，新文學的史料整理和出版在此期間的確在總體上獲得了相當的發展，——
——雖然「大躍進」期間也出現過修正歷史的史料書籍，不過，比起隨之而來
的十年文革則畢竟多有收穫，在文革那浩劫的歲月了，不僅大量的文學文獻
被人爲地破壞，再難修復和尋覓，就是繼續出版的種種「史料」竟也被理直
氣壯地加以增刪修改，給後來的學術工作造成了根本性的干擾，正如樊駿痛
心疾首的描述：

　　「文化大革命」後期，有的高校所編的現代文學參考資料，竟
然把胡適的《文學改良當議》和陳獨秀的《文學革命論》，與林紓等
守舊文人反對新文學的文章一起作爲附錄。這就是說，他們不但不
是「五四」文學革命最早的倡導者，而且從一開始就是這場變革的
反對者、破壞者。顛倒事實，以至於此！不尊重史料，就是不尊重
歷史；改動史料，就是歪曲歷史眞相的第一步。這樣的史料，除了
將人們對於歷史的認識引入歧途，還能有什麼參考價值呢？

　　「文化大革命」期間，朝不保夕的「黑幫」和準「黑幫」、他們的
膽戰心驚的親屬友好、還有「義憤填膺」的「革命小將」，從各不相同
的動機出發。爭先恐後地展開了一場毀滅與現代歷史有關的事物的無
比殘酷的競賽。很少有人能夠完全逃脫這場劫難。不要說不計其數的
史料在尚未公諸世人之前，或者尚未爲人們認識和使用之前，就都化
爲塵土，連一些死去多年的革命作家的墳墓之類的歷史文物都被搗毀
了。江青、張春橋等人爲了掩蓋自己三十年代混跡文藝界時不可告人
的行徑，更利用至高無上的權力查禁、封鎖、消滅有關史料，連多少
知道一些當年剛青的人也因此成了「反革命」，甚至遭到「殺人滅口」
的厄運。眞可以說是到了「上窮碧落下黃泉」的乾淨徹底的地步。

　　這類出於政治原因、來自政治暴力的非正常破壞所造成的損

---

〔註4〕樊駿：《這是一項宏大的系統工程——關於中國現代文學史料工作的總體考
　　　　察》上，《新文學史料》1989 年 1 期。

失，更是不知多少倍於因爲歲月消逝所帶來的自然損耗。試問有誰能夠大致估計由此造成的史料損失？更有誰能夠補救這些損失於萬一呢？」〔註5〕

至此，我們可以說，中國新文學的文獻史料工作出現了中斷。

中國新文學文獻史料工作的再度復蘇始於新時期。隨著新時期改革開放的步伐，一些中斷已久的文化事業工作陸續恢復和發展起來，中國新文學研究包括作爲這一研究的基礎性文獻工作也重新得到了學界的重視。1980 年，在中國現當代文學研究剛剛恢復之際，作爲學科創始人的王瑤先生就提醒我們，「必須對史料進行嚴格的鑒別」，「在古典文學的研究中，我們有一套大家所熟知的整理和鑒別文獻材料的學問，版本、目錄、辨僞、輯佚，都是研究者必須掌握或進行的工作，其實這些工作在現代文學的研究中同樣存在，不過還沒有引起人們應有的重視罷了。」〔註6〕

新時期的文獻史料工作首先體現在一系列扎扎實實的編輯出版活動中。其中，值得一提的著作如下：

作爲文獻史料的最基礎的部分——作家選集、文集、全集及社團流派爲單位的作品集逐漸由各地出版社推出，人民文學出版社與各省級出版社在重編作家文集方面作了大量的工作，中國社會科學院文學研究所現代文學研究室主編的《中國現代文學創作選集》叢書，人民文學出版社編輯出版的《中國現代文學流派創作選》叢書，錢穀融主編的《中國新文學社團、流派叢書》等都成爲學術研究的重要文獻，大型叢書編撰更連續不斷，如《延安文藝叢書》、《上海抗戰時期文學叢書》、《抗戰文藝叢書》、《中國抗日戰爭時期大後方文學書系》、《中國解放區文學研究叢書》、《中國淪陷區文學大系》等，《中國新文學大系》的續編工作也有序展開。

北京魯迅博物館於 1976 年 10 月率先編輯出版不定期刊物《魯迅研究資料》，人民文學出版社於 1978 年秋季也創辦了《新文學史料》季刊。稍後，各地紛紛推出各種專題的文學史料叢刊，包括《東北現代文學史料》〔註7〕、

---

〔註5〕 樊駿：《這是一項宏大的系統工程——關於中國現代文學史料工作的總體考察》上，《新文學史料》1989 年 1 期。

〔註6〕 王瑤：《關於中國現代文學研究工作的隨想》，載《中國現代文學研究叢刊》1980 年第 4 期。

〔註7〕 黑龍江、遼寧社會科學院文學研究所共同編印，不定期刊物，1980 年 3 月出版第一輯。

《抗戰文藝研究》、〔註8〕《延安文藝研究》、〔註9〕《晉察冀文藝研究》〔註10〕等，創刊於六十年代初期的《中國現代文藝資料叢刊》於七十年代末期復刊〔註11〕，創刊較早的《文教資料簡報》也繼續發行，並影響擴大。〔註12〕

　　1979 年中國社會科學院文學研究所現代文學研究室發起編纂大型史料叢書《中國現代文學史資料彙編》，該叢書包括甲乙丙三大序列，甲種爲「中國現代文學運動、論爭、社團資料彙編」30 卷，乙種爲「中國現代作家研究資料叢書」，先後囊括了 170 多位作家的研究專集或合集近 150 種，丙種爲「中國現代文學期刊目錄彙編」、「中國現代文學總書目」等大型工具書多種。甲乙丙三大序列總計劃五六千萬字，由 70 多所高校和科研機構的數百位研究人員參加編選，十幾家出版社分擔出版事務。這是自中國新文學誕生以來規模最大的一項文獻整理出版工程。2010 年，知識產權出版社將已經面世的各種著作盡數搜集，在《中國文學史資料全編‧現代卷》之名下再次隆重推出，全套凡 60 種 81 冊逾 3000 萬字，蔚爲大觀。

　　一些較大規模的專題性文學研究彙編本也陸續出版，有 1981～1986 年天津人民出版社出版的由薛綏之先生主編的《魯迅生平史料彙編》，全書分五輯六冊計三百餘萬字，是對於現存的魯迅回憶錄的一種摘錄式的彙編。除外，先後上海社會科學院文學研究聽主編的《上海「孤島」時期文學資料叢書》、廣西社會科學院主編的《抗戰時期桂林文化運動史料叢書》、中國社會科學院文學研究所魯迅研究室主編的《1923～1983 年魯迅研究學術論著資料彙編》以及《中國人民解放軍文藝史料叢書》、《新文學史料叢書》、《江蘇革命根據地文藝資料彙編》等。

〔註 8〕 四川省社科院文學所與重慶中國抗戰文藝研究會聯合編輯，1981 年底開始「內部發行」，至 1983 年 1 期起公開發行，到 1987 年底共出版 27 期，1988 年 3 月起改由四川省社科院出版社出版，重新編號出版了 3 期，1990 年由成都出版社出版 1 期。

〔註 9〕 陝西省社會科學院文學研究所和陝西延安文藝學會合辦的《延安文藝研究》雜誌，於 1984 年 11 月創刊。

〔註 10〕 天津社院文學所創辦，最初作爲「津門文藝論叢」增刊，1983 年 10 月出版第一輯。

〔註 11〕 上海文藝出版社 1962 年 5 月創刊，出版 3 輯後停刊，第 4 輯於 1979 年復刊。

〔註 12〕 最初是南京師範學院內部編印的資料性月刊，創辦於 1972 年 12 月，1～15 期名爲《文教動態簡報》，從第 16 期（1974 年 3 月）起更名爲《文教資料簡報》，並沿用至 1985 年底。1986 年 1 月該刊改名《文教資料》，1987 年 1 月改爲公開發行。

　　上述「文學史資料彙編」中涉及的著作、期刊目錄可謂是文獻史料工作的「基礎之基礎」，在這方面，也出現了大量的成果，除了唐沅等編輯的《中國現代文學期刊目錄彙編》〔註 13〕外，引人注目的還有董健主編的《中國現代戲劇總目提要》，〔註 14〕賈植芳等主編的《中國現代文學總書》，〔註 15〕《中國現代作家著譯書目》，〔註 16〕郭志剛等編《中國現代文學書目匯要》〔註 17〕，應國靖《現代文學期刊漫話》，〔註 18〕吳俊、李今、劉曉麗等編《中國現代文學期刊目錄新編》等。〔註 19〕此外，來自圖書館系統的目錄成果也為釐清文學的「家底」提供了幫助，如國家圖書館、上海圖書館編《1833～1949 全國中文期刊聯合目錄》（補充本）、〔註 20〕《民國時期總書目》〔註 21〕等。

　　隨著史料文獻的陸續出版，文獻工作的理論探索與學科建設工作也被提上了議事日程。

　　20 世紀 80 年代以來，學術界即不斷有人發出建立「中國現代文學文獻學」的呼籲。《中國現代文學研究叢刊》1985 年第 1 期刊登了馬良春《關於建立中國現代文學「史料學」的建議》，他提出了文獻史料的七分法：專題性研究史料、工具性史料、敘事性史料、作品史料、傳記性史料、文獻史料和考辨性史料。《新文學史料》1989 年第 1、2、4 期連續刊登了著名學者樊駿的八萬字長文《這是一項宏大的系統工程——關於中國現代文學史料工作的總體考察》。樊駿先生富有戰略性地指出：「如果我們不把史料工作僅僅理解為拾遺補缺、剪刀漿糊之類的簡單勞動，而承認它有自己的領域和職責、嚴密的方法和要求、特殊的品格和價值——不只在整個文學研究事業中佔有不容忽視、無法替代的位置，而且它本身就是一項宏大的系統工程，一門獨立的複雜的學問；那麼就不難發現迄今所做的，無論就史料工作理應包羅的眾多方

〔註 13〕上下冊，天津人民出版社，1988 年。
〔註 14〕南京大學出版社，2003 年。
〔註 15〕福建教育出版社，1993 年。
〔註 16〕兩冊（含續編），書目文獻出版社分別於 1982、1985 年出版。
〔註 17〕小說卷、詩歌卷各一冊，書目文獻出版社，1994 年。
〔註 18〕花城出版社，1986 年。
〔註 19〕上海人民出版社出版，2010 年。
〔註 20〕中央民族大學出版社，2000 年。
〔註 21〕北京圖書館編，書目文獻出版社 1986 年～1997 年陸續出版。它以北京圖書館、上海圖書館、重慶圖書館的館藏為基礎，收錄了 1911 年至 1949 年 9 月間出版的中文圖書 124000 餘種，基本反映了民國時期出版的圖書全貌。

而和廣泛內容，還是史料工作必須達到的嚴謹程度和科學水平而言，都還存在許多不足。」

1986 年北京語言學院出版社出版了朱金順先生的《新文學資料引論》，這是關於中國現代文學史料學的第一部專著。

1989 年，中華文學史料學學會成立，著名學者馬良春任會長，徐迺翔任副會長，並編輯出版了會刊《中華文學史料》，〔註22〕2007 年，中華文學史料學會在聊城大學集會成立了中國近現代文學史料學分會，標誌著新文學（現代文學）文獻學學科的建設又上了一個臺階。

進入 1990 年代，從學術大環境來說，新文學研究的「學術性」被格外強調，「學術規範」問題獲得了鄭重的強調和肯定，應當說，文獻史料工作的自覺推進獲得了更加有利的條件。近 20 年來，我們的確看到有越來越多的學者自覺投入了文獻收藏、整理與研究的領域，河南大學、清華大學、中國現代文學館、重慶師範大學、長沙理工大學等都先後舉辦了現代文學文獻史料研討的專題會議。2004 年至 2007 年，《學術與探索》、《中國現代文學研究叢刊》、《河南大學學報》、《汕頭大學學報》《現代中文學刊》等刊物闢專欄相繼刊發了專題「筆談」，《中國現代文學研究叢刊》還在 2005 年第 6 期策劃了「文獻史料專號」，《現代中國文化與文學》設立「文學檔案」欄目，每期發表新文學史料或史料辨析論文。新文學文獻史料的一系列新的課題得以深入展開，例如版本問題、手稿問題、副文本問題、目錄、校勘、輯佚、辨偽等等，對文獻史料作為獨立學科的價值、意義及研究方法等多個方面都展開了前所未有的研討。

陳子善先生及其主編的《現代中文學刊》特別值得一提。陳子善先生長期致力於中國現代文學史料研究，尤其對張愛玲佚文的搜集研究貢獻良多。2009 年 8 月，原《中文自學指導》改刊成為《現代中文學刊》，由陳子善先生主持。這份刊物除了對中國現代文學研究突出「問題意識」之外，最引人矚目之處便是它為現代文學的史料文獻研究提供了大量的篇幅，不僅有文獻的考辨、佚文的再現，甚至還有新出版的文獻書刊信息及作家家故居圖片，《現代中文學刊》的彩色封底、封二、封三幾乎成為學人愛不釋手的歷史文獻的櫥窗。

劉增人等出版了 100 多萬字的《中國現代文學期刊史論》，既有「中國現代文學期刊敘錄」，又有「中國現代文學期刊研究資料目錄」的史料彙編，從

---

〔註22〕《中華文學史料（一）》由上海百家出版社 1990 年 6 月推出。

「史」的梳理和資料的呈現等方面作了扎實的積累。〔註23〕2015 年 12 月，劉增人，劉泉，王今暉編著的《1872～1949 文學期刊信息總匯》由青島出版社推出，全書分四巨冊，500 萬字，包括了 2000 幅圖片，正文近 4000 頁，涵蓋了 1872～1949 年間中國文學期刊的基本信息。

一些著名學者都在新文學的文獻學理論建設上貢獻了的重要意見。楊義提出「文獻還原與學理原創」的「八事」：1、版本的鑒定和對這些鑒定的思考；2、作家思想表述和當時其他材料印證；3、文本真偽和對其風格的鑒賞；4、文本的搜集閱讀和文本之外的調查；5、印刷文本和作者手稿，圖書館藏書和作家自留書版本之間的互補互勘；6、文學材料和史學材料的互證；7、現代材料和古代材料的借用、引申和旁出；8、圖和文互相闡釋。〔註24〕

徐鵬緒、逄錦波試圖綜合運用文獻學、傳播學、闡釋學、接受美學等理論方法，對中國現代文學文獻學的基本概念進行界定，嘗試建構中國現代文學文獻學理論體系的基本模式。〔註25〕

2008 年，謝泳發表論文《建立中國現代文學史料學的構想》，〔註26〕先後出版《中國現代文學史料概述》（廈門大學出版社 2009 年版）和《中國現代文學史料的搜集與應用》（臺北秀威信息科技股份有限公司 2010 年版）、《中國現代文學史研究法》（廣西師範大學出版社 2010 年版），就「中國現代文學史料學」問題闡述了自己的詳盡設想。

劉增傑集多年現代文學史料研究和研究生教學成果而成《中國現代文學史料學》，〔註27〕此書被學者視為 2012 年現代文學史料考釋與研究方而的「重大突破」。

最近十多年來，在新文學文獻理論或實際整理方面做出了貢獻的學者還有孫玉石、朱正、王得后、錢理群、楊義、劉福春、吳福輝、林賢次、方錫德、李今、解志熙、張桂興、高恆文、王風、金宏宇、廖久明、李楠、魏建等。

隨著中國文學傳播與研究的國際化，境外出版機構也開始介入到文獻史料的整理與出版活動，如香港牛津大學出版社出版蕭軍《延安日記》、《東北

〔註23〕新華出版社，2005 年。
〔註24〕楊義：《文獻還原與學理原創的互動》，《河南大學學報》2005 年 2 期。
〔註25〕徐鵬緒、逄錦波：《中國現代文學文獻學之建立》，《東方論壇》2007 年 1～3 期。
〔註26〕《文藝爭鳴》2008 年 7 期。
〔註27〕中西書局 2012 年。

日記》，臺灣秀威信息科技出版的謝泳整理現代文學史稀見資料，臺灣花木蘭文化事業有限公司自 2016 年起推出劉福春、李怡主編《民國文學珍稀文獻集成》大型系列叢書。

在中國現代文學的史料文獻意識日益強化的同時，當代文學的史料文獻問題也被有志之士提上了議事日程，洪子誠、吳秀明、程光煒等都對此貢獻良多，〔註 28〕這無疑將大大的推動新文學學科的文獻研究，更為新文學研究走向深入，為現代新文學傳統的經典化進程加大力度，甚至有人據此斷言中國新文學研究已經出現了現代文學研究的「文獻學轉向」〔註 29〕

但是，與之同時，一個嚴峻的現實卻也毫不留情地日益顯現在了我們面前，這就是，作為新文學出版的物質基礎——民國出版卻已經逼近了它的生存界限，再沒有系統、強大的編輯出版或刻不容緩的數字化工程，一切關於文獻史料的議論都會最終流於紙上談兵，對此，一直憂心忡忡的劉福春先生形象地說：「歷史正在消失」：「第一，我們賴以生存的紙質書報刊已經臨近閱讀的極限；第二，歷史的參與者和見證者現在很多都已經再沒有發言的機會了。2005 年，《人民日報》海外版的消息，國家圖書館民國文獻，中度以上破壞已達 90%。民國初期的文獻已 100% 損壞。有相當數量的文獻，一觸即破，瀕臨毀滅。國家圖書館一位副館長講：若干年後，我們的後人也許能看到甲骨文，敦煌遺書，卻看不到民國的書刊。而更嚴重的是，隨著一批批老作家的故去，那些鮮活的歷史就永遠無法打撈了。」〔註 30〕

由此說來，中國新文學的文獻史料工作不僅僅是任重道遠的沉重感，而且另有它的刻不容緩的緊迫性。

2018 年 6 月 28 日成都

---

〔註 28〕 參見洪子誠《當代文學的史料問題》（《長沙理工大學學報》2016 年第 6 期）、吳秀明、章濤《當代文學文獻史料研究的歷史與現狀——基於現有成果的一種考察》（《文藝理論研究》2012 年 6 期）、吳秀明、章濤《當代文學文獻史料研究的歷史困境與主要問題》（《浙江大學學報》2013 年 3 期）等。

〔註 29〕 王賀：《現代文學研究的「文獻學轉向」》，《長沙理工大學學報》2016 年第 6 期。

〔註 30〕 劉福春：《尋求中國現代文學文獻學學科的獨立學術價值》，《長沙理工大學學報》2016 年第 6 期。

目
次

# 第一章 緒 論

## 第一節 選題背景

　　當代的中國是一個變化著的中國，尤其是近幾十年來的變遷超過了以往的任何一個時代。新中國成立後，我國建立了高度集中的計劃經濟體制和政治與行政管理體制，國家與社會是「同構」關係，公與私，國家與社會，政府與民間幾乎完全合為一體。國家壟斷了幾乎全部社會資源，國家行政權力也滲透到社會的每一處角落和每個細胞，控制了幾乎所有的社會空間，社會不享有任何獨立於或者對立於國家的地位，與國家相對應的真正意義上的社會並不存在。這一時期的傳媒執行著單一的宣傳功能，基本上是扮演著黨和政府的「傳聲筒」的角色，《人民日報》、新華社等國家媒體規範和引領著地方媒體和其他各類媒體。而這一時期的公民，也被稱為「群眾」，在當時的社會語境和單一的媒介條件下，他們與主流意識形態相應和，全盤接受著媒介的報導。也正是在這種社會語境下，「雷鋒」這個傳媒符號被成功塑造並傳播開來。

　　上世紀七十年代末八十年代初實行的改革開放為中國社會的改變提供了新的契機，這種變革衝破了國家對社會的全面控制。隨著經濟市場化和社會多元化，傳統的社會結構和社會階層出現了新的分化，國家的社會控制手段漸趨多樣化，不再完全依靠行政命令和計劃指令，經濟、法律等其他社會控制手段也發揮著越來越大的作用。政府活動的範圍正在日益縮小，企業和個人活動的範圍正日益擴大，他們佔有和處置社會資源的自主權日益增強，私

人個體獲得了獨立存在的社會經濟條件，公民的主體意識開始覺醒。而隨著社會經濟的發展，大眾傳播的普及，中國已逐步進入媒介化社會，社會的媒介化趨勢影響著我國政治、經濟、文化等各個社會子系統，並迅速改變人們的思想觀念、影響公共生活。

與此同時，中國媒介的功能也得到拓展，從過去單一的宣傳功能，拓展到傳遞信息、傳承文化、輿論監督、提供娛樂等多主面的功能。媒介功能的拓展也使得媒介內容發生了巨大的變化。從單一的意識形態宣傳，到對產供銷等經濟信息的提供，到對各種不良社會風氣和腐敗現象的揭露，再到服務意識的覺醒，媒介的內容也變得五彩繽紛，五光十色。可以說，市場經濟極大地「解放」了大眾傳媒，使中國的大眾媒介從單一的政治宣傳功能中解放出來，但同時由於一些市場化傳媒對於經濟效益的過分追逐，又使新聞傳媒浸染了消費主義的色彩，並且隨著中國經濟的持續發展，媒介的消費主義傾向有日趨嚴重之勢。另一方面，在中國新聞界，西方的新聞專業主義思想得到中國新聞從業者的認同，一些媒體開始以西方新聞專業範式為準則，來表現中國的社會問題，並取得了成功。於是，在中國的新聞界中，出現了「黨的新聞事業」與「新聞專業範式」並存的局面。

此外，中國社會經濟結構的巨變導致了社會矛盾與問題的增多以及社會生活領域中思想文化的巨大變化，而思想觀念上的變化又最集中表現於對傳統道德觀念的衝擊。近年來，「毒奶粉事件」、「地溝油事件」、「小悅悅事件」，以及老人摔倒要不要扶的爭論見諸於媒體，中國面臨著嚴重的道德危機。在這樣的背景下，作為「道德符號」的雷鋒又一次出場，得到國家的高度重視。2012 年 3 月 5 日是雷鋒逝世五十週年、毛澤東為雷鋒題詞四十九週年，在黨中央的號召下，各地掀起新一輪學習雷鋒熱潮，與此同時，媒體上也開始鋪天蓋地地對雷鋒及學習雷鋒的報導。儘管這次對於雷鋒的宣傳報導的力度不小，不同的媒體分化卻更加明顯：主流媒體（這裡主要指黨報）與市場化媒體的報導有區別，網絡媒體和傳統媒體表現各異。主流媒體多遵從傳統的典型人物報導模式，突出「雷鋒」作為道德符號的存在；而在一些都市類報刊和網絡媒介中，除了傳統典型人物報導模式之外，還有對「雷鋒是誰」的追問，有諸如「畫家扮雷鋒作秀」、「『雷鋒體』火熱流行」等另類報導，以及「還原」雷鋒形象、對「學雷鋒」運動中的形式主義和所面臨困境的追問；同時，以主流媒體為代表的官方話語與以網絡微博、論壇為代表的民間話語自說自

話。官方媒體沿續著五十年來的報導傳統，標榜著雷鋒及雷鋒式的道德人物，而民間話語卻以犬儒和調侃的姿態來對待官方的動員宣傳，形成兩套針鋒相對的話語，也顛覆了傳統的話語秩序。

這也引起了我的研究興趣。雷鋒，這個活躍在中國傳媒上半個世紀的人物，是怎樣建構出來的？在社會變遷的過程中，這個形象的媒介建構經歷了何種變化？市場因素、新聞專業理念以及技術動因如何反作用於帶有高度意識形態的媒介內容？在這種背景下，中國的新聞話語以發生了怎樣的變遷？這種話語變遷對既有的話語秩序形成了何種衝擊？簡言之，本課題的研究目的在於借助雷鋒報導個案，探討宣傳、市場以及新聞專業理念這三種力量如何同時在中國的新聞媒介中共存，這三者又具有何種張力；以網絡為主的新技術興起帶來了何種影響。

本文採用社會建構論和文化研究的視角，借用話語分析的研究方法，對五十年來雷鋒相關報導的文本進行分析，同時聯繫社會環境的變遷，探討「雷鋒」報導的產生、發展與變化，以期能從一「管」中窺見中國媒介中的複雜生態關係以及新聞話語本身之變遷。

## 第二節 文獻綜述

雷鋒，1940 年出生在湖南省長沙市望城縣（現長沙市望城區阿斯雷鋒鎮）一個貧苦農民家庭，5 歲父親因傷病去逝；6 歲時，哥哥在工廠當童工，勞累過度患病被解雇，回家後在貧病交加中死去；不久，弟弟也夭折；7 歲時母親不堪地主的凌侮懸樑自盡，雷鋒淪為孤兒。1949 年解放後，雷鋒得以進入小學念書；小學畢業後參加了工作，先後在鄉政府當通訊員、縣委公務員、拖拉機手、推土機手，1960 年 1 月參加中國人民解放軍，11 月加入中國共產黨。雷鋒的事蹟在報刊上大規模的宣傳始於瀋陽軍區政治部的《前進報》。1960 年 11 月 26 日，一篇名為《毛主席的好戰士》的稿件在《前進報》上登了兩個半版，這篇稿件以不同的題名分別在新華社、《解放軍報》、《遼寧日報》等媒介上發表，一場對雷鋒的宣傳拉開了序幕。雷鋒也因此成了「兩憶三查」的典型，一直在部隊和宣傳機構的注視之下。此後，雷鋒的名字在東北大地也基本上家喻戶曉。1962 年 8 月 15 日，雷鋒因公犧牲，年僅 22 歲。次年，其所在的班被命名為「雷鋒班」，解放軍總政治部、共青團中央、全國總工會、全

國婦聯等相繼發出關於學習雷鋒的通知。1963 年 3 月 5 日，當時的中共中央領袖毛澤東「向雷鋒同志學習」的題詞被發表在黨中央機關報《人民日報》上。接著，其他黨和政府領導人劉少奇、周恩來、朱德、鄧小平、陳雲等也紛紛題詞，至此，全國性學習雷鋒運動正式拉開。在隨後的歷年中，學習雷鋒運動一直沒有間斷過。由於對「雷鋒」全國性大範圍的報導起源於 1963 年，因此本書的研究時間以 1963 年爲起點，以 2012 年最近一次大規模「學雷鋒」運動爲終點，對五十年來雷鋒相關報導進行研究。根據中國社會經濟的變遷以及媒介生態的變化，分三個時間段進行研究：第一階段爲 1963 年至 1980 年選擇的研究樣本主要爲《人民日報》；第二階段爲 1981～2000 年，這一階段除了《人民日報》之後，還選擇了《新民晚報》和《羊城晚報》中的相關報導作爲樣本；第三階段爲 2001～2012 年，這一階段又增加了《楚天都市報》、《南方都市報》、《南方週末》和新浪微博作爲新的研究樣本。五十年來，對雷鋒的報導沒有中斷過，對雷鋒報導的研究也一直持續著，下面是與「雷鋒」媒介報導相關的研究綜述。

## 一、關於「雷鋒」的研究綜述

### （一）作爲典型人物的雷鋒報導研究

把雷鋒作爲典型人物報導來進行研究，這是新聞傳播學科領域最常見的視角。典型報導被認爲是中國當代新聞業的獨特景觀。它起源於十月革命之後，列寧對於典型報導的推崇與提倡。之後，蘇聯樹立起一批典型和英雄模範人物。中國的典型報導借鑒蘇聯的經驗，並把它靈活地運用於中國的革命實踐之中，從而創造出中國獨特的典型報導景觀。〔註 1〕中國最早的典型報導應當是 1941 年 11 月 5 日，由鄧拓擔任社長的《晉察冀日報》刊登的一篇通訊《棋陀上的「五個神兵」》。文章記述 1941 年 9 月 25 日的反「掃蕩」鬥爭中，5 名八路軍戰士爲了掩護大部隊和數萬老百姓轉移，把兩千多日僞軍引上河北

---

〔註 1〕　張威：比較新聞學：方法與考證，廣州：南方日報出版社，2003 年版。關於中國典型報導的來源，有兩種說法，一是張威的這種說法，來源於蘇聯；另一種說法是以以吳廷俊、顧建明爲代表，典型報導來源於毛澤東的黨報理論，並發端於毛澤東在大革命時期運用的典型調查實踐，詳見吳廷俊、顧建明：典型報導與毛澤東思想，新聞與傳播研究，2001 年第 3 期。本人更贊同張威的這種說法，故而採用起源於蘇聯說。

易縣狼牙山的主峰棋盤陀。在敵人大部隊的追逼下，5 名戰士身處懸崖絕壁之上，已無退路，他們砸碎了手中的武器，縱身跳下萬丈懸崖。之後，《晉察冀日報》又發表晉察冀司令員聶榮臻等簽署的訓令，其中正式稱這 5 名戰士為「狼牙山五壯士」。經過報紙的宣傳報導，「狼牙山五壯士」的英名傳遍長城內外、大江南北，成為抗戰中的中國軍民的楷模。〔註2〕而延安《解放日報》有關勞動模範吳滿有的報導被認為是革命根據地第一篇影響最大的典型報導。1942 年 4 月 30 日，《解放日報》頭版發表了《模範農村勞動英雄吳滿有／連年開荒收糧特別多／影響群眾積極春耕》，《不但是種莊稼的模範／還是一個模範公民》等消息，並配發了社論《邊區農民向吳滿有看齊！》，隨後又不斷推出了關於吳滿有的勞動經驗和政治覺悟與道德品質的報導，引發了邊區開展向吳滿有學習的活動。1943 年，由於面臨著解放區面臨的困難，為激勵群眾，宣傳「自力更生、奮發圖強」、「自己動手，豐衣足食」等方針，《解放日報》發表的典型報導（包括消息和通訊）達 3000 多篇〔註3〕，湧現了趙占魁、劉建章、南泥灣大生產、南區合作社等典型形象，掀起了第一個中國典型報導的高潮。

建國以後，在毛澤東的指導和推動下，典型報導更是高潮迭起。1953 年，毛澤東提出要「重視典型報導」，「……許多材料，都應當公開報導，併發文字廣播，三五天一次，方能影響運動的正確進行。」〔註4〕1968 年，毛澤東又提出「典型宜多，綜合宜少」，這一方針一直指導著中國的典型報導。在國民經濟恢復的第一個五年計劃時期，國家利用典型報導進行大規模的經濟宣傳，報紙「積極支持工人階級和農民群眾的一切創舉，把先進生產單位、先進生產者的典型經驗和重要成就推廣到整個建設戰線上去。」從抗美援朝時期的上甘嶺英雄、黃繼光、羅盛教，到鞍鋼、王崇倫、郝建秀、耿長鎖等先進人物和先進事蹟，報紙上出現了一系列典型形象。

60 年代，典型報導的發展更加成熟，影響更加深遠。1960 年 2 月，《中國青年報》用整版篇幅發表了該報記者採寫的通訊《為了六十一個階級兄

〔註2〕劉家林：新中國新聞傳播 60 年長篇（1949～2009），廣州：暨南大學出版社，2010 年版，第 240 頁。

〔註3〕丁淦林：中國新聞事業史新編，成都：四川人民出版社，1998 年版，第 310 頁。

〔註4〕毛澤東新聞工作文選，北京：新華出版社，1983 年版，第 176 頁。

弟》，並配發社論《又一曲共產主義的凱歌》，報導了山西陸平 61 名築路工因食物中毒生命垂危時，得到首都軍民和當地幹部群眾的及時救援的事件，宣傳了在社會主義大家庭中「一人有事，萬人相助；一處困難，八方支持」的共產主義精神。次日，該報導得到《人民日報》的轉載及讚揚，接著全國多家報紙刊物予以轉載。同年 5 月至 6 月間，新華社報導了我國登山隊第一次從北坡勝利全副登上珠穆朗瑪峰的輝煌事蹟。《人民日報》發表了新華社記者郭超人寫的長篇連載通訊《紅旗插上了珠穆朗瑪峰》和《珠穆朗瑪山中的日日夜夜》，報導了登山隊不畏艱險勇攀高峰的英雄氣概。

這一時期湧現出一批有影響的典型，如焦裕祿、吳吉昌、向秀麗、大慶、大寨等，而關於雷鋒的報導是這一時期規模最大、影響最大的典型先進人物報導。雷鋒因公殉職後，對雷鋒的宣傳由地方轉入全國，《遼寧日報》開始宣傳雷鋒的事蹟，1963 年 2 月 7 日，《人民日報》發表了通訊《毛主席的好戰士──雷鋒》和《雷鋒日記摘抄》，新華社為此發了通稿。《中國青年報》、《解放軍報》、《中國青年》等當時在全國具有影響力的媒體也都發表了大量宣傳雷鋒的報導。毛澤東的題詞「向雷鋒同志學習」也於同年 3 月分別發表在《人民日報》和《中國青年報》上，雷鋒事蹟的大力宣傳，使得雷鋒精神深入人心，影響了整整一代人的精神世界。〔註 5〕

在對雷鋒報導研究的論文中，基本上是從功能主義視角出發，從新聞業務的傳播效果來進行研究，其中絕大部分都是對雷鋒宣傳經驗的總結，或者是以雷鋒為個案來探討典型人物報導的效果與變遷。前者從雷鋒宣傳開始一直持續到今天，比如有的是對某一階段或某一地區、部門對雷鋒報導或雷鋒紀錄片、專題片的經驗的總結，如《2012 中央電視臺「學雷鋒」的主題宣傳與總結》；有的是記者在相關採寫過程中的體會，如《一次登頂般的艱難跋涉──〈永恆的召喚──雷鋒精神世紀交響曲〉採寫過程及體會》等。這類研究只是停留在總結與體會上，並沒有多少學理上的研究。後者基本上是立足於功能主義視角，並從新聞實踐出發，提出對典型報導的改進措施。如袁為把雷鋒當作是政治形象人物並認為對雷鋒的宣傳是建國以來我國塑造和宣傳的政治形象人物中最成功的一個。他總結了政治形象人物的宣傳的策略，如「發揮領袖傳播的力量，以黨報為核心利用多種媒介全方位的宣傳，開展群

---

〔註 5〕 方漢奇主編：中國新聞傳播史，北京：人民大學出版社，2009 年第 2 版，第 352 頁。

眾性宣傳活動，淡化政治色彩使政治形象人物走向世俗化」等方式，從而使對政治形象人物的宣傳達到了「從政黨上確立了中國共產黨的價值取向與政黨、領袖的權威；從社會上適時的調節社會風氣，實現社會整合；從文化上孕育了一種紀念傳統，為紀念文化的構建提供實踐基礎」的效果〔註6〕。陳陽、藺彥松則以雷鋒媒介形象建構為個案指出典型人物報導時存在著以下問題：政治色彩濃厚、人物塑造時「高大全」、傳者中心，忽視受眾心理、人文精神缺失，並提出相應對策。〔註7〕

　　不過近年來對於雷鋒研究有了一些新的突破，一些青年學者開始自覺地使用建構論的觀點，用新的理論和較為規範的方法來研究雷鋒報導。比如陳陽採用框架分析的方法，對《人民日報》從1961年～2005年關於雷鋒的報導中選取若干樣本，總結了5個意識形態包裹：「毛主席的好戰士、被「四人幫」壓制的先進人物、建設社會主義精神文明的標兵、忠於黨忠於社會主義的模範、社會主義物質文明的建設者」。〔註8〕雷鋒這一典型人物形象在不同時代被賦予不同意義，這些報導框架跟不同時期思想政治工作的目標相呼應，在長達40餘年的時間裏，交織著成為《人民日報》所建構的雷鋒形象。靳赫採用量化分析的方法，以框架理論為基礎，梳理了五十年來《人民日報》關於學雷鋒運動的變遷，最後總結了黨報學習典型人物宣傳的規律〔註9〕。但這兩項研究都只停留於表面現象的分析，沒有深入探析其背後的社會動因。

## （二）批判視野的雷鋒報導研究

　　近年來也有一些年青學者開始採用批判視角來研究雷鋒報導，比較有代表性的如袁光鋒的《作為政治神話的「榜樣」與社會主義新人的塑造：「雷鋒」符號的生產、運作機制與公眾記憶》〔註10〕。文章以「雷鋒」的塑造為個案，以《人民日報》的報導為分析文本，探討了「雷鋒」作為現代政

〔註6〕　袁焄：建國以來政治形象人物的塑造與傳播，黑河學刊，2008年第2期，第61頁。

〔註7〕　李陽、藺彥松：典型人物報導應注意的問題——以雷鋒的媒介形象建構為例，青年記者，2012年第6期（中），第28頁。

〔註8〕　陳陽：青年典型人物的建構與嬗變——《人民日報》塑造的雷鋒形象（1963～2003），國際新聞界，2008年第3期。

〔註9〕　靳赫：黨報學雷鋒報導的嬗變——以《人民日報》為例，蘭州，蘭州大學碩士論文，2012年版。

〔註10〕袁光鋒：作為政治神話的「榜樣」與社會主義新人的塑造：「雷鋒」符號的生產、運作機制與公眾記憶，思與言（臺灣），2010年第48卷第4期。

治神話的生產、傳播以及具體運作技巧，並在「國家與社會」關係變遷的
背景下，分析「雷鋒」神話的消解歷程。無疑，和傳統研究相比，這篇文
章視角新穎且切中要害，但問題是雷鋒是否只是一個現代政治神話？雷鋒
神話形成的社會背景何在？然而，僅從單一政治神話來批判雷鋒形象的產
生，而忽視其產生的社會文化脈絡以及產生的合理性，我認爲是不夠的。
此外，作者僅以二十世紀六十年代的《人民日報》爲分析文本，也爲後續
研究提供了巨大的空間。

　　另一篇是吳海剛的《雷鋒的媒體宣傳與時代變革》〔註11〕。這篇文章也
是從《人民日報》（1963～1999）對雷鋒宣傳分析著手，把雷鋒宣傳分爲五個
高潮：1973年、1977年、1983年、1990年和1993年，並以其爲分界點劃分
雷鋒宣傳的六個階段，發現雷鋒宣傳在不同的宣傳時期有不同的內涵，總結
出作爲道德模型的「雷鋒」三方面的功能：政治運動的風向標、構建或維護
政治權威的工具和社會風氣的調節杆。吳海剛的文章對雷鋒的宣傳詳盡細
緻，但也只是以《人民日報》爲樣本進行研究，沒有分析其他媒體，尤其是
大眾化報紙對雷鋒的報導，以及由此帶來的雷鋒報導變遷。

## （三）作為一種文化現象的「雷鋒」研究

　　這種分析取向和上面幾種視角完全不同。相比較而言，這種分析取向的
視角沒有局限於主流媒體，而把目光投向了網絡文化和大眾文化。呂鶴穎採
用文化研究視角，從革命時代和後革命時代來探討雷鋒形象的形成，並分析
其發生的背景和社會語境。〔註12〕陶東風和呂穎鶴認爲雷鋒是一個「社會主
義倫理符號」，是國家意識形態的重要組成部分，在不同的歷史時期雷鋒形象
呈現出不同的特點。革命時期的雷鋒，由於特定歷史時期的意識形態教育需
要，被塑造爲一個「政治——道德」典型，兼具國家認同建構與政黨意識形
態宣傳的雙重使命。到了後革命時代，在主流媒體中，政治意義上的雷鋒形
象被逐漸淡化，並轉向更具有普世意義的道德符號；而在網絡文化中，雷鋒
則遭遇了一些人的惡搞。作爲社會主義倫理符號的雷鋒，他不斷被塑造，不
斷發生著變遷，有著豐富的內涵。〔註13〕的確，雷鋒形象是具有豐富內涵的，

〔註11〕吳海剛：雷鋒的媒介宣傳與時代變革，二十一世紀（香港），2001年第4期。
〔註12〕呂穎鶴：雷鋒形象的文化建構，北京：首都師範大學碩士論文，2009年版。
〔註13〕陶東風、呂穎鶴：雷鋒——社會主義倫理符號的塑造及其變遷，學術月刊，
　　　　2010年12期。

在這種變遷中，國家、社會與傳媒的力量也在不斷地從合做到碰撞，甚至到抗爭。而這種力量是怎樣變化的？傳媒在其中扮演何種角色？在國家與社會的拉扯中，又面臨著何種尷尬與困惑？這種困惑與尷尬又是如何表現出來的？以上研究並沒有深入探討。

　　許秋紅分析了不同時代的雷鋒媒介形象，即從「雷鋒神話」，到「本眞雷鋒」，再到「多元雷鋒」，認爲媒介生態變化使雷鋒的媒介形象和受眾接受發生著變化，受眾文化權力的不斷張揚使雷鋒的媒體宣傳逐漸走出公共權力的支配。〔註 14〕的確，這個從新聞生產的權力網絡來剖析雷鋒宣傳頗有新意，但問題是傳統媒體的力量眞的在雷鋒宣傳中完全退卻了嗎？網絡技術的力量眞的帶給受眾完全的文化權力嗎？如果說是政治、市場和技術之間在進行權力博弈，那麼其機制如何？

## （四）雷鋒報導與新聞專業主義

　　而隨著雷鋒照片的眞相逐漸浮出水面，一些研究者開始從新聞專業主義的視角來研究雷鋒的報導，這些研究主要集中於對雷鋒照片與新聞眞實性〔註 15〕的探討，新聞照片是否能夠擺拍〔註 16〕等問題，其主要結論較爲一致，認爲雷鋒照片挑戰了新聞職業道德規範，從新聞職業規範的角度而言新聞照片不應該也不允許補拍，近年來公眾對雷鋒照片的質疑體現了時代進步。這些研究事實上是借「雷鋒」之名，討論當代社會的新聞宣傳與新聞專業的矛盾與衝突，但在中國的特殊社會語境與宣傳體制之下，抽離出社會語境的簡單比較意義不大，應詳細考察當年雷鋒照片出臺的背景，以及新聞專業理念在中國形成的過程，然後再進行比照，可能更具有現實意義。

　　從以上綜述中我們可以看到，經過媒介報導的雷鋒形象一直在不斷變化著，其變化與國家與社會的關係變化密切相關。針對以上研究中的不足，本研究將立足雷鋒報導內容，考察不同年代建構雷鋒形象的話語變遷及其相關背景，並試圖探討在國家與社會的關係變化的背景下，宣傳管理、市場、新聞專業理念和新媒介技術如何影響媒介內容，進而探討五十年來社會生態變

---

〔註 14〕許秋紅：媒體權力的式微　受眾權力的張揚，福州：福建師範大學碩士論文，2011 年版。
〔註 15〕陳力丹：雷鋒照片與新聞眞實性問題，新聞記者，2012 年第 5 期。
〔註 16〕王之月、王蔚：新聞照片是否允許擺拍——以雷鋒照片爲例，新聞記者，2012 年第 5 期。

化所帶來的中國大眾媒介的話語變遷、獨立新聞專業文化形成的可能性以及媒介在道德規範中可能扮演的角色。

## 二、關於「話語」與「新聞」的研究綜述

話語分析既是一種理論也是一種分析的方法。作爲理論的「話語」是一門從語言學、文學理論、人類學、符號學、社會學、心理學以及言語傳播學等人文學科和社會學科發展起來的新的交叉學科，最早可追溯到古典修辭學，兩千年以前，亞里士多德等修辭學家就已經詳細論證了話語的各種結構，並指出了它們在各種公共語境中進行勸服過程中的效用。和其他學科相比，話語分析的發展與結構主義密切相關，尤其是普洛普對於俄羅斯的民間故事形態學研究，對敘事話語分析起到了主要推動作用。到 20 世紀 60 年代中期和 70 年代初，話語分析逐漸成爲一門交叉的新興學科。〔註 17〕

而話語分析作爲一種分析方法，則是在上世紀五十年代初，由美國結構主義語言學家哈里斯應用於一篇分析「生發水」的廣告中，探討解釋句與句之間關係的規則，以及語言與文化、文本與社會情境之間的關係等問題。〔註 18〕話語分析有兩個主要的學術向度：即語言符號學向度和文化批判向度。語言符號學主要是對語言結構、語言意義和話語結構三者進行研究，語言結構的研究是屬於普通符號學和純語言學的範疇，而對語義和話語結構的研究，則是話語關注的核心，並對大眾傳媒的話語分析有著重要借鑒意義；而文化批判向度，則來源於對文化本文的深層結構和思想文化的意識形態問題的關切，因此，前蘇聯時期巴赫金的符號學詩學理論、勞特曼的文化本文理論、法國阿爾都塞的意識形態分析理論和福柯的話語權理論，都將成爲大眾傳媒話語分析的重要理論資源。就大眾媒介話語分析而言，語言符號學向度側重於對大眾媒介話語文本本身的分析，文化批判向度則側重於分析傳媒話語與社會文化的之間關聯。〔註 19〕

而話語，在臺灣也被稱爲「論述」，按照英國語言學家諾曼‧費拉克爾夫

〔註 17〕梵‧迪克著，曾慶香譯：作爲話語的新聞，北京：華夏出版社，2003 年版。
〔註 18〕丁和根：大眾傳媒話語分析的理論、對象與方法，新聞與傳播研究，2004 年第 11 卷第 1 期。
〔註 19〕丁和根：大眾傳媒話語分析的理論、對象與方法，新聞與傳播研究，第 11 卷第 1 期。

的說法，一切「口頭語言或書寫語言的使用」都可稱作話語，都能成為話語分析的對象。而新聞報導文本，自然也是話語的重要表現形式之一。

　　第一次把新聞「作為一種公共話語形式的角度來進行研究」的學者是梵‧迪克，他認為「內容分析仍只是對大量數據的量化描述，但是一旦要更詳細地探討大眾媒體信息的意義、結構和影響，我們就需要複雜得多的多學科的話語研究理論和方法。」〔註20〕在這以後的時間裏，以新聞話語為研究對象，或採用話語分析的理論和方法來進行的研究越來越多，而且日益受到關注。我們這裡簡單梳理這兩種路徑的發展，並就新聞話語研究進行簡單的綜述。

### （一）以語言學為主的新聞話語研究

　　這種分析視角立足於語用學、語法學、語義學、語體學等多種現代語言學理論，對新聞話語的內容、結構、特徵、形式等進行詳盡剖析，旨在探索新聞話語的功能實現途徑與表徵方式。比如有研究者以新聞話語中的引語現象為研究對象，運用 Vershcueern 的語言選擇等相關的語用學理論，對新聞話語引語的性質、語用特徵、語言表現形式和引語選擇的規律進行描述和闡釋〔註21〕；還有研究者對娛樂新聞話語進行了研究〔註22〕，分析了娛樂新聞話語的組織模式、敘事結構及其話語特徵的表現和描繪手段，發現總體而言，娛樂報導話語和新聞話語基本一致，並不具有本質區別，但在一些次級範疇上又吸取了藝術話語、日常談話語體等其他語體的特點來為其服務，這使得娛樂新聞話語與時政類話語又相互區別。還有研究者分析了新聞評論話語關係過程中的動詞選擇及特點〔註23〕，發現與消息相比較，新聞評論在關係過程中選擇的動詞往往具有情態性強的特點，在語義上呈現為均質、主觀、靜態等特徵，而且偏好使用非常規句式。

　　這類研究往往把新聞話語從複雜的社會情境中脫離開來，只研究其語言特點及相關規律，卻忽視了新聞話語作為一種公共話語，其更明顯的價值可能體現於反映社會各種權力的爭奪，以及由此產生的對社會實踐的作用。也

---

〔註20〕梵‧迪克著，曾慶香譯：作為話語的新聞，北京：華夏出版社，2003 年版。
〔註21〕高俊霞：新聞話語中的引語研究，上海：華東師範大學碩士學位論文，2006 年版。
〔註22〕王海：娛樂新聞話語研究，上海：上海大學博士論文，2008 年版。
〔註23〕翁玉蓮：新聞評論話語關係（屬性）過程中動詞的選擇及特點，新聞界，2012 年第 23 期。

許正是這樣,更多的研究者的關注視角是從文化批判的角度來對新聞話語進行分析。

## (二)從批判的角度分析新聞話語

批判的話語分析方法,最初來源於 20 世紀 70 年代東英吉利大學的一些學者發展起來的方法,與上面將焦點置於構成文本的特定語言學單位如語法、詞匯、語用等話語分析不同,它們主要是把語言學文本分析的方法與語言在政治和意識形態過程中的功能的社會理論結合起來〔註24〕。

英國學者費爾克拉夫批評最初的這種批判的話語分析方法,認為它「過於強調作為產品的文本而不那麼重視生產和解釋過程」、片面強調話語在現存的社會關係和社會結構的社會再生產中的作用,而忽略了作為社會衝突的領域的話語以及更廣泛社會變化與文化變化的話語、對語言──意識形態的分界面理解過於狹窄,並引入福柯關於話語的論述,對批判話語分析的理論和方法進行重新修訂。

福柯的相關理論是批判話語分析的重要理論來源之一,其中最主要來源於他早期的兩個觀點:一個是建構性的話語觀,即話語是建構或積極構築社會的過程;另一個是任何類型的話語實踐都產生於與其他話語實踐的結合,並受到它與其他話語實踐的限制。不過福柯的話語分析對象主要是指抽象的話語結構,而不包括具體的文本話語和語言話語分析。費爾克拉夫借用福柯的理論,並將之注入以文本為方向的話語分析之中,在三個向度的框架──文本、話語實踐和社會實踐──範圍內分析話語,從而開闢了一個新的批判語言學的領域。他認為話語實踐作為社會實踐的一種特殊形式,它不僅有助於再造社會,也有助於改造社會。儘管社會實踐有各種方向──政治的、經濟的、文化的、意識形態的,話語可以分屬於各種實踐,但費爾克拉夫認為,政治和意識形態的實踐與其關注點最貼近,「話語作為一種政治實踐,建立、維持和改變權力關係,並且改變權力關係在其間以獲得的集合性實體(階級、集團、共同體、團體)。作為一種意識形態實踐的話語從權力關係的各種立場建立、培養、維護和改變世界的意義。」〔註 25〕而社會實踐可以完全由話語

---

〔註24〕費爾克拉夫著,殷曉蓉譯:話語與社會變遷,北京:華夏出版社,2003 年版,第 25 頁。

〔註25〕費爾克拉夫著,殷曉蓉譯,話語與社會變遷,北京:華夏出版社,2003 年版,第 60、62 頁。

實踐構成，也可能涉及話語實踐和非話語實踐的混合。費爾克拉夫把「意識形態理解爲現實（物理世界、社會關係、社會身份）的意義／建構，被建構到話語實踐的形式／意義的各種向度之中，它也致力於統治關係的生產、再生產或改變。〔註 26〕」話語秩序構成霸權的話語方面，它是矛盾的和不穩定的平衡，因此它的表達和重新表達在霸權鬥爭中是一個關鍵；文本的話語實踐以及文本的生產、分配和消費（包括解釋）是霸權鬥爭的一個方面，它不僅致力於現存話語秩序的再造或改變，而且也通過現存的社會和權力關係達到這種再造和改變。〔註 27〕

　　總之，批判語言學家認爲，語言不只是社會過程和結構的反映，它也建構了社會過程和結構，而批判的語言學的主要任務之一就在於透過意識形態方面的遮蔽，在廣泛的社會文化生活過程中重現、詮釋或解讀文本與話語的眞實意義。由於新聞話語的特殊性，這種分析取向在當代越來越受到重視。

　　在西方的批判性話語分析中，一個重要的研究視角是在歐洲語境下對種族主義話語結構、意義、效果的分析，尤其是關於少數族群和第三世界國家，如考察媒介話語對於第三世界塑造與主題選擇，以及其如何影響西方社會形成對這些國家的知識〔註 28〕；或者研究不同政治取向報紙的新聞話語在如何加強對「第三世界」國家（尤其是亞洲和非洲國家）和少數民族的刻板印象、使現有狀況自然化和再現統治的意識形態，以維繫西方的霸權地位〔註 29〕。另一個視角則是採用文化研究的視角，認爲媒介不是一個中立的信息傳播工具，而是一支有能力重新建構當權者與國民關係的充滿活力的社會力量。如

---

〔註 26〕費爾克拉夫著，殷曉蓉譯，話語與社會變遷，北京：華夏出版社，2003 年版，第 81 頁。

〔註 27〕費爾克拉夫著，殷曉蓉譯，話語與社會變遷，北京：華夏出版社，2003 年版，第 86 頁。

〔註 28〕Hartman, P.,Husband, C. and Clark, J.（1974）: "Race as News: A Study in the Handling of Race in the British National Press from 1963～1970", Paris: UNESCO; Van Dijk, T. A（1987）: "Communicating Racism, Ethnic Prejudice in Thought and Talk, London:Sage; Wodak, R.& Matouschek. B.（1993）", We Are Dealing with People Whose Origins One can Tell Just By Looking: "Critical Discourse and the Study of Neo-racism in Contemporary, Discouse & Society 4（2）:225～48".

〔註 29〕Heather Jean Brookes: "Suit, Tie and a Touch of Juju" The Ideological Construction of Africa: A Critical Discourse Analysis of News on Africa in the British Press, Discourse Society 1995 6: 461～494.

Louise Phillips 以丹麥王室婚禮的報導爲個案，考察媒介話語如何和諧表現平均主義和皇權主義這兩種相互衝突的意識形態〔註30〕。

臺灣的話語分析稱爲「論述分析」，主要承襲了西方意識形態視角的研究，透過媒介話語分析其潛藏的意識形態關係，如倪炎元通過媒介話語對政見不同者、臺灣原住民群體以及女性政治精英等「他者」的再現分析，發現媒體「再現」的政治，並非在反映眞實世界，而是在建構世界政治世界，「不論是透過語言要素組合、或是循特定規則安排的陳述，都呈現了潛在意識形態的親近性，或是涉及背後動態權力的運作，某些角色被刻意塑造，某些文化意識的迷思被召喚，某些支配的關係被複製，社會群體間『差異的政治』透過媒體的再現而被實踐」〔註31〕。

在中國，越來越多的研究者利用話語分析方法來對中國的大眾傳播實踐進行考察，其研究主要集中於以下幾個方面：

1、分析媒介話語潛藏的意識形態。在這些研究中，比較多的集中於西方媒體對於中國某些特定事件的報導研究之上，分析對中國政府以及中國形象的歪曲與批評。如彭利國以新中國 60 週年國慶慶典爲例，選擇全球 8 個不同國家的 32 個媒體報導爲樣本，分析其話語中隱藏的意識形態差異〔註32〕；曾慶香和黃敏均以西方媒體對西藏「3.14」事件的報導爲例，較爲詳細地分析了西方媒體對事件的再現、話語策略及其意識形態傾向〔註33〕。姜巍通過對《紐約時報》關於新疆「7.5」事件的媒介話語分析發現，與西藏問題一樣，「7.5」事件也被定義爲「自由與人權」問題，這種話語結構憑藉美國強大的話語權而傳遍全球〔註34〕。

2、中國新聞話語的變化。從十九世紀末到二十一世紀初，中國的社會歷經從未有過之變局，而中國的新聞事業也從無到有，從弱小到勃興發生了巨

---

〔註30〕 Louise Phillips: Media discourse and the Danish monarchy: reconciling egalitaria-nismand royalism, Media Culture Society 1999 21: 221.

〔註31〕 倪炎元：再現的政治 臺灣報紙媒體對「他者」建構的論述分析，臺北：韋伯文化，2003 年版，第 7 頁。

〔註32〕 彭利國：新聞話語的意識形態差異──新中國 60 週年國慶慶典的全球媒介鏡像，濟南：山東大學碩士論文，2006 年版。

〔註33〕 曾慶香：西方某些媒體「3.14」報導的話語分析，國際新聞界，2008 年第 5 期，第 25～31 頁；黃敏：再現的政治──CNN 關於西藏暴力事件報導的話語分析，新聞與傳播研究，2008 年第 15 卷第 3 期，第 23～94 頁。

〔註34〕 姜巍：表達與建構──《紐約時報》「7.5」事件報導的話語修辭分析，新聞愛好者，2010 年 5 月（下），第 42～43 頁。

大的變化。許多研究者也敏銳地抓住了這一點，選取了不同的時間節點，採用歷時性的方法對中國大眾傳播話語領域發生的變化進行分析和研究。如吳果中和尹志偉對我國的輿論監督話語生產的歷史變遷進行研究〔註35〕，認爲輿論監督話語變遷是中國社會民主化進程和新聞改革的變化的反映，並發現作爲一種客體的輿論監督話語，其含義從上世紀初的「救亡圖存」，到新中國成立至改革開放前的「報刊批評」，再到改革開放後的「話語監督網絡化」，反映了中國輿論話語監督權從單一到多向的轉移。涂鳴華則對中國整個新聞話語體系的發展進行了考察，發現在十九世紀初，現代化報刊剛引入國門，新聞話語沒有獨立地位，只是其他話語的反映；「五四」前後，獨立的新聞理念逐步形成，新聞話語也開始獨立，並出現了公共性意識；其後，馬克思主義傳入中國，革命的新聞話語體系形成，「政治」又被重新凸顯，「人民」成爲話語的重要構成元素；改革開放後，又有了新的變化：私人話語侵入專業話語，政治權力通過轉換話語方式重新取得話語權等。〔註36〕

　　另外還有一些研究者對電視媒體中的災害新聞話語變遷、主流媒體中的社論話語、以及十八大以來的話語方式〔註37〕等等進行研究。這些研究發現了中國新聞話語領域，看到了新聞話語和社會實踐的關係，但也有失之單薄和主觀的缺陷。

　　3、話語權的研究

　　話語的背後反映的是權力的爭奪。伴隨著新聞改革帶來的媒介生態的日益複雜化，以及互聯網興起爲公眾話語提供新的表達途徑，對於「話語權」的討論研究日益增多。有研究者分析了上世紀九十年代的中國大眾傳媒的空間構造，認爲商品邏輯已經滲透到新聞話語場域，並通過對編輯版面、新聞事實網絡、文本空間和文化品質四個方面對新聞話語空間進行重構。〔註38〕

---

〔註35〕吳果中、尹志偉：中國輿論監督話語生產的歷史演變，國際新聞界，2010年第3期，第81～83頁。

〔註36〕涂鳴華：我國新聞話語體系的歷史流變，青年記者，2013年上半月刊，第9～10頁。

〔註37〕如：程前：電視媒體災害報導的話語變遷——基於央視三個不同年代報導樣本的內容分析，西南民族大學學報，2013年第1期，第190～192頁；劉昌偉、吳薇：中國新聞話語十年變遷——以《人民日報》2000～2010年國慶社論爲例，新聞世界，2011年第3期，第111～112頁；王辰謠：淺議十八大以來新聞話語方式的變革，新聞戰線，2013年第2期：第82～84頁。

〔註38〕劉文瑾：一個話語的寓言——市場邏輯與90年代中國大眾傳媒話語空間的構造，新聞與傳播研究，1999年第6期，第40～48頁。

還有研究者認為席捲全球的消費主義影響了中國之後，也給中國的新聞話語帶來了困境，認為秉持新聞專業主義能提供解決之道。〔註39〕更多的研究者則把關注的目光投向網絡的崛起對於原有話語權的衝擊和影響，並對這種變化褒貶不一。有的學者對於網絡帶來的民粹主義表示出擔憂，比如陳龍對網絡給公眾提供的話語表達的便利所帶來的「話語強佔」現象表示憂慮〔註40〕，他認為，「話語強佔」的策略包括人肉搜索、謾罵、散佈假消息、限制不同聲音等，是一種網絡民粹主義多面手實踐的表現，其根源來自信息的不公開以及客觀現實存在的不公正不公平。而謝靜認為，民粹主義與新聞專業主義雖然是兩套不同的話語系統，但並非涇渭分明，新聞從業者常常在二者之間遊走，並常常利用民粹主義來獲取受眾的認同，進而取得市場與道德的雙重認同〔註41〕。另外一些研究者則看到了網絡對精英文化的解構作用，儘管如此，也有研究者也注意在在網絡中，掌握話語權的仍然是以精英階層為主。如周璿以網絡話語「杜甫很忙」為例，分析了網絡公共話語對精英文化的顛覆與解構〔註42〕；田野和田飛則通過對新浪微博的個案，分析了其中的話語權分配和議程設置的關係，發現網絡雖然看似平等、自由、共享，但其話語權卻仍為精英階層所掌控〔註43〕。

　　從以上研究中我們可以看到，在中國當下的社會語境中，新聞話語成為精英階層、市場以及社會公眾等爭奪的場所。儘管不少學者看到了網絡帶來的話語權變化，但卻認為這是一種對「民粹主義」表現，並對其表示不安，忽視了其中帶來的可能推動政治民主化的能動作用。

　　4、新聞中的話語實踐

　　更多研究者從具體的話語實踐或者說話語事件〔註44〕中，來分析新聞場

---

〔註39〕　胡毅：消費圖景下專業主義對新聞話語力量的建構，大眾文藝，2011 年第 2 期，第 141 頁。

〔註40〕　陳龍：話語強佔：網絡民粹主義的傳播實踐，國際新聞界，2011 年第 10 期，第 16～21 頁。

〔註41〕　謝靜：民粹主義——新聞專業場域的話語策略，國際新聞界，2008 年第 3 期，第 33～36 頁。

〔註42〕　周璿：網絡公共話語對精英文化的顛覆與解構——以網絡語「杜甫很忙」為例，山東視聽，2012 年第 9 期，第 32～36 頁。

〔註43〕　田野、田飛：微博話語權分配與議程設置的關係，新聞愛好者，2011 年 3 月（下半月），第 92～93 頁。

〔註44〕　「話語事件」一詞來源於費爾克拉夫，但較為詳細的界定與使用，可參見曾慶香：話語事件：話語表徵及其社會巫術的爭奪，新聞與傳播研究，2011 年第 1 期，第 4～11 頁。

域中的話語。陳岳芬和李立以 2010 年發生於江西撫州宜黃拆遷為例，選取了
代表官方話語、媒介話語和民間話語三個不同話語樣本進行分析，認為在這
一事件中，地方政府話語、新聞專業話語與民間話語三方互動，並體現現實
中的權力爭奪〔註 45〕。楊擊和葉柳則選擇了「胡潤百富榜」的媒體報導為個
案，發現在媒體的富豪報導的議程設置中，政府領導人或中央級媒體報導擔
當了話語包發起人的角色，而傳統的「為富不仁」觀念和富豪的不公正「原
始積累」、不道德、不節制行為相聯繫產生「文化共鳴」，新聞專業媒體在這
二者張力中尋求適度平衡〔註 46〕。韓素梅研究了《人民日報》對玉樹地震的
報導，經過分析發現，國家話語通過話語在場、話語共存、話語記憶等方式
滲透於主流媒體中，強化黨／國同構、家／國同構的內涵，並以媒介儀式的
形式強化了國家認同的歷史記憶〔註 47〕。而沈曉靜、徐培則對「揚子晚報網」
中的醫療糾紛報導話語進行了剖析，發現媒體在對新聞事實的陳述中，通過
結構安排、事實選擇等方式將其價值天平傾向於患者，將患者以弱勢群體或
受害者形象展現出來，而醫務機構和醫務工作人員不僅多以負面形象出現，
而且較少出聲。〔註 48〕

　　從上述中國媒介場域中發生的話語實踐來看，新聞話語不是孤立存在
的，而是相互依存相互作用，在這種合作、衝突與協商中形塑著當下中國的
社會實踐。此外，在某些媒介話語實踐中，國家話語經常擔任主導角色，但
民間話語和新聞專業話語也採取以某些話語策略來實現自己的目的。

　　本研究將汲取中西方不同的研究視角，採用話語分析理論和方法來對雷
鋒報導進行研究。從最初的「雷鋒」符號的建構到五十年不間斷的「雷鋒」
報導中，「雷鋒」話語是和政治實踐密切相聯，因此本研究將把大眾傳媒中的
「雷鋒」話語看作是政治話語實踐的一種形式來進行考察。在研究中，我們
對五十年來的「雷鋒」報導文本進行分析，通過對其中話語秩序和文本變化

〔註 45〕陳岳芬、李立：話語的建構與意義的爭奪──宜黃拆遷事件話語分析，新聞
　　　　大學，2012 年第 1 期，第 57～61 頁。
〔註 46〕楊擊、柳葉：「胡潤百富榜」媒體報導的話語分析，新聞記者，2012 年第 12
　　　　期，第 78～84 頁。
〔註 47〕韓素梅：國家話語、國家認同以及媒介空間──以《人民日報》玉樹地震報
　　　　導為例，國際新聞界，2011 年 1 月，第 48～53 頁。
〔註 48〕沈曉靜、徐培：醫療糾紛報導中的話語剖析──以揚子晚報網為例，青年記
　　　　者，2012 年 10 月（下），第 32～33 頁。

的分析，試圖從中窺見主流意識形態在其中的變遷，以及多種力量拉扯下的「雷鋒」媒介景觀的話語呈現。

# 第三節　理論框架與研究方法

## 一、本研究借鑒的理論

　　傳統上，新聞往往被界定為是對事實的傳遞，是對真實的客觀反映。但近年來，隨著社會建構論、新聞生產社會學、文化研究以及敘事學等的影響，學界對新聞的分析開始有一種文化分析的取向，即新聞不僅僅是對事實的傳遞，還同時被看作是話語、框架和敘事，是被建構的文化產品。這種研究取向開闢了新的研究路向，使新聞研究從「新聞是反映了事實還是歪曲了事實」這樣簡單的二元判斷中解放出來，轉向更複雜的文化過程的解析：新聞通過哪些符號方式和表意實踐來建構社會成員的集體理解。〔註49〕

　　由於本研究是從「雷鋒」媒介文本著手，意在探討社會經濟變遷所帶來的新聞話語變遷，以及在這種背景下，宣傳管理、市場、新聞專業理念以及新媒體技術等多種力量博弈下話語秩序的重新呈現，因此本文主要借鑒的理論除了上述的話語分析理論之外，也借助於文化分析的視角和批判視角，其主要理論來源於社會建構論、新聞社會學、文化研究以及西方馬克思主義理論等。

## （一）社會建構論

　　作為一種社會研究取向，建構主義因其重視「事物乃是通過社會建構而存在」而得名。零散的、不系統的建構主義思想和實踐古已有之，19 世紀末隨著學科的分化，建構主義思想開始對心理學、社會學、歷史學、教育學等多個學科領域都產生了影響。1966 年，皮特和盧克曼首次明確提出「社會建構」一詞，並認為日常生活的知識基礎是主觀過程客觀化以及透過客觀化過程而建構的互為主觀的常識世界。社會建構主義有三個核心命題：一是用社會建構認識論代替傳統的主客觀二分法，認為沒有獨立於觀察者的對象，主

---

〔註49〕李豔紅：政治新聞的模糊表述──從大陸兩家報紙對克林頓訪華的報導看市場化的影響，新聞學研究，第 75 期。

體與客體永遠相互作用，不可分離；二是現實是社會的建構，是以話語爲媒介的建構物；三是「人是關係的存在」。人不是站在世界之外的「旁觀者」，而是融於世界萬物之中，因爲有了人世界才成爲有意義的世界。〔註50〕

　　另一位澳大利亞學者沃特斯將紛繁複雜的社會學理論進行重新整合修訂，並將其簡化爲四大類，它們分別是：功能主義、建構主義、批判結構主義和功利主義。其中，建構主義被認爲是具有主觀性的和個體論的，它尋求對個體和主體間的意義和動機的理解。人被看作是有資格能力和溝通能力的行動者，他們積極主動地建構與創造著社會世界。他認爲社會學中的建構主義脈絡可以追溯到19世紀晚期和20世紀早期的兩位理論家：齊美爾和韋伯，他們都認爲人的行爲和自然客體的行爲有著根本的不同，人總是積極主動地建構社會現實的行動者，社會學的觀察者必須對參與者確立的意義做出解釋，即賦予意義。其後，在齊美爾的影響下，米德發展了美國的建構主義傳統——符號互動論，它強調溝通的作用，借助溝通社會進入每一個人的內心世界，各種理解也由此共享。而在歐洲，舒茨則發展了現象社會學以及後來的常人方法論。

　　在當代或後現代時期，英國社會學家吉登斯汲取了建構主義脈絡的精華，提出了結構化理論以期理解在「解釋性的行動和穩定的、大規模社會系統的突生之間存在某種關聯。」〔註51〕在吉登斯那裡，建構主義被重新修訂，他認爲，社會不是一個預先給定的客觀現實，而是由社會成員能動創造的；個體不僅僅是指一個主體，也是指一個能動者，能通過行動對結構進行建構；而結構則在整體上對作爲個人存在的社會行動者及其行動既有制約作用和不可選擇性，又具有促進作用。簡言之，就是結構由行動構成，而行動又被結構性地建構，這就是所謂社會實踐的結構化〔註52〕。

　　在中國新聞學界，復旦大學黃旦教授曾言辭激烈地批駁我國的新聞研究中「以機構爲對象，以功能主義爲取向」的傾向，並指出其中存在著絕對二元論、決定論、類型化、單一化、角色化等問題，並建議爲扭轉這種研究取向，應從功能主義向建構主義轉化，「從社會決定論向社會互動論轉化；從抽

〔註50〕金小紅：吉登斯的結構化理論與建構主義思潮，江漢論壇，2007年12期，第94～95頁。

〔註51〕〔澳〕馬爾科姆・沃特斯：現代社會學理論（第2版），北京：華夏出版社，2000年版，第6～9頁。

〔註52〕吉登斯著，李康譯：社會的構成，北京：三聯書店，1998年版。

象的因果推論向具體的事實描述轉化；從事例歸納向意義解釋轉化。」〔註53〕

## （二）新聞社會學

從傳統來看，「新聞」往往被界定為事實知識，是對真實客觀的反映。但這種觀念隨著時間的發展開始受到懷疑。早期，李普曼就認識到新聞媒介與社會現實之間的複雜關係，他認為媒介提供的是一個虛擬的真實環境，這個環境和客觀現實環境是有區別的，在認為報刊上的新聞就像一個「探照燈的光束」，是通過一系列選擇的最後呈現，並不能真實反映客觀世界。〔註54〕

其後，多種研究都表明了「新聞不可能完全客觀」。懷特於 1950 年提出的新聞信息傳播過程中的「把關人」理論就表明，在新聞製作的過程中編輯的選擇具有高度的主觀性，而布里德則從組織環境──編輯室中考察媒介政策對新聞從業者的影響，其結論為：「新聞人員並不是特別地堅持社會和職業理念，而是將他們的價值重新限定在新聞編輯室內部更為實用的基礎之上。」〔註55〕

但這兩項研究仍是在勸服和傳播效果的傳統背景下來進行的，在其後的多年都並沒有對媒介與社會建構的批判。直到 1970 年代，美國的媒介社會學迎來了大發展，產生了一批堪稱典範的研究成果。首先是舒德森在其 1978 年出版的《發掘新聞──美國報業的社會史》中，結合當時的社會語境，詳細探究了作為新聞專業意識形態的「客觀性」理念的產生，認為「事實已經不再是世界本身的呈現，而是對世界共識的表述。」〔註56〕「如果說舒德森關注的是新聞作為一種知識生產的社會和文化條件，而塔奇曼則將注意力放在新聞作為一種知識的形成。它產生於媒介機構組織常規的多元利益之間的互動，是一種『機構的屬性』。」〔註57〕根據塔奇曼的研究，新聞的生產反映了其組織機構的實踐，記者和新聞源之間的關係、報導領域的空間、組織新聞的時間以及報導的慣例決定了什麼東西能成為新聞和如何成為新聞。因此她

---

〔註53〕黃旦：從功能主義向建構主義轉化，新聞大學，2008 年第 2 期，第 48 頁。

〔註54〕Walter Lippmann, Public Opinion（New York: Dover Publication's, INC. 2004），P197, 192.

〔註55〕White, D. M, The Gatekeeper: A Case Study in The Selection of News, Journalism Quarterly（27, 1950），P383～390.

〔註56〕〔美〕舒德森著，陳昌鳳、常江譯：發掘新聞──美國報業的社會史，北京：北京大學出版社，2009 年版。

〔註57〕張斌：新聞生產與社會建構，現代傳播，2011 年第 1 期。

得出結論：新聞是建構的現實，是社會現狀的再生產，是一種意識形態。〔註58〕而另一位學者吉特林則跳出了以往研究的局限性，把視角放到新聞媒體與社會環境的互動上，他反覆強調：「新聞是大眾文化的一個重要組成部分，對新聞的研究最好將在一個更為廣闊的各種文化產物及其意識形態的領域中展開」，「對文化作品的文本分析必須跳出新聞的狹隘範疇，進入更大的政治和歷史範疇。」〔註59〕

### （三）文化研究

「文化研究」並不是一門具有明確界定的學科，它橫跨傳媒研究、文學研究、傳播研究、女性主義、心理分析等各學科，是指起源於二十世紀六七十年代的英國伯明翰大學當代文化研究所的研究方向及學術成果，其代表人物有理查・霍加特、雷蒙・威廉斯和斯圖亞特・霍爾。伯明翰學派的影響後來擴展到西方其他國家尤其是澳大利亞和美國。八十年代以來，伯明翰學派的研究方向及興趣在世界範圍內掀起了一股學術風潮，並逐漸形成氣候，並為許多研究提供了新概念、新方法和新的理論思路。〔註60〕

巴基斯坦學者扎奧丁・薩德爾在與人合著的《文化研究入門》一書中歸納了文化研究的五個特點：1、文化研究的對象是文化實踐與權力的關係，目的是暴露權力關係，以及研究這些關係如何影響文化實踐；2、文化研究不僅僅是研究文化，其目的是從文化的複雜形式來理解文化，分析文化實踐本身的社會和文化背景；3、文化研究中的文化有兩種功能：既是研究的對象，又是政治實踐的場所，文化研究既是理性的學科，又是實用的學科；4、文化研究既暴露又調和知識的不同領域，尋求知者和被知者、觀察者和被觀察對象的共同興趣和認同；5、文化研究對當代社會進行道德評判，其目的是理解和改變一切支配性的社會結構，尤其是工業化的資本主義社會。〔註61〕

---

〔註58〕 塔奇曼著，麻爭旗等譯：做新聞，北京：華夏出版社，2008 年版。
〔註59〕 吉特林：新左派運動的媒介鏡像，北京：華夏出版社，2007 年版，第 14、22、41 頁。
〔註60〕 陸揚、王毅著：文化研究導論，上海：復旦大學出版社，2007 年版，第 126～127 頁。
〔註61〕 扎奧爾・薩德爾、魯恩：文化研究入門（Ziauddin Sardar & Borin Van Loon, Cultural Studies for Beginners），Cambridge: Icon Books，1998 年版：9，轉引自陸揚、王毅著：文化研究導論，上海：復旦大學出版社，2007 年版，第 116～117 頁。

正如前文所述，文化研究是一門交叉學科，汲取了許多不同學科的視野，以審度文化和權力的關係，它的與眾不同之處在於，它嘗試著走出學院，建構與社會的種種聯繫，包括與政治權力的聯繫，與文化生產者以及管理者之間的聯繫〔註62〕。

本研究也將借助於以上理論的分析取向來觀照中國媒介中的特殊現象——雷鋒報導，不同時期不同媒介中的雷鋒報導不是超然於社會主體之外的，而是與政治、經濟和社會互動的建構結果，應把它放入社會情境中進行關照。同時，也認為中國媒介生態不是一成不變的，而是能在現有的社會結構中通過媒體和公眾的能動作用中有所改變。

## （四）西方馬克思主義理論

西方馬克思主義是出現於20世紀20年代的一種反對列寧主義或又自稱是馬克思主義的思潮，其內涵博大精深，我們在這裡借鑒的是主要是葛蘭西的文化領導權理論和阿爾都塞的意識形態及其對主體建構的理論。

在馬克思主義經典理論中，強調國家是暴力機器，強調國家的鎮壓職能；而西方馬克思主義學說則重視意識形態在國家中的作用，強調國家的意識形態職能。意大利著名革命家、思想家葛蘭西的文化領導權理論實際上是對馬克思主義意識形態理論的完善和發展，他看到了意識形態的獨立性和對經濟基礎的反作用，而意識形態的控制就是「文化領導權」。葛蘭西的文化領導權指的是，「在一個國家內，處於統治地位的社會階級通過採取某種策略，讓那些被統治階級自覺地認同於統治階級的文化」〔註63〕。在他那裡，「完整國家」分為包括政治社會和市民社會兩個層面。在政治社會層面的統治主要是依靠暴力手段，利用軍事、法院等國家機器進行統制，而市民社會則是指不屬於政治社會的各種社會組織，如學校、教會、大眾傳媒等文化機構，其功能在於形成社會的文化價值和道德形態。通過市民社會的運作取得文化領導權，從而讓被統治者接受統治階級的意識形態，並從內心深處對其認同。在葛蘭西看來，在統治權力的行使中，強制性統治和非強制的「文化領導權」相輔相成，互為補充，任何一個國家或政權都不可能僅憑其強制性權來維持其存

---

〔註62〕陸揚、王毅著：文化研究導論，上海：復旦大學出版社，2007年版，第124頁。

〔註63〕李輝：葛蘭西的文化領導權理論，山東師範大學學報（人文社科版），2011年第56卷第2期，第127頁。

在。對葛蘭西來說，「文化領導權」不是一個理論問題，而是一個實踐問題，它是葛蘭西政治戰略中的一個階段性目標，最終指向的是政治領導權問題。

法國哲學家路易·阿爾都塞吸取了葛蘭西的文化霸權理論的有效成分，並將拉康的結構主義精神分析學的「鏡像理論」移植到自己有關「主體性」的探討中，然後再加上他自己的帶有結構主義色彩的「多元決定論」，構建了獨特的意識形態理論。

在阿爾都塞看來，意識形態這個概念是相對中立的，人們不可能脫離意識形態而生活。他把意識形態理解成一種實踐存在，既有相對獨立的存在領域（屬於社會結構的特定層面），又有滲透於其他實踐的擴散性和流動性。他認為，「意識形態必須被看成是滑動（和滲透）到社會大廈各部分的東西，被看成一種特殊的黏合劑，確保人們對自身社會角色、社會功能和社會關係的調整和黏合。」〔註 64〕阿爾都塞區分了既存在差異又相互滲透的兩種國家機器，即強制性國家機器與意識形態的國家機器。他認為，強制性國家機器通過「暴力」發生作用，受政府統一指揮，每個人都意識到它的存在和必須服從的權威性；而意識形態國家機器卻是複數形式的、由非直接可見的各種意識形態組成的統一體，包括宗教、教育、家庭、政治、法律、通訊、工會以及文化等，這些意識形態國家機器對個體起著意識形態教化的作用。

阿爾都塞認為，一個社會中民眾被規訓、說服認同和讚賞某種制度具有合理合法性，這個過程似乎總是由某種占統治地位的意識形態來加以完成。統治階級通過種種方式來召喚和培訓勞動者，使其不僅僅具備從事社會物質生產的技能，更具有臣服於統治階級建立的生產秩序和社會觀念。換句話說，人類之所以成為主體，根據阿爾都塞的觀點，是通過接受個體自身之外的「意識形態」的召喚，通過想像和與其他主體的互動建構起來的。

雖然阿爾都塞對意識形態及其意識形態國家機器的討論是基於西方資本主義國家的現實之上的，但他也認為意識形態是普遍存在的，沒有任何一個社會不具有意識形態，因此我們可以借鑒這一理論框架來理解本研究的主要傳媒之一《人民日報》及其對「雷鋒」符號的建構。

---

〔註 64〕Gregory Elliot ed. Philosophy and the Spontaneous Philosophy of the Scientists, London: Verso 1990, P.25，轉引自孟登迎著：意識形態與主體建構——阿爾都塞意識形態理論，北京：中國社會科學出版社，2002 年版，第 121 頁。

## 二、具體研究方法

本書將對「雷鋒」這一議題跨越五十年的報導進行研究，採用定量的內容分析法、定性的文本分析以及歷史分析等方法進行研究。本研究的分析樣本以紙質媒體為主，但鑑於新媒體的影響力和對於公眾話語的考察需要，在2000年後增加了網絡微博中的相關議題作為研究對象。

本研究把「雷鋒」相關報導分為三個階段來進行研究：

第一階段為1963～1980年，這一階段選取的研究文本主要是《人民日報》中從1963年到1980年的新聞標題中包含「雷鋒」的全部媒介文本；

第二階段為1981～2000年，這一階段除《人民日報》外，增加了《新民晚報》和《羊城晚報》作為樣本，研究對象為這一時期每年3月1～10日新聞標題中包含「雷鋒」的全部媒介文本；

第三階段為2001～2012年，這一階段又增加了《楚天都市報》、《南方都市報》、《南方週末》以及新浪微博作為研究對象。研究文本包括《人民日報》、《新民晚報》、《羊城晚報》、《楚天都市報》、《南方都市報》從2001～2012年每年3月1日～10日新聞標題中含有「雷鋒」的全部媒介文；除此之外，還選取了《南方週末》2000年後新聞標題中含有「雷鋒」的全部媒介文本，以及上述媒體中其他時段新聞標題含有「雷鋒」的較為典型的媒介文本。新浪微博選擇了從2012年3月3日至3月5日的前50頁相關微博作為研究對象。

之所以會這樣選擇，一是因為每年3月5日是「學習雷鋒日」，多數報導集中於這一天的前後，因此，選擇每年3月1日～10日的相關新聞較具有代表性；二是因為有的報紙可能在這一時期報導量偏少，因此也適當增加其他時期的相關報導或者較為有影響的報導來作為補充研究；三是這樣選擇兼顧不同類型的媒體，能較為全面地反映五十年來雷鋒報導的全貌。

此外，還需要說明的是，本研究雖然標題用的是「雷鋒報導」，但應該是廣義的「雷鋒報導」，具體包括：雷鋒事蹟報導、對雷鋒精神的相關評論、學雷鋒活動的相關報導、雷鋒式人物的報導、雷鋒紀念活動的報導等等。作為單純的雷鋒這個典型人物報導在二十世紀六十年代事實上就已經完成，在此後幾十年一直長盛不衰的恰恰是學雷鋒運動的報導、雷鋒式人物的報導、雷鋒的紀念活動以及由此而生發的各種相關報導。

# 第四節　本書結構與主要內容

全書共分五部分：

第一章：緒論部分。主要是相關綜述、理論框架與問題的提出。雷鋒報導作為中國獨特的媒介景觀，延綿了五十年的歷史，這其中的話語變化和背後折射出的政治、經濟、文化的關係，以及國家與社會變遷值得研究。本研究將以「雷鋒報導」的話語變遷為線索，對其進行詳細挖掘與解讀，以期能深入剖析各因素之間的內在邏輯，並探討其背後蘊含的意義。

第二章：雷鋒「神話」建構與共識形成，本章主要研究 1960 年代初至 1980 年《人民日報》中的雷鋒報導。這一章主要考察的是「雷鋒」符號的媒介建構過程及其話語策略，以及上世紀六十年代、文革時期一直到八十年代雷鋒報導話語的變化。

第三章：從「政治神話」到「道德符號」：雷鋒報導話語的分化，這一章主要研究 1981 年至 2000 年這二十年間的雷鋒報導話語，考察在這二十年間，大眾媒體中「雷鋒」這一符號是怎樣從具有濃厚意識形態的「政治符號」變成「道德符號」，並對比作為黨報的《人民日報》和作為「黨報補充」的兩份晚報《羊城晚報》和《新民晚報》之間的話語差異。

第四章：雷鋒形象的解構與雷鋒報導話語多元化，本章以 2000 年以後的雷鋒報導為主要研究內容，考察了黨報、都市報、具有新聞專業傾向的報紙在對雷鋒報導時的話語差異，並考察網絡媒體中關於「雷鋒議題」的公眾話語。在這一時期中，雷鋒報導已經呈多元化狀態，黨報的相關報導仍承襲以往的宣傳報導模式，而作為大眾化報紙的都市報卻體現出多元傾向，這裡面不僅有宣傳模式的複製，也有對雷鋒進行了重新建構與話語爭奪，還有將「雷鋒」這一符號轉變為消費符號呈現出來；而在具有新聞專業化傾向的《南方週末》，則採取了模糊表達的策略，使其文本更具有開放性；網絡中的公眾話語更是形成了與主流媒體相對立的輿論場。

第五章：思考與討論。主要討論從雷鋒報導來觀照中國五十年來新聞話語的具體變化、中國新聞專業文化形成的可能性，以及中國道德困境的解決途徑及其媒介責任。

# 第二章　雷鋒「神話」建構與共識形成（1963～1980）

　　羅蘭·巴特說：「神話是一種言說方式。」他接著說：「神話不是憑藉傳遞其信息的媒介物來界定的，而是靠表達這信息的方式來界定的。」〔註1〕在羅蘭·巴特看來，一切都可以是神話，他舉了個例子，一棵樹，如果經過米諾·迪陸埃的描述，就已不完全是一棵樹了，它成為一棵裝飾過了的樹，與某種消費相配，充斥了文學的自滿、反抗、意象。這也正如我們的研究對象雷鋒，雷鋒原本就是一個平常人，他的所作所為，就體現了他自己的情感、經歷，成就了他自己；但是經過國家的推崇和報刊的渲染，雷鋒已經不僅僅是他自己，他成為一個神話。羅蘭·巴特還說：某些客體在一段時間當中成為神話表達方式的捕獲物，然後它們就消失了，另外的客體佔據了它們的位置，就上升為神話。可以有古老的神話，但沒有永恆的神話，「人類歷史，而且只有人類歷史，決定了神話語言的生死。」經過媒介建構的雷鋒變成了一個符號，這個符號的能指已經定格在他二十多年的短暫的生命中，而其所指卻在不同的時代變幻不定。最初他是忠於毛主席的好戰士，接著成為具有堅定階級立場的典型，八十年代以後成為道德模範先進人物，而進入八十年代以來，儘管主流媒體仍然大力宣揚雷鋒精神，但雷鋒符號卻仍然開始受到質疑，對雷鋒的看法開始分化，到新世紀，雷鋒以前被媒體遮蔽的一些細節不斷被挖掘出來，對雷鋒的爭議與質疑不斷產生，甚至他的情感經歷也被娛樂

---

〔註1〕　〔法〕羅蘭·巴特著，屠友祥、溫晉儀譯：神話修辭術批評與真實，上海：上海人民出版社，2009年8月版，第169頁。

化，甚至被不斷惡搞。由此可見雷鋒這個「神話」，和社會變遷以及不同時代的大眾媒介話語系統是緊緊聯繫在一起的。

　　二十世紀六十年代初，雷鋒的先進事蹟被發現被媒體報導與宣傳，雷鋒開始建構成「毛主席的好戰士」，他對領袖和中國共產黨的無比熱愛、愛憎分明的階級立場、艱苦樸素的生活作風以及爲全心全意人民服務的精神被反覆宣傳與放大。這種帶有政治意味的宣傳從六十年代初一直持續到八十年代，但由於政治環境的變化不同時期又有不同的特點。本章的主要研究對象是1963～1980 年以《人民日報》爲主的黨報對雷鋒的報導，之所以選擇《人民日報》，是因爲其權威性和鮮明的意識形態性，不僅具有典型性，而且其他報紙將傚仿的坯本。本章的核心問題是：作爲政治符號的「雷鋒」在大眾媒介中是如何被建構出來的？其話語表現如何？它爲什麼被建構？

# 第一節　六十年代雷鋒「神話」的產生與媒介話語表現

## 一、雷鋒「神話」的起源與生產

　　二十世紀六十年代，是作爲「神話」的雷鋒產生階段。這個「神話」中有一個能指，即眞實世界中作爲普通個體的雷鋒，主要包括其外表、性格、經歷、言行等；有一個所指，即毛主席的好戰士，其身上集中了愛憎分明的階級立場、忠於人民忠於黨、艱苦樸素的工作作風等特質。而在不同的時代這一特質中的某一或某些要素被強調、放大，甚至被扭曲、被改變，所指成爲漂移的所指。雷鋒符號把這個能指和漂移的所指連接起來，成爲整個意識形態系統的一部分。

### （一）雷鋒「神話」的起源

　　雷鋒最早呈現於大眾面前的形象，是在參軍以後適應當時形勢以「節約標兵」的典型出現的。他於 1960 年 1 月 8 日參軍入伍，之後被分配到運輸連，「從這時起，有關他的一些令人感歎的事情，開始陸續傳開來。」〔註2〕同年8、9 月間，雷鋒所在單位收到兩封表揚雷鋒給遭遇洪水襲擊的災區捐款的信

---

〔註 2〕陶克、王躍生：雷鋒現象，北京：解放軍文藝出版社，2003 年版，第 46 頁。

件。雷鋒所在團政委韓萬金意識到雷鋒行為跟當時的形勢具有重要的勾連意義，〔註3〕於是讓人以雷鋒自述的名義整理出一份先進事蹟材料。這份材料在全團指戰員中引起了強烈的反響，團黨委決定樹立雷鋒為全團艱苦奮鬥的「節約標兵」，號召全團官兵都要像雷鋒那樣克勤克儉，艱苦奮鬥，共同度過 60 年代初期國家經濟生活遇到的暫時困難。與此同時，團裏還舉行了活動學習雷鋒，如座談會、黑板報、張貼標語口號等。這份材料，也引起了上級領導和媒體的注意。在其後的「憶苦」活動中，雷鋒被推舉為憶苦帶頭人，東北各地邀請他去做憶苦報告，雷鋒的苦難家史及其先進思想和模範事蹟在報刊上得以連續報導，這些宣傳活動產生了極大的反響。

最早介紹雷鋒事蹟的媒體是瀋陽軍區的《前進報》。1960 年 11 月 26 日該報發表了介紹雷鋒事蹟的通訊和部分日記摘抄，並把稿件轉發給了新華社、《解放軍報》、《遼寧日報》、《遼寧工人報》等媒體。不久，這些媒體都刊發了這篇通訊。在全國性媒體中，《解放軍報》最早介紹雷鋒事蹟。在 1960 年 12 月 26 日，該報第二版曾以《一株茁壯的新苗──新戰士雷鋒光榮入黨的經歷》為題介紹了雷鋒事蹟，並配發了編後記《做毛主席的好戰士》。1961 年春，部隊開展「兩憶三查」教育活動時，《解放軍報》又運用連環畫的形式，介紹了「苦孩子 好戰士」雷鋒的成長過程。1961 年 5 月 5 日，《人民日報》第一次刊發關於雷鋒的報導《苦孩子成長為優秀人民戰士》。

1962 年 8 月 15 日雷鋒遇難之後，《撫順日報》連續兩個月用整版、半版或專欄，連續發表社論、消息、通訊、評論、詩歌等 91 篇稿件，並以《毛主席的好戰士》為題連載了陳廣生關於雷鋒的報告文學。

但真正大規模地報導雷鋒的事蹟，是從 1963 年 1 月 7 日國防部命名雷鋒生前所在的班為「雷鋒班」以後才開始的。1963 年 1 月 8 日，《遼寧日報》開始連續而突出地宣傳雷鋒事蹟，該報是最早大規模宣傳報導雷鋒的省級黨報。其後，從中央到地方的一些著名大報都開始報導雷鋒事蹟及學習雷鋒的各種活動。如《人民日報》於 1963 年 1 月 25 日刊登了國防部批准授予雷鋒生前所在班「雷鋒班」稱號；2 月 7 日，《人民日報》除了第一版以顯著位置

---

〔註3〕　韓萬金認為，正值黨中央大力號召增產節約，在連隊深入社會主義教育的時候，出現雷鋒支持地方建設、支持災區人民的動人事蹟，不是偶然的，它生動地說明我們的軍隊永遠和人民心連心。……並提出「一定要加強對雷鋒的培養教育，使其成為全團的先進典型。」陶克：雷鋒現象，北京：解放軍文藝出版社，2003 年版，第 49 頁。

發表了遼寧省開展學習雷鋒忠於革命事業的新聞外，還在第二版刊登該報記者甄爲民、佟希元、雷潤民採寫的長篇通訊《毛主席的好戰士——雷鋒》，並在同版發表評論員文章《偉大的普通一兵》；在當天的第 5 版以整版篇幅刊載《雷鋒日記摘抄》及《雷鋒的生活片斷》照片五張。隨後，該報又於 2 月 19 日、26 日第二版開闢了《學習雷鋒》專欄，集中發表了雷鋒生前戰友、家鄉政府及讀者的來信。

在雷鋒的宣傳報導中，《解放軍報》的力度最大。從 1963 年 2 月 8 日起，在其後的一個多月中，該報每天在頭版或其他版顯著位置發表一篇通訊和雷鋒生前戰友的回憶文章，介紹雷鋒生平的事蹟。這其中，2 月 8 日發表的由該報特約記者陳廣生採寫的通訊《偉大的戰士》影響最大，該文系統、全面地報導了雷鋒的先進模範事蹟。與此同時，《解放軍報》刊登了雷鋒日記摘抄，組織了照片專版，還先後兩次發表社論和多篇思想評論。該報還以多種形式全方位報導學習雷鋒活動，引起了廣泛關注，據統計，從集中宣傳雷鋒典型以來 40 多天裏，該報收到各方面來稿來信一萬五千多件。

《中國青年報》對雷鋒的宣傳報導也很突出。1963 年 2 月 5 日，該報在一版刊登了《遼寧青年學習雷鋒》的消息和《像雷鋒一樣戰鬥和生活》的社論，以及劉志堅寫的《偉大的戰士，高尚的品德》等文章；第二版以整版篇幅刊登長篇通訊《永生的戰士》，並配了插圖、照片和羅瑞卿的題詞。2 月 9 日，又以一個半版的篇幅刊登了雷鋒日記摘抄等；當天第四版《接班人》專刊上開闢《向雷鋒學習》專欄，組織群眾學習雷鋒。從 1963 年 3 月至同年 10 月中，《中國青年報》關於雷鋒的宣傳報導文字達 50 多萬字，占這個時期報紙總版面的十分之一，可見規模之大。這一期間，新華社、《中國青年》雜誌，以及一些省市報紙如《天津日報》、《文匯報》、《新民晚報》等也都跟進，刊登了雷鋒事蹟和歌頌雷鋒的詩歌、雜文等。〔註4〕

除了媒體的大規模宣傳之外，雷鋒神話的生產與領袖題詞的激發有著很大的關係。當時的黨和國家領袖毛澤東對雷鋒的題詞——「向雷鋒同志學習」於 1963 年 2 月首先刊登《中國青年》雜誌。同年 3 月 5 日，以《人民日報》爲首的各大中央主流媒體都刊登了毛澤東的題詞手跡。其他黨和國家領導人也紛紛爲雷鋒題詞。由於領導人的積極倡導和推動，學雷鋒的活動很快就從

---

〔註4〕 各媒體對雷鋒的報導情況，本節參照了劉家林：《新中國新聞事業長編（1949～2009）》（上），廣州：暨南大學出版社，第 246～248 頁。

軍隊向全國各行各業發展，迅速興起了一個全國範圍的學雷鋒的熱潮。《人民日報》、《解放軍報》、《中國青年報》、《光明日報》等全國性報紙和各地方報紙，都紛紛報導雷鋒事蹟，刊登雷鋒日記，並用大量篇幅報導了各地開展學雷鋒活動的情況。而各種關於雷鋒的書籍、畫冊和電影也開始出版和放映。「學雷鋒」逐漸成爲一個政治性運動。

### （二）「毛主席的好戰士」：雷鋒的媒介形象建構

這是「雷鋒」符號推向全國時最初的媒介形象，簡潔有力的五個字中蘊含著深刻的內涵。

「雷鋒」首先是「好戰士」，是來源於部隊的典型人物。「在整個六十年代，有三個普通人給中國人留下了深刻印象——雷鋒、王進喜、陳永貴，算是代表了工農兵，雷鋒排在第一，是和平建設時期中國『兵』的象徵」。〔註5〕雷鋒是從軍隊發現的典型，之所以被推爲典型，既和軍隊的地位有關，也和那個時代軍隊登上政治舞臺的背景有關。「軍隊是中國政治中獨特而強大的組織。革命成功的基礎是中國人民解放軍的勝利，許多高級領導人都有某些軍事經驗。毛澤東更是軍隊的締造者，……」。〔註6〕而在當時，林彪接替彭德懷擔任國防部長、發起了軍隊政治化運動之後，人民解放軍的地位和作用急劇上升，其政治影響延伸到整個國家。軍隊成爲毛澤東重新樹立自己權威的最重要後盾。〔註7〕這之前和之後的許多典型人物都來自軍隊，如黃繼光、董存瑞、歐陽海、王杰、五好戰士黃祖示等。選擇軍隊的典型人物，一方面可以對來自農村新兵構成的解放軍產生巨大的榜樣作用，另一方面來自軍隊的典型在群眾的心目中有天然的優勢與威望，容易產生效果。

不應忽視的是，在「戰士」身份前，還有一個稱謂是「毛主席的」好戰士。而且對於雷鋒最初的報導，標題就是「毛主席的好戰士」。袁光鋒通過研究發現，「對一九六三年所有關於雷鋒的重要報導進行查詢，以『毛主席』、『毛澤東』爲關鍵詞搜索，能夠搜索到四百二十六處」，「在媒體的宣傳報導中，

〔註 5〕 師永剛、劉瓊雄：雷鋒（1940～1962），北京：三聯書店，2012 年版，第 216 頁。

〔註 6〕 Townsend, James Roger. And Womack, Brantly，顧速、董方譯：中國政治，南京：江蘇人民出版社，1994 年版，第 67 頁。

〔註 7〕 吳海剛：雷鋒的媒體宣傳與時代變革，二十一世紀（香港），2001 年第 4 期，第 138 頁。

與『雷鋒』相聯繫最爲緊密的關鍵詞中,『毛澤東』是排在第一位的,並且遠遠高於第二位的『黨』,和第三位的『人民』。」〔註8〕

　　無論是在雷鋒日記、組織經驗介紹、讀者來信,還是領導人對「雷鋒精神」的詮釋中,都多次提到他「認真讀毛主席的書,聽毛主席的話,照毛主席指示辦事」,做毛主席的好戰士。日記本原本是私密的個人空間,但卻成爲建構「雷鋒」符號的有效工具,幾十年來,《雷鋒日記》曾被多次出版。一開始,雷鋒的日記只是作爲反映雷鋒的先進事蹟的輔助品,但後來,雷鋒日記卻承載著沉重的政治宣傳與教育任務,以至於日記中一些真實的東西反被刪除與掩蓋。《雷鋒日記》有各種版本,而且內容均有不同,其中的一些日記或被刪掉或作了修改,以至於其真偽在改革後也一度成爲爭議的話題。在《人民日報》等報紙摘抄的雷鋒日記中,多次提到對當時領袖毛澤東嚮往與崇拜。如在 1959 年 10 月的一篇雷鋒日記〔註9〕中,他聽了一位在北京受到領袖接見的「積極分子」做的報告之後,這樣表達對毛主席的崇敬之情:「他說,毛主席在北京接見了他們,毛主席的身體很健康,對我們青年一代無比的關懷和愛護……。當時我的心高興得要蹦出來。我想,有一天我能和他一樣,見到我日夜想念的毛主席該有多好,多幸福啊!」他接著描寫了自己前一天晚上做的夢,夢中也受到了毛主席的接見,「像慈父般撫摸著我的頭,微笑著對我說:好好學習,永遠忠於黨,忠於人民!」毛主席的接見如同對英雄的「加冕」,給了普通人巨大的精神力量,而對於雷鋒來說,即便只是一個夢,也讓他「高興得說不出話來了,只是流著感激的熱淚」,使他「渾身是勁」,並堅定了「聽黨的話,聽毛主席的話,永遠忠於黨,忠於毛主席,好好地學習,頑強地工作,爲黨和人民的事業貢獻自己的一切,作一個毫無利己之心的人」,這樣做的最終目的只有一個——「真正見到我們最偉大的領袖毛主席」。在另外《人民日報》中同一天刊登的另一篇日記裏,他也表達了同樣的心情與願望:「敬愛的毛主席呀,毛主席,我天天想,日日盼,總想見到你,你老人家的照片,我每天要看好幾次,你老慈祥的面孔,我在夢中經常見到。我多麼想念呵!何時能夠見到你,可現在我還差得很遠。沒有做出什麼成績,對人民沒有多大貢獻。但是,我有決心聽你老人家的話,永遠站

---

〔註 8〕 袁光鋒:作爲政治神話的榜樣與社會主義新人的「塑造」,思與言(臺灣),第 48 卷第 4 期。

〔註 9〕 雷鋒日記摘抄,人民日報,1963 年 2 月 7 日。

穩立場。我要像松樹那樣，不怕風吹雨打，四季常青；我要像柳樹那樣，插到哪裏都能活；我要緊緊和人民聯繫在一起，在人民中生根、成長、結果，作人民最忠實的勤務員。我要以堅強的毅力，頑強的勞動，刻苦學習，做好工作，爭取見到毛主席。」〔註10〕

忠於毛主席、讀毛主席著作是雷鋒前進的動力與精神源泉，他說道：「要成長進步，爲黨做更多的工作」，「就必須認眞讀毛主席的書，聽毛主席的話，照毛主席指示辦事，才能做毛主席的好戰士。」〔註11〕

雷鋒之所以成爲典型不是天生造就的，離不開組織的培養，而雷鋒生前所在的隊伍——運輸連在介紹培養雷鋒的經驗時其中有一段提到：

反反覆覆地讀毛主席的書，老老實實地聽毛主席的話，時時刻
刻按毛主席的指示辦事，一心一意做毛主席的好戰士。這是雷鋒所
以成爲一個平凡而偉大的共產主義戰士的最根本的原因。〔註12〕

雷鋒的這種思想也啓發了其他戰士和群眾，他們以雷鋒爲榜樣，做「毛主席的好戰士」成了他們的目標和方向。在一組群眾來信中，有一名部隊炊事員這樣寫道：

學習了雷鋒的事蹟，我暗暗地問自己：當兵是爲了什麼？我讀
了雷鋒日記，又翻開毛主席《爲人民服務》的文章，一連讀了幾遍。
反覆深思，我的思想就亮堂起來了。

毛主席的著作，雷鋒同志的事蹟，解決了我的思想問題。我決
心要當好人民忠實的勤務員，熱愛本職工作，像雷鋒同志那樣做毛
主席的好戰士，來回答黨和毛主席對我的培養和教導。〔註13〕

而對於雷鋒對於毛主席的忠誠、以及毛澤東著作的態度，當時部隊領導人給予了極高的評價。時任人民解放軍總參謀長、國防部副部長的羅瑞卿在寫給《中國青年》的文章中提道：「雷鋒同志值得學習的地方是很多的。但是，我覺得，最值得我們學習的，也是雷鋒之所以成爲一個偉大戰士的最根本、最突出的一條，就是他反反覆覆地讀毛主席的書，老老實實地聽毛主席的話，

〔註10〕 雷鋒日記摘抄，人民日報，1963 年 2 月 7 日。
〔註11〕 閃耀著人民戰士的共產主義思想光輝 雷鋒日記摘抄續在解放軍報發表，人民
　　　　日報，1963 年 2 月 20 日。
〔註12〕 培養教育雷鋒成爲毛主席的好戰士的經驗，人民日報，1963 年 7 月 3 日。
〔註13〕 雷鋒給我的啓發，人民日報，1963 年 3 月 20 日。

時時刻刻按毛主席的指示辦事，一心一意做毛主席的好戰士」〔註 14〕。

雷鋒在汽車中學習「毛選」的照片也被刊載出來，成爲雷鋒流傳下來的經典照片之一。

湯普森曾經討論過意識形態運行的五種模式中，其中一種爲「虛飾化」，「虛飾化」裏面的一種謀略爲「轉移」，「轉移這個詞習慣上指用一物或一人來談論另一物或另一人，從而把這個詞的正面或反面含義轉到另一物或另一人。」〔註 15〕「雷鋒」符號的出現與構，是作爲維護毛澤東的權威而出現的，和「毛澤東思想」緊密聯繫在一起。這與當時的政治背景密切相關。毛澤東在「大躍進」、人民公社化運動等問題上的失誤，造成了中國 1959～1961 年的嚴重經濟困難局面，受到了黨內外的詰難，個人權威受到損害而有所下降。毛澤東在國內經濟建設問題上受到挫折，正在尋找能夠發揮自己領導才能的新出路，即從政治領域開拓出一條新路來。1959 年 9 月，在北京舉行的中央軍委上擴大會議上，林彪接替彭德懷出任國防部長職務（副總理兼國防部長），並作爲中央軍委第一副主席主持軍委日常工作。林彪一上臺就開始不遺餘力地大搞毛澤東的個人崇拜〔註 16〕。而對毛澤東的這種個人崇拜從五十年代末六十年代初開始，一直到文革時期達到頂峰。這種個人崇拜的宣傳，出現在各個媒體的不同的敘事中，雷鋒報導也不例外。

學習毛澤東思想和著作，按照毛澤東的要求做事，在媒體的敘事話語中，被看作是雷鋒進步的主要動因，毛澤東的「神話」地位由此而得到體現，他的思想被認爲具有宗教般的力量，能夠改造民眾的精神世界，能夠造就「社會主義新人」。在當時的社會語境下，雷鋒的神話的出臺毋寧說是爲了維護更高層次的政治神話體系，學雷鋒只是一種形式，最重要也是最本質的是要學習毛主席。〔註 17〕

而雷鋒作爲「毛主席的好戰士」，其特質體現在以下幾方面：

---

〔註 14〕 羅瑞卿：學習雷鋒——寫給《中國青年》，人民日報，1963 年 3 月 5 日。

〔註 15〕 〔英〕約翰 B 湯普森著，意識形態與現代文化，南京：鳳凰出版傳媒集團、譯林出版社，2012 年版，第 69 頁。

〔註 16〕 朱樹彬：毛澤東個人崇拜現象的歷史考察，北京：中共中央黨校博士論文，2007 年版，第 86～87 頁。

〔註 17〕 袁光鋒：作爲政治神話的榜樣與社會主義新人的「塑造」，思與言（臺灣），第 48 卷第 4 期。

### 1、愛憎分明的階級立場

雷鋒的父親因抗日遭活埋，哥哥進工廠當童工手臂被機器壓斷無錢醫治而死，弟弟餓死，媽媽到地主家做工受辱自盡，從雷鋒的經歷可以看到他是出身貧苦、飽受剝削、苦大仇深，解放後，共產黨救了他，替他「治好了滿身膿瘡」，送他免費上了小學，槍決了害死他媽媽的地主，替他報了仇。這樣的出身和經歷使得雷鋒能夠很容易地被塑造成「苦大仇深」的形象，而他對地主階級、資本家階級、國外資本主義侵略勢力的仇恨，則能夠使得他有堅定的階級立場。

也正是這種經歷，使雷鋒對毛主席和共產黨產生了無比熱愛和忠誠。雷鋒在日記中寫道：「唱支山歌給黨聽，我把黨來比母親，母親只生我的身，黨的光輝照我心；舊社會鞭子抽我身，母親只會淚淋淋，共產黨號召我鬧革命，奪過鞭子揍敵人……。」〔註18〕他不但多次在日記中表達這份熱愛，而且認為這分熱愛帶給他渾身使不完的勁。在入黨的那一天，他的日記中這樣表示：「我要永遠聽黨的話，在您的教導下盡忠效力，永遠做祖國人民的忠實兒子。我要全心全意地為人民服務，永遠做人民群眾的忠實的勤務員。為了黨的事業，為了全人類的自由、解放、幸福，就是入火海上刀山，我也心甘情願！就是粉身碎骨，也是赤膽紅心，永遠不變！」

與之相對照的是雷鋒對敵人的無比憎恨之情。當他聽到「階級敵人有所抬頭、想乘機破壞社會主義建設」時，「心裏直發火，恨之入骨」，並聯想到自己的身世和血海深仇，「決心為黨和階級的最高利益鬥爭到底。」而聽到「美帝國主義發動武裝入侵古巴」後，雷鋒心情萬分激動，他在日記上寫道：「我恨不得立刻長上翅膀，飛到古巴，和英雄的古巴人民一道，粉碎美帝狗豺狼。」他時刻想到「臺灣還沒有解放」，「世界上還有三分之二的窮人沒有解放」，要求自己時刻保持革命軍人應有的革命警惕性和高度的責任感。他在一篇記述執行站崗勤務的日記裏寫道：「我在哨所周圍來回流動，腦子裏一個轉又一個轉的想著，汽車、油庫、國家的許多財產、全連的安全，都掌握在衛兵的手裏，如果麻痺大意，不提高警惕，萬一敵人破壞，那將給國家和人民造成多大的損失。我感到自己責任的重大。……人民的子弟兵，祖國的保衛者，這個光榮的稱號又使我感到高興，我寧願站到天亮也樂意。」〔註19〕

---

〔註18〕雷鋒日記摘抄，人民日報，1963 年 2 月 7 日。
〔註19〕培養教育雷鋒成為毛主席的好戰士的經驗，人民日報，1963 年 7 月 2 日。

雷鋒的苦難經歷與幸福的現實生活相對照，建構著紅色政權的合法性。更爲重要的是，雷鋒與資產階級、封建地主階級、國外侵略勢力的對立，不僅能夠隨時滿足政治權威的階級鬥爭的需要，更容易成爲政治權威的工具和政治符號，參與到符合政治需要的階級鬥爭中去。

### 2、忠於人民忠於黨

媒介建構的雷鋒形象的另一特質是「忠於人民忠於黨」，並大量報導了他不僅熱愛工作，而且「不滿足於本職工作，事情越多越好」的精神，同時也報導了他助人爲樂的事蹟，而這些事蹟和這種精神，也是雷鋒這個符號能存在於長達五十年的原因。

雷鋒在日記中多次表達了這種「忠於人民忠於黨」的思想。共產黨對雷鋒有救命之恩，是雷鋒的「再生父母」，這是雷鋒對共產黨和毛主席感恩和效忠的基礎，也是他產生「爲人民服務」、「使別人過得更美好」的源頭。爲什麼媒介要反覆強調、建構雷鋒這一形象？根據袁光鋒的研究，報恩是中國文化的一種核心觀念，在中國傳統交往關係中佔有重要位置，它既可以是一種私領域的交往關係，也可以是一種意識形態。在共產黨政治體系中，政治意義上的報恩在那個時代被反覆鼓吹，媒體所塑造的雷鋒對共產黨、毛澤東的感恩，已經不僅是傳統意義上的感恩，而是被建構爲更爲複雜的意識形態的一部分，它揉合了施恩、報恩、忠心、服從等政治功能，被從一種個人情感、拔高爲政治情感，而在此基礎上成爲政治忠心、政治信仰的表達話語，經過各種官方的宣傳，又起到了社會教化的作用，維護著整個意識形態體系的運轉。〔註20〕

### 3、艱苦樸素的生活作風

雷鋒的宣傳正值大躍進的負面影響沒有消除，三年自然災害剛剛結束，人們面臨著溫飽不足，一些不滿情緒開始漫延開來。這時需要一個「艱苦樸素」典型人物來給人們以力量，使民眾產生一種階級歸屬感和集體感。發夏衣，本應領兩套軍衣，兩雙膠鞋，他只領一套衣、一雙鞋；以前用過的東西，修補好，繼續使用；「平時把錢攢起來，捨不得花一分錢」，省吃儉用把節約的錢寄到災區……這些事蹟被媒體反覆引用，反覆報導，建構起一個「艱苦樸素」的雷鋒。在共產黨的政治倫理建構中，「艱苦樸素」已經不僅僅是中國

---

〔註20〕 袁光鋒：作爲政治神話的榜樣與社會主義新人的「塑造」，思與言（臺灣），第 48 卷第 4 期。

傳統儒家倫理所定義的修身規範，更是一種具有宗教特質的神聖價值，這一價值超越了個人修養的範圍，而被提拔爲共產黨的政治道德，以及爲了共產主義宏偉藍圖的奉獻精神。作爲政治神話，它成爲了政治權威傳播這一精神的載體〔註21〕。

　　後來，人們卻發現雷鋒也是一個時尚小夥，擁有當時時尚的毛料衣和手錶。由此可見媒體在對雷鋒的建構是凸顯了他的艱苦樸素的一面，而對他的另一面進行了遮蔽。

## 二、大眾媒介中的雷鋒神話建構路徑與話語分析

### （一）大眾媒介中的雷鋒神話建構路徑

#### 1、「向雷鋒同志學習」：號召與響應

　　「號召」屬於祈使句類，用於表示指令行爲，常見於標語、口號中，主要是指號召發出者試圖使接受者實施某個行爲的話語。一般而言，爲達到良好效果，發出號召者必須具有某種權威性或在組織中處於較高地位，而接受者則以群體和組織爲主，其表達方式多帶有較強烈的感情色彩或具有一定鼓動性直接提出某種要求，但這種要求並不具有強制性。

　　1963 年 3 月 5 日，《人民日報》刊登了毛澤東爲雷鋒的題辭「向雷鋒同志學習」，此後，我們可以看到新聞標題中大量號召語句的使用與對號召的響應，如「解放軍總政治部和團中央分別發出通知　廣泛開展『學習雷鋒』的教育活動」；「全國總工會向各級工會組織發出通知　號召廣大職工向雷鋒學習」；「共青團中央追認雷鋒爲全國優秀少先隊輔導員　號召全國少先隊輔導員向雷鋒同志學習」；「濟南部隊號召官兵像錢正康那樣學習雷鋒」「偉大領袖毛主席號召向雷鋒同志學習　指引億萬軍民攀登思想革命化的……」等等。這些標題中的施動者是組織和領導，受者是普通群眾。從這些新聞標題中可以看到，號召的發佈者要麼是組織機構，要麼是具有一定地位的黨政領導者，是具有絕對權威的，而媒體對他們的號召是完全傳達、毫無更改地呼應的。媒體與號召者的身份是同一的，並沒有獨立發聲。而接受號召的，根據工作需要會有特定對象，如解放軍、青年、在校學生；但更多的時候是不確定的普通群眾。

---

〔註21〕袁光鋒：作爲政治神話的榜樣與社會主義新人的「塑造」，思與言（臺灣），
　　　　第 48 卷第 4 期。

　　這種號召式的新聞報導框架的出現，體現了當時的傳媒功能。《人民日報》創辦於 1946 年 5 月，後與《晉察冀日報》合併改組為中央華北局機關報，1949 年 8 月被確定為中共中央機關報。指導《人民日報》辦報實踐的是中國共產黨的黨報理論，這一形成於延安整風時期的理論主要來源於列寧的著名論斷：「報紙不僅是集體的宣傳員和集體的鼓動員，而且是集體的組織者」。1942 年延安「整風運動」期間，中共中央宣傳部發出的黨報改革的綱領性文件《為改造黨報的通知》，其中指出：「報紙是黨的宣傳鼓動工作最有力的工具」，為了辦好報紙，必須加強黨對報紙的領導，「把報紙辦好，是黨的一個中心工作。」「報紙的主要任務就是要宣傳黨的政策，貫徹黨的政策，反映黨的工作，反映群眾生活，要這樣做，才是名符其實的黨報。」〔註 22〕「所以所謂集體宣傳者集體組織者，決不是指報館同人那樣的『集體』，而是指整個黨的組織而言的集體，黨經過報紙來宣傳，經過報紙來組織廣大人民，進行各種活動。報紙是黨的喉舌，是這一個巨大集體的喉舌。」〔註 23〕正是在這一理論的指導下，《人民日報》不僅自身成為中國共產黨路線、方針、政策的傳播者，也規範著其他地方報紙和行業報紙。在建國以後，由於中國共產黨的執政黨地位，同樣可以說它是中華人民共和國國家意識形態的生產者與傳播者。因此，在學雷鋒運動中，《人同日報》不僅大量出現各行業、各地方、各單位團體對雷鋒的學習情況的報導，同時也通過這些報導推動著學雷鋒運動的發展。

　　除了號召類標題之外，我們看到了大量的對這種號召的響應，以及在這種號召之下產生的巨大效果。如：直接響應的：「響應毛主席偉大號召永遠向雷鋒同志學習」；「響應毛主席『向雷鋒同志學習』的偉大號召　解放軍三軍湧現大批雷鋒式英雄人物」；「積極響應毛主席號召認真向雷鋒學習　我國青年革命精神大發揚」等；現狀描述印證這種響應的：「千萬個雷鋒在成長」「千萬個雷鋒跟上來」；「像雷鋒叔叔那樣捨己為人　少先隊員林鴻玲河裏救兒童」「『雷鋒在我們公社！』」「用雷鋒精神對待工作學習和生活　石景山發電廠湧現大批「五好」青年……」等。個體感悟式：「我也要向雷鋒同志學習」；「聽毛主席的話，做雷鋒式的交通民警」；「立志做雷鋒式的接班人」等。這種對

<hr>

〔註 22〕中宣部：為改造黨報的通知，引自復旦大學新聞史教研室：中國新聞史文集，上海：上海人民出版社，1987 年版，第 241 頁。

〔註 23〕解放日報社論，黨與黨報，引自復旦大學史教研室：中國新聞史文集，上海：上海人民出版社，1987 年版，第 254 頁。

號召的響應遍及各行各業，不僅有解放軍，還有青年、少先隊員、工人、各地群眾；同時，在全國大江南北也掀起了學雷鋒浪潮。比如在 1963 年 4 月 4 日由四個學雷鋒小故事組成的報導《雷鋒精神在這裡閃光》。在這篇報導中，涉及的職業有：汽車司機、老師、學生、工人、匿名群眾；而地域涉及浙江、山西、遼寧和內蒙古。這只是其中一篇，還有大量諸如此類的報導。

此外，對號召的響應者多以某「類」人或者以模糊的身份出現，他們沒有個性，在新聞中被採用的多是間接引語，其講述只是為了印證雷鋒的偉大，或者學習雷鋒的正確性。

如：「很多青年認識到，要堅定自己的階級立場，必須像雷鋒那樣，堅決聽黨和毛主席的話，學習毛主席的著作，用毛澤東思想武裝自己，許多青年因此掀起了學習毛主席著作的高潮。撫順某廠有十四個小組、五百二十一名青年認真學習毛主席著作。許多青年增強了全心全意為人民服務、不怕困難的革命精神。」〔註24〕

像這樣類似於「許多青年」的被報導對象還有：「全班八個基幹民兵一致表示」〔註25〕「山西省長治縣南董完小六百餘名師生，積極學習雷鋒，出現不少新氣象。」〔註26〕「毛主席的好戰士雷鋒生前所在的瀋陽部隊某部全體指戰員，在毛主席親筆題詞「向雷鋒同志學習」發表四週年的時候，隆重集會，一致表示」〔註27〕。這些被報導對象不論從言語還是從行動上，都是高度統一的，多以集體的身份出現；或者在集體發聲之後，出現一兩個人物作為例子，印證記者報導的正確性。最終呈現在媒體的圖景便是讓人彷彿看到出現了大量的雷鋒式人物，對學習雷鋒的號召是一呼百應。

「學雷鋒」活動形成了一張大網，每一個地域每一個人都置身其中。而在這種號召與呼應中，不僅為雷鋒的神話建構找到了證據，同時也增強了國家認同感和凝聚力。每年的 3 月 5 日定為「學雷鋒日」，把《人民日報》發表毛澤東為雷鋒題詞的日子，而不是《中國青年》刊登毛澤東題詞的日子定為學雷鋒日，也足見《人民日報》的權威地位。從此以後，每年 3 月 5 日學雷

〔註24〕愛憎分明立場堅定 毫不利己專門利人 像雷鋒那樣忠於革命事業 遼寧廣大青年熱烈學習雷鋒事蹟受到深刻教育，人民日報，1963 年 2 月 7 日。
〔註25〕在雷鋒的故鄉，人民日報，1963 年 2 月 19 日。
〔註26〕雷鋒精神在這裡閃光，人民日報，1963 年 4 月 4 日。
〔註27〕瀋陽部隊某部隆重集會紀念毛主席題詞「向雷鋒同志學習」發表四週年，人民日報，1967 年 3 月 7 日。

鋒成為一種儀式，一方面它使得學習雷鋒成為歷史的敘事，固化為共產黨意識形態的一部分，每年的這個時候都是共產黨意識形態的一次宣傳，內化為公眾的歷史集體記憶；另一方面它能夠根據不同時代的需要而被重新建構，形成新的意識型態。學習雷鋒日是一種政治的節日狂歡，它通過對公眾身體和思想的規訓，讓公眾體驗到一種集體的神聖感，並在個體間迅速傳遞，進而形成一個群體或更大範圍內的效應，公共精神信仰和價值觀念由此得以形成。〔註28〕

### 2、「雷鋒式」人物報導：榜樣的再現

什麼是榜樣？在學界並沒有一個統一的定義，這裡我們採用一個較為常見的定義：「榜樣是在一定歷史時期經組織認定，公眾輿論認可和公共傳媒廣泛傳播，體現時代精神和人民意願，代表先進生產力的發展要求，代表先進文化的前進方向，代表最廣大人民群眾的根本利益，值得公眾倣仿和學習的先進典型」。〔註29〕從這裡可以看到，榜樣的樹立是由「組織認定」的，即與主流價值觀緊密相聯的；其手段是通過媒體廣泛傳播、被公眾輿論認可並倣仿的「先進典型」。

經過媒體的宣傳以及自上而下的組織號召對學習雷鋒的動員之後「雷鋒」成為這樣的完美「榜樣」。作為一個被主流意識形態和媒介建構的符號，其所指逐漸被建構出來，具有豐富的內涵，從共產主義戰士到忠於毛主席的好戰士，從立場堅定、愛憎分明到熱心「為人民服務」，共產主義精神、奉獻精神、集體主義、忠誠感恩等特質都集於「雷鋒」一身。在歷史的發展變遷中，這些所指也在變遷，並服從於不同時代需要。「雷鋒」的符號意義具有封閉性，它有著固定的內核，但也具有開放性，因此才能夠被政治權威在不同的歷史背景下被重新建構出來。〔註30〕而這其中的一個重要手段便是以「雷鋒」對個人或團體進行命名。

在報導學習雷鋒活動時，其中的框架之一就是對「雷鋒式」人物的報導。在六十年代，「雷鋒式」的人物具有雷鋒的某一或某些特質，但又不能完全和雷鋒相提並論，比如《他們多麼像雷鋒啊！》（1963年3月7日，人民日報）

〔註28〕 袁光鋒：作為政治神話的榜樣與社會主義新人的「塑造」，思與言（臺灣），第48卷第4期：第64～65頁。
〔註29〕 彭懷祖、姜朝暉：榜樣論，北京：人民出版社，2002年版，第226頁。
〔註30〕 袁光鋒：作為政治神話的榜樣與社會主義新人的「塑造」，思與言（臺灣），第48卷第4期，第69頁。

這篇報導，講述的是「雷鋒班」戰士獻血搶救一個腹腔出血的女病人的故事，突出他們和雷鋒一樣幫助別人，然後借群眾之口得出結論：他們多麼像雷鋒啊！

而這種「雷鋒式」人物一方面渲染了作為榜樣的雷鋒的力量，另一方面也表明作為能指的符號「雷鋒」雖然不在了，但作為所指的「雷鋒精神」卻得以延續和繁衍。在不同的時代，根據不同的需要有著不同的內涵，而這種「雷鋒式」的報導也成為雷鋒符號得以延續的重要途徑。

### 3、以「雷鋒」為鏡：受眾對雷鋒的認同與角色模倣

「榜樣在媒體的建構下具有了主體性，並通過媒體的宣傳擴展影響。這種方式又稱為『榜樣示範法』，指為學習者樹立榜樣，而後由榜樣向學習者示範，學習者再從中進行模倣學習」〔註31〕。在雷鋒報導中，作為榜樣的雷鋒所示範的是一種理想的價值模式，通過媒體對榜樣的建構與領導的號召，使受眾對榜樣及其價值觀產生認同和角色模倣。最終，榜樣所承載的價值觀念被普通受眾內化為自身價值，從而達到與當時的國家意識形態以及大眾媒介所期望的行為規範和價值標準。

雷鋒事蹟宣傳後，在《人民日報》上發表了一批以第一人稱口吻的雷鋒學習心得。袁光鋒把這些學習心得的固定模式進行了總結：「當時學習雷鋒後的思想彙報有著固定的模式，即先自我矮化與後學習提升，把自己與典型人物雷鋒相比較，為自己缺乏覺悟而慚愧。然後便是學習雷鋒如何帶來了自己的思想提升，通過雷鋒認識到了自己應該做什麼，最後便是政治表態：以後決定如何做。偶像的精神被看作是具有了神奇的力量，它改造了舊自我，創造了新自我。」〔註32〕這些學習心得與學雷鋒活動相互配合，強化著雷鋒符號的建構，更重要的是這些學習心得與雷鋒報導中潛在的意識形態相呼應。這些心得的主要內容有兩方面：一是聽黨的話，黨指向哪裏就走向哪裏；二是讀毛主席的書，聽毛主席的話。

一位農場職工在連讀了幾遍雷鋒事蹟之後，非常慚愧，因為他之前認為在農場會埋沒自己的前途，他寫道：「……這是多麼可恥的想法，對比起來自

---

〔註31〕〔美〕R.M.Gagne，皮連生等譯：學習的條件和教學論，上海：華東師範大學出版社，1999 年版，第 272 頁。

〔註32〕袁光鋒：作為政治神話的榜樣與社會主義新人的「塑造」，思與言（臺灣），第 48 卷第 4 期，第 62～63 頁。

己多麼渺小！學習了雷鋒同志的事蹟，我下決心安心在農場工作。」〔註 33〕還有一名高三的中學生，面臨著高中畢業，如果考不上大學不知道該怎麼辦，看了雷鋒事蹟後，「受到不少啓示，決心把他當作自己的表率，聽黨的話，哪裏需要就到哪裏去。」〔註 34〕另一名地質工作人員，看了雷鋒的事蹟之後，他聯想到自己：「當學生的時候，一直嚮往最有名、設備最完善的學校」，「羨慕那些條件好，沒有困難的同學」，參加工作後，又常想「如果分配到我理想的地方、理想的崗位，滿足我的要求，我一定會以最高的熱情，最大的幹勁，出色地完成組織交給我的任務」，但對照雷鋒，他開始清醒覺悟，因爲雷鋒是「黨的需要，就是他的志願。黨指向哪裏，就奔向哪裏。」〔註 35〕

　　另一些讀者學習雷鋒事蹟後，發現自己的不足的原因是沒有學好毛主席的著作。如一位交警寫道：「一九六三年，我學習了偉大的共產主義戰士雷鋒的事蹟以後，發覺自己千差萬差，頭一條就是差在沒有像他那樣刻苦地學習毛主席著作。從此，我下定決心，要讀毛主席的書，聽毛主席的話，照毛主席的指示辦事，走雷鋒的路，做一個雷鋒式的交通民警。」〔註 36〕一位士兵被調到炊事班，想不通，晚上翻來覆去睡不著，後起來學習雷鋒事蹟，「讀了雷鋒日記，又翻開毛主席《爲人民服務》的文章，一連讀了幾遍。反覆深思，我的思想就亮堂起來了。」「毛主席的著作，雷鋒同志的事蹟，解決了我的思想問題。我決心要當好人民忠實的勤務員，熱愛本職工作，像雷鋒同志那樣做毛主席的好戰士，來回答黨和毛主席對我的培養和教導。」〔註 37〕在這裡我們可以看到，雷鋒的事蹟是解決群眾心理問題的萬能鑰匙，而雷鋒的思想來源於毛主席的著作，因此，毛主席的著作成了一切解決困難、克服問題的源泉。

　　福柯把權力劃分爲宏觀權力和微觀權力，宏觀權力是指「絕對權力」或者「至上權力」，主要是指暴力統治。而在現代社會中，這種「絕對權力」已經逐漸被「微觀權力」所取代。所謂微觀權力，是指「規範化權力」，是一種權力對個體的規訓。在這種規訓中，主體的話語實踐起著重要作用。國家主流媒體把個體話語和雷鋒、以及潛藏的意識形態聯繫起來，實現國家對個體

---

〔註 33〕 比比雷鋒 想想自己 學習雷鋒，人民日報，1963 年 2 月 26 日。
〔註 34〕 比比雷鋒 想想自己 學習雷鋒，人民日報，1963 年 2 月 26 日。
〔註 35〕 雷鋒給我的啓發，人民日報，1963 年 3 月 20 日。
〔註 36〕 聽毛主席的話，作雷鋒式的交通民警，人民日報，1966 年 9 月 22 日。
〔註 37〕 雷鋒給我的啓發，人民日報，1963 年 3 月 20 日。

的規訓。從社會個體對雷鋒學習的體會中，我們也可以看到國家權力對於主體的規訓。主體對雷鋒及其潛在意識形態積極認同，對自己的思想進行剖析與反思，在這種認同與反思中，國家權力和社會個體共同完成了國家權力的規訓。

這種對比和反思的過程也是主體的建構過程。按照阿爾都塞的論述，主體的建構過程可歸結爲四個階段：一、交織著各種意識形態的社會把「個體」當作介入社會實踐的主體來召喚；二、個人接受召喚，把社會當作承認自己的對象，向社會屈從並經過投射反射成爲主體；三、主體同社會主體相互識別，主體間相互識別，主體自我認識；四把想像的狀況當作現實的狀況，主體向自己所認同的對象靠攏，並依照想像性對象去行動。〔註38〕在從雷鋒事蹟的報導、到對雷鋒學習的號召，再到個體對自己的反思，正好和這一過程相吻合。雷鋒符號的建構以及媒介的召喚，把社會個體當作實踐主體，這些主體利用第一人稱的口吻主動接受召喚，並自我反思，向想像的對象雷鋒靠攏和行動。更重要的是，這些媒體中出現的以第一人稱口吻講述的社會個體又成爲看不見的千萬受眾的想像對象，影響著千萬個主體，把更多的人傳喚爲主體。正如阿爾都塞所認爲的那樣：「所有意識形態的結構——以一個獨一的絕對主體的名義把個人傳喚爲主體——都是反射的，即鏡像的結構：這種鏡像複製是構成意識形態的基本要素，並且保障著意識形態發揮功能。這意味著所有意識形態都有一個中心，意味著絕對主體佔據著這個中心獨一無二的位置，並圍繞這個中心，用雙重鏡像關係把無數個人傳喚爲主體。」〔註39〕

### 4、雷鋒照片與連環畫：從文字符號到視覺符號

新聞圖片是文化意義系統形成的重要符號和表徵，它通過視覺衝擊使新聞現場再現、傳達情緒、加深記憶，並和文字系統一起生產著與新聞事件有關的某種文化意義和價值觀念。在雷鋒的形象建構中，圖片的作用功不可沒。正如師永剛和劉瓊雄所說：「雷鋒給人的印象是如此的親近生活，同時又是完美無瑕，這與圖片的宣傳作用是分不開的。」〔註40〕

---

〔註38〕Apthusser: *leinin and philosophy and other essays*, trans by Ben Brewster, New York: Monthly Review Press, 1971, P81.

〔註39〕〔法〕阿爾都塞：意識形態和意識形態國家機器（研究筆記），孟登迎譯，陳越編：阿爾都塞讀本，長春：吉林出版社，2003 年版，第 370 頁。

〔註40〕師永剛、劉瓊雄：雷鋒：1940～1962，北京：三聯書店，2012 年版，第 124 頁。

　　《人民日報》中的新聞圖片，承襲了黨報在革命時期的傳統，利用手繪的連環畫形式講述雷鋒的故事。從 1963 年 4 月 6 日到 16 日這十天中，連續刊登了雷鋒故事的圖片，同時配上簡短的文字，生動地展現出雷鋒參軍、勞動、克服困難、幫助戰友和群眾、關心集體等等事蹟和場面。如果說文字語言中的形象解讀是二度轉換的，即表述者將現實形象轉化爲文字，解讀者在感受和理解時，再將文字轉換爲形象，那麼圖像的感知則不同，圖像是被直接感知的，更多訴諸於直覺。用連環畫宣傳雷鋒是革命時期的新聞傳播的特色之一。革命時期解放區的報刊面對的是廣大農村的幹部群眾以及來自農村的部隊戰士，他們長期受民間文學的薰陶，中國民間文學的一大特點是有情節的故事，〔註41〕採用小故事的報導手法並配上圖畫能起到良好的宣傳效果。通過這種方式，使得雷鋒事蹟變得更加直觀生動，讓人一看就了然於心。

　　連環畫雖然能迅速直觀地傳播雷鋒故事，但也有缺陷，那就是沒辦法凸顯人物和事蹟的眞實性。而在這一方面照片更有優勢。比如雷鋒打著手電讀《毛選》、微笑著拭擦「解放」牌汽車、攙扶老大娘回家……這些照片都已經成爲雷鋒宣傳中的經典之作。雷鋒的樂觀、洋溢著青春活力的形象通過這些照片深入人心，成爲幾代中國人的集體記憶。這些照片與文學符號一樣，對雷鋒形象的建構起著重要作用，同時，也對意識形態的宣傳起著重要作用。

　　但這些照片的出臺並不是偶然的，而是由照片的生產者和主要人物經過精心準備和策劃、配合當時主流意識形態傳播的結果。比如雷鋒拭擦「解放」牌汽車這張照片的出臺，很值得玩味：

　　　　雷鋒成爲全軍、全國的新聞人物後，攝影記者張峻就想爲雷鋒創作一些藝術照片。他首先想到在「解放」兩個字上做文章，表現雷鋒這個「舊社會」的苦孩子在新中國解放後的新形象，他從雷鋒的一首詩《穿上軍裝的時候》獲得靈感，裏面講到擦汽車的情景。於是就以雷鋒擦車的構圖作爲再現的主題，展開了全方位的策劃與構思。張峻把雷鋒駕駛的那輛蘇聯造的嘎斯13號汽車改換成一輛國產的「解放」牌汽車。

　　　　根據張峻的說法，這樣做有著雙重的意義：一是中國雖然正處最困難時期，但是靠自力更生，有能力製造出自己的汽車來：二是通過汽車頭上的「解放」兩個字作爲主題思想的閃光點，特意將汽

---

〔註41〕李良榮：中國報紙文體發展概要，福州，福建人民出版社，第 113 頁。

車頭上的「解放」擺在正中突出的位置上。經過多次啓發、誘導加
上會照相的「演員」雷鋒的密切配合，一幅以雷鋒面帶笑容擦拭汽
車的藝術照片就這樣出來了。〔註42〕

在這張照片的生產過程中，作爲照片生產者的主體和照片中的主體都自覺地
服從於意識形態的需要，並按照意識形態需求來生產照片。這張照片也獲得
了豐厚的回報，曾先後獲得全國、全軍攝影藝術展覽優秀獎等各種獎項。

（雷鋒照片：拭擦解放牌汽車）

（雷鋒照片：駕駛室裏學毛選）

〔註42〕師永剛、劉瓊雄：雷鋒：1940～1962，北京：三聯書店，2012 年版，第 140
頁。

又比如雷鋒在駕駛室學《毛澤東選集》的照片也是如此。這張照片出臺的背景是：上世紀六十年代初，全軍上下都在熱烈響應、貫徹落實「把毛澤東思想眞正學到手」的號召，都在深入開展學習毛主席著作的活動。部隊裏「讀毛主席的書，聽毛主席的話，照毛主席的指示辦事、做毛主席的好戰士」等標語隨處可見。攝影者雖然拍過相關主題的作品，但都不滿意。一天，他看到雷鋒日記中有「毛主席的著作對我來說就好比糧食和武器，好比汽車上的方向盤……」，於是有了理想的畫面構圖。經過一番反覆擺拍，一幅刻畫雷鋒見縫插針的「釘子精神」、發奮學習毛主席著作的人物特寫照片創作出來了。這張照片在所有的雷鋒事蹟展覽上、在編輯出版發行的雷鋒書冊上和所有的雷鋒紀念館裏，都被選用了，報紙雜誌幾乎年年都用。〔註43〕

雷鋒愛照相，也很會照相。雷鋒拍照的姿勢基本上都是高昂著頭，給人一種朝氣蓬勃、對未來生活激情萬丈的感覺。這種活力，很容易使人受感染。雷鋒的照片不僅給人們提供了雷鋒的「眞實信息」，形成人們對雷鋒的感性認識；同時，由於視覺的距離特徵，也給人們留下了想像空間，留下了美好的印象。或者從某種程度上而言，雷鋒的青春與活力的形象不正象徵著新中國的朝氣蓬勃嗎？儘管雷鋒的照片大部分都是擺拍的，但在當時的語境下，沒有人質疑照片的眞實性。然而文化表徵也是意義爭奪的場所。誰曾想到若干年後，雷鋒形象的解構正是從質疑這些照片的眞實性開始的呢？

當然，媒介對雷鋒形象的建構還有其他手段，如刊登雷鋒日記，這一點我們在前面已經提到，這裡不再贅述。

## （二）雷鋒神話建構的媒介話語風格

從 20 世紀 60 年代的雷鋒報導圖景上我們可以看到，雷鋒作爲先進典型一經推出，經權威人物的大力號召，雷鋒式的人物大量湧現，大批讀者紛紛表決心要「向雷鋒學習」。媒體的角色完全是政府的傳聲筒，沒有獨立發聲的餘地；而整個社會，在這個典型推出之後，正如「中了魔彈」一樣應聲而倒，產生出即刻而明顯的反應：大批雷鋒式人物湧現，普通學生、軍人、群眾紛紛表示要做雷鋒式的人。

在早期雷鋒報導的時代，新聞專業主義還沒有成爲報人的自覺追求，宣

---

〔註43〕師永剛、劉瓊雄：雷鋒：1940～1962，北京：三聯書店，2012 年版，第 143 頁。

傳效果是占第一位的。在這種背景下，雷鋒報導的風格體現在：強烈情感的流露、隱喻的使用、借用多種權威修辭等方面。

### 1、強烈情感的流露

新聞報導講究客觀、公正，即使在中國共產黨的黨報理論中，雖然不排斥主觀性，但也主張用事實說話。但在雷鋒報導中，我們可以看到強烈的情感經常在新聞文本中流露出來，這種強烈的情感又集中表現為對敵人強烈的恨和對共產黨、毛主席、新中國強烈的愛，其表現為：

一是報導中帶有強烈情感的直接引語。如在雷鋒日記中，不但充滿了對毛主席、共產黨的熱愛之情，和對敵人的憎恨之情，而且也表現出當時時代特有的積極向上的樂觀與熱情。在 1961 年 7 月 1 日，這一天是中國共產黨建黨日，他在日記中寫道：「今天是黨的四十週年生日，我有向黨說不盡的話，感不盡的恩，表不盡為黨終身奮鬥的決心。我一個放豬的孤兒直到戰士、黨員、人民代表，這一切是我做夢也想不到的。可以肯定的說，沒有黨就沒有我。每當朋友們稱讚我，我就感到不安。我像個學走路的孩子，黨像母親一樣扶著我，領著我，教會我走路，我每成長一分前進一步，這裡面都滲透著黨的親切關懷和苦心栽培。親愛的黨——我慈祥的母親，我要永久做您忠實的兒子，為實現共產主義，獻出自己全部的力量，直至生命。〔註44〕」而在他的日記中，「高興」、「激動」、「痛恨」、「感動」、「使不完的勁」等具有強烈情感的詞，隨處可見。從這些富含情感的字裏行間中，我們可以看到其間的熱烈情感。

還有一次對雷鋒生前所在連隊舉行「學習雷鋒」的座談會上，從戰士的發言中也看到這種激越的情感。其中一位雷鋒班戰士說道：「誰說黨的利益與個人利益不能一致？在舊社會，我們窮人連生活的權利都沒有，哪裏還有什麼政治地位。我祖父、父親都是給地主扛活，累得病了，沒錢醫治死去的。共產黨解放了我們勞動人民。現在我當上了光榮的解放軍戰士。如果沒有共產黨領導的革命，我杜學紅，要不流浪街頭，要不早就死掉了。從我的家庭、我的成長都充分證明，沒有黨的利益，沒有階級的利益，就沒有我的一切。」另一位則說：「怎樣對待生和死的問題，是考驗一個革命者的重大問題。我們無數革命先烈，他們在敵人的刑場上、屠刀下，做到臉不變色、心不跳。他們為了黨和人民的事業，把生死置之度外，視死如歸。馮定卻大肆宣揚什麼

---

〔註44〕雷鋒日記摘抄，人民日報，1963 年 2 月 7 日。

『個人爲了大眾而犧牲，直至犧牲生命，這並不是經常需要這樣的。』又說：『個人如果首先自己不能活，那麼怎樣能夠爲大眾服務呢？』馮定的說教，和現代修正主義『丟掉了腦袋，原則還有什麼用處』的說法有什麼不同？」〔註45〕從這兩則發言中我們能看到對不同意見的強烈批駁和對黨的無限忠誠。

二是通過評論。社論是傳播者直接發言的手段。在相關社論中，排比句的使用也從中透露出熱烈的情感。如在《論雷鋒》（1953 年 5 月 5 日，人民日報第 2 版）中的一段話：「早在三十七年前，毛主席就明確指出：『誰是我們的敵人？誰是我們的朋友？這個問題是革命的首要問題。』這一馬克思列寧主義的論斷，無論在過去和現在，都是領導革命的指針，也是教育青年的指針。雷鋒就是由於樹立了這樣的階級觀念，因而在他的思想感情上形成了鮮明的階級的愛和階級的恨。這樣，就使他一步一步地從恨一個逼得他家破人亡的地主，到懂得『天下的烏鴉一般黑』，恨所有的階級敵人；從感激一個人民政府的鄉長，到熱愛黨和毛主席，熱愛無產階級和它的事業；從不忘自己的苦難，到想著世界上還有千千萬萬個沒有解放的階級弟兄，想著世界革命。在這個過程中，雷鋒自己也就從一個貧苦農民的兒子，成長爲一個具有完全自覺的愛國主義和國際主義精神的無產階級堅強戰士。雷鋒的愛和恨，是有其階級根源的。他在苦水中泡大，從自己的切身經歷中，特別是經過黨的教育，他真正明白了世界上一切痛苦災難來源於階級剝削和階級壓迫，懂得了應該愛誰，應該恨誰，應該擁護誰，應該打倒誰。所以他對舊社會恨得透，與階級敵人誓不兩立。」

強烈的情感捲入增添了雷鋒報導中的詩化和神話化色彩，而這種報導手法甚至在今天政府控制的主流媒體報導中仍然存在。

2、隱喻的普遍運用

隱喻，是一種比喻，又稱暗喻，即用一種事物暗喻另一種事物，是在彼類事物的暗示之下感知、體驗、想像、理解、談論此類事物的心理行爲、語言行爲和文化行爲。它是一種以抽象的意象圖式爲基礎的映像，即從一個比較熟悉的、抽象的、易於理解的始源域（喻體）映像到一個不太熟悉的、抽象的、較難理解的目標域（喻體）〔註46〕。在日常生活中，人們往往參照他

---

〔註45〕以上發言引自《人民日報》，1965 年 2 月 27 日。

〔註46〕貴永玲：體育報導中戰爭隱喻修辭現象研究，新聞愛好者，2010 年 5 月下半月刊，第 96 頁。

們他們熟悉的、有形的、具體的概念來認識、思維、經歷對待無形的、難以定義的概念，形成了一個不同概念之間相互關聯的認知方式〔註47〕。

費爾克拉夫認爲，隱喻普遍存在於所有種類的語言和所有種類的話語中，它不僅僅是話語表面的文體裝飾，而且以一種特定的方式建構我們的現實，並構建起我們的思維方式和行爲方式，以及我們的知識體系和信仰體系〔註48〕。

長期以來，隱喻在我國的新聞媒介中也被經常使用，甚至其中一些已經爲人們耳熟能詳，深深地嵌入民眾的日常生活，如把社會主義比喻成「社會主義大廈」；把黨比喻成「母親」「大救星」；把「共產主義思想品德」比喻成「威力無窮的精神原子彈」等。這些隱喻在當時及以後的報刊中長期、反覆出現，並已經成爲人們對共產黨、對社會主義認知的一部分。

在雷鋒報導的報刊文本中，也出現了大量的隱喻，這些隱喻的運用，不僅建構出一個忠於毛主席、忠於黨的雷鋒形象，而且也強化了群眾對社會主義、對共產黨、毛澤東的領導積極認知。

在形容雷鋒時，曾經用到的隱喻有：「苦水裏泡大的孩子」、「永不生銹的螺絲釘」、「（黨的）忠實的兒子」、「祖國人民的好兒子」；雷鋒的經歷是一部「鮮紅鮮紅的歷史」；雷鋒精神「閃耀著共產主義的光輝」、「閃爍燦爛」、「閃光」等。舊社會的生活如苦水，襯托出新社會的生活溫暖幸福；用「閃光」、「閃耀」、「閃爍」來形容雷鋒精神，讓人聯想到火花、星星、太陽等能夠給人指明方向的東西，從而強化了學習雷鋒的合理性與必要性。

雷鋒曾多次被比喻或者自喻成黨的、祖國和人民的好兒子。中國傳統文化是一種倫理型的文化，而孝是其中最基本、最重要的道德。「孝悌爲仁之本」、「百善孝爲先」、事父孝，故忠可移於君；孝悌行於家，則仁恩可推於外，這些是千百年來中國人最基本的倫理信條。孝的基礎本是血親之間基於生育、撫育關係而產生的自然情感，但幾經改造，被政治化、意識形態化。在西漢時期，有人寫出《孝經》，提倡事君是孝的必須條件，君臣關係等同於父子關係，這種觀點得到統治者的推崇，孝由此承載著由孝勸忠、移孝爲忠的

〔註47〕　趙豔芳：語言的隱喻認知結構——〈我們賴以生存的隱喻〉評價，外語教學與研究，1995 第 3 期，第 67 頁。
〔註48〕　〔英〕費爾克拉夫著，殷曉蓉譯：話語與社會變遷，北京：華夏出版社，2003年版，第 181 頁。

政治功能。〔註 49〕這個來源於傳統文化的隱喻，表明了雷鋒對共產黨、毛主席、社會主義祖國和人民的忠心，也是他行動的詮釋。而事實上，這個隱喻在大眾媒體的報導中也經常被用到。在此後的很多報導中，對先進典型人物的報導都出現過「人民的好兒子」這個隱喻，突出的是對人民的熱愛。但雷鋒報導中使用的這個隱喻，強調的卻是兩個方面：一方面是對毛澤東和黨的忠，另一方面是對人民的愛。

隱喻的內涵並不是一成不變的，在不同的場合由於不同的需要而有所改變。如「螺絲釘」從六十年代一直沿用到八十年代的比喻就是這樣。這個比喻最早出現在雷鋒日記中：「一個人的作用，對革命事業來說，就如一架機器上的一顆螺絲釘。機器由於有許許多多螺絲釘的聯接和固定，才成了一個堅實的整體，才能夠運轉自如，發揮它巨大的工作能力。螺絲釘雖小，其作用是不可估計的。我願永遠做一個螺絲釘。螺絲釘要經常保養和清洗，才不會生鏽。人的思想也是這樣，要經常檢查才不會出毛病。」〔註 50〕後來這種比喻多次出現在報導中，但含義卻與最初的有所不同。如下面這篇文章就是這樣〔註 51〕：

> 雷鋒同志的日記中寫道：「一個人的作用，對革命事業來說，就如一架機器上的一顆螺絲釘……我願永遠作一顆螺絲釘。」多麼值得讚頌的「螺絲釘精神」！
>
> 螺絲釘雖小，它的作用卻很大，一架機器的轉動，同每個螺絲釘都分不開；同樣的，沒有千千萬萬人一點一滴的工作，我們的社會主義建設便無法進行。
>
> 螺絲釘只有在把它擰到機器上去，才能起到應有的作用，單獨放著只能是一小塊鐵；同樣的，一個人，只有投身革命事業，才能發揮應有作用。
>
> 有的同志作了一些工作，取得了一些成績，就沾沾自喜，把頭抬得老高，目空一切，不把黨和群眾放在眼裏。這些同志不瞭解，

〔註 49〕 關於「孝」的轉化與歷史，可參見：焦國成、趙豔霞：「孝」的歷史命運及原始意蘊，齊魯學刊，2012 年第 1 期；石文玉：從個人德行到政治倫理──經貞、孝、忠的考察，東北師大學報（哲學社會科學版），2008 年第 5 期。

〔註 50〕 雷鋒日記摘抄，人民日報，1963 年 2 月 7 日。

〔註 51〕 因心：螺絲釘贊，人民日報，1963 年 2 月 6 日。

> 一個人的能力再大，對於整個革命事業來講，也只不過是滄海一滴，
> 是一部龐大機器上的一顆小螺絲釘。
>
> 雷鋒的話給我們最大的啓發，就是如何擺好個人和集體的位
> 置。我們每個人，都應該學習雷鋒同志甘做螺絲釘的精神！

從雷鋒的初衷來看，他強調的是一個人就像一顆螺絲釘一樣，雖小但卻作用
巨大；人的思想也要像螺絲釘一樣經常檢查才能不出毛病。但到上面這篇文
章中，卻被比喻成集體和個人的關係，個人要服從集體。

由於漢語在詞彙上具有模糊性與多義性，在語法上具有靈活性與隨意性
的特點，這些比喻在不同的地方、時代可以有不同的含義，可以根據政治需
要而隨意詮釋。

還有一個廣爲傳頌的比喻是雷鋒自己把毛澤東思想比作是不可或缺的
「糧食、武器和方向」；此外還有諸如「毛澤東思想就是他（雷鋒）的英雄行
爲和高貴品德的無盡的源泉」；「毛澤東思想在他腦海裏紮了根，在行動中開
了花」等等。從雷鋒和毛澤東思想的關係隱喻中，顯示出雷鋒的精神動力和
根源來源於毛澤東思想。從這些隱喻中，雷鋒符號和毛澤東思想緊密結合在
一起，毛澤東的思想地位由此而體現，「學雷鋒只是一種形式，最重要也是最
本質的是要學習毛主席」〔註52〕。雷鋒神話具有身份依附性，它的出現是爲
了維護更高層次的政治神話的需要。〔註53〕

以上這些隱喻既有助於雷鋒形象及雷鋒精神的建構，直觀而形象地把雷
鋒符號及其精神內涵呈現出來；同時把雷鋒符號與毛澤東思想、與社會主義、
黨等相聯繫起來，共同構成一個大的隱喻系統，深刻地影響著當時人們的思
想和行爲。

### 3、多種權威修辭的使用

話語修辭權威是指某一修辭話語對受眾所具有的威信力或影響力，其理
論源頭有兩個，一是源自古希臘以來的修辭學，另一個是來源於社會哲學領
域。修辭學領域中，權威被認爲是話語發出者的個人固有威望，源自其個人
的道德操行，與社會權力無關。根據亞里士多德的《修辭學》，權威指作爲一
重要修辭手段的演講者人格及其在舞臺上表現出的魅力。18 至 19 世紀，著名

---

〔註52〕吳海剛：雷鋒的媒體宣傳與時代變革，二十一世紀（香港），2001 年第 4 期。
〔註53〕袁光鋒：作爲政治神話的榜樣與社會主義新人的「塑造」，思與言（臺灣），
　　　　第 48 卷第 4 期。

啓蒙修辭學家坎貝爾（George Campbell）、惠特利（RichardWhately）和布萊爾（Hugh Blair）等繼承和發展了亞氏的權威理論。坎貝爾認爲，修辭是「用話語來適合其目的的藝術或本事」，包含「啓迪理解、滿足想像力、移情和影響意願」的目的；惠特利指出，「演講者的人品只能根據聽眾的感覺來決定」；布萊爾強調，「一個修辭學家應該是一個道德高尚的人」〔註54〕。社會哲學領域中的權威則與社會權力密不可分。韋伯的權威三分說包括傳統權威、人格魅力權威和理性——法律權威。丹尼斯・朗在此基礎上提出了包括強制性權威、誘導性權威、合法制權威、合格權威和個人權威等五分法，並強調「命令和服從是權威的必要條件」。二人顯然把政治、法律等社會學意義上的權力納入權威的範圍。

此外，修辭者也可借用他人的權威提高自身話語的修辭力量。英國哲學家斯蒂芬・圖爾明（Stephen Toulmin）論辯模式中所強調的權威證據，就是運用權威人的觀點或行爲作爲例證。中國學者胡曙中指出，權威還與經歷等有關，也即經驗性權威。〔註55〕

由此可見，「在話語修辭中，權威指寄生於權力、地位、人格和經驗而形成的一種影響力，可作爲一種修辭手段，協助增強信息的準確性和可接受性，以實現某一特定目的，故稱爲修辭權威。其中涉及社會權力的可稱爲權力修辭權威，與非權力的人格、職業和名望等相關的即傳統修辭權威」。〔註56〕權力修辭權威、傳統修辭權威、經驗修辭權威都能產生一定的勸服效果。

雷鋒形象之所以短期內能迅速擴散，並獲得人們崇高的敬意，學雷鋒運動之所以得到這麼多人的響應，其主要原因之一是多種權威修辭的結合使用。

首先來自領導人的修辭權威。1963年3月2日，《中國青年》雜誌首先刊登了中共最高領導人毛澤東的題詞：「向雷鋒同志學習」。當時，毛澤東在全國具有的崇高威望與政治地位不僅帶動了領導階層紛紛對雷鋒進行題詞，使得這些題詞出現在各大報刊媒體當中，同時，也迅速地掀起了一個在全國範圍內學雷鋒的熱潮。

---

〔註54〕〔美〕Max,W.: *Economy and Society*, University of California Press, 1978: 215～216.

〔註55〕楊家勤：聯播類新聞欄目的權威修辭策略——以新聞聯播和安徽新聞聯播爲例，貴陽學院學報（社會科學版），2012年第1期。

〔註56〕楊家勤：聯播類新聞欄目的權威修辭策略——以新聞聯播和安徽新聞聯播爲例，貴陽學院學報（社會科學版），2012年第1期。

　　其次是來自媒體自身的修辭權威。正如前所述，雷鋒報導早就在地方媒體出現，是地方上小有名氣的人物，但其聲名響譽全國卻是在《人民日報》刊登了領導人題辭之後，這一方面是來自領導人的權威，另一方面也與《人民日報》的特殊地位密切相關。《人民日報》本身兼具權力修辭權威和傳統修辭權威。前者是指《人民日報》經常作爲政府的代言人，分享著作爲政治權力權威；後者是指其作爲中共中央的第一大日報，本身具有的權威性和影響力，以及在受眾中的號召力。在雷鋒報導中，《人民日報》與當時的中央級的媒體，如新華社、《解放軍報》、《中國青年報》、《光明日報》、《中國青年》等相互呼應，掀起了一個雷鋒宣傳的熱潮。這就爲雷鋒形象的建構與迅速傳播起到了極大地推動作用。

　　再次是來自個體的經驗性修辭權威。大篇幅的雷鋒日記摘抄的選登，讓人們看到了雷鋒的精神發展軌跡與實質，這種效果是其他人的敘述無法替代的。此外，在雷鋒報導中，與雷鋒一起生活過的、工作過的人以第一人稱的口吻講述了雷鋒的事蹟，亦印證了雷鋒的先進形象。同進，更多的群眾借用雷鋒精神來觀照自身，來反思現實中的問題，從而把學雷鋒運動也推向了高潮。

　　在這一時期，雷鋒作爲政治符號得以成功建構並產生巨大的效果，與當時中共的體制性管道〔註57〕密不可分，也與其他多種傳播手段，如電影、展覽、雕刻、漫畫等多種其他傳播手段緊密相連。但其中最重要的還是大眾媒介的報導，尤其是《人民日報》的報導，其崇高的地位引起的受眾的「媒介崇拜」。這一切使得人們對「雷鋒」的完美形象形成「共識」。

# 第二節　文革時期雷鋒的政治符號功能被推到極致

## 一、文革時期的新聞事業與典型宣傳

　　1966 年 5 月 16 日，《中國共產黨中央委員會通知》、即著名的《五・一六通知》在中共中央政治局擴大會議上表決通過，該通知實質是全面發動「文

〔註57〕關於這一點，袁光鋒曾經進行過較爲詳細地論述，他認爲這種體制性管道主要是指動員型政治體制和嚴密的官僚組織、政黨組織的傳播。詳見：袁光鋒：作爲政治神話的榜樣與社會主義新人的「塑造」，思與言（臺灣），第 48 卷第 4 期。

化大革命」的信號，通知中的一個重要內容是「徹底揭露那批反黨反社會主義的所謂『學術權威』的資產階級反動主張，徹底批判學術界、教育界、新聞界、文藝界、出版界（所謂『五界』）的資產階級反動思想，奪取在這些文化領域中的領導權。」緊接著，陳伯達率工作組進駐《人民日報》，到報館掌握報紙每天的版面，同時指導新華社和廣播電臺的對外新聞。工作組撤消了《人民日報》吳冷西的總編職務，改組人民日報社。6 月 1 日，《人民日報》頭版頭條用通欄大標題刊登社論《橫掃一切牛鬼蛇神》，此後又發表一系列社論，把《五・一六通知》的全部精神推向社會。

之後，《解放日報》、《文匯報》等新聞界的重要報刊被奪權。新聞界的奪權之風給新聞出版業帶來了災難。1968 年 1 月，《人民日報》、《解放軍報》、《紅旗》雜誌以「兩報一刊編輯部」名義發表文章《把新聞戰線的大革命進行到底》，明確提出：

> 新聞事業，包括報紙、刊物、廣播、通訊社，統統是階級鬥爭的工具。它們的宣傳，影響著群眾的思想情緒和政治方向。無產階級同資產階級爭奪新聞陣地領導權的嚴重鬥爭，是無產階級同資產階級在思想戰線上的生死博鬥。〔註58〕

這篇文章將報紙的功能定性為單一的「無產階級專政的工具」，「是無產階級對資產階級實行全面專政的工具」。至此，新聞的功能只剩下「為政治服務」一項，新聞工作者的主體地位被淡化和削弱到了最低點。報紙上假話、廢話、大話、空話、套話天天不斷。〔註59〕1966 年底，全國報紙總數由 1965 年的 343 家，急劇下降到 49 家，1967 年再降至 43 家，1968 年至 1970 年只有 42 家。〔註60〕這一時期的斷斷續續出版的省、市、自治區機關報內容基本上與《人民日報》相同，獨立發聲的行業和部門報紙幾乎絕跡。

文革時期，是又一個典型報導的高潮時期。在文革前期，《解放軍報》就推出了如王杰、劉英俊等「英雄人物」進行反覆宣傳、連續報導，並借題發揮，任意拔高，編造出一套又一套「英雄行為」、「先進思想」和「時代語言」。

---

〔註58〕 胡正榮、李煜主編：社會透視——新中國媒介變遷 60 年（1949～2009），北京：清華大學出版社 2010 年版，第 153 頁。

〔註59〕 胡正榮、李煜主編：社會透視——新中國媒介變遷 60 年（1949～2009），北京：清華大學出版社 2010 年版，第 153 頁。

〔註60〕 甘惜分主編：《新聞學大辭典》中的「附錄三：中國大陸報紙歷年家數、期發行總數統計表」，鄭州：河南人民出版社，1993 年版，第 1005 頁。

1968 年下半年，毛澤東針對當時新聞宣傳工作出現的「假」、「大」、「空」現象，指示《解放軍報》要「綜合宜少，典型宜多」。在「九大」期間再次強調「抓好典型」。在文革中期，「兩報一刊」推出一批又一批的典型報導，形成了黨報史上典型報導的高潮，這期間著名的先進典型有鐵人王進喜、人民的好醫生李月華、白卷英雄張鐵生等等。劉家林總結這一時期對知識青年上山下鄉運動中出現的先進人物報導特點：一是每篇通訊都有對先進人物毛澤東語錄不離手，以及他們刻苦學習毛澤東著作，活學活用毛主席著作的描寫；二是每篇通訊都大量引用毛主席語錄，幾乎每個英雄的每個行動都是遵照毛澤東指示作出來的，顯得非常牽強、生硬、虛假；三是每個先進人物都有豪言壯語的抒發；四是每篇通訊都有階級鬥爭、路線鬥爭及革命大批判、鬥私批修的內容。另外，這些典型報導都形成了一套完整的報導模式：先發表長篇通訊，記述典型人物的英雄事蹟；接著刊登英雄的個人日記、豪言壯語，或刊登座談會上親朋好友回憶英雄生前事蹟的文章；最後再發評論、社論、號召學習。﹝註 61﹞這種報導模式也出現在這一時期對雷鋒的報導之中。值得一提的是，由於文革時期大量新典型的湧現，雷鋒的報導數量和力度都呈下降趨勢。

## 二、文革時期雷鋒報導的主題特點

### （一）突出強調「活學活用毛主席著作」

對領袖的個人崇拜宣傳，其實在雷鋒早期的報導中已經體現出來，這場開始於 20 世紀 50 年代末、60 年代初，到「文化大革命」時期終於形成狂潮。

1960 年 12 月，林彪在軍委擴大會議上提出：「高舉毛澤東思想旗幟，把毛澤東思想真正學到手。」並以「決議」形式下發全軍貫徹，從部隊開始，在全國掀起了「活學活用」的熱潮。他利用《解放軍報》、《紅旗》雜誌，在全黨、全軍和全國範圍內大力倡導、推廣所謂的「活學活用毛主席著作」的群眾運動，製造、推出了一個又一個「活學活用」的典型。與之相配合，在報刊上對革命領袖的引文要用黑體字或加粗的仿宋體等異體字形刊登，以示重視和醒目；中國報刊開始大量引用「毛主席語錄」，有的報紙甚至每天在報

---

﹝註61﹞ 劉家林：新中國新聞傳播 60 年長編（1949～2009）（上），廣州：暨南大學出版社，2010 年版，第 329 頁。

紙頭版右上角的報眼位置摘登一段「毛主席語錄」。尤其是在 1966 年 6 月 2 日，《人民日報》報眼刊登語錄後，各地省委、直轄市委機關報都向《人民日報》看齊，紛紛傚仿。從此以後，報刊每天必須登「語錄」，報刊所登載的文章篇篇引用「語錄」，可謂「無語錄不成報」、「無語錄不成文」。〔註62〕

在這種語境下，文革時期，雷鋒相關報導的最大特點就是宣傳雷鋒或雷鋒式人物「活學學用毛主席著作」並不奇怪。這類報導基本上都是採用以下語句進行報導：「堅決呼應毛主席關於『向雷鋒同志學習』（有時加上黑體）的偉大號召」，如果是軍隊還一般會加上「認真執行林副主席關於『全軍同志都應學習雷鋒同志的榜樣，做毛主席的好戰士』的指示」，「學習雷鋒同志發揚『釘子精神』，堅持不懈地活學活用毛澤東思想的高度革命覺悟，長期堅持認真讀書，刻苦學習馬克思主義、列寧主義、毛澤東思想，認真改造世界觀，不斷增強執行毛主席革命路線的自覺性。」〔註63〕云云。如果是個人學習典型，其報導模式一般有兩種：一是受到雷鋒啟示刻苦學習，受到獎賞；二是思想碰到問題，像雷鋒那樣學習毛著，問題得到解決。前者如對郅順義的報導。先描述了他學習毛選的細節：「清晨」，「坐在石頭上」，「輕聲朗讀」，再寫他有一次看到雷鋒在等車時學習毛主席著作，於是「下定決心，像雷鋒那樣刻苦地學習、再學習」，最後得到獎賞：「多次出席瀋陽活學活用毛澤東思想積極分子代表大會，受到大家的讚揚」。〔註64〕在這篇報導中，多次引用毛澤東語錄，並用黑體字加粗以示醒目。後者如《像雷鋒同志那樣——認真讀毛主席的書》（1971.3.8，人民日報）中的陳雅娟。報導文本如下：

> 三年前，陳雅娟入伍來到人民解放軍瀋陽部隊某部長途電話站。當她雙手接過毛主席著作和紅領章、紅帽徽時，激動得熱淚盈眶，剎那間想起雷鋒叔叔認真讀毛主席的書的情景。那一天，陳雅娟走進營房，只見雷鋒叔叔手裏正捧著一本書，在聚精會神地看著，來了人他也不知道。「雷鋒叔叔，您在看什麼書啊，那麼認真？」陳雅娟天真地問道。雷鋒這才發現了陳雅娟。雷鋒把手裏捧著的《毛

〔註62〕劉家林：新中國新聞傳播60年長編（1949～2009）（上），廣州：暨南大學出版社，2010年版，第283～287頁。

〔註63〕雷鋒生前所在部隊團以上領導幹部響應偉大領袖毛主席的號召 學習雷鋒 認真讀書 改造世界觀，人民日報，1971年3月6日。

〔註64〕像雷鋒那樣，刻苦地學習、再學習，人民日報，1971年3月7日。

—56—

澤東選集》遞給她，親切地說：「毛主席的書是幹革命的寶書，道理
很深，只有認真地讀，才能學到手呀！」

陳雅娟想起往事，心情格外激動，提筆寫下了新的戰鬥誓言：
我一定要像雷鋒同志那樣，讀毛主席的書在「認真」二字上狠下工
夫。

初到連隊，陳雅娟當話務員。不久，組織上調她到炊事班做飯。
「當炊事員能爲革命做出多大貢獻呢！」這個念頭剛一閃，她馬上
意識到這是一種錯誤思想，便認真學習毛主席的光輝著作《爲人民
服務》，決心爲革命當好炊事員。夏天，廚房裏悶熱，她搶著燒火；
冬天，冷水刺骨，她爭著洗菜。爲了節約煤炭，她還和大夥一起到
街頭揀煤核，工作越做越好。

## （二）突出強調「愛憎分明的階級立場」

從 1966 年 5 月文化大革命開始，到 1976 年 10 月「四人幫」被粉碎，其
間經過無數次運動，從文革初期的向走資本主義當權派「奪權」、紅衛兵運動，
到「一打三反」、清查「五・一六」分子，再到後來的「批林批孔」、「批鄧」、
「反擊右傾翻案風」等等。正是這大大小小的運動，導致了「階級立場」問
題在媒體的極端重要性，也使得這一時期的雷鋒報導的重心向批判和鬥爭轉
向，並強調學習其「愛憎分明的階級立場」。「愛」是指熱愛社會主義，熱愛
人民，熱愛領袖；而「恨」，則隨著當時政治形勢的變化其所指亦不同，比如，
在批鄧拓和三家村時，「恨」的對象是「反黨反社會主義分子」；在批劉少奇
等時，是「黨內頭號資本主義當權派」、「中國的赫魯曉夫」、「黨內一小撮走
資派」；在批鄧小平等時，又成了「國內外階級敵人」、「黨內外資產階級」等
等，不一而足。每當政治需要時回憶起雷鋒，雷鋒這一符號成爲對付這些所
謂「階級敵人」的強大武器。比如這一篇報導〔註65〕：

　　批林批孔運動以來，雷鋒生前所在部隊的指戰員們，認真學習
　　毛主席關於批林批孔的一系列指示和黨中央規定的有關文件，積極
　　投入這場鬥爭。他們在革命大批判中回顧了雷鋒同志熱愛社會主義

─────────────

〔註65〕雷鋒生前所在部隊指戰員學習雷鋒愛憎分明的階級立場 深批林彪的「克己復
　　　　禮」反動綱領 滿腔熱情支持社會主義新生事物，人民日報，1974 年 3 月 5
　　　　日。

制度，熱情支持社會主義新生事物的先進事蹟，清楚地看到，每當階級鬥爭、路線鬥爭的關鍵時刻，雷鋒同志總是勇敢地站在捍衛毛主席的無產階級革命路線一邊；每當社會主義新生事物出現的時候，他都是歡欣鼓舞，熱情支持。一九五五年夏天，雷鋒在農業合作化高潮中，主動把土地改革時分得的二畝四分田全部入了社；當劉少奇一夥刮起大砍農業合作社妖風時，雷鋒堅定地表示：「合作社就是我的家，要我退社，除非石頭水上漂」。一九五八年成立人民公社時，雷鋒把自己幾年來積攢下來的二百元錢，全部送給人民公社。指戰員們說，我們在批林批孔運動中，一定要學習雷鋒同志這種愛憎分明的階級立場，深入批判林彪反黨集團妄圖復辟變天，惡毒咒罵社會主義新生事物的罪行；一定要以雷鋒同志為榜樣，努力提高執行毛主席革命路線的自覺性，無比熱愛和積極支持社會主義新生事物。

從上文我們可以看到，「每當階級鬥爭、路線鬥爭的關鍵時刻，雷鋒同志總是勇敢地站在捍衛毛主席的無產階級革命路線一邊；每當社會主義新生事物出現的時候，他都是歡欣鼓舞，熱情支持。」雷鋒的愛與恨總是在任何政治鬥爭需要的時候出現。

在文革時期的雷鋒報導中，也有「好人好事」相關主題，這類主題一般來說都是和毛主席的語錄「為人民服務」聯繫在一起。但這類主題基本上被前兩類主題所淹沒，並不占主要位置；有時還和政治鬥爭結合起來，被置於政治運動的主題之下。比如有一篇報導是寫糧店職工冒著大雨為一位八十多歲的五保戶送米的，文章結尾是這樣的：「在深入批鄧的鬥爭中，胡大爺憤怒地說：『黨內最大的不肯改悔的走資派鄧小平胡說什麼雷鋒叔叔不在了，這是對我們工農兵的污蔑。糧店職工長期堅持送糧送油上門，方便群眾，不就是學雷鋒的具體行動嗎？她們發揚共產主義風格，助人為樂的精神，真是個個像雷鋒啊。鄧小平翻文化大革命的案，搞復辟、倒退，我們堅決和他鬥到底！』」〔註66〕本來是一件普通的好人好事，也被加上了階級對立的框架。

---

〔註66〕像雷鋒那樣為人民服務，人民日報，1976 年 8 月 8 日。

## 三、文革時期雷鋒報導的話語特點

### （一）被神化的「雷鋒」

　　伴隨著毛澤東的個人崇拜，忠於毛澤東的雷鋒也分享了這種神性。形容毛澤東是「最敬愛、最偉大」的領袖、「偉大導師」，形容雷鋒則是「毛澤東思想哺育出來」、「在十分尖銳複雜的階級鬥爭的大風大浪中鍛鍊成長起來的無產階級的英雄」、「偉大的共產主義戰士」，「他始終站在現實階級鬥爭的最前列，向階級敵人衝殺，勇敢地捍衛毛主席的革命路線。」〔註 67〕；他「具有白求恩、張思德一樣崇高的思想品質，是共產主義新人的榜樣」〔註 68〕。在小學生眼裏，他不但是「偉大的共產主義戰士」，還是「最敬愛的輔導員」，各種好人好事、為人民服務的精神、堅定的階級立場都是在雷鋒精神的影響下產生的。雷鋒日記中的「對待同志要像春天般的溫暖，對待工作要像夏天一樣的火熱，對待個人主義要像秋風掃落葉一樣，對待敵人要像嚴冬一樣殘酷無情」也被廣泛引用。

### （二）「雷鋒」完全淪為政治鬥爭的工具

　　在被神化的同時，「雷鋒」也完全淪為政治鬥爭的工具。其報導模式為：一種是某一運動中或某一事件發生，回顧雷鋒事蹟（沒有事蹟也沒關係，可以想像，採用「如果雷鋒或者雷鋒叔叔還在，一定會……」之類的語句），最後得出「雷鋒總是勇敢捍衛毛主席的無產階級革命路線」的結論，學習者從中得到啟示。另一種為「敵人」歪曲雷鋒的高大形象，報導對其進行反駁、怒斥，然後再表決心。比如：

> 　　黨內最大的一小撮走資派，卻肆意歪曲雷鋒同志的高大形象，把雷鋒同志說成是「和平時期」的典型，抽掉階級鬥爭的靈魂，僅僅要我們學習雷鋒同志的什麼「平凡而偉大」的「品德和風格」，妄圖反對我們活學活用毛澤東思想，就是要人們忘記階級鬥爭，忘記無產階級專政，以便他們復辟資本主義。這是資產階級向無產階級爭奪接班人的兩條路線鬥爭，是一場尖銳的復辟與反復辟的鬥爭。

---

〔註67〕瀋陽部隊隆重集會紀念毛主席發出「向雷鋒同志學習」偉大號召五週年，人民日報，1968 年 3 月 5 日。
〔註68〕瀋陽部隊某部隆重集會紀念毛主席題詞「向雷鋒同志學習」發表四週年，人民日報，1967 年 3 月。

中國赫魯曉夫之流的陰謀是永遠不能得逞的。我們一定要奮起毛澤東思想的千鈞棒，把他們所散佈的流毒統統掃進歷史的垃圾堆。我們要誓死保衛偉大領袖毛主席，緊跟偉大領袖毛主席的戰略部署，要條條落實、層層落實、全面落實毛主席的最新指示，勝利完成「三支」「兩軍」任務，在奪取無產階級文化大革命全面勝利的偉大鬥爭中立新功。〔註69〕

### （三）鮮明的階級傾向與強烈的感情色彩

這種具有鮮明階級傾向和具有強烈感情色彩的報導風格應該是文革時期新聞報導的共性，它也自然體現在雷鋒報導中間。一類是帶有濃重火藥味的、攻擊性強的貶義詞，比如「一小撮走資派」、「反黨反社會主義分子」、「劉少奇一類的騙子修正主義」等等；另一類是與之相對的狂熱崇拜帶來的讚頌式詞語，像前面提到的「最偉大的共產主義戰士」、對毛主席「無限熱愛，無限信仰，無限崇拜，無限忠誠」等等。這類極端化的句子和詞語在當時的新聞報導中極為常見，用來表達對領袖人物的極端熱愛和反對領袖的人的極端憎恨。當時的不正常的社會語境造成了新聞報導的扭曲由此可見一斑。

# 第三節　文革後至八十年代初雷鋒報導過渡時期

1976年10月粉碎「四人幫」到1978年12月中共十一屆三中全會召開之前的兩年多時間，中國的新聞傳播業處於「在徘徊中前進」的一段時期。這段時間，中國仍然面臨著向何處去的重大抉擇：一種是蕭規曹隨，頑固堅持「兩個凡是」；另一種是破除迷信，徹底否定「文革」，撥亂反正，開拓創新。1978年5月《實踐是檢驗真理的唯一標準》一文發表後，引起了全國大討論，形成了新中國成立以來的第一次思想解放運動。這場討論，衝破了長期以來「左」傾錯誤思想的束縛，為黨的十一屆三中全會的召開做了理論上和思想上的準備。同年12月，黨的十一屆三中全會召開，中國從此走上了以經濟建設為中心、堅持四項基本原則，實行改革開放，建設社會主義現代化的快車道。

---

〔註69〕偉大領袖毛主席號召向雷鋒同志學習　指引億萬軍民攀登思想革命化的高峰　瀋陽部隊隆重集會紀念毛主席發出「向雷鋒同志學習」偉大號召五週年，人民日報，1968年3月5日。

　　1977年3月5日，毛澤東爲雷鋒的題詞被重新刊登於《人民日報》頭版頭條，並配發社論，其中周恩來的題詞：「愛憎分明的階級立場，言行一致的革命精神，公而忘私的共產主義風格，奮不顧身的無產階級鬥志」成爲雷鋒精神的精闢概括。接下來的一段時間，《雷鋒日記》也被重新摘登，雷鋒成爲揭批「四人幫」的有力武器。

　　不過，隨著時間的推移，雷鋒報導也有了相應的調整與變化，其中最大的變化就是報導主題的轉換。「文革」時期的「活學活用」和「階級鬥爭」框架開始轉向「好人好事」框架，政治鬥爭框架雖然沒有消失，但卻遭到弱化，與之相對應的是報導視角從也開始轉向平凡小事，並開始注重具體細節，報導風格也從情感激越走向平實。同時，「雷鋒精神」的內涵也開始有了新的拓展。

## 一、報導框架由「階級鬥爭」轉向「好人好事」

　　文革時期雷鋒符號被隨意使用，成爲政治鬥爭的「武器」。而在文革結束後，雷鋒報導的一個顯著變化就是「活學活用毛主席著作」這種框架基本消失，「階級鬥爭」框架開始弱化，「好人好事」框架開始得到強化與突出。

　　這種變化從兩篇關於郗順義的報導對比中可以清楚地看出來。第一篇是發表在1971年3月7日，新聞標題爲《向雷鋒那樣刻苦地學習、再學習》（1971年3月7日《人民日報》）。這篇報導的唯一主題就是郗順義刻苦地學習毛澤東著作以及他活學活用毛澤東著作取得的效果，最後下決心要認真學習毛主席著作。文章用了一半多的篇幅寫他怎樣受到雷鋒的啓示刻苦學習毛著，然後寫道：他運用所學到的理論聯繫「本廠階級鬥爭的事實」，「揭矛盾、擺問題，開展革命大批判，推動了革命和生產的進一步發展」；他「堅持活學活用毛主席著作取得了很大的成績，多次出席瀋陽部隊活學活用毛主席思想積極分子代表大會，受到大家的讚揚」；報導結尾寫道：「郗順義每當聽到讚揚，都要重溫毛主席關於『務必使同志們繼續堅持謙虛、謹慎、不驕不躁的作風，務必使同志們繼續地保持艱苦奮鬥的作風』的教導，不斷地告誡自己：……要在毛主席領引的繼續革命的道路上闊步前進，就必須不斷努力學習毛澤東思想，自覺地改造世界觀，永遠爲人民立新功。」

　　另一篇刊登於1977年3月27日，新聞標題爲《老英雄、新雷鋒——特等戰鬥英雄郗順義向雷鋒學習的片斷》，內容主要描述了郗順義隨部隊到唐山

救災後給某礦區傷兵送水的事蹟。這一篇報導和前一篇報導的主題迥然相異，它突出了郅順義忍住口渴給傷口送水，基本上可歸為「好人好事」框架。

這一時期，「好人好事」這種框架在《人民日報》上漸漸多了起來，比如《春意盎然　對待同志要像春天般的溫暖》（1977年3月27日）、《工農商學兵都來學雷鋒》（1977年4月9日）、《為了別人生活得更美好──記「雷鋒式的人民武裝幹部」胡師文》（1979年9月6日）、《雷鋒式的待分配青年──李江橋》（1979年5月16日）、《一路盡碰上活雷鋒》（1980年2月10日）等等。但這並不意味著「政治鬥爭」框架的完全消失，政治話語還不時地跳出來，只不過這時的鬥爭對象變成了「四人幫」及其幫兇。比如《學雷鋒，狠批張鐵生》（1977年3月27日）、《雷鋒精神是禁錮不了的》（1977年3月24日）、《從『雷鋒叔叔不在了』談起》（1977年11月12日）等，其報導手段和風格與文革時代的報導如出一轍。而且這種政治話語在「好人好事」框架中也不時出現，如「禍國殃民的『四人幫』揮舞大棒，瘋狂扼殺雷鋒精神，唯利是圖、損人利己的剝削階級倫理道德卻像瘟疫一樣毒害著我們健康的社會風氣」；[註70]「禍國殃民的『四人幫』極力歪曲雷鋒的形象，干擾破壞學習雷鋒活動的群眾運動，是妄圖扭轉青年前進的方向，把青年引向歧路。英明領袖華主席號召我們學習雷鋒，是抓綱治國、抓綱治軍的戰略決策的一個重要組成部分，……」[註71]等等。

## 二、視角開始轉向平凡小事和具體細節

與報導主題相適應的是報導視角的轉變。這種變化前文提到的關於郅順義的報導中可以明顯地看出來。前一篇除了第一段有一個郅順義坐在工廠石頭上讀毛澤東著作的細節外，基本上是口號式、空洞的話語；而後一篇具體生動，有細節、有對話、有心理活動。比如其中的細節：「一位傷勢很重的老大爺抬起頭想說什麼，老英雄便用一隻手扶他稍稍起來，一隻手端著水，半跪在地上，一口口地餵他。老英雄送水、餵水已經整整用了六個小時，汗水濕透了衣衫，嘴唇乾裂，自己卻捨不得喝一口水。」另外值得關注的是在前一篇報導中，文章主角的身份一次是以「一個解放軍老戰士」出現，一次是

[註70] 活著是為了使別人生活得更加美好，人民日報，1979年9月6日。
[註71] 堅決做雷鋒式的革命接班人　海軍六五四艇指戰員深入揭批「四人幫」，掀起學雷鋒高潮，新華社報導，人民日報，1977年3月24日。

冠以「瀋陽軍區政治部副主任」頭銜，其他都是用「郅順義」或者「他」來指代。很明顯，這樣的身份是爲了突出郅順義只是千千萬萬活學活用毛主席著作的普通人中的一個。而在後一篇報導中，標題「老英雄、新雷鋒」，一老一新強烈對照，使事件具有新聞性。在報導中，也多次強調「老英雄」的身份，突出其個人身份的不尋常性，適用於新聞價值的顯著性原則。

同樣，在《春意盎然　對待同志要像春天般的溫暖》（人民日報，1977 年 3 月 27 日）這篇報導中，「春天般的溫暖」被分爲四個要素，分別用小標題表現出來：「關懷」、「信任」、「支持」、「體諒」，一個小標題敘述一件售貨員服務顧客的小事情。這在以前的相關報導中十分少見。

## 三、激越的情感和非理性的話語漸趨減少

文革時期的報導，強烈的情感色彩和偏激的話語是其中非常明顯的特點。文革後，雖然這種話語還存在（比如我們前面舉到的例子《學雷鋒，狠批張鐵生》等），有的意識形態和斧鑿的痕跡還很明顯，但非理性的色彩開始減弱，多能融情感於新聞事件中。比如《老英雄　新雷鋒》（1977 年 3 月 27 日，人民日報）中的片斷：「『水來了，毛主席、黨中央給我們送水來了！』老英雄郅順義和戰士們看見從北京開來的送水車，不由得喊了起來。他望著一輛輛的水車，歡喜若狂。看見那從水車上流出的一股股北京水，心裏翻騰起來，他想到：搶險的戰場，幹部戰士頂烈日冒酷暑，鑽廢墟扒磚坯，揮汗如雨，是多麼需要水啊！他想到附近的醫療站，許多傷員更需要。他想到敬老院……。這珍貴的、不同尋常的水，先送到哪裏呢？他眼前浮現出二十八年前從東北進軍北京路過唐山的情景。那時，老英雄郅順義和戰士響應毛主席和朱總司令的號召，爲了盡快打倒蔣介石，解放全中國，晝夜行軍。唐山人民站在大路兩旁，把燒好的一碗碗開水送到子弟兵的面前。郅順義還想到永生的戰士雷鋒，當遼陽市遭受洪水災害的時候，把省吃儉用積存的一百元錢寄給了災區人民。他想：人民熱愛子弟兵，子弟兵更要處處爲人民。於是，郅順義便和炊事員小王接了兩桶水，親自燒開，又親自挑著，給醫療站送去。」像上文突出「毛主席、黨中央」送的水，突出「北京水」，還想到解放戰爭時期路過唐山時的情景，想到雷鋒寄錢給災區人民，這些都具有明顯斧鑿的痕跡，但這篇報導能依託新聞人物和新聞事件來抒情，不再顯得空洞無物。

　　總體而言，這一時期的新聞話語中，類似文革那種具有強烈情感色彩的語句開始減少，空洞的口號也逐漸減少，報導多能聯繫具體的事件來抒發情感。

### 四、「學雷鋒」的新闡發與新涵義

　　這一時期，「學雷鋒」以及雷鋒精神有了一些新的闡發。比如雷鋒日記中的「釘子精神」，在文革時期，被詮釋爲「擠」和「鑽」，擠出時間來讀毛澤東著名，鑽進去領會毛澤東思想實質〔註72〕。而到了1980年，這種精神被闡發爲一種「勤奮學習文化科學技術，努力掌握爲人民服務的本領」的精神。「維護社會公德，培養文明行爲，注意品德修養」也逐漸取代了原來「愛憎分明的階級立場」〔註73〕；「科研貢獻突出」的人──這在以前被當成「白專」的行爲，也成爲「雷鋒式的好幹部」。〔註74〕

　　同時，對「雷鋒」也開始有了新的爭議，雖然在當時，這種爭議可能還是置於政治鬥爭的框架之下，即還是以批判「四人幫」爲主要基調，但也不失爲一種新的開始。比如對於「崗位責任制」與「雷鋒」的爭論，〔註75〕雖然文章是在批判「四人幫」，但也提出了「崗位責任制」這種新鮮事物。這些都表現出了雷鋒報導發生的悄然變化。

　　正如1978年3月4日《人民日報》在頭版的社論《在新的長征中繼續發揚雷鋒精神》，題目中「新的長征」隱喻一個完全不同的新時代的到來那樣，也意味著隨著社會語境的變化，雷鋒報導也即將進入一個新的時代。

## 本章小結：「英雄人物」、社會主義新中國的想像與國家意識形態的傳播

　　二十世紀六十年代出現的雷鋒報導，雷鋒成爲典型，並不是偶然的，這其中既有他的個人特質，又有著深刻的社會原因和政治原因，其中之一就是社會主義新中國的合法性遭到質疑和領袖毛澤東的崇高威望開始下降。而按

〔註72〕雷鋒生前所在部隊團以上幹部響應偉大領袖毛主席的號召 學習雷鋒 認眞讀書 努力改造世界觀，人民日報，1971年3月6日。
〔註73〕新長征需要千千萬萬新雷鋒，人民日報，1980年3月5日。
〔註74〕趙大亭科研貢獻突出獲雷鋒式好幹部稱號，人民日報，1978年12月22日。
〔註75〕崗位責任制出不了雷鋒嗎？，人民日報，1977年2月15日。

照安德森的觀點：民族是「一種想像的政治共同體」，「因爲即使是最小的民族成員，也不可能認識他們大多數同胞，和他們相遇，或者甚至聽說過他們，然而，他們相互聯結的意象卻活在每一位成員的心中」。〔註76〕民族被想像爲擁有主權，被想像爲「存在著一種深刻的、平等的同志之愛」的共同體〔註77〕，而小說和報紙爲「重現」民族這種想像的共同體提供了技術上的手段〔註78〕。那麼，在中國當時的背景下，媒介被調動起來執行這一功能自然也不奇怪。而「英雄人物」的塑造又是中國共產黨所熟練運用的手段之一。在 1949 年以後，黨報上出現了一大批平凡的英雄人物，如邱少雲、黃繼光、王崇倫、耿長瑣、郝建秀、王國藩等。他們都具有一些共同特徵，如出身貧寒、受到剝削和壓迫、階級立場鮮明、對中國共產黨和領袖毛澤東充滿著無比崇敬並充滿感激之情、對社會主義忠心擁戴，他們並沒有突出的業績和過人的本領，但工作卻非常努力，並有著令人欽佩的精神和高貴品質。雷鋒是其中最具代表性的一個。

從這些英雄人物的報導中，我們可以時時看到政治權力修辭，看到國家的在場。國家通過對雷鋒和「雷鋒式」的命名，顯示出了強有力的力量；同時，通過不斷宣傳、複製，雷鋒成爲社會流行的公共話語，此外，國家號召全國人民都來學習雷鋒，掀起了一次又一次學雷鋒運動的熱潮，使得雷鋒符號進入到公眾的日常生活，並通過文藝作品、紀念日、展覽等各種活動逐步形成關於雷鋒符號的社會記憶。而「雷鋒」報導中，對社會主義國家的建設的熱切願望，對領袖毛澤東的頂禮膜拜，又加強了公眾對社會主義新中國和領袖的認同，從而達到國家意識形態傳播的目的。

不過文革時期新聞媒介的表現終究是在公眾的心靈上劃下了一道傷痕，儘管雷鋒的內涵隨著時代的變化不斷變遷，但始終再也沒有回覆到最初的輝煌。

---

〔註76〕 本尼迪克特‧安德森著，吳叡人譯：想像的共同體，上海：上海世紀出版集團，2011 年版，第 6 頁。

〔註77〕 本尼迪克特‧安德森著，吳叡人譯，想像的共同體，上海：上海世紀出版集團，2011 年版，第 7 頁。

〔註78〕 本尼迪克特‧安德森著，吳叡人譯，想像的共同體，上海：上海世紀出版集團，2011 年版，第 23 頁。

# 第三章　從「政治神話」到「道德符號」：雷鋒報導話語的分化（1981～2000）

## 第一節　社會語境的變化及其對雷鋒精神的衝擊

### 一、從「革命」到「發展」：新中國現代化的演進與確立

　　「現代化」（modernization）一詞，大約出現在 18 世紀 70 年代的歐美。在英語中，modernization（現代化）是一個名詞，但又具有動賓含義，與動詞 modernize 同義，是「使成為現代的」（to make something modern）之意，引申為接受、採納現代的方式、觀念、模式等。在漢語中，「現代化」是一個外來詞，但從語法上講，「現代」這個形容詞之後加上「化」，就成為一個動名詞，與英語中的「to make something modern」同義。可見，現代化表現為一個過程，在這個過程中，傳統將發生一系列的變革與變化。這個詞出現在 18 世紀並非偶然，它的產生和工業革命有著內在的聯繫。18 世紀在英國興起的工業革命，從紡織機械革命開始到蒸汽機的發明，使得生產率迅速提高，並影響到社會的方方面面，需要有一個新詞來表達，於是「現代化」一詞應運而生。〔註1〕

---

〔註 1〕路日亮主編：現代化理論與中國現代化，西寧：寧夏人民出版社，2007 年版，第 2 頁。

　　從此，現代化成爲一個引人關注的名詞，特別是 20 世紀中葉以來，現代化問題已成爲科學研究的世界性課題。然而對於現代化的確切含義，學術界並沒有統一的定義，不同的研究角度有各自不同的理解。現代化一詞的出現是和工業革命相聯繫的，因此在早期的現代化理論中，「現代化」是指從農業社會向工業社會的轉變，也是從傳統社會向現代社會的轉變。這一觀點始於美國學者丹尼爾‧勒納，並在現代化理論中有重大影響。1958 年，勒納在《傳統社會的消失：中東的現代化》一書中，提出了兩種相互對立的社會系統：傳統社會和現代社會。現代化則是指傳統社會向現代社會的轉變過程。按照這一理論，現代化是指 18 世紀工業革命以來人類社會所發生的深刻變化，包括從傳統社會向現代社會、傳統文化向現代文化轉變的歷史進程及其變化。在這一意義上，現代化既指先進國家的社會變遷過程，又指後進國家追趕先進國家的過程。〔註2〕

　　而從中國的歷史來看，晚清以來，爲滿足富國強兵、擺脫落後挨打的局面，現代化，特別是工業化，一直是中國發展的強有力訴求。早在 20 世紀初，一些中國學者就開始了對現代化的研究。五四運動前後，中國知識分子開始比較明確地探討中國現代化的道路。20 世紀 30 年代，「現代化」一詞開始經常出現在中國的報刊上。〔註3〕而從落後的半殖民地半封建國家轉變爲一個自主的、強大的工業國，一直是從新民主主義革命到建設新中國的主要任務。新中國成立後，現代化就成爲社會主義新中國的宏偉藍圖。最初中國共產黨就提出的發展戰略是實現工業化，即由一個落後的農業國變成一個富強的工業國。1952 年底，國民經濟恢復任務勝利完成後，我國經濟戰略發展目標開始逐步由單一的工業化向「四個現代化」轉變。1964 年末至 1965 年初，周恩來在第三屆人大上宣佈了實現四個現代化的宏偉目標：「把我國建設成爲一個具有現代農業、現代工業、現代國防和現代科學技術的社會主義強國，趕上和超過世界先進水平。」〔註4〕從此，四個現代化成爲我國社會主義建設的戰略目標。然而事實上，一直到十一屆三中全會之間，四個現代化雖然取得了一些值得肯定的成果（如核技術和航天技術的進步），但更多的只是停留在理

〔註2〕　胡偉等著：現代化的模式選擇：中國道路與經驗，上海，上海人民出版社，2008 年版，第 20～21 頁。
〔註3〕　胡偉等著：現代化的模式選擇：中國道路與經驗，上海，上海人民出版社，2008 年版，第 32 頁。
〔註4〕　周恩來選集（下卷），北京：人民出版社，1984 年版，第 181 頁。

論和概念上。由於建設經驗的不足，以及對大規模建設社會主義現代化的艱巨性和複雜性估計和認識不足，加之急於改變中國的貧窮落後的面貌，中國的現代化建設偏離了正確的發展軌道，甚至在觀念和體制層面上不斷衍生出反現代性的因素。這種狀況在文革時達到了頂峰。文化大革命期間，由於錯判了社會主要矛盾，導致階級鬥爭動力論的錯誤，從而使中國的現代化誤入歧途：階級鬥爭被看作是社會發展的目的，經濟建設受到遏制，生產被擺到了次要位置，最終導致國家陷入內亂，經濟長期徘徊不前，甚至到了崩潰的邊緣。〔註5〕

　　到 1978 年十一屆三中全會召開，中國共產黨把工作重心從「革命」轉移到「社會主義現代化建設」，並實行改革開放。這一時期，「發展」與「現代化」成為新時期的主題詞。當時的領導人鄧小平反覆強調：「要把進行社會主義現代化建設放在一切工作的首位。」〔註6〕「壓倒一切的任務就是一心一意地搞四個現代化建設。」〔註7〕之後，為突破蘇聯模式，以追問「什麼是社會主義，怎樣建設社會主義」為主題，制度性因素被重新引入「現代化」含義之中。進而在「全面改革開放」的現代化建設意義上，「四個現代化」被「社會主義現代化」概念所取代。到 1992 年，又提出「解放生產力、發展生產力」的現代化意義，進一步促進了制度大變革、社會大轉型。〔註8〕由此可見，在當代中國，現代化既是發展目標，也是馬克思主義在當代中國的出場路徑，更是鄧小平理論、「三個代表」和「科學發展觀」的主旨。〔註9〕在這種背景下，單一的「以政治為綱」的狀況開始有所改變，市場經濟以及改革開放帶來的新的思想、新的價值觀開始進入中國社會之中。

## 二、中國社會結構的變化與社會分層的重構

　　這一階段，也是中國的社會結構發生著深刻變化的時期。按照孫立平的

---

〔註5〕　胡偉等著：現代化的模式選擇：中國道路與經驗，上海：上海人民出版社，2008 年版，第 79 頁。
〔註6〕　鄧小平：鄧小平文選（第三卷），北京：人民出版社，1993 年版，第 69 頁。
〔註7〕　鄧小平：鄧小平文選（第三卷），北京：人民出版社，1993 年版，第 149 頁。
〔註8〕　夏東民：現代化的原點結構：衝突與轉型，北京：中國社會科學出版社，2008 年版，第 20 頁。
〔註9〕　夏東民：現代化的原點結構：衝突與轉型，北京：中國社會科學出版社，2008 年版，第 2 頁。

研究，1949 年中國所建立的社會是一個總體性社會，即一種社會結構分化程度很低的社會。〔註 10〕在這種社會中，國家對經濟以及各種社會資源進行著全面的壟斷，政治、經濟和意識形態三個中心高度重疊，國家政權對社會進行全面控制。此外，所有社會組織由政府統一管理，且具有一定行政級別，自中央到地方均按相同的模式建構和統一的方式運行，經費來源也由政府統一調撥，沒有獨立利益和自主權。社會結構穩定，城市居民和鄉村農民是當時中國最大的兩個社會群體，這兩大社會群體之間不能任意流動；而在城鎮內部，有干部、工人和知識分子等幾大群體之分，這些群體內部同質性較強，個體差異不大；但群體之間也是界限分明、規則清晰，而且其間的有限分化也帶有很強的「先賦性」色彩。

改革開放以後，中國的社會結構開始走向分化，中國逐漸由總體性社會轉變為分化性社會。農村經濟體制改革以及國營企業改革使社會資源的組織與分配方式開始發生變化，不同的社會群體之間也有了一定的流動空間，各種具有不同利益的主體開始出現。改革開放之初在社會結構上的一個顯著變化為階層的變化。在新中國成立的較長一段時期內，民族資本家、個體勞動者被作為鬥爭的對象，知識分子是「臭老九」，他們的政治地位低於產業工人和貧下中農。〔註 11〕改革開放後，知識分子地位開始得到提升，以及以職業、財富獲得能力為標誌的新社會階層開始形成。1978 年以前，在「左」的思想的影響下，知識分子長期地位低下，甚至被視為「臭老九」，知識分子對事業的追求被視為「走白專道路」。隨著中國共產黨的十一屆三中全會確定的社會主義現代化建設、改革和開放的大背景下，科學技術現代化成為現代化建設的關鍵。知識的價值重新體現出來，知識分子地位得到提升。1980 年，鄧小平在《黨和國家領導制度的改革》中提出：要「大量培養、發現、提拔、使用堅持四項基本原則的、比較年輕的、有專業知識的社會主義現代化建設人才。」他還提出，要「發現專家、重用專家、培養專家」。〔註 12〕

在中國革命鬥爭以及政權建設中，財富的有無與多寡本來是劃分「階級」的重要依據，和個體的政治身份緊密相連。而隨著「單位體制」出現缺口，

〔註10〕孫立平等，改革以來中國社會結構的變遷，中國社會科學，1994 年第 2 期，第 47 頁。

〔註11〕朱光磊：從身份到契約──當代中國社會階層分化的特徵與性質，當代世界與社會主義（季刊），1998 年第 1 期。

〔註12〕鄧小平：鄧小平文選（第二卷），北京：人民出版社，1994 年版，第 151 頁。

個人開始獲得從事經濟活動的自由權，獲得自由獲取資源的權利，有差別的個人開始出現，並逐漸形成一些新興社會群體。在 20 世紀 80 年代的最初幾年裏，首先成爲新聞和輿論熱點的是農村中湧現出來的各種專業戶、萬元戶。他們中的一些人作爲「先富起來」的典型，得到了政府的熱情鼓勵與讚揚。〔註13〕但這些各類專業戶大都是有一定的文化知識或專業技能，並且頭腦也比較靈活的農民，但如果按照農業文化或自然經濟的價值標準，他們當中很多人不能算是好的莊稼漢，不是既無力氣又無技能的「花架子」、「軟腰九」，就是游手好閒、不務正業的「下三爛」。

　　而在城鎮，一些老工商業者一批下放農村返回城市的無業的市民、勞改釋放後的人員先後參與到個體經濟中，他們從事的行業大部分屬於第三產業，如手工業、建築業、零售業、飲食業、修理業等。這些人中的其中一部分人經過一段時間的資金積累，經營規模開始擴大，開始雇傭工人，成爲私營業主。這些曾經「不三不四」的人耀武揚威帶給了人們心理失衡，人們說：上班窮，下班富，開除就成萬元戶。家裏有個勞改犯，一年就賺好幾萬。〔註14〕

## 三、意識形態的困惑與個人價值觀念的轉變

　　涂爾幹曾區分了兩種社會團結或整合的不同模式，一爲「機械團結」，一爲「有機團結」。「機械團結」通過強烈的集體意識將同質性的個體結合在一起，社會成員在情感、意願、信仰上具有高度的同質性；而「有機團結」則以社會高度分化、社會成員充分分工爲基礎，維繫著社會成員團結的是他們不可超越的相互依賴性。社會發展的趨勢是從機械團結到有機團結。雖然涂爾幹從傳統社會和工業社會的角度來區別二者，但這卻也適用於中國社會。在改革開放前的中國，國家更像是在致力建設一個「機械團結」的社會。國家不僅將除官員之外的所有成員都置於直接受國家資源配置的相似位置，而且爲他們創造了大體相同的社會、經濟、政治環境；在這種環境之下，社會成員的思想、行爲、生活方式都日益標準化，這些標準化的個人不僅具有高

---

〔註13〕李友梅等著：中國社會生活的變遷，北京：中國大百科全書出版社，2008 年版，第 155 頁。

〔註14〕楊繼繩：鄧小平時代──中國改革開放二十年紀實（上），北京：中央編譯出版社，1998 年版，第 339 頁。

度一致的「集體意識」，而且個性與自主性日趨式微。〔註 15〕同時，大眾傳媒作為黨和國家的單一宣傳工具存在，強化著國家意識形態。知識分子不僅沒有獨立發聲的機會，而且受到排擠和被邊緣化。在二十世紀後期和七十年代後期，對於領袖個人崇拜對社會發揮著重要的整合與動員作用；而不時出現的階級鬥爭動員和意識形態批判，不斷地清除著社會成員中滋生的異質性。〔註 16〕在此時，計劃經濟與市場經濟一直被分別視為社會主義和資本主義的基本特徵，二者是非此即彼、水火不容。在意識形態上，艱苦樸素也成為人人都要接受的生活準則，對各類生活消費品提出更高的要求會被認為是奢侈消費，也與資本主義市場經濟掛鉤。

在這種社會背景下，當「以階級鬥爭為綱」開始隱退、高度一元化的意識形態開始鬆動時，自由和個性開始復蘇甚至膨脹，各種價值觀念開始湧入，人們變得無所適從。文革十年給人們的心靈留下了創傷也尚未彌合。一些年青人開始對社會、對人生、對自我以及人與人的關係感到苦悶，並開始探尋和思考人生的意義，這集中表現為兩個事件的討論：一是 1980 年《中國青年》策劃的對潘曉來信的討論及其產生的巨大社會影響；二是大學生張華因為救老農犧牲引發的關於「金子」換「石子」值不值得的討論。

而後來，當財富獲得能力成為一種新的流動機制時，人們不知該如何將它與已經習慣了的「重利輕義」的價值觀調和起來；這些先富起來的人給從管理者到普通百姓、以及曾經完全接受社會主義、共產主義教育的人都造成了一系列困擾：這種「賺錢」的活動與我們的社會主義教育是否一致？是否合乎法律、合乎道德？能否提倡？會帶來危害嗎？會帶來怎樣的危害？如何對待這些先發達起來的人？

「雷鋒」作為計劃經濟時代產生的政治符號，如何適應市場經濟下的變化？雷鋒的集體主義精神、無私奉獻、艱苦樸素以及對領袖、黨和人民的忠誠等精神元素，如何與市場經濟的個人主義、個性時尚和注重經濟利益相調適？這成了一個新問題。本節將考察 1980 年代初至 2000 年《人民日報》以及「作為黨報補充」——晚報中的雷鋒報導，來研究這一背景下雷鋒報導話語中的變化。

---

〔註 15〕 李友梅等著：中國社會生活的變遷，北京：中國大百科全書出版社，2008 年版，第 86 頁。

〔註 16〕 何愛國：從「單位人」到「社會人」：50 年來中國社會整合的演進，http://www.aisixiang.com/data/9631.html?page=2。

## 第二節 主流媒體對雷鋒報導的「變」與「不變」

「雷鋒」這個符號是由上層發動的，自上而下進行運動式推廣，最終滲入大眾的日常生活，成爲人們耳熟能詳的話語，而學習雷鋒成爲各時期緊扣時代主題的社會運動，「發揚雷鋒精神」在每一個時代都成爲不斷強調的主題，「雷鋒」作爲革命時代的精神遺產傳承下來。1963 年毛澤東爲雷鋒的題詞在 1977 年又被原樣在《人民日報》頭版刊登，而且每到十週年、十五週年的三月五日等紀念日都會提及；《雷鋒日記》也在七十年代又被連續刊登；而雷鋒的一些照片，比如雷鋒拭擦「解放」牌汽車，不但六十年代就反覆刊登在各媒體上，在文革時也被刊登過，甚至在九十年代也還被刊登出來；雷鋒故事的照片，如幫戰友補襪子、駕駛室學毛選、在小學做輔導員等，也在不同時期被重新刊登，甚至在新世紀後（如 2003 年 2 月 24 日的《人民日報》）還出現過。六十年代，「雷鋒」的忠於黨、忠於毛澤東、艱苦樸素的生活作風等品質被強調，爲加強毛澤東以及以其爲核心的中國共產黨政治權威性；文革時期，其「活學活用毛主席著作」、「愛憎分明的階級立場」又被突出，成爲當時政治鬥爭的武器；八十年代以後，當經濟改革在中國掀起高潮，改革各種弊端也開始顯現，價值觀混亂、道德滑坡，同樣需要「雷鋒」符號繼續發揮著功能與作用，整合民間的道德觀和價值觀。所以不論哪個年代，「雷鋒」符號的這種意識形態性從來就沒有改變過，雖然在不同的時代隨著國家需要不同，雷鋒精神的內涵在不斷變化著。

進入上世紀八十年代以後，在雷鋒報導中，占主要地位的主題仍是以下三個：一是對各地方群眾、組織學雷鋒活動的報導；二是對雷鋒式人物事蹟的報導；三是對雷鋒精神實質及學雷鋒必要性的闡釋，這種闡釋可能是以領導人講話方式進行報導，也可能是以評論的形式出現。報導話語也基本上是與六十年代一脈相承，多採用宏大敘事，以一種全知全能地敘事視角和嚴肅的、訓誡式的、不容置疑地口吻來進行反覆、大量進行宣傳。

不過，在這一時期，因爲社會語境開始發生巨大變化，在雷鋒報導中，也產生了相應的變化。

### 一、八十年代：從「政治神話」到「道德符號」

這是八十年代以來雷鋒報導的最明顯的變化。在六十年代，我們可以看到突出雷鋒是「毛主席的好戰士」，強調他忠於黨和人民、忠於毛主席以及全

心全意爲人民服務的精神。其中經常出現在媒體的詞句有：「無產階級戰士」、「堅定的階級立場」、「聽黨和毛主席的話」、「艱苦樸素的生活作風」、「螺絲釘精神」、「做革命的接班人」等等。到了「文革」時期，雷鋒的「活學活用毛主席著作」和「愛憎分明的階級立場」得到強調，這一階段經常出現的詞句是：「以雷鋒同志爲榜樣，刻苦地活學活用毛澤東思想，自覺地按毛主席教導辦事，認真改造世界觀」、「捍衛毛主席的無產階級革命路線」、「深入批判林彪反黨集團」、「深入批判修正主義路線」等等。在文革之後，七十年代末，雷鋒又成爲揭批「四人幫」的工具，比如「禍國殃民的『四人幫』極力歪曲雷鋒的形象，干擾破壞學習雷鋒活動的群眾運動，是妄圖扭轉青年前進的方向，把青年引向歧路」；「禍國殃民的『四人幫』揮舞大棒，瘋狂扼殺雷鋒精神，唯利是圖、損人利己的剝削階級倫理道德卻像瘟疫一樣毒害著我們健康的社會風氣」等等話語不時出現於報端。

　　七十年代末對「真理標準」的大討論，打碎了「兩個凡是」的精神枷鎖，破除了對領袖個人崇拜與迷信；八十年代後，隨著黨和國家中心工作轉移到經濟建設上來，這時雷鋒報導的話語有了相應的變化。一些火藥味極濃的關於階級鬥爭的話語消失了，而極力宣揚個人崇拜的詞語也看不見了，雷鋒精神的內涵有了新的變化。雷鋒報導也基本上完全改變了以前「階級鬥爭」的話語模式，圍繞「現代化」建設和「樹新風」，出現了一系列新的話語。

## （一）為四化建設學雷鋒

　　在六十年代初的雷鋒報導中，媒介話語中也不是完全沒有提到現代化建設，比如在《毛主席的好戰士——雷鋒》中，就這樣寫道：「不論參加農業生產，當國營農場拖拉機手，還是從溫暖的南方來寒冷的東北鞍鋼開推土機，他（雷鋒）都恨不得把自己的手臂變成頂天立地的鋼樑，把祖國的社會主義大廈趕快支撐起來。」（人民日報，1963 年 2 月 7 日）在 1963 年轉載《中國青年報》發表的社論裏提到：「雷鋒這一面紅旗，這一代無產階級新人的光輝榜樣，已經在我國廣大青年的心目中樹立起來了。我們相信，在毛主席和黨中央其他領導同志題詞的號召下，隨著向雷鋒同志學習活動更深入、更持久地發展，我國青年的思想面貌和精神狀態，必須朝著更美好、更高尚的境界迅速發展。我國青年這種共產主義思想的新高漲，是威力無窮的精神原子彈。這是任何物質力量都不可比擬的強大力量。有了這種力量，我國廣大青年就

可以更高地舉起總路線、大躍進、人民公社三面紅旗英勇前進，就可以在當前的社會主義建設各個戰線上，在實現農業現代化、工業現代化、國防現代化和科學技術現代化的宏偉事業中，發揮更大的作用。」〔註17〕只不過這時的「現代化」話語幾乎完全淹沒在當時的政治話語當中。這種「現代化」話語到文革時候已經完全絕跡，代之以「革命化、戰鬥化」，大家要做的是「接過雷鋒的戰旗。」

　　雷鋒報導中重新第一次出現「現代化」字眼是在 1978 年 12 月 22 日的一篇報導，其標題為《空軍黨委號召廣大指戰員為四個現代化勇猛攻關 趙大亭科研貢獻突出獲雷鋒式幹部稱號》，這也是「四個現代化」第一次出現在雷鋒報導的新聞標題之中，這之後，關於「四化」和「現代化」的話語大量出現在八十年代的雷鋒報導之中。在《人民日報》轉載的胡喬木在 1983 年 3 月 5 日在首都各界紀念向雷鋒同志學習二十週年大會上的講話中，「現代化」這個詞出現高達十八次之多。與此同時，以前被貶斥的「愛一行幹一行專一行」、「刻苦學習科學知識，勇攀知識高峰」的精神也得到讚揚。而在另一篇來源於新華社的通稿中也提到：「學雷鋒，我們要勤奮學習文化科學技術。要像雷鋒同志那樣，發揚『釘子』精神，勤奮學習，刻苦鑽研，努力掌握為人民服務的本領，做一個又紅又專的社會主義建設人才。〔註18〕」「釘子精神」的含義從原來的「刻苦學習毛主席著作」變成了「勤奮學習，刻苦鑽研」，掌握科技知識，學習為人民服務的本領，雷鋒也順利轉化成以釘子精神學科技學文化的模範人物。上文提到的胡喬木的講話中，這樣要求年青人：「雷鋒不僅有高度的共產主義覺悟，而且是在他當時可能的條件下，努力學習科學文化知識、刻苦鑽研業務的模範。他幹一行愛一行，毫不畏難地努力掌握他需要掌握的每一種技術，提高勞動效率，創造本行業、本單位的第一流的成績。我們現在比他學習的條件好得多了，所需要學習的知識、技能和才幹也多得多了。我們每個青年都要像他那樣，下定決心把自己培養成用現代科學文化知識武裝起來的人，培養成在社會主義建設中大有作為的人。」〔註19〕

---

〔註17〕中國青年報發表紀念「五四」中國青年節的社論，人民日報，1963 年 5 月 5 日。

〔註18〕新長征需要千千萬萬新雷鋒《中國青年報》發表社論號召各級團組織深入開展學雷鋒活動，人民日報，1980 年 3 月 5 日第 4 版。

〔註19〕胡喬木：做八十年代的新雷鋒——三月五日在首都各界紀念向雷鋒同志學習二十週年大會上的講話，人民日報，1983 年 3 月 6 日第 2 版。

　　與此相類似，另一篇文章提到，「時代在前進，我們今天面臨的具體任務與雷鋒所處的年代不同了。我們學習、發揚雷鋒精神，不能機械地套用過去學雷鋒的某些做法」，還強調說：「……雷鋒在刻苦學習革命理論的同時，就已經很注意文化技術的學習。他在日記中寫道：從內心往外說，我時刻都想多學點本領，更好地爲人民服務。我時刻牢記著馬克思的教導，『不學無術在任何時候，對任何人，都無所幫助，也不會帶來利益』。雷鋒以釘子的「擠」、「鑽」精神學文化技術，還抽空輔導老工人和戰友學文化。八十年代的青年，更要奮發學習，用最新的現代科學技術知識把自己武裝起來。要像雷鋒那樣，樹立爲祖國、爲人民而學習的態度。我們決不能把學習知識和提高本領看成是謀取個人私利或脫離勞動的跳板和階梯。國家和人民給了我們知識，我們就要用知識更好地爲國家和人民服務。『爲中華的崛起而發奮學習』，這是當代青年的志向，也是我們的歷史責任。只有時刻嚴格要求自己，不滿足於現狀，我們才有可能站在前輩巨人的肩膀上，登上科學文化技術的新高峰。」〔註20〕

　　從這裡我們可以明顯看到，「雷鋒」已經從「刻苦學習毛主席著作」的榜樣轉變成爲「學習文化技術」的先進典型了，而「學雷鋒」也正如一篇摘自《解放軍報》的社論中所說的那樣，成爲了「現代化建設的一種推動力量」。〔註21〕

## （二）「學雷鋒，樹新風」：道德符號的轉向

　　二十世紀七十年代末八十年代初，黨和國家開始重新重視思想道德建設，這種對於道德的重視有其深刻的社會根源：十年動亂造成的個人價值觀的混亂、極端的個人主義以及青年思想道德水平的下降，以及改革開放所帶來的意識形態困惑和追逐經濟利益而產生的不良社會現象的暴露。1979 年 9 月黨的十一屆四中全會首次提出「社會主義精神文明」的概念，指出在建設高度物質文明的同時，要建設高度的精神文明；1981 年十一屆六中全會通過的《關於建國以來黨的若干歷史問題的決議》，把建設高度的精神文明列爲社會主義現代化建設道路的十個要點之一，並且第一次把新時期的奮鬥目標概

---

〔註20〕新時期與雷鋒精神──紀念開展學雷鋒活動二十週年，人民日報，1983 年 3 月 4 日第 4 版。

〔註21〕做新長征中的新雷鋒，人民日報，1980 年 2 月 29 日第 4 版。

括為建設「現代化的，高度民主的，高度文明的社會主義強國」。1982 年 7 月，
鄧小平在軍委座談會上的講話中，第一次闡明了社會主義精神文明建設的根
本任務，指出「搞社會主義精神文明是使我們的各族人民都成為有理想、講
道德、有文化、守紀律的人民」。同時，一系列建設社會公德的行動也由此展
開：1981 年，開展以講文明、講禮貌、講衛生、講秩序、講道德和心靈美、
語言美、行為美、環境美為主要內容的「五講四美」文明禮貌活動；1983 年，
「熱愛祖國、熱愛社會主義、熱愛人民」的「三熱愛」教育活動在全國展開；
同時，根據歷年 3 月 5 日前後集中開展「向雷鋒同志學習」活動的傳統，將
每年 3 月定為「全民文明禮貌月」等等。因此，在八十年代前期，「學雷鋒，
樹新風」成為雷鋒報導中常見的話語，學雷鋒活動也開始與以精神文明建設
為中心的活動相結合，「雷鋒」開始向以「社會公德」為中心的道德符號轉化。
「新風」是與文革時期的舊風氣相對應的，但何謂「新風」？一方面是指好
的社會風氣的培育，如講文明禮貌、遵守社會公德、講理想、講衛生、講紀
律、改善社會風氣等等。當然對於不同群體，所謂「新風」的意義是不盡相
同的，比如對於學生，是「求進步勤學習守紀律尊師長講衛生」、「講理想、
紀律、禮貌、衛生、團結、勤儉」和「文明禮貌新風」；對於市民，是「人人
講清潔　人人講秩序　人人講禮貌」等；而可能是更重要的另一方面，是由於
十年動亂對於原有價值觀的破壞，以及由市場經濟和改革開放帶來的新價值
觀讓人們無所適從，需要重構一種新的社會氛圍和新的精神力量。正如《新
時期與雷鋒精神——紀念開展學雷鋒活動二十週年》（人民日報，1983 年 3 月
4 日第 4 版）中提到的那樣：「在十年內亂中，林彪、「四人幫」把愚昧、貧窮、
落後塗上了一層色彩斑斕的『理想』油彩，欺騙還不諳世事的青年，使一些
青年分不清哪是理想的閃光，哪是荒冢裏的磷火。他們錯誤地認為理想是空
的，追求個人利益是實的，『理想、理想，有利就想；前途、前途，有錢就圖』，
使自己成了『拍拍肚皮吃飽了，摸摸腦袋糊塗了』的時代落伍者。……現在
有些人把庸俗的東西拿出來招搖過市，用假公濟私、損人利己、一切向錢看
的剝削階級的思想和不擇手段地追求享樂的欲望腐蝕青少年。」在這種情況
下，具有完美道德品質的「雷鋒」又挺身而出，不僅成為肅清林彪、四人幫
的流毒、清理當時不良道德風氣的重要武器，也成為構建社會新風氣的精神
力量。

　　而在這之後的不同時代中，「學雷鋒」分別和「五講四美」、「『五美』教育」「講文明講禮貌」「崗位學雷鋒」、「志願者服務」等聯繫起來，雷鋒精神的內涵不斷地被拓展開掘，最終使得雷鋒從最初的政治意蘊很強的符號轉向更具普世意義的道德符號。

## （三）學雷鋒的困惑與媒介呈現

　　學者夏東民認為現代化的原點結構就是衝突與轉型，〔註22〕這種衝突與轉型自然也會折射到雷鋒報導之上。在對革命後社會重建「藍圖」的想像破滅之後，市場改革開始並釋放出自身的力量，同質化的社會開始解體，物質欲望的放大，社會認同的危機開始產生。公眾對革命時代塑造起來的「雷鋒」符號，也產生了疑問，這種疑問與困惑持續了整個八十年代，一直到新世紀，仍然是爭論不休的話題。在《人民日報》中，這些爭議與困惑也不時地曲折地反映出來。

　　在新中國成立以後，「在借鑒蘇聯模式的基礎上，中國共產黨領導國家和人民走上了一條獨特而又複雜的道路──在一種理想主義情境下，通過一系列的社會運動的動員方式和機制，實現對舊有社會和社會生活進行運動化改造，藉以實踐一種符合共產主義、社會主義倫理制度與生活關係格局，實現強有力政黨、政權對於社會生活的全面領導、控制和整合。……從建國到改革開放前的近 30 年時間裏，中國社會及其變遷給人印象最為深刻的一個線索就是，中國社會及其成員的社會生活，在一種理想主義繼承了革命熱情的動員機制與組織邏輯下實現了前所未有的根本性改造和重構，政治和運動的邏輯廣泛地滲透到了社會生活的各個角落。」〔註23〕而在這之後的近 30 年時間裏，一元的社會主義意識形態是整合社會群體的主導甚至是唯一的意識形態，並在中國的社會生活領域被普遍接受和認同。它不僅成功地滲透到人們的日常社會生活中去，而且深刻地影響到了人們在日常生活中的態度、行為選擇和交往關係等。

　　而「雷鋒運動」則是上述眾多群眾性社會運動中的一個，而且它並沒有隨著時代的發展而消失，在文革之後以及改革開放之初，這種運動又在黨和

〔註22〕夏東民：現代化的原點結構：衝突與轉型，北京：中國社會科學出版社，2008年版。
〔註23〕李友梅、黃春曉、張虎祥等：從彌散到秩序：「制度與生活」視野下的中國社會變遷，北京：中國大百科全書出版社，2011 年版，第 95～96 頁。

國家的動員下開展起來。「雷鋒精神」是社會主義意識形態的典型代表，其實質包括堅持共產主義信念、對黨和領袖的忠誠、全心全意為人民服務、集體主義、奉獻精神、艱苦樸素的生活作風等等。但隨著市場經濟的推行，以個體為本位和個人主義、重視經濟利益的價值觀，以及由此帶來的一些負面效應開始顯現出來，比如拜金主義、享樂主義、道德滑坡等。隨著市場經濟的深入發展，這兩種價值觀的衝突開始加劇。

這種觀念的衝突體現在雷鋒報導中，主要有這麼幾個方面：一是時代在變化，還要不要學雷鋒；二是學雷鋒如何體現個人價值；三是學雷鋒碰到的新問題，比如三個戰士學雷鋒遭譏諷、小學生學雷鋒索要表揚信、碰到假乞丐該不該學雷鋒等等。

在《人民日報》中，對待這種爭議與困惑還是一如既往地進行批駁與反對，並重申「雷鋒精神」和「學雷鋒」的重要性，其表現形式如下：一是以社論或轉摘其他媒體社論的形式，採用不容質疑的語氣肯定雷鋒精神，同時在此基礎上適當調適。比如在八十年代初，《人民日報》發表了一系列社論，充分肯定了雷鋒精神，比如《做新長征中的新雷鋒》（1980 年 2 月 29 日）、《新長征需要千千萬萬新雷鋒〈中國青年報〉發表社論號召各級團組織深入開展學雷鋒活動》（1980 年 3 月 5 日）、《八十年代更需要雷鋒精神的大發揚》（1981 年 3 月 5 日）等等。這些社論一方面肯定了學雷鋒的必要性，另一方面又認為隨時代腳步需要做出適當調適，強調這是「新時代」，需要的是「新雷鋒」。正如《做新長征中的新雷鋒》中所總結的那樣：「雷鋒精神必須發揚，但是怎樣學雷鋒，又必須適應今天的新情況。不能簡單地表面地照著雷鋒的具體事蹟硬套，也不能照抄六十年代學習雷鋒的那些具體做法，而是要學習雷鋒的基本精神，結合自己的實際，發揚光大。我們要把學習雷鋒同當前國家和軍隊現代化建設的新情況緊密結合起來，同本單位以及個人的思想實際和工作實際緊密結合起來，還要同學習新湧現出來的英雄模範結合起來，用活生生的榜樣在幹部戰士中培育雷鋒那樣的共產主義思想、道德情操和服役態度、勞動態度，發揚雷鋒那種勤奮學習、善於學習、努力做到又紅又專的革命精神，樹立新的歷史時期各行各業雷鋒式的先進人物和先進集體。」（1980 年 2 月 29 日）也正是在這種堅持與調適中，「雷鋒」符號完成了從舊時代向新時代的轉變，完全拋棄了以前的「忠於領袖」和「階級立場」框架，而向著新的道德符號邁進。

　　二是採用直接或間接的話語描述，突出強調被描述話語的分量和重要性，以此強調學雷鋒的重要性和必要性。例如：胡喬木在 1983 年 3 月 5 日召開的首都各界紀念向雷鋒同志學習二十週年大會上的講話《做八十年代的新雷鋒》，文章的作者就清楚地標示出作者的身份；又比如 1987 年 3 月 6 日的報導：《中央領導同學雷鋒先進代表座談得出共同結論　雷鋒精神具有強大生命力永不過時　誰願當真正共產主義者就應向雷鋒品德和風格學習》；同年 3 月 10 日的報導，標題爲《楊尚昆在全軍婦女先進集體和個人表彰會上指出　雷鋒精神要代代相傳　余秋里強調要發揚不惜犧牲個人一切的獻身精神》等等，這些報導中的元話語都來自權力部門，標題中就對其地位進行了突出與強調，這種話語方式也淹沒了一切相關爭議，表明中央高層對「學雷鋒」不容置疑的態度。

　　三是用事實說話。這是中共新聞事業的傳統，也是黨報常用的手段之一。這類報導就更多了，大量「學雷鋒」活動的出現和「雷鋒式」人物的湧現不正說明了雷鋒精神永駐嗎？比較典型的如：《武漢個體戶青年學雷鋒見行動》（1983.3.3）、《余根秀異鄉處處遇雷鋒》（1983.4.1）、《武警北京總隊深入開展愛民活動　一千餘學雷鋒小組走出營房爲群衆服務（1984.01.13）、《千萬個雷鋒在成長》（1984.3.24）等。但怎樣的活動就是「學雷鋒」？「雷鋒式」人物的身份如何？這個事實上是有變化的。下面我們通過分析「雷鋒式」人物的身份來看媒介中雷鋒報導的變遷。

　　在六、七十年代，傳統的「雷鋒式」人物主要是基本上都是政治上根正苗紅的軍人、工人、青少年等，而一些階級成分不好的，比如地主、富農、反革命分子、壞分子、「右派」、資產階級、修正主義分子等則是「雷鋒式」人物與之鬥爭的對象。而從七十年代末開始，媒介報導的「雷鋒式」人物的身份開始有了微妙的變化。比如在 1979 年，出現了「雷鋒式的待分配青年」（人民日報，1979 年 5 月 16 日）。「待分配青年」，即沒有工作在家待業，這在當時是個新鮮但又模糊的稱謂，既沒有清晰的政治身份也沒有經濟身份。在這之前，有一篇報導題爲《趙大亭科研貢獻突出獲雷鋒式幹部稱號》（人民日報，1978 年 12 月 22 日），這應該是第一次對知識分子授予這種稱號。不過，趙大亭是部隊某研究所的技術員，具有軍人和技術員雙重身份。

　　到八、九十年代後，媒介報導的「雷鋒式」人物的身份更加多樣化。由於社會主義建設的需要，以前被稱之爲走「白專」道路的知識分子開始出現

在「雷鋒式」人物的報導中；隨著經濟地位重要性的增加，一些「先富起來的」的人也開始獲得「學雷鋒先進分子」的稱號，也出現在媒介報導中。而其他如八十年代「做工精細，價格合理」的個體戶〔註24〕；九十年代，則有「立足崗位學雷鋒」醫務工作者〔註25〕、「用科技帶頭致富並幫助村民」的「養豬大王」〔註26〕；九十年代末的「江海志願者」〔註27〕。與此同時，「科技雷鋒」、「企業雷鋒」等稱謂也開始見諸於媒體。

從 1949 年後到 70 年代末改革開放以前，中國社會是以政治分層為主的社會，最主要的是按照所謂「階級」身份的區分。按照階級成分（本人或家庭出身）可以區分為：階級成分好的、階級成分不好的和處於中間狀態的。而到改革開放以後，政治地位的重要性大大下降，而經濟地位的重要性大大增加。〔註28〕一些以前沒有社會地位的知識分子、專業人員社會地位也開始上升。從 1978 年 3 月全國科學大會召開前後，有關知識分子的典型報導開始出現，到 20 世紀 80 年代初，湧現了一大批知識分子典型人物，如數學家陳景潤、農民科學家吳吉昌、蔣築英、羅健夫、張海迪、原子彈之父鄧稼先等等。而到了 1984 年 10 月，同共十二屆三中全會通過了《中共中央關於經濟體制改革的決定》後，隨著我國城市及企業經濟改革不斷深化，湧現了一大批勇於改革創新的人物，他們具有鮮明的時代特徵，如敢於突破僵化的計劃經濟體制、敢於打破「鐵飯碗」和「大鍋飯」，引入市場競爭機制；他們敢闖敢幹、富於創新精神。如步鑫生、魯冠球、馬勝利等等。〔註29〕

媒介話語反映社會變遷，也建構著社會實踐。不同的「雷鋒式」人物的建構，也為不同的社會群體獲得了不同的身份與地位，也改變著社會結構與階層關係。

---

〔註24〕武漢個體戶青年學雷鋒見行動，人民日報，1983 年 3 月 3 日。
〔註25〕醫德醫風長抓，雷鋒精神長駐，人民日報，1995 年 4 月 25 日。
〔註26〕贊「科技雷鋒」，人民日報，1995 年 11 月 19 日。
〔註27〕「江海志願者」的追求——南通市開展學雷鋒、學「莫文隋」活動紀實，人民日報，1999 年 6 月 3 日。
〔註28〕李強：中國社會分層結構變遷分析，選自周曉虹、謝曙光主編：中國研究，北京：社會科學文獻出版社，2008 年 7～8 期。
〔註29〕劉家林：新中國新聞傳播六十長編（1949～2009）（下），廣州：暨南大學出版社，2010 年版。

## 二、九十年代：崗位學雷鋒

一九八九年之後，又掀起了一次「學雷鋒」熱潮。在 1990 年 3 月 5 日社論中，雷鋒再次成為「共產主義理想和信念的實踐者」，並概括道：「所謂雷鋒精神，概括地說，就是一種奉獻精神，犧牲精神，是共產主義精神同中華民族傳統美德的結合。」〔註 30〕在這之後的幾年裏，意識形態領域的爭鬥再次成為焦點，正如吳海剛所說，資產階級自由化一旦被認為是改革的阻力，就需要有新的價值和道德來彌補「精神文明」的真空，而雷鋒這個極具包容性的符號又再次擔當起這個使命。雷鋒精神的幫助他人、立足本職、服務社會的思想，成為克服經濟建設帶來的種種不良現象的手段。〔註 31〕

但這種現象並沒有持續多久，很快雷鋒報導的話語就有了新的主題。九十年代最突出的雷鋒報導主題是「崗位學雷鋒」，這個主題事實上是在市場經濟條件下所產生的價值觀矛盾的一種調適，也是試圖解決「學雷鋒」形式化的一種策略。在八十年代就有「學雷鋒如何體現個人價值」的追問，而九十年代「雷鋒叔叔三月來，四月走」，使得學雷鋒日益形式化，如何把「雷鋒精神」和「學雷鋒活動」繼承和延續下去？面對著這些問題，《人民日報》並沒有充分發揮公共領域的作用，也沒有把這些問題擺出來並進行充分地討論，我們只是從一些評論和報導的「碎片」中看到這些問題的存在，比如《學雷鋒不能「三月來，四月走」》（1990 年 4 月 16 日）、《「一生雷鋒」和「一日雷鋒」》（1990 年 4 月 23 日）、《雷鋒「戶口問題」》（1990 年 5 月 28 日）以及《學雷鋒怎能要表揚》（1990 年 6 月 29 日）等。

面對這些疑問，《人民日報》一方面大量報導「雷鋒式」的人物和事蹟，另一方面直接提供解決方案：「崗位學雷鋒」。在 1990 年 5 月 6 日《人民日報》本報評論員的一篇文章中寫道：「『崗位學雷鋒』，就是把學雷鋒和個人的崗位工作結合起來，在本職工作中體現雷鋒精神，出色地完成任務，用自己的行動為人民服務。」並指出，「『崗位學雷鋒』會使學雷鋒活動深入持久，改變過去那種『颶風』現象。長期堅持下去，就使得學雷鋒活動成為精神文明建設的重要組成部分，使雷鋒精神成為涵養人的道德情操、幫助人們樹立正確

---

〔註 30〕 雷鋒是我們的好榜樣，人民日報，1990 年 3 月 5 日。
〔註 31〕 吳海剛：雷鋒的媒體宣傳與時代變革，二十一世紀（香港），2001 年 4 月號，第 142 頁。

的人生觀、激發人們建設四化熱情的重大動力和源泉。」〔註32〕在 1998 年 2 月 27 日，同樣是本報評論員的文章，其中寫道：「學雷鋒，關鍵是堅持『崗位學雷鋒』，眞正使雷鋒精神紮根在社會主義建設的每一個崗位上。我們的事業是由無數個千差萬別的『崗位』組成的有機整體，如果每個人都能像雷鋒那樣，立足崗位、忠於職守、勤勉敬業、做好本職工作，我們的事業就會興旺發達。」〔註33〕可見，「崗位學雷鋒」這一主題基本上貫穿了整個九十年代，它一方面迴避了人們對在市場經濟下「按勞取酬」和雷鋒精神中「無私奉獻」之間矛盾的追問，另一方面起到了符合當時社會需要的、對物質生產的刺激作用。但是，卻並沒有解決「學雷鋒」存在的「形式化」問題，也不可能解決雷鋒精神與市場經濟之間不可調和的矛盾。事實上，進入新世紀以來，由於過度追求效率，而忽略了其他問題，這種矛盾並沒有縮小，反而愈演愈烈。

## 第三節　晚報中雷鋒報導的媒介景觀

### 一、二十世紀八十年代中國媒介格局中的晚報

　　20 世紀 80 年代是我國報業發展最快的時期，報業規模快速擴張、報紙總數擴大，報紙發行量迅猛攀升。與此同時，與《人民日報》等機關報相區別的、面向城市居民的晚報開始出現復刊熱潮，到 1989 年一些知名晚報，如《新民晚報》、《羊城晚報》等發行量都增至 170 萬份以上。晚報的強大影響力一直持續到 90 年代中期都市報的興起。鑒於晚報的影響力，本研究選擇了八十年代發行量最大的兩份晚報：上海的《新民晚報》和廣東的《羊城晚報》的進行分析，選擇的時間段是從 1986 年到 2000 年這段時期每年 3 月份這兩家報紙標題中含有「雷鋒」的媒介文本。之所以把起點放在 1986 年，因爲 1986 年前後是這兩份晚報的發行量的黃金時期，也是晚報影響最大的時期。

　　在 20 世紀 60 年代在我國就曾興起過一股「晚報熱」。1958 年，全國僅有四家晚報，即《北京晚報》、《羊城晚報》、《新民晚報》和《新晚報》，到 1962 年前後，瀋陽、西安、鄭州、合肥等多家省會城市的市報都改爲晚報出版，

---

〔註32〕「崗位學雷鋒」很重要，人民日報，1990 年 3 月 6 日。
〔註33〕今天，怎樣學雷鋒，人民日報，1998 年 2 月 27 日。

到「文化大革命」前夕，全國共有晚報 18 家，期發行量接近 200 萬份，「文革中」，各家晚報都先後被迫停刊。〔註34〕

《羊城晚報》最早創刊於 1957 年 10 月 1 日，是作爲廣東省委機關報《南方日報》的輔助和補充而創辦的，文革時被迫停刊，1980 年春節復刊，之後發展迅速，五年後，《羊城晚報》的發行地區擴展到全國各地，期發行量達 160 多萬份，居全國第一。〔註35〕

我們選取的另一研究對象是《新民晚報》。它原名《新民報晚刊》，1946 年 5 月 1 日創刊於上海。1947 年被國民黨當局查封，解放後繼續出版。1956 年《新民報晚刊》改版，加強了新聞報導和報紙的「三性」，即「時效性、地方性、文化娛樂性」；之後，社長兼總編趙超構提出「短些、短些、再短些」、「廣些、廣些、再廣些」、「軟些、軟些、再軟些」的口號。1958 年 4 月改名爲《新民晚報》。文革時停刊，到 1982 年元旦復刊。在《復刊的話》中，趙超構說：「它（《新民晚報》）只是穿梭飛行於尋常百姓之家的燕子。它棲息於尋常百姓之家，報告春天來臨的消息……」〔註36〕復刊後的《新民晚報》仍屬於上海市委領導下的綜合性地方報紙，面向全國發行，到 1987 年，《新民晚報》的平均期發行數已經超過了 170 萬份。當年，《羊城晚報》的平均期發行數是 168 萬份。可以說，這兩份報紙是當時的晚報中發行量最大的兩份報紙。

從西方新聞研究的視角，無論是《新民晚報》、《羊城晚報》，還是後來的都市報，都與黨報定位不同，它們的主要讀者對象是普通大眾，可歸於「小報」系列。Sparks 曾將小報化定義爲：（一）新聞主題著重在緋聞、流行娛樂，而非與政治、經濟或社會相關的新聞；（二）新聞注重主角私領域生活，不論其爲名人或非名人；以及（三）新聞不似傳統新聞學理對於新聞價值優先級的判斷，不以提供信息爲主要目的，而較注重新聞娛樂效果。〔註37〕從研究過程中翻閱的這兩份報紙來看，既有與上述特點相吻合之

---

〔註34〕 劉家林：新中國新聞事業 60 年長編（1949～2009）（下），廣州：暨南大學出版社，第 23 頁。

〔註35〕 劉家林：新中國新聞事業 60 年長編（1949～2009）（下），廣廣州：暨南大學出版社，第 26 頁。

〔註36〕 《新民晚報》復刊號頭版，1982 年 1 月 1 日。

〔註37〕 Sparks, C.（2000）. Introduction: Panic over tabloid news. In C. Sparks & J. Tulloch（Eds.）, Tabloid tales: Global debates over media standards. NewYork and

處，也有相區別之處。它們面向大眾，關注大眾日常生活，重視時尚和娛樂，但它們都隸屬於黨委機關報系列，又不同於所謂的「街頭小報」，儘管從內容上來看它們「大多傾向於人情味、生活方式和娛樂等方面的內容，但它們至少還報導有關宏觀政治經濟問題的新聞，在黨的宣傳指導之下良好運行並保證話語的政治正確性」。〔註38〕從另一方面來看，八十年代初，包括晚報、文摘報、週末報在內的、作爲傳統黨報「補充」的新型報業形態，因其提出「讀者需要」爲核心的報紙理念，與傳統黨報的「宣傳需要」爲核心的報紙理念形成差異，從而打破了黨報壟斷的媒介話語格局，初步呈現了媒介話語空間中的多樣性。〔註39〕

　　本節的研究問題是：從 1986 年到 2000 年這段時間，主流媒體之外的晚報中的雷鋒報導話語特點如何？與《人民日報》中的雷鋒報導有何區別？

## 二、晚報中的雷鋒報導呈現

　　總的來看，這一時期晚報的雷鋒報導與主流媒體是相一致的。從數量上來看，晚報對雷鋒報導的變化趨勢與主流媒體的數量變化趨於一致。從 1986～2000 年每年的 3 月 1 日至 3 月 10 日，《人民日報》中的雷鋒報導數量最多的兩年分別爲 1990 年和 1993 年，分別爲 55 篇和 40 篇，分別占這一時期報導總量 207 篇的 26.6%和 19.3%；而在《新民晚報》中這兩年的同一時期相關報導數量分別爲 11 和 17 篇，占 15 年來（1986～2000 年）相關報導總量 96 篇的 11.5%和 17.7%；而《羊城晚報》1990 年的同一時期對雷鋒的報導總量爲 19 篇，1993 年同一時期的相關報導量爲 10 篇，分別占 15 年來（1986～2000 年）相關報導總量 80 篇的 23.8%和 12.5%；1990 年和 1993 年也是這兩份報紙相關報導數量最多的年份。從報導形式來看，都是以正面宣傳報導爲主，都主要採用消息和通訊爲主要報導形式。以消息形式報導學雷鋒動態和以通訊報導「雷鋒式」人物或先進組織，二者相互呼應與配合。從報導語氣來看，基本上承襲著黨報嚴肅、正統的報導風格。這種現象出現的原因非常簡單，

---

Oxford: Rowman and Littlefield. pp.1～40.

〔註38〕趙月枝：有錢的、下崗的、犯法的：解讀 20 世紀 90 年代中國的小報故事，開放時代，2010 年第 7 期，第 109 頁。

〔註39〕孫瑋：媒體話語空間的重構：中國大陸大眾化媒介報紙媒介話語的三十年演變，傳播與社會學刊，2008 年第 6 期，第 77～78 頁。

因爲晚報都隸屬於黨報，對於黨報的「規定動作」〔註40〕必須完成。而雷鋒報導，毫無疑問屬於「規定動作」之列。同時，這一時期的絕大部分時間，媒介市場競爭也並不是很激烈，只是到了九十年代末與都市報的競爭才開始激烈起來。

當然，這並不是說晚報中的雷鋒報導完全是黨報的翻版，由於二者定位不同，風格不同，相關報導還是有所變化，具體體現在以下幾方面：

## （一）雷鋒報導的淹沒

按照梵・迪克的觀點，話語分析是一門多學科融合、交叉的學科，它不僅要分析新聞話語的結構，也對話語的各種語境發生興趣。〔註41〕語境不僅包括宏觀的社會文化因素，也包括晚報的版面語言以及新聞與新聞之間相互關聯而勾勒出來的對當時的社會環境以及當時的社會心態的反映。晚報的對象是城市居民，除了重要新聞外，還報導社會新聞和文化、體育新聞；提供有關日常生活的各種知識，做讀者衣食住行的參謀；爲人們的生活、休息和娛樂服務。這是當時晚報的定位，此外，在當時的晚報上還體現出八十年代到九十年代那種國門剛剛打開時的各種社會情緒：渴望、欣喜、困惑、爭論。這些都構成了對革命時期傳承下來的遺產──雷鋒報導的語境。

同時，在八十年代與九十年代是改革開放從起步到逐漸深入的過程，而廣州是改革開放的前沿陣地，上海則是中國現代時尚生活的引領者。在兩份晚報中，我們看到的滿是改革開放所帶來新變化的欣喜，如哪裏又起了座幾層的高樓，哪裏的跨海橋建成通車等等，以及國門重新打開之初人們對新事物的渴望、驚奇與爭論，比如80年代末對影片與連環畫《變形金剛》引進的爭論，反對者認爲文字不美、思想內容荒謬、宣揚好戰；支持者認爲故事充滿了工業社會帶來的智慧、熱情、幻想和陽剛之氣，是非分明，能給孩子帶來成人難以理解的樂趣。〔註42〕

〔註40〕 規定動作，是指中央和地方黨政領導機關指定必須進行的報導，如黨的會議、領導人活動、黨的中心工作等；與之相對的是「自選動作」，是指記者根據受眾的需求，發揮主觀能動性進行的報導。

〔註41〕 梵・迪克著，曾慶香譯：作爲話語的新聞，北京：華夏出版社，2003年版，第1頁。

〔註42〕 對於這一爭論，兩份報紙都有體現。《羊城晚報》從1988年末就刊登了相關文章和討論，在1989年3月2日又刊登文章《爺爺奶奶一個建議 變形金剛再起波瀾》，並配發評論《哎喲！變形金剛！》。

報紙成為新知識介紹與普及的陣地，同時各種流行與時尚也成為報紙追逐的對象。比如《新民晚報》就專門有「流行色」版和「衣食住行」版，介紹新的流行趨勢以及家用的新生事物，也兼作隱性廣告。而因改革開放帶來的人口流動以及商品經濟帶來的經濟秩序混亂、經營不誠信等新問題和新困擾也成為晚報關注的話題，如1985年3月5日，《羊城晚報》就同時有兩篇對亂漲價的相關報導；〔註43〕在1989年3月該報的一篇報導中表達了對農民工南下所帶來的「人流湧入、秩序混亂、物品難以深入」的擔憂〔註44〕；而1990年3月的另一篇報導則對兩名醫務人員騙人錢財進行了報導〔註45〕。

當中國剛剛試探著打開國門，中國人意識到自己與世界的差距而變得失落和彷徨時，女排的奮力拼搏和輝煌成就，向世界宣告了中華民族崛起的信心與能力，也讓中國人猛然醒悟：原來我們也可以這樣去追趕別人、超越別人。當1981年，首次贏得世界冠軍的中國女排在為中國人找回驕傲和自信的同時，「女排精神」也成為頑強拼搏的代名詞以及民族精神的象徵，影響了那個時代的一代人。而體育新聞也開始成為佔據晚報重要位置的內容，從女子排球賽到「天元杯」，再到後來的亞運會等等，都有大篇幅的報導。我們來看看當年的一些新聞標題：《中國女壘大鬧太平洋 五戰五勝預賽名列前茅》、《希望中國棋手趕上來——日本藤澤藝談中日擂臺公開賽》、《劍壇中國多英豪 女重劍出鞘 周劍秋稱雄》〔註46〕，從話語中我們既可以看出媒體對體育強盛的自豪，也可以看到從體育強國中寄託中國崛起的夢想與渴望。體育明星成為受歡迎的英雄人物，在1985年的《羊城晚報》上有一篇報導說女排老將遊東山島，有三萬群眾夾道歡迎，可見當時情狀之盛〔註47〕。而娛樂報導也成為當時的常見報導，一些美女演員的照片不時地出現在報刊之上，港臺藝人的演唱會消息也時有刊登。

---

〔註43〕 這兩篇報導的標題分別為：《從中看出亂漲價多麼離譜 陳師傅解剖一碗魚片粥》、《出售粥粉亂漲價 永豐南峰兩飯店被責令停業整頓》，羊城晚報，1985年3月5日。

〔註44〕 眾多的難題——民工問題思考之三，羊城晚報，1989年3月2日。

〔註45〕 吹破牛皮，誆騙錢財——兩名醫生送去勞教，羊城晚報，1990年3月6日。

〔註46〕 以上三篇報導均出自《羊城晚報》，1990年3月14日第3版。

〔註47〕 女排老將遊東山島，三萬多群眾夾道歡迎，羊城晚報，1985年3月3日第3版。

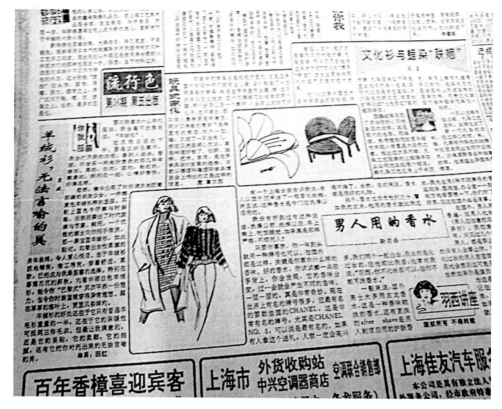

（新民晚報版面：流行色）

　　與這種多姿多彩的報導相對照的是，以領導號召和表彰為主的雷鋒報導的話語顯得蒼白與單一，淹沒在其中。

### （二）突出凡人小事，並注重報導形式的創新

　　這一點在《新民晚報》中尤其突出。《新民晚報》曾經開設了《雷鋒在我們中間》和《讀者之聲》，通過讀者來信的形式，專門報導普通人中間的「雷鋒」。這些「雷鋒」中，有把錢包交還失主的店主；有「一人有難、全校支持」的師生；有對病人精心治療照顧的醫生與護士；有救助公交車突發急病的售貨員；還有樂於助人的鄰居等等。這些報導突出了平凡的人與平凡的事，通過普通讀者的來信敘述，使得「雷鋒」政治色彩進一步減少，更突出了的道德意蘊。同時，在報導中也注重新聞價值中的「接近性原則」，都對當地的「雷鋒式」人物或集體的挖掘報導，如《羊城晚報》的陳觀玉、《新民晚報》的包起帆和「振華」出租汽車公司等。從語態上講，中央媒體《人民日報》以權

威的語氣闡釋「雷鋒精神不可丟」、「時代需要雷鋒精神」、「雷鋒屬於世界」，而晚報則以更加溫和的語氣或呈現現實中的「雷鋒式」人物的行動，或以評論的口吻嘲諷與剖析現實中市場經濟引發的與「學雷鋒」相悖的種種矛盾，從而廓清「學雷鋒」的意義。

　　另一方面，與黨報相比，晚報的形式更加活潑多樣。這種形式上的變化尤其是在 90 年代後期更加明顯。如 1996 年 3 月 9 日的《新民晚報》第十版「焦點新聞透視」版被做成了「雷鋒」專版，其中由「焦點眉批」、「名人放言」、「焦點掃描」、「焦點背景」和「追根溯源」等幾個小欄目組成。其中「焦點眉批」只有一句話：「雷鋒，一個響亮的名字，這是真正的人，是新中國整個新一代的姓名，春光明媚時，讓我們把這大寫的『人』字寫向那萬里長空！」它既引領了整個版面的內容，起到了導讀的作用，又以詩意的語言，激發了一種正面的、向上的情緒。「焦點掃描」是報導志願者走上街頭進行便民服務，當期「名人放言」的標題為「釀造學雷鋒的社會氛圍　夏徵農同志一席談」，借助權威修辭再強調新時期學雷鋒的意義，並提倡「在社會釀造一種學先進、趕先進氛圍。」「焦點背景」簡略地介紹了雷鋒的一生主要經歷，「追根溯源」則是對雷鋒家鄉建設以及學雷鋒活動的介紹。其中，插有兩幅新聞圖片，一張是人們早已熟悉的、曾經刊登於各大媒體的雷鋒穿著軍裝、帶著絨帽、掛著淺淺的微笑的半身像，另一張是兩位女志願者正在幫一位老人理髮。無疑，這種有背景、有圖片、有報導的組合，比單純的報導可讀性更強。這種變化更多出現於九十年代中後期，其原因可能是基於這一時期都市報的興起對晚報產生的衝擊。

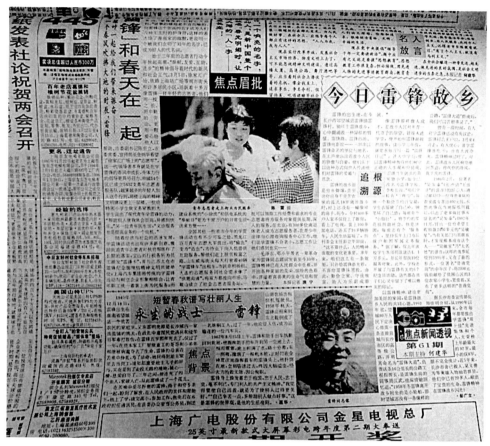

（新民晚報：「雷鋒」專版，1996.3.9）

## （三）「學雷鋒」困境的曲折呈現與「雷鋒」外延的拓展

在晚報中，我們能更多地看到市場經濟背景下「學雷鋒」的困境，這種困境主要體現在相關議題的新聞評論中，其中包括以下幾個方面：一是學雷鋒中的不良現象，比如《公費學雷鋒》（《新民晚報》，1990 年 3 月 21 日）、《九折酬賓也算「學雷鋒」》（《羊城晚報》，1990 年 3 月 11 日）。二是學雷鋒的社會環境困境，比如《「雷鋒學成回來了」》（《新民晚報》，1989 年 3 月 5 日），雖然是正面評論，但從中我們可以看到每年的學雷鋒活動已經淪為一種形式；《讓孩子們認識雷鋒》（《新民晚報》，1990 年 3 月 5 日），讓人看到雷鋒被下一代遺忘的現實；《要對得起雷鋒叔叔》（《新民晚報》，1987 年 3 月 5 日），則讓人看到了現實社會的道德滑坡而「雷鋒」的無能為力；《學雷鋒的社會環境》（《新民晚報》，1987 年 3 月 6 日）通過對小學生去糧店拾米卻反被當作麻袋套住頭被轟

了出來，讓人感到學雷鋒的社會環境不復存在。三是市場經濟下學雷鋒的困惑，比如《賺大錢與學雷鋒》（《羊城晚報》，1990年3月17日）、《假如雷鋒下海》（《新民晚報》，1993年3月28日）等等。這些評論雖然對這些不良現象進行了鞭笞，而且最後都肯定，甚至有的是非常高調地肯定了「學雷鋒」的意義與「雷鋒」精神的存在，但是當時代發生變化之後，人們的價值觀變化以及社會環境變化給學雷鋒運動所帶來的變化和衝擊是不言而喻的。

　　另一種呈現是以「另類雷鋒」的形象出現在報導中，這些報導數量不多，但頗引人注意。比如《計誘「活雷鋒」》、《「小雷鋒」遇上無賴漢》、《「小雷鋒」遇劫「大雷鋒」遇匪》等，這些報導不僅讓人看到了「學雷鋒」可能存在上當受騙的風險，而且顯示出一個信號：在大眾媒介中，「雷鋒」符號使用一改以前的嚴肅莊重，政治色彩被淡化，也更隨意化、生活化和具有普世性。還有一篇「讀者來信」的題目為《平時無處修雨鞋　沒奈只好找雷鋒》，這也給人們增加了對「學雷鋒活動」的質疑：與其突擊搞學雷鋒運動，不如完善基本服務設施。

　　在這種背景下，為了證明雷鋒精神的永存，以及學習雷鋒的必要性，雷鋒的外延和內涵也必須與時俱進。比如在九十年代後期，雷鋒報導逐漸把雷鋒和志願者活動聯繫起來，如《大街小巷處處見『雷鋒』本市志願者行動如雪球滾動》（《新民晚報》，1995年3月4日）、《『雷鋒』常在申城　志願者旗幟飄揚》（《新民晚報》，1998年3月1日）等等，這種聯結在當時只是新生事物，但新世紀後逐漸成為雷鋒報導中的主流話語。

## （四）雷鋒報導娛樂化的濫觴

　　關於新聞娛樂化，林暉曾經這樣寫道：「最初是純娛樂消閒的娛樂性節目和內容的大幅上升，最終則發展到把距離娛樂性最遠的那部分媒介內容——新聞，向娛樂強行拉近，使新聞與娛樂之間的界限變得日益模糊」，並認為其主要表現在兩個方面：一方面軟新聞的流行，即減少嚴肅新聞的比例，將名人趣事、日常事件及帶煽情性的犯罪新聞、暴力事件、災害事件、體育新聞、花邊新聞等軟性內容作為新聞重點；另一方面，將硬新聞軟化，在內容上，從嚴肅的政治、經濟變動中挖掘其新聞價值；在表現技巧上，強調故事性、情節性、強化事件的戲劇懸念或煽情、刺激的方面，走新聞故事化、新聞文學化之路。〔註48〕

---

〔註48〕林暉：市場經濟與新聞娛樂化，新聞與傳播研究，2001年第2期，第29頁。

　　二十世紀八十年代復刊以來，中國的晚報最初的純娛樂消閒內容的大大增加，隨著新聞媒介市場化程度的深入，以發行量為生命線，而且隨著九十年代中期都市報的崛起，為了和都市報競爭，吸引受眾注意力，晚報中的雷鋒報導議題也開始朝娛樂化方向發展，這裡我們試舉幾例：《1.54 米的雷鋒怎樣當上了解放軍？》（《新民晚報》，1997 年 3 月 8 日），雖然以前的報導提到過雷鋒的身高，但從沒把他的個人特徵置於一個如此顯眼而特殊的位置，並以此來吸引讀者眼球。又比如《雷鋒「姐姐」找到了》（《新民晚報》，1997 年 3 月 9 日），這裡雖然沒有用「雷鋒的初戀」這樣的字眼，但打上雙引號的「姐姐」二字仍會讓人聯想到兩性關係。把私人特徵和私人生活置於突出位置，表明了在傳媒市場競爭愈加激烈的語境之下，雷鋒符號的經濟價值被開發，雷鋒報導也不可避免地走上了娛樂化之路。

## 本章小結：雷鋒符號的道德轉向與媒介的話語分化

　　上世紀八十年代以後，中國進入改革開放的新時期，市場經濟不但帶來了劇烈的社會變化，而且也帶來了新的價值觀念。雖然在這一時期，《人民日報》中的雷鋒報導，占主要地位的主題仍然是三大主題，即各中央、地方組織、團體、群眾學雷鋒活動的報導、「雷鋒式」人物的呈現和對雷鋒精神及存在的現實必要性的闡釋，但也產生了微妙的變化。其中最大的轉變是「雷鋒」符號從以前具有鮮明政治色彩的「政治神話」變成具有普世意義的道德符號，其次在「現代化」語境下的學雷鋒活動也產生了相應的變化，更強調為「四化」建設學習雷鋒，完全摒棄了「階級鬥爭」的框架，同時提倡「學雷鋒、樹新風」，強調雷鋒精神在公德形成中的重要性。但與此同時，對雷鋒精神與學雷鋒活動的爭議也曲折地顯現出來。到了九十年代以後，以「崗位學雷鋒」來調和社會主義價值觀和市場經濟價值觀之間的衝突與矛盾。

　　與此同時，在上世紀八十年代中，作為黨報「補充」的一種新型報業形態——晚報迅速在中國擴張。晚報著眼於「讀者需要」，從而打破了黨報壟斷的媒介話語格局。儘管從總體上看，晚報對於雷鋒的報導與《人民日報》的相關報導並無二致，這主要是因為晚報隸屬於黨報，而「雷鋒報導」屬於硬性規定的報導任務。但另一方面，也能看到以城市居民為主要讀者對象的晚報中雷鋒報導的變化，其主要表現在：雷鋒報導被淹沒在國門大開之初的渴

望、欣喜、困惑與爭論之中；晚報由於其受眾定位和媒介特點，更突出對凡人小事的報導，同時在報導形式上有一定的創新；在晚報的雷鋒報導話語中，不但「學雷鋒」的困境更清晰地被呈現出來，而且雷鋒報導初呈娛樂化趨勢。這表明，原來形成共識的雷鋒報導話語在這一時期已經開始走向分化。進入新世紀後，由於社會環境、媒介生態的變遷以及新媒體力量的凸顯，雷鋒報導變得更加豐富與多元。

# 第四章　雷鋒形象的解構與雷鋒報導話語多元化（2001～2012）

## 第一節　新世紀以來中國媒介生態變遷

### 一、市場經濟的深入發展與公眾權利意識的提升

　　1992 年鄧小平南方談話發表以後，社會主義市場經濟這一經濟體制改革目標得以明確，大大加速了中國社會的市場經濟發展進程，經濟總量迅速增長，社會主體的創造力急劇釋放，但另一方面，伴隨中國經濟高速發展的是日益擴大的貧富差距以及一個斷裂社會的出現。新的社會分層開始出現，社會結構和社會矛盾加劇。城鄉之間、東中西部之間、城鎮下崗職工和社會精英群體之間，均出現了發展差距拉大、貧富懸殊加劇、生活方式斷裂等現象。根據世界銀行 1997 年發佈的一份報告，中國 20 世紀末期的基尼系數是 0.458，而近年來的數據表明，中國的基尼系數仍在以每年 0.001 個百分點的速度提高。〔註 1〕由於利益表達和利益格局的不均衡，潛在的社會矛盾在激化與加劇，導致中國發生的群體性事件在迅速增加。據統計，1993 年全國共發生群體性事件為 8709 宗，此後一直保持快速上升趨勢，進入新世紀以後，更是迅速增加，2003 年總數超過 60000 宗，2004 年 74000 宗，2005 年 87000 宗，比 1993 年上升了近十倍。〔註 2〕

---

〔註 1〕孫立平：斷裂——20 世紀 90 年代以來的中國社會，北京：社會科學文獻出版社，2003 年版。

〔註 2〕于建嶸：轉型期中國的社會衝突，鳳凰週刊，2006 年第 176 期。

市場經濟的發展帶來了經濟持續的高增長，但也深刻地影響了中國的社會生活。只要有了市場經濟，中國的一切問題都可以解決，這種市場神話極爲強烈地推動著市場規則突破經濟的範圍，向一切社會領域，包括道德領域進軍。社會生活的市場化對幾千年來的中國社會生活倫理與道德底線構成以嚴重挑戰，其所帶來的功利主義取向嚴重挑戰了社會團結機制，使社會成員之間的相互依賴關係進一步減弱，並使得精英和大眾之間的裂痕進一步加深〔註3〕。一個典型的例子是2003年和2004年哈爾濱和長沙等地發生的幾起寶馬撞人案，儘管這可能是幾起偶然的交通事故，但卻有很強的象徵性。在公眾心中，寶馬代表著與金錢和權力聯繫在一起的社會身份，他們往往在普通民眾面前蠻橫而霸道，甚至以強凌弱和故意破壞規則來顯示這種特殊身份。於是普通老百姓依據自己有限的想像力，將寶馬撞人事件演繹爲權勢者和老百姓之間的衝突。這些交通事故發生後，在主流媒體和網絡上都出現了熱烈的討論和憤怒的譴責。〔註4〕裂痕的加深導致了「上層階級化、下層碎片化」的社會結構的形成，其行動層面體現爲「上層寡頭化，下層民粹化」。〔註5〕

中國的政治領域也產生了相應的變化。在改革開放以前，社會高度一元化與板塊化，國家政權對社會基層組織和個體具有強大的控制能力和動員能力。而改革開放以後，不僅出現了非政治領域的自主社會空間，而且在被認爲不影響政治穩定與國家安全的情況下，政治領域也出現了有限多元。儘管在意識形態領域中，社會主義的基本符號體系仍然作爲組織整合與黨內凝聚的基礎而存在，但其內涵已有所改變，原來具有烏托邦色彩的「政治神話」已遭到揚棄，「經濟實效」合法性取代了原來的平均主義理念，成爲國家認同與社會整合的基礎。

與此同時，我們也看到公眾權利意識近年來的不斷提升，並以更積極普遍地參與到社會政治、經濟活動之中。從九十年代一直到新世紀以來，從消費者維權、討薪維權、業主維權、農民土地徵用維權、拆遷維權，到環境維

---

〔註3〕李友梅等著：中國社會生活的變遷，北京：中國大百科全書出版社，2008年4月版，第297～298頁。

〔註4〕孫立平：博弈——斷裂社會的利益衝突與和諧，北京：社會科學文獻出版社，2006年版，第272頁。

〔註5〕孫立平、李強、沈原：中國社會結構轉型的近中期趨勢與潛在危機，引自李培林、李強、孫立平等著：中國社會分層，北京：社會科學文獻出版社，2004年版。

權等等，而形式從訴訟、反抗、集體上訪、群體性事件，以及隨著新媒體時代來臨使用的網絡維權等等。與此同時，公民的政治參與也開始高漲，公民社會開始發育。從政治參與方面，聽證制度在價格決策、地方立法、行政處罰、國家賠償、公共事務管理等諸多方面被引用；知情權受到重視並逐步進行制度建構，如 2007 年《中華人民共和國政府信息公開條例》、《中華人民共和國突發事件應對法》等被頒佈；網絡圍觀、村民直選等等都推動了公民的政治參與。

## 二、道德滑坡導致焦慮感彌散與社會信任缺失

道德是一種依靠傳統、教育、社會輿論、人們的信念和習慣起作用的精神力量。在傳統的中國社會裏，儒家倫理道德佔據絕對統治地位，它強調道德作爲人生的最高價值，強調道德實踐是實現人生理想的根本途徑。所謂「大上有立言，其次立功，其次立言。雖久不廢，此之謂不朽。」「大學之道，在明明德，在親民，在止於至善。」此外，儒家倫理道德還強調道德控制機制作用的發揮：一方面對有利於維護政權和社會穩定、調整一般性人倫關係的道德規範進行大力弘揚，比如對忠君孝親者、忠婦烈女予以獎勵；同時倡導完善道德境界的「良知自律」在道德養成和實踐中的作用，如「國耳忘家，公耳忘私」、「捨生取義」、「見利思義」、「克己奉公」、「推己及人」、「寬以待人、責己以嚴」、「修身愼獨」等等；另一方面，嚴厲處罰違反社會倫理道德規範的思想和行爲，如通過聲討、謾罵甚至酷刑、投入監獄等方式來強制性地規範人們的思想和行爲，失德的男女甚至要遭受終生的鄙視與唾罵。

中國社會道德的失範和嬗變，最初發端於鴉片戰爭，歷經五四運動以來的歷史進程，到「文化大革命」時期達到高峰，集中表現於上世紀八九十年代。〔註6〕進入二十世紀八十年代以來，我國經歷著最爲深刻而重要的變革，社會結構尤其是社會經濟結構的巨變，帶動了社會精神生活領域的變化，這種變化突出地表現爲傳統道德失範和嬗變。首先，市場經濟所帶來的市場規則和理念與計劃經濟相適應的以義務爲本位的道德規範體系完全不同。在市場經濟下，強調尊重個人權利、彰顯個人價值，強調「個性自由」、人格平等、契約文明、規則公平等，在這種條件下，不僅傳統的「父子有親、君臣有義、

---

〔註 6〕杜培：當代中國道德失範及道德嬗變探源，甘肅理論學刊，1998 年第 4 期，第 19 頁。

長幼有序、男女有別」、「尊卑有禮、等級服從」等道德規範被拋棄，而且在計劃經濟時代有具大影響的道德觀念如「毫不利己、專門利人」、「捨利取義、大公無私」等道德規範也逐漸失去其存在的基礎。

其次在市場經濟條件下道德評價標準的迷失。在傳統社會，因為生產關係的相對穩定，再加上政治結構的專制和文化結構的一元，對於道德評價的標準基本趨於同一，而且又有著極強的道德控制機制，因此人們對道德是無條件的接受與遵從的。但隨著經濟活動成為社會生活的重要組成部分，市場經濟的價值評判標準被不加辨別地推行到一切社會生活領域。「在思想上，人們並未真正徹底地放棄儒家倫理道德，但又深感儒家倫理已經不能適應當代市場經濟發展的現實，希望建立一種適應市場經濟發展的新型倫理道德；在行為上，面對已經變化了的世界，大多數人既不能、也無法繼續默守儒家倫理道德的陳規，又不知道應該遵循何種新的倫理道德以規範自身和他人的行為，從而陷入了矛盾和迷茫中」〔註7〕。在這種背景下，人們對什麼樣的行為是正義的、合理的、崇高的，什麼樣的行為是非正義的、不合理的、鄙俗的、不道德的等等一系列道德評價標準陷入了迷失之中。與之相對應，在現實生活中，人們對自身或他人的任何一種行為，似乎都可以找到贊成或批評的依據，由此而造成了人們道德認識的極大混亂，並導致了實際生活中道德行為的偏差。

到 2010 年底，全國常住人口超過 500 萬的城市已有 20 多個，其中北京、上海等特大城市的人口已超過 2000 多萬，以至於媒體驚呼：中國進入了陌生人社會。〔註8〕傳統的中國社會是一個以關係為本位的熟人社會，以血緣為核心的家庭關係在傳統的中國社會關係中佔有支配地位，並以此為基點通過各種方式將其進一步泛化和擴展到沒有血緣關係的其他人際交往中，從而形成一種人倫關係的信任。這種信任模式極具整合力，但其範圍卻極其有限，僅限於以血緣和地緣為基礎的人們之間的遠近親疏。隨著社會流動性加強、社會分化的加劇以及價值觀的開放與多元，陌生人社會開始形成，過去在熟人社會中受到制約的行為在陌生人社會不再受制約與監督，而一些不良的道德行為趁機侵入，從而導致社會信任缺失。

〔註7〕 杜培：當代中國道德失範及道德嬗變探源，甘肅理論學刊，1998 年第 4 期，第 19 頁。
〔註8〕 從熟人社會到陌生人社會 該如何重構社會信任，人民日報，2011 年 9 月 22 日。

　　道德滑坡和社會信任缺失經由媒體放大之後，造成社會的普遍焦慮，典型的如彭宇案與小悅悅事件。2006 年 10 月，一位老太在南京市一公交站臺等公交車，人來人往中，老太被撞倒摔成了骨折，鑒定後構成 8 級傷殘，醫藥費花了不少。老太指認撞人者是剛下車的小夥彭宇，並將其告到法院。彭宇表示無辜，他說自己是主動過來扶老太，後來大家一起將她送到醫院，沒想到卻被老太及其家屬一口就咬定自己是「肇事者」。事後，媒體上報導、評論持續不斷，始終處於拉鋸狀態：或指責彭宇欺騙世人，推諉責任；或埋怨老人「腦子進水」，反誣好人。媒介的推波助瀾最終使得這件普通的民事案件，成了社會「道德滑坡」的標誌性事件，並引發「老人跌倒該不該扶」的討論。其間，在社會上連續發生老人跌倒無人攙扶、病人昏厥於路無人搶救的現象，當事者往往以不敢再當「彭宇第二」為由，而心安理得。

　　2011 年 10 月，廣東省佛山一五金城內，兩歲女童小悅悅兩度遭車輾軋，18 名路人經過卻無人援手，直到第 19 名路人——拾荒阿姨陳賢妹發現，才把她抱到路邊並找到她媽媽。這件事情被監控拍下來之後在媒體上報導，引起國內甚至國際上的廣泛關注，也掀起又一輪對道德冷漠的大討論。

　　與之相呼應的是，大眾媒介的報導讓人們清楚地看到道德缺失現象在社會每個角落的存在，如食品安全領域的「紅心鴨蛋事件」、「地溝油事件」、「三鹿奶粉事件」等；娛樂圈中爆出的「豔照門」、「潛規則」；官員爆出「日記門」、「強姦門」以及腐敗現象，學術圈爆出抄襲、剽竊醜聞……這讓人們深刻感受到社會彌漫的不信任、不安全感，公眾的道德焦慮日益增長。

## 三、中國媒介的市場化與數字化發展

　　中國社會的轉型促進著中國的媒介生態的變遷。自 20 世紀 80 年代開始，傳媒業開始發生裂變，一大批新興媒體在社會對信息的強勁推動下，從「一報兩臺」格局中分離出來。而到 20 世紀 90 年代傳媒的規模在這種急速增長的基礎上，又有所擴張。以報紙為例，根據官方數據，1978 年公開發行的報紙種數為 186 種，期發行數為 4300 萬份；1991 年報紙種數為 1600 種，期發行數為 15000 萬份；1997 年報紙種數為 2163 種，期發行數為 18000 萬份。〔註 9〕尤其是在 90 年代前幾年，這種數量的變化非常迅速，不論是從報紙的總印

---

〔註 9〕張國良：社會轉型與媒介生態實證研究，上海：上海交通大學出版社，2007 年版，第 4 頁。

數、電臺數、電視臺數還是收音機數，增幅均超過 50%。而從媒介的普及狀況來看，「1978 年大約平均每 20 人擁有一份報紙，每 120 人擁有一臺收音機，每 300 人擁有一臺電視機，到 1997 年增加爲大約平均每 7 人擁有一份報紙，每 2.5 人擁有一臺收音機，每 4 人擁有一臺電視機」，這表明中國進入「大眾傳播時代。」〔註 10〕

傳媒市場化催生的傳媒的結構變化的一個最顯著表現就是政黨報紙的全面下跌與大眾報紙的全線上揚形成鮮明對照。從上世紀七十年代末到八十年代初，新聞界的「階級鬥爭工具」的功能被全面否定，「信息」概念被引入進來，並引發了學界新聞與宣傳的大討論，並逐步達成共識：「不同媒體雖然有不同的功能定位，但就整體而言，新聞媒體是以向社會傳播信息作爲主要生存依據，傳播信息是它的第一功能。」〔註 11〕此後，新聞報導不再是每篇文章都體現宣傳意圖，社會新聞、經濟新聞、服務性新聞開始增多。電視新聞不斷增加播出量，並逐漸成爲公眾尤其是中下階層獲取新聞的主要渠道。一大批以經濟信息爲主要內容的媒體應運而生，各種晚報、都市報如雨後春筍般湧現，新聞成爲報紙的主要內容、新聞價值重新得到認可，新的報導模式如立體式報導、體驗式報導、深度報導等開始出現……同時，新聞媒介的娛樂功能、教育功能、文化傳承功能也在媒介中得到體現和重視。與之相適應的是，傳統主流媒體──中央和地方的黨委機關報的發行量顯露停滯仍至下降的趨勢，如《人民日報》在上世紀 80 年代以前曾高達 600 多萬份，到 1997 年縮減爲 208 萬份。

九十年代以後，傳媒被正式列爲「第三產業」、「信息產業」，進一步走入市場，並承認新聞業具有雙重屬性，即既具有意識形態屬性，以確保其對黨性原則的遵從，又具有商品屬性，把傳媒當作產業來經營。從此傳媒界掀起了一浪高過一浪的大眾化浪潮，如 90 年代初期的週末報熱，90 年代中期的晚報熱，90 年代後期的都市報的興起，體育類、財經類專業化報紙的創辦和隨之而來的「擴版」浪潮，而廣播電視也不斷增設影視、時尚、體育、財經等等新的頻率、頻道等等，這些都是在傳媒市場化指導下產生的結果。從九十年代後期到新世紀初，在經歷了同質化惡戰的硝煙之後，一些都市報紛紛打

---

〔註10〕 張國良：社會轉型與媒介生態實證研究，上海：上海交通大學出版社，2007年版，第 3～4 頁。

〔註11〕 李良榮：艱難的轉身──從宣傳本位向新聞本位──共和國 60 年新聞媒體，國際新聞界，2009 年第 9 期，第 9 頁。

出邁向「主流化」的口號，希望引領社會價值觀、干預社會現實；以《南方週末》、《財經》等爲代表的新聞媒介也開始因對公共事務的關注手段而聲名鵲起，新聞專業的力量開始引人注目。另一方面，由於媒體被束縛已久的產業屬性在市場化大潮中被過度釋放，虛假報導、有償新聞、低俗之風屢見不鮮，使得媒體的公信力和社會責任受到嚴重質疑，引發學界對於「新聞專業主義」的討論，期望以新聞專業主義和傳媒業社會責任的呼喚來使傳媒業擺脫商業的束縛。

　　由此可見，政治、經濟環境的變化導致了傳媒制度的變遷。傳媒制度的變化又促使媒介在結構、內容構成、新聞報導模式、傳播者理念等方面都發生著巨大的變化。在 1978 年以前的總體性社會時代，傳媒管理的基本原則是「國家所有」、「黨管媒體」。傳媒作爲黨的事業單位，運行的經費也是由國家補貼，其功能體現爲黨的喉舌，傳媒被視爲一種領導工作和聯繫各階級的社會縱向整合工具，一種階級鬥爭的工具。1978 年後，傳媒制度開始發生變化，並由此推進了傳媒從過去的組織傳播媒介向大眾傳播媒介的轉型。而進入二十一世紀以來，「已經形成了傳媒制度演進的『變』與『不變』的雙重矛盾性結構。在傳媒的核心層面制度和宏觀管理層面，『黨管媒體』與『媒體國有』的所有權沒有變；在新聞傳媒的採編播業務運作層面，宣傳管制也沒有變，但在轉型過程中催生的專業約束和市場驅動對採編播運作的影響成爲傳媒制度變遷的重要方面，從而導致新聞生產的過程中，宣傳管理和政治控制、市場經濟所激發的利益驅動、從業者對新聞專業主義的理想追求，構成了影響新聞報導的三種最主要力量，形成了新聞生產的宣傳模式、商業模式和專業模式並存的新格局」。〔註12〕

　　進入新世紀以來，傳媒的另一重要變化是以數字技術爲依託的新媒體，尤其是網絡媒體作爲大眾傳播媒介的興起。中國的互聯網始於上世紀九十年代中期。1995 年 1 月，郵電部電信總局分別在北京、上海開通 64K 專線，向社會提供 Internet 接入服務，這標誌著互聯網商用時代在中國的到來。2000 年 1 月 18 日，中國互聯網絡信息中心（CNNIC）發佈第五次《中國互聯網絡發展狀況統計報告》中提到：截止到 1999 年 12 月 31 日，中國共有上網計算機 350 萬臺，上網用戶數約 890 萬，CN 下註冊的域名 48695 個，WWW 站點約

---

〔註12〕羅以澄、呂尚彬著：中國社會轉型下的傳媒環境與傳媒發展，武漢：武漢大學出版社，2010 年版，第 31 頁。

15153 個，國際出口帶寬 351M。而此後中國互聯網進入飛速發展階段，經過十多年的發展，網絡已經成爲眞正的大眾媒介，進入尋常百姓的生活之中。截至 2011 年 12 底，中國網民規模突破 5 億，達到 5.13 億，域名總數爲 775 萬個，其中 CN 域名數爲 353 萬個，網站數達 230 萬個，國際出口帶寬達 1，389，529M。〔註 13〕李良榮認爲互聯網是繼文字、印刷術、電報以後有人類的第四次傳播革命，〔註 14〕這種新的傳播技術已經成爲改變輿論生成機制和傳媒生態的重要變量。

互聯網以其交互性、同時性、開放性和跨地域性實現了信息更加方便、迅速、及時和跨地域的傳播，已經成爲人們社會信息的來源，影響和改變著人們的生活和交往方式；同時，它也爲公眾提供了新的話語表達平臺，並提供了新的政治參與途徑。網絡信息的廣泛性與開放性，參與主體的隱蔽性與平等性、信息交流的即時性與互動性使網絡傳媒能夠部分突破國家權力和政治原則的控制，成爲一個公眾自由對話、批判反思、討論公共事務的重要平臺。網絡媒體能有效地抗拒政治權力的肆意干預和政治原則的擴張泛化，並拉動報紙、期刊、出版、廣播、電視等傳統媒體走向多元開放，成爲批判與反思的公共參與平臺，進而形成一個在我國從未有過的公共領域。網絡公民們通過主動發佈文字和視頻新聞、網絡論壇、博客和微博來討論公共事務，實施輿論監督，維護自身權利。近年來出現的「華南虎事件」、「釣魚執法事件」、「鄧玉嬌事件」、「宜黃拆遷事件」等，都體現出網絡媒體對公共事務的介入和監督發揮的巨大作用。

本章的任務在於，研究新世紀以來不同媒體，包括主流媒體、市場化媒體、具有專業傾向的媒體以及網絡媒體中的「雷鋒」議題的話語表現，細緻地考察在當代中國媒介話語的變遷，以及宣傳管理、市場力量、新聞專業主義理念以及公眾話語是如何錯綜複雜地交織在一起。

# 第二節　新世紀以來《人民日報》的雷鋒報導

新世紀以來，「雷鋒」議題的報導繼續出現在《人民日報》中，不過不同的年份報導數量有所不同，報導數量最多的是 2003 年和 2012 年。2003 年是

---

〔註 13〕數據來源：中國互聯網信息中心，http://www.cnnic.net.cn/hlwfzyj/hlwdsj/2012
06/t20120612-27426.html.
〔註 14〕李良榮、鄭雯：論新傳播革命──傳播革命之二，現代傳播，2012 年第 4 期。

開展「學雷鋒活動」四十週年，而 2011 年 10 月的中國共產黨第十七屆中央委員會第六次會議明確提出要深入開展學雷鋒活動，採取措施推動學習活動常態化，把它與建立社會主義核心價值體系相連接，這直接導致了 2012 年對於雷鋒報導的爆發式增長。而在其他年份波動不大，少則三五條，多則十幾條。這說明雷鋒報導的消長在任何時候都是和中央政府的決策密切相關。但 2000 年以來《人民日報》的雷鋒報導話語，和以前相比，還是有一些變化。主要體現在以下幾方面：

## 一、「學雷鋒活動」與「志願服務」

上世紀八、九十年代以來，因社會變化「學雷鋒」的內涵也在不斷地變化著，如前文所述：「為四化建設學雷鋒」、「學雷鋒、樹新風」、「崗位學雷鋒」等都曾經被提倡，但進入新世紀，這些話語都顯得政治意味過強、過於具體，如何使「學雷鋒」活動更具有普適性，以適應新時代的需求，更為新一代公民所接受？1993 年 12 月，共青團中央啟動「中國青年志願者行動」項目，標誌著中國青年志願者服務事業正式誕生。〔註 15〕隨著「志願服務」這一活動逐漸為人們所熟知和接受，在媒體話語中，「學雷鋒活動」也開始轉向「志願服務」。在《人民日報》中出現的最早把雷鋒和志願者聯結的新聞標題出現於 1994 年 3 月 10 日，標題為「深入千家萬戶 辦實事送溫暖（肩題）青年志願者學雷鋒奉獻日活動全面展開」。但這時，我們從標題中清晰地可以看到「青年志願者服務」與「學雷鋒」還是兩個不同的概念。在 1995 年國家一些相關機構開始把「雷鋒精神」和「志願者行動」相連，如《中宣部國辦團中央在京召開座談會 弘揚雷鋒精神 開展志願者行動》（1995 年 3 月 2 日，人民日報），但並沒有具體闡述二者的共通之處。在之後的幾年中有一些為數不多的報導把二者聯繫，真正把「雷鋒精神」和「志願服務」二者的精神聯繫並闡述出來是在 1999 年。有學者認為，1999 年諾貝爾和平獎授予了國際性的志願者組織——無國界醫生，這一事件對於中國人的志願者行動產生了良性的催化作用〔註 16〕。這促使了其後中國志願者行動的迅速發展，或許也是促使「雷

---

〔註 15〕袁媛、譚建光主編：中國志願服務：從社區到社會，北京：人民出版社，2011 年版。

〔註 16〕任劍濤：道德理想·組織力量與志願行動——簡論志願者行動的動力機制，開放時代，2001 年第 11 期。

鋒精神」和「志願服務」二者更緊密聯繫的一個重要原因。2001 年是國際志願者服務年，民間組織和志願活動組織都贏得更大的空間，而 2008 年志願者在四川大地震中的表現贏得了政府和民間的欣賞，這一年被稱為「中國志願服務元年」，志願服務進入全面發展階段。〔註 17〕

　　1999 年的一篇報導《雷鋒與我們同行——中國青年志願者行動綜述》專門對中國青年志願者的發展作了全景式的回顧，也在其中第一次明確闡述「雷鋒精神」和「青年志願者服務」二者的相通之處，文中寫道：「36 年前，毛澤東等老一輩無產階級革命家親筆為雷鋒同志題詞，號召全國人民向雷鋒同志學習。青年志願者行動從開始的那一刻起，就把雷鋒精神寫在自己的旗幟上。志願者心手相握的標誌，就寓意著真誠、關愛和奉獻。」在這裡，「雷鋒精神」已轉化成「真誠、關愛和奉獻」，和志願服務精神融為一體。而且，在文中進一步寫道：「應該說，新時期蓬勃開展的青年志願者行動，是廣大青年繼承和發揚雷鋒精神的生動實踐。沒有對雷鋒精神的繼承，就沒有今天青年志願者行動的良好局面。青年志願者行動是學雷鋒活動的拓展和創新。克服了以往對公益活動運動式和命令式的工作思路，青年志願者行動才得以向社會化、經常化方向發展。」從這裡我們看到，之所以要對二者進行聯接，是希望克服「以往對公益活動運動式和命令式的工作思路」，這裡其實也委婉地承認了「學雷鋒活動」的弊端。而在當年的另一篇報導《「江海志願者」的追求——南通市開展學雷鋒、學「莫文隋」活動紀實》中，「志願者」和「學雷鋒活動」已經二者完全融為一體，不分彼此了，如「江蘇省南通市江海志願者服務站成立已經一年多時間了。在南通市學雷鋒、學『莫文隋』活動月的最後一天上午，南通市消防支隊 160 名官兵就佩戴著紅色『江海志願者』胸卡，聚集在南通市中心血站無償獻血。而到江海志願者服務站報名、尋找服務對象的志願者，到小區服務的『活雷鋒』更是絡繹不絕。據統計，南通市小區服務人數已發展到 5 萬多人，登記在冊的志願者已達 1109 名。」從這段話語中，我們看到「志願者」、「學雷鋒活動者」和「活雷鋒」三者沒有區別，可以隨意轉換。

　　然而，我國志願者活動的興起，卻並不來源於雷鋒精神，而是紮根於國內的社會背景和來源於國際志願者組織的示範效應。從國內的社會基礎來看，當社會發展到一定階段，人們的生存問題基本解決，對於私人利益的急

---

〔註17〕袁媛、譚建光主編：中國志願服務：從社區到社會，北京：人民出版社，2011
　　　　年版，第 118～119 頁。

切要求也相應向對於公共領域的社會奉獻轉移；而從國際上來看，由於國際志願者組織對貧困等欠發達問題、緊急情況下的救助問題、環境惡化等生態問題的關注，使國際志願活動早已進入組織化狀態，而這些外在的因素，和西方傳統的宗教救助觀念、現代群體的關愛意識相配合，志願行動往往成為他們的自覺選擇。〔註18〕

應該承認，「志願服務」和「雷鋒精神」有一定的類似之處，它們都強調奉獻，強調道德自覺性。但二者的區別也很明顯。關於志願者，是指「一些人不求報酬自願從事的活動或工作，目的是為了推動某種事業或幫助其家庭、直系親屬以外的人。」從國際上來看，志願服務主要包括四種類型：1、互助或自助；2、慈善服務或為他人服務；3、公民參與；4、倡導運動。而在我國，前兩種「服務型」志願服務為主；後兩種「參與治理型」的志願服務較少。〔註19〕即使撇開「雷鋒」符號的政治因素，「雷鋒」的內涵只包括志願者的前兩類，即「互助」或「慈善服務或為他人服務」，而後兩類志願服務，可以說和「雷鋒」符號的最初含義甚至是背道而馳。在「雷鋒」符號被建構的最初時候，一個重要的特徵就是「聽黨的話、聽毛主席的話」，不管這些話正確與否，領導者和普通群眾的關係是領導與被領導的關係，二者是不平等的。而公民參與是公民自治的一種重要形式，強調的是在公共事務決策中的平等溝通和協商。做好本職工作不在「志願服務」之列，而「學雷鋒」曾一度強調「崗位學雷鋒」、「立足本職，崗位奉獻」（《在實踐中弘揚雷鋒精神》，《人民日報》，2003年3月20日）。所以二者在外延和內涵上並不相同。此外，有學者談到「學雷鋒」和「志願服務」時也強調，「計劃經濟時代提倡學雷鋒，當螺絲釘雖然也突出了個人奉獻社會的價值，但與志願精神不同的是，雷鋒精神更多地偏重於義務和自覺，而非自願。」〔註20〕更重要的是，儘管志願者活動在中國也具有自上而下的推廣，但當代卻有越來越多的人自願加入到「志願者」隊伍；而「學雷鋒活動」，雖然在民間廣為人知，但它的形式主義以及突擊運動式的宣傳與活動，屢屢被人垢病。

〔註18〕任劍濤：道德理想‧組織力量與志願行動——簡論志願者行動的動力機制，開放時代，2001年第11期。

〔註19〕張網成著：中國公民志願行為研究（2011）——現狀、特點及政策啟示，北京：知識產權出版社，2011年版，第11～13頁。

〔註20〕袁媛、譚建光主編：中國志願服務：從社區到社會，北京：人民出版社，2011年版，第118頁。

有意思的是，在《人民日報》中，努力把志願服務納入「學雷鋒活動」，而在一些都市報中，尤其以《南方都市報》為代表的市場類媒體，卻極力呼籲以「志願志服務」和「義工」來代替雷鋒宣傳。

## 二、對「學雷鋒」活動及雷鋒精神的爭議呈現

隨著時代的發展，社會上對於「雷鋒精神」以及「學雷鋒」活動的爭議越來越多。以往對於這種爭議《人民日報》多採取迴避策略，但在 21 世紀以來，這種爭議也開始出現在《人民日報》的話語中，它對爭議不再迴避，而多採用以下三種措施來進行處理。

（1）質疑——回應式，即把人們的質疑正面表達出來，同時在質疑下面對其進行正面回應。比如《校園有家「雷鋒公司」》（2007 年 7 月 5 日）這篇報導：「雷鋒公司」是某高校學生社團學雷鋒的一種新探索，他們按照公司模式進行設置，並成立了 4 個子公司。對於這一新現象，社會上出現不少質疑：「雷鋒公司」是否譁眾取寵？「雷鋒公司」運作費用如何保證？是否有利於學生培養？報導把這三個問題擺出來，在問題下一一加以回應。然後再進一步展開報導。這種形式把問題擺出來再進行正面回應，不僅形式新穎，更重要的是，它和人們的具體問題相結合，從而產生一種互動交流的效果。

（2）爭議性議題的正面報導，如《國內首款青少年教育網絡遊戲「學雷鋒」》（2004 年 6 月 3 日）。對於雷鋒形象進入電腦遊戲，在社會上爭議之聲是很大的。儘管「寓教於樂」方式曾經是中國的大眾媒介、尤其是電視娛樂節目的主流，但以娛樂、消遣為主的電腦遊戲畢竟和曾經作為政治符號的雷鋒相去甚遠，而且電腦遊戲的負面報導屢見於報端，對此人們頗有爭議，甚至被作為「雷鋒娛樂化」的反面教材。但在《人民日報》的這則報導中，絲毫看不到爭議，這款遊戲被定性為「青少年的教育類網絡遊戲」，並稱這是由「網絡遊戲運營商精心製作，並無償捐獻給共青團上海市委」，這種被大眾質疑為「雷鋒娛樂化」的行為在這裡轉化為一種學雷鋒的新形式。

（3）通過評論直接批評，如《學雷鋒豈能走過場》（2008 年 3 月 7 日），《雷鋒精神過時了嗎？》（2012 年 3 月 23 日），《「雷鋒」可「獎」須有「度」》（2012 年 2 月 22 日）等等。這些評論對雷鋒活動中存在的形式主義、懷疑論以及物質獎勵等民眾輿論反應較為激烈的問題加以論述，或破或立，力求廓清狐疑，從而達到引導輿論之目的。但值得注意的是，在這些文本中，不同

意見要麼被矮化，或被當作靶子和被批駁的對象，卻並不考察其產生的具體的歷史語境及其合理性。

## 三、衍生議題的增多

「衍生議題」是指與雷鋒形象、雷鋒精神沒有直接關聯，也不屬於雷鋒活動或雷鋒式人物的報導，但又是由「雷鋒」衍化而來的其他議題，如關於雷鋒照片版權之爭的《七旬攝影家有幸　二百「雷鋒」受保護　雷鋒照片獲版權登記》（2003 年 6 月 19 日）；《網絡雷鋒紀念館開通》（2003 年 2 月 27 日）、《最早為雷鋒畫像的人》（2009 年 4 月 3 日）等。其實，這類議題在上世紀九十年代甚至更早都有出現，但比較單一，主要集中在對紀念雷鋒出版物的報導上，如《〈接過雷鋒的槍〉出版　李先念題寫書名》（1990 年 3 月 4 日）、《〈雷鋒新論〉出版》（1996 年 3 月 6 日）等，還有小部分是對歷史事件的回顧，如《歷史上重要的一頁——毛主席「向雷鋒同志學習」題詞經過》（1990 年 3 月 4 日）、《第一個寫雷鋒的人》（1991 年 3 月 17 日）等等。而在晚報類報紙上，衍生議題更常出現，像《新民晚報》曾經刊登的《「雷鋒姐姐」找到了》（1997 年 3 月 9 日）、對電影《雷鋒》中的小演員的報導《小雷鋒和他的夥伴們》（1997 年 3 月 1 日）、《華納欲購〈離開雷鋒的日子〉放映權》等。在雷鋒報導中，衍生議題具有信息性和娛樂性，相對常規的雷鋒報導具有更強的吸引力。新世紀以來，《人民日報》中的衍生議題報導也開始增多，也變得更加多樣化。這也表明了黨報中雷鋒報導儘量增加可讀生和信息性的努力。

值得一提的是，在 2012 年的雷鋒報導裏，衍生議題卻大大減少。這也說明，在作為喉舌的主流媒體中，政治需要對於雷鋒報導具有絕對支配的作用，可讀性或者信息性只能屈居在其後。

縱觀五十年主流媒體的雷鋒報導，可以看到鮮明的政治化特徵，雷鋒報導基本上都是緊密跟隨著政治需要，其話語隨著不同時期黨和政府的中心工作或任務而變化，從政治符號到道德符號，從「讀毛主席的書　聽毛主席的話」到「崗位學雷鋒　行業樹新風」、再到「弘揚雷鋒精神、推進志願服務」，莫不如此。

# 第三節　都市報中雷鋒報導的多元話語呈現

所謂都市報，是指「面向城市人群傳播，具有明顯的市場運行特徵，新聞性與服務性並重的綜合性市民報紙。」〔註 21〕從以上定義可以看到，以滿足市民的需要和興趣出發，圍繞著市民生活做文章，廣泛提供以綜合新聞為主的各類信息，這是都市報的立報之本，也是都市報與晚報和其他對象性報紙的區別。和八十年代的晚報相比，晚報只是作為「日報之補充」，是消遣娛樂型的；而都市報以全方位的大信息量、強烈的服務性、實用性、可讀性與日報展開競爭。〔註 22〕

最早使用「都市報」這個稱謂的是貴州日報社主辦的、1993 年創刊的《貴州都市報》，但是該報創刊後一段時間影響並不大。直到 1995 年四川的《華西都市報》創刊，不僅在實踐上探索出了都市報的辦報模式，還提出了一整套不同於晚報的辦報理念和操作技巧，其影響才真正開始。在這種理念和操作技巧的指導下，《華西都市報》創刊後不久便取得了良好的經濟效益，創辦第一年發行量即達 10 萬份、廣告收入達 700 多萬元，1999 年發行量超過 52 萬份，成為西部地區發行量最大的報紙之一，廣告收入也年年攀升。隨著這類報紙的影響越來越大，人們不再用晚報的標準衡量它們，開始以「都市報」稱呼這類報紙。1998 年，由中國社會科學院新聞與傳播研究所主編的《中國新聞年鑒》第一次有了關於都市報的記載，1999 年的「城市報刊發行工作研討會」第一次闡釋了都市報的定義。這些都說明，都市報已經顯示出與晚報的不同，開始以一種獨立、新型的報紙形象邁上了我國的報壇。

在《華西都市報》的成功示範下，全國從南到北，各省的省委機關報紛紛創辦自己的機關報，這些報紙都將自己定位為市民生活報，學習、模倣，甚至照搬《華西都市報》的辦報模式和操作技巧，並且都取得了巨大的成功。但因為此時都市報的刊號已成了稀缺資源，於是一些報紙變通以「早報」、「晨報」、「時報」、「快報」之名申請刊號並給報紙命名，其實這些報紙一開始就完全走上了都市報之路；部分改版後的商報、青年報、生活報、信息報等性、對象性報紙，雖然名字沒有變化，但從內容到版式到發行都已成為都市報的翻版。再有，一大批受到衝擊、被迫學習都市報的晚報、以及個別中心城市

---

〔註 21〕邱沛篁、席文舉、劉為民：都市報創新論，成都：四川人民出版社 2003 年版，第 7 頁。

〔註 22〕艾豐：華西都市報走向市場研究，新聞界，1998 年第 1 期。

的市級機關報，爲了跟當地都市報爭奪市場而不斷吸收、借鑒後者的優勢和特點，從而帶上了濃重的都市報色彩。進入 21 世紀，「都市報」已經成爲那些面向城市發行、完全走市場化道路和市民生活報的代稱。自此，都市報進入一個「都市類報紙」發展時期，而這一時期的到來標誌著都市報走向成熟。〔註23〕

　　本節主要考察都市類報紙中雷鋒報導的建構與呈現，樣本主要來自《南方都市報》、《楚天都市報》、《新民晚報》和《羊城晚報》四份報紙，從 2001 年至 2012 四份報紙每年 3 月 1～10 日新聞標題含「雷鋒」的全部報導，以及在「雷鋒」冠名下的專版、專欄報導（專欄中的樣本也包括部分新聞標題中沒有「雷鋒」字樣的報導）的全部內容。因爲 3 月 5 日是雷鋒宣傳日，雷鋒的相關報導 5 日前後最爲集中。在進行質性的話語分析時，本研究也關注了這一時期之外的熱點事件和一些較爲突出的文本，如關於田亮能否演雷鋒之爭（2009 年 4 月左右）等。至於報紙的選擇，本研究選擇了中國改革開放的前沿地廣東省省會廣州市的兩份報紙《南方都市報》、《羊城晚報》；發達程度中等的湖北省省會武漢市的《楚天都市報》，以及處於東部沿海發達城市上海市的《新民晚報》。考慮到「雷鋒報導」屬於具有高度意識形態的報導，和地域的關聯相比較，其表現可能和報紙的文化關聯度更大。在這幾份報紙中，與《南方週末》一樣，《南方都市報》被海內外媒體和學者認爲是走在改革前沿、屬於改革較成功，並具有「自由」取向的媒體，與其他報紙相比較，它更大膽、敢言；《新民晚報》和《羊城晚報》這兩家報紙歷史較長，在社會主義中國報業中居於特殊和重要的位置，國家也往往賦予其較強的「黨政」角色的期待，因此受到國家控制要多於《南方都市報》；而《楚天都市報》則介於上面兩類報紙之間。

　　在這一節中，主要採用內容分析和話語分析兩種方法相結合，內容分析法主要針對這四家報紙關於雷鋒報導內容進行一個較爲客觀和系統的描述，而通過分析話語分析來從整體和更高的層次上把握文本內容的複雜背景和思想結構，同時，結合文化研究和社會學相關理論進一步探討報導中的文本策略，較爲全面地分析和探討文本所傳遞的意義，並試圖探討變遷發生的原因。

---

〔註23〕宋亮：都市報新聞學，北京：光明日報社，2010 年版，第 7 頁。

# 一、2001～2012 年都市報中雷鋒報導的特點描述

　　臺灣學者王石番認爲：「一般而言，類目可分爲說什麼（what is said）和如何說（how it is said），分屬於實質（substance）和形式（form）兩種。雖然分界線未必十分精準而明顯，但留心這兩種分法，在思考內容分析的類目時，必有助益。」〔註24〕通過對報紙的翻閱和相關數據庫的查找，共獲得這一時期的相關文本330篇，同時分以下幾個方面來對文本進行系統考察：

　　一是報導類型，按照通常的報導類型結合本研究的特點，分爲以下幾種類型：消息、通訊、評論、專訪（以對話體的形式進行報導）、圖片新聞（以圖片爲主，配有少量說明性文字）、深度報導、其他。

　　二是報導基調（除「評論」外），分爲正面、中立、負面三種。有明顯的讚揚和句意中有明顯褒義傾向的，是正面的報導基調；沒有明顯的態度傾向的，是中立的報導基調；有明顯的不贊成或貶義的，爲負面的報導基調。

　　三是新聞敘述圖式。圖式，是來自認知心理學的一個概念，指的是一種認知結構，它表徵著特定概念或刺激類型的有組織的知識。圖式的作用之一是有助於我們迅速地和有重點地加工信息，簡化我們對現實的認識。〔註25〕而根據凡・迪克的觀點，新聞報導中存在著新聞敘述圖式，無論是記者還是讀者都是不知不覺地運用這些圖式來製作新聞和理解新聞。〔註26〕但是，從認知心理學的角度來看，新聞敘述圖式不是一成不變的，它也會存在著同化和順應〔註27〕，不斷地改變。同時，新聞敘述的圖式範疇不僅會因爲在語篇中對應的語義內容所佔比重和組合順序不同而不同，還會因報紙的不同風格而表現不同。〔註28〕因此，根據以上理論，並結合研究樣本的特點，本研究對於除「圖片新聞與評論」這兩類之外的其他報導類型分爲以下六種敘述圖式進行進一步分析：宣傳圖式、故事圖式、信息圖式、觀點圖式、混合圖式

〔註24〕 王石番：傳播內容分析法─理論與實證，臺北：臺北幼獅文化事業公司，1991年版，第208頁。

〔註25〕 鄭全全：社會認知心理學，杭州：浙江教育出版社，2008年版，第96～97頁。

〔註26〕 梵・迪克著，曾慶香譯：作爲話語的新聞，北京：華夏出版社，第50～60頁。

〔註27〕 同化和順應都是認知心理學的概念，同化指某一新事物被納到原有的組織結構，而組織原有不變；而順應則是指某種組織結構在外部因素的影響下，發生了某種程度的結構變化。二者相互依賴，交互作用。詳見皮亞傑著，肖建新等譯：生物學與認識，北京：三聯書店，1989年版，第172～173頁。

〔註28〕 蔡瑋著：新「新聞語體」研究，北京：學林出版社，2010年版，第68頁。

和其他圖式。所謂宣傳圖式，是指突出宣傳性，沒有過多信息提供，也沒有情節的、較爲嚴肅的報導，如《新時期弘揚雷鋒精神的典範　首屆十傑公民昨命名》，被認爲是典型的宣傳模式。故事圖式，是指在報導中有人物、有情節、甚至有高潮、有結尾的報導，如講述武警戰士不顧生命危險抓竊賊的《武警哨兵冒死擒賊》被認爲是故事圖式。信息圖式，以提供信息爲主的新聞報導，如《「雷鋒」熱銷　樂壞書商》。觀點圖式〔註29〕，以表達採訪對象觀點爲主的敘述模式來進行報導，如《市志願服務隊松柏總隊長「相對於學雷鋒，志願服務的內涵更深刻」》。混合圖式，既有提供事實的新聞，又表達出鮮明的觀點。不在以上幾種圖式範疇的，爲其他圖式。

　　四是新聞報導（除「評論」外）中的圖片分析。之所以要把圖片單獨列出來進行分析，是因爲「圖像作爲一種符號，如同文字符號一樣，介於現實與人之間，是文化地建構現實的工具」。〔註30〕它本身就是一種話語，是一種修辭，在革命年代，雷鋒的媒介圖像本身就具有教化作用。在市場經濟爲主導的時代中，我們仍然需要考察相關圖像的作用。另外，在都市報中，大標題、大圖片是經常運用的一種報導手段，因此，對視覺符號的重視不得不讓我們對都市報中的圖片再次引起關注。我們對於圖片的使用，分爲三種：圖片新聞、文配圖、無圖片、其他相關圖片。

　　五是報導議題。議題「是新聞傳播學研究的一個重要概念，也是內容分析中一個關鍵的變量，議題爲媒介報導文本內容中的主題」〔註31〕。都市報中的雷鋒報導涉及多個議題，具體分爲：雷鋒式人物或學雷鋒活動，指樣本中關於先進人物的事蹟或者各類學雷鋒活動的報導；「雷鋒」之質疑與爭論，指對於「雷鋒」、「雷鋒精神」「學雷鋒」中出現的各種討論、質疑與反對的相關報導與評論；衍生議題，由與「雷鋒」「雷鋒精神」和「學雷鋒」沒有直接聯繫，卻是由「雷鋒」議題衍生而來的，比如「雷鋒熱樂壞書商」歸於此類。

　　這一時期都市報的報導特點如下：

〔註29〕按説，新聞報導應是客觀平衡公正的，不存在「觀點圖式」這一説。但通過筆者研究發現，雷鋒報導中的確存在大量表達採訪對象對於學雷鋒的看法與認識的報導，這裡姑且稱之爲「觀點圖式」。

〔註30〕黨西民：視覺文化的權力運作，北京：人民出版社，2012 年版，第 40～48 頁。

〔註31〕陳剛：製造「中國式公共知識分子」：南方系報刊韓寒媒介形象建構的考察，中國傳媒報告，2012 第 4 期。

1、從數量分佈上來看，都市報各年的相關報導數量變化與《人民日報》基本一致。和《人民日報》一樣，各都市報雷鋒報導量最大的是 2003 年和 2012 年，這兩年是新世紀以來關於雷鋒報導的兩次高潮。這與中共中央的主導密切相關。但各報也有自己的報導小高潮，比如《新民晚報》在 2006 年出現了一個雷鋒報導的小高潮；而《南方都市報》在 2008 年出現了一個相關報導的小高潮。下圖為各都市報從 2001 年每年 3 月 1～10 日與《人民日報》同一時間的報導量之比較。

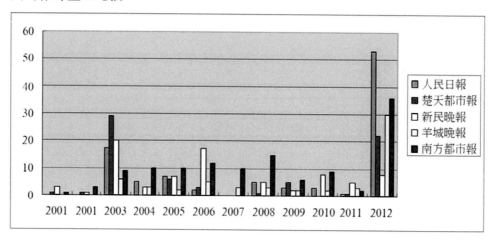

**圖一：樣本報紙雷鋒報導數量分佈情況**

2、從報導類型來看，消息類報導是主要報導方式，佔據 66％；其次是其他類報導和評論，而傳統的通訊類報導大大減少。為吸引受眾，都市報傾向於採用圖片報導或文配圖的方式來加大相關報導的版面顯著性，使用新聞圖片進行報導或採用文配圖形式進行報導的約占 48％。除了採用圖片之外，對於需要加以突出的報導，報紙還傾向於採用大標題或大標題加圖片來吸引受眾眼球，而專版、專欄的報導方式來也不鮮見。此外，在《南方都市報》和《楚天都市報》中還出現了深度報導；《南方都市報》和《羊城晚報》出現了以談話為主要內容的專訪。在幾份都市報中，報導類型也各有差異。《新民晚報》採用較為傳統的報導方式，很少突破，吸引受眾眼球的主要方式為採用圖片報導方式來增加相關報導的可視性；而《南方都市報》儘管也注意採用圖片來提升報導的可視性，但極少單獨圖片報導，而是採用多種報導類型和更活躍的內容來加強報導的可讀性。

表一：都市報雷鋒報導類型分佈情況

| 報紙 ＼ 類型 | 消息 | 評論 | 圖片新聞 | 專訪 | 深度報導 | 通訊 | 其他 | 合計 |
|---|---|---|---|---|---|---|---|---|
| 楚天都市報 | 47 | 6 | 7 | 0 | 2 | 3 | 4 | 69 |
| 新民晚報 | 42 | 8 | 10 | 0 | 0 | 10 | 9 | 79 |
| 羊城晚報 | 38 | 8 | 4 | 3 | 0 | 2 | 4 | 59 |
| 南方都市報 | 91 | 16 | 1 | 4 | 3 | 1 | 7 | 123 |
| 合　計 | 218 | 38 | 22 | 7 | 5 | 16 | 24 | 330 |
| 百分比（％） | 66 | 11.5 | 6.7 | 2.2 | 1.5 | 4.8 | 7.3 | 100 |

表二：都市報的圖片使用情況　　　（注：該統計不含「評論」類）

| 報　紙 ＼ 圖片使用 | 圖片報導 | 文配圖 | 無圖片 | 其他圖片 | 合　計 |
|---|---|---|---|---|---|
| 楚天都市報 | 8 | 23 | 32 | 0 | 63 |
| 新民晚報 | 10 | 22 | 38 | 1 | 71 |
| 羊城晚報 | 4 | 23 | 25 | 0 | 52 |
| 南方都市報 | 1 | 50 | 56 | 0 | 107 |
| 合　計 | 23 | 118 | 151 | 1 | 293 |
| 百分比（％） | 7.9 | 40.3 | 51.5 | 0.3 | 100 |

3、從報導基調上來看，總體而言，正面報導佔據絕對優勢，也有不少中立傾向的報導，尤其是《羊城晚報》和《南方都市報》，這兩份報紙中立的報導立場佔了很大的份額，值得注意的是樣本報紙中都出現了負面的報導立場。

表三：都市報的報導基調　　　（注：該統計不含「評論」類）

| 報紙 ＼ 報導立場 | 正　面 | 中　立 | 負　面 | 合　計 |
|---|---|---|---|---|
| 楚天都市報 | 48 | 14 | 1 | 63 |
| 新民晚報 | 47 | 20 | 3 | 70 |

| 報紙＼報導立場 | 正　面 | 中　立 | 負　面 | 合　計 |
|---|---|---|---|---|
| 羊城晚報 | 27 | 23 | 1 | 51 |
| 南方都市報 | 63 | 40 | 4 | 107 |
| 合　計 | 185 | 97 | 9 | 291 |
| 百分比（％） | 63.6 | 33.3 | 3.1 | 100 |

4、從新聞敘述圖式來看，宣傳圖式雖然還佔據著重要地位，但所佔報導比重已經明顯下降，僅占全部樣本的 36%；報導圖式呈明顯呈多樣化趨勢，故事圖式和觀點圖式分別占 12% 和 7%；信息圖式占 11%；還出現了混合式的新聞敘述圖式，這類圖式在相關報導中佔據 5.6%。這說明雷鋒報導並不只是宣傳這一種刻板模式，人們還從中可以得到信息、獲取故事，還能聽到其中的不同觀點爭議。

表四：都市報的新聞敘述圖式（注：該統計不含「圖片報導」和「評論」）

| 報　紙＼圖　式 | 故事圖式 | 信息圖式 | 觀點圖式 | 宣傳圖式 | 混合圖式 | 其他圖式 | 合　計 |
|---|---|---|---|---|---|---|---|
| 楚天都市報 | 8 | 5 | 1 | 18 | 7 | 17 | 56 |
| 新民晚報 | 13 | 11 | 1 | 22 | 0 | 13 | 60 |
| 羊城晚報 | 6 | 5 | 7 | 11 | 4 | 14 | 47 |
| 南方都市報 | 6 | 9 | 10 | 47 | 4 | 30 | 106 |
| 合　計 | 33 | 30 | 19 | 98 | 15 | 74 | 269 |
| 百分比（％） | 12.2 | 11.1 | 7 | 36.3 | 5.6 | 27.8 | 100 |

5、從報導議題來看，「學雷鋒的人物和活動」仍是報導的主流，占全部樣本約 41%；但值得關注的是「學雷鋒之爭論」這個議題在總體樣本中佔據著第二的位置，約 28%；而由「雷鋒」衍生出來的「衍生議題」約占 16%，排第三位；另外還出現了關於「雷鋒的個人議題」，這類議題約占 3%，而在都市報中，相關的「會議與紀念類議題」大大減少，只占 6% 左右。從這裡我們可以看到，關於「雷鋒報導」已經不僅僅是傳統的正面報導典型，而具有了多元化趨勢。

表五：都市報中雷鋒報導議題

| 報導議題\\報紙 | 雷鋒式人物或學雷鋒活動 | 學雷鋒討論 | 衍生議題 | 表彰、會議號召與紀念議題 | 雷鋒個人議題 | 其他議題 | 合計 |
|---|---|---|---|---|---|---|---|
| 楚天都市報 | 32 | 14 | 11 | 4 | 2 | 6 | 69 |
| 新民晚報 | 32 | 16 | 20 | 4 | 5 | 2 | 79 |
| 羊城晚報 | 18 | 20 | 8 | 4 | 3 | 6 | 59 |
| 南方都市報 | 52 | 42 | 12 | 8 | 1 | 8 | 106 |
| 合　計 | 134 | 92 | 51 | 20 | 11 | 22 | 330 |
| 百分比（％） | 40.6 | 27.9 | 15.5 | 6.1 | 3.3 | 6.6 | 100 |

## 二、都市報中雷鋒報導對「雷鋒」符號的解構與再建構

　　數字統計只能描繪是概貌，我們必須對樣本中的話語進行考察，才能更深入地看到雷鋒報導的全貌。本部分將以上面選取樣本為主，同時結合部分樣本以外、但較為典型的相關報導文本，對都市報中的雷鋒報導進一步分析。

### （一）「雷鋒」符號的解構：多元「雷鋒」

　　雷鋒符號的內涵雖然歷經諸多變化，但基本上是以黨和政府的中心工作需要而進行變化的，不管是從最初的「政治符號」到後來的「道德符號」，始終是正面的、積極的形象。雖然也有爭議之聲，但這些聲音是被主流話語所淹沒的。但是，隨著當時歷史情境的還原、更多資料的批露，以及知情人的講述，以前建構的「雷鋒」符號逐漸被解構，更多元的「雷鋒」形象出現在都市報的報導之中，比如作為時尚潮流的追隨者的雷鋒（2006 年 3 月 3 日，楚天都市報）；「看時尚愛拍照，偶而還炫耀軍功章」的雷鋒。而《南方都市報》更是直接把網絡中的各種不同版本的「雷鋒」搬到報導中，有「經典版」、「賣萌版」（90 後設計的雷鋒公仔）、「雷人版」（陳光標身著「雷鋒裝」的扮相）、「穿越版」（以行為藝術的形式演繹雷鋒故事的中學生）等，每個版本後面還配上網友的評論、各種不同版本的照片。

　　與此同時，都市報中反映的社會現實中的「雷鋒」也越來越多元化，有卡通雷鋒、「義工」雷鋒、做好事到電視臺要求宣傳的「高調」雷鋒、不識「雷

鋒日」的雷鋒、不想成名的「活雷鋒」、「因爲全中國人都知道」而把中文名字取爲「雷鋒」的外國人……

從都市報中我們也可以看到，「雷鋒」符號不再僅僅是一個由官方壟斷的政治與道德符號，而是更爲中性化、去政治化。它不斷變化與重生，並開始和社會大眾聯繫在一起，社會大眾的參與使得「雷鋒」符號變得更加豐富而多元，並帶上了大眾文化的色彩。

### （二）雷鋒形象的再建構：從「榜樣」到「偶像」

「榜樣」和「偶像」都是被建構出來用以影響社會個體特別是青年群體的文化符號，但二者的區別在於，「榜樣」是社會主流文化通過推出供個體模倣的典型人物來引導社會的價值觀念的人物；而通過各種商業手段推廣的受大眾喜愛的人物則是「偶像」，他們引導的是人們的生活和消費。「榜樣」代表了被主流社會所提倡的價值觀念，「偶像」代表了商業的利益。〔註32〕勿庸置言，在革命年代，甚至一直到改革開放後的一段時間裏，「雷鋒」是公認的榜樣，他愛憎分明、無私奉獻、愛崗敬業、克勤克儉，影響了不止一代人的社會價值觀。

然而，「在二十世紀末的中國，隨著市場經濟的發展，民間英雄崇拜的氣氛已經淡化，整個社會正在日益向平民時代過渡」。〔註33〕不獨雷鋒，包括後來被幾乎所有被主流媒體樹立起來的榜樣，如張海迪、朱伯儒、李素麗、徐虎、孔繁森等等，幾乎都被年青人所遺忘。而且，隨著時間的推移，雷鋒的一些以前被遮蔽的私人生活細節被挖掘出來，影響最大的莫過於發現他擁有當時普通百姓想都不敢想的價格不菲的手錶、料子褲、皮夾克。而這些以前被官方和媒體極力遮蔽的細節，如今在不少都市報中反而被放大，甚至成爲雷鋒追逐時尚的標誌。在都市報中，不惜以大標題、大圖片，甚至大版面來渲染作爲「紅色偶像」的雷鋒，形容「雷鋒」的特質有「偶像」、「趕時髦」、「追逐潮流」、「眞實可愛」等，甚至其朦朧的愛情故事也被津津樂道，有的報紙還刊登雷鋒所謂「初戀對象」的照片。而對雷鋒的照片的選用上反映其時尚的照片也被加以強調和突出，比如那張微笑著在天安門廣場騎摩托車的照片就反覆出現。崔永元在2012年「兩會」時接受採訪說，眞實的雷鋒是個時尚的人，不招人討厭。這一句話也被廣大媒體採用。

---

〔註32〕陸玉林：當代中國青年文化研究，北京：人民出版社，2009年版，第164頁。
〔註33〕毛壽龍著：政治社會學，北京：中國社會科學出版社，2001年版，第88頁。

　　爲什麼都市報會如此熱衷於雷鋒新形象的建構？一方面，在新世紀以來，「雷鋒」符號日漸式微，對年輕人已經缺乏吸引力。正如多篇報導中提到：中小學生已不知雷鋒爲何人，更曾有小學生回答：雷鋒已經一百多歲了，是在與敵人作鬥爭中犧牲的。把雷鋒精神延續下去，是主流意識形態的需要與願望，但如何才能使其傳承下去？這就需要不斷地創新，而把雷鋒偶像化是符合年輕人的需求的。這種建構也得到了主流意識形態的認可，在人民網旗下的、隸屬於中共中央黨委直屬機關的「中直黨建網」上有一篇文章，題目就是「讓『雷鋒精神』成爲時尚符號」，〔註34〕這說明，從某種意義上，對雷鋒的重新建構也是主流意識形態所需要和默許的。

　　另一方面，這種建構也迎合了市場經濟的需求。不管是時尚也好，還是雷鋒的愛情故事也好，都市報都採用了顯著的版面編排，並且用大量的篇幅加以突出，目的只有一個：吸引讀者眼球。此外，研究者發現，2006 年關於雷鋒的這些議題及報導全部出自一個來源：三聯出版的《雷鋒：1940～1962》。可以推測這是新書將要出版，爲新書造勢的策略之一，而雷鋒的這些鮮爲人知「秘密」又正好迎合了大眾化報紙的商業邏輯的需要。

　　但是，當某報採用其新聞標題爲「雷鋒：一個陽光時尚親切的榜樣」時，雖然這裡重新用了「榜樣」二字來爲定義「雷鋒」，事實上，我們已經看不到雷鋒和他的電視劇扮演者田亮之間的任何區別了。

## （三）作為消費符號的「雷鋒」

　　從上世紀 80 年代初開始，作爲黨報補充的晚報就開始了對服飾、旅遊、居家等日常生活方式的關切，但大眾媒介眞正介入消費，要到 90 年代中期以後，「國家通過經濟政策爲消費主義的興趣和蔓延提供直接動力，並逐漸放鬆對消費生活的話語控制和制裁時。」〔註35〕而以市民爲傳播對象的都市報則「率先實現報導中心從生產領域向消費領域的轉向」，〔註36〕其具體表現爲兩方面：一方面體現在對消費主義價值觀和生活方式的傳播上，另一方面表現

〔註34〕崔大可：讓『雷鋒精神』成爲時尚符號，http://www.zzdjw.com/GB/240148/18068621.html。
〔註35〕邰小麗：試析大眾傳媒在中國消費文化興起和傳播中的作用，國際新聞界，2009 年第 5 期，第 69 頁。
〔註36〕孫瑋：現代中國的大眾書寫——都市報的生成、發展與轉折，上海：復旦大學出版社，2006 年版，第 204 頁。

為其自身產品——傳播內容——也日益圍繞著「可消費性」的標準來組織生產。

在這種背景下，作為道德符號的「雷鋒」也不可避免地朝消費符號發展。報紙首先是信息的提供者，都市報採用信息圖式的報導手法，對「雷鋒」的消費情況進行呈現與反映。典型的報導，如《「雷鋒」熱銷 樂壞書商》、《雷鋒帽熱賣網店一天收入三四萬》等。這些報導都用「熱」字來形容雷鋒作為消費符號的火爆，並讓我們看到其中商品銷售者的那種「樂」，而且報紙對此也是持一種肯定和贊成的態度。另外，都市報不時會為「雷鋒」符號進行鼓與呼，甚至自覺主動為其包裝。如有一篇報導名為《古城西安平添亮麗時尚風景 三月街頭扮酷「雷鋒文化」》（新民晚報，2006 年 3 月 6 日），報導裏面提到印有雷鋒頭像的休閒服飾、「雷鋒」背囊、斑斕的雷鋒像章、手機墜，甚至某一美甲店的美甲套餐裏也包含在手指甲繪上「學習雷鋒好榜樣」的字體等等，對此，報導者不乏溢美之詞，用諸如「平添亮麗風景」、「十分紅火」、「漂亮」、「時尚」、「青春飛揚」等詞來形容。儘管在報導的結尾引用了一位教育界人士的話：「『雷鋒精神』作為中國精神領域獨特的文化符號，內涵雖然隨著時代變遷幾經轉折。但人們仍有理由相信，一個從人的品德出發，還原著愛與善本質的雷鋒精神依然時髦。」但從這篇報導中，我們沒有看到作為「雷鋒精神本質」的「愛與善」，而看到的是消費社會的獨特景觀：「雷鋒」作為一個消費符號，正受到商人和年青人的熱烈追捧。

與此同時，都市報自身也把「雷鋒」當作一個商品，從報導素材的選取、報導角度甚至標題的製作，都不斷挖掘其中的可供消費的部分。這首先表現在對於雷鋒的相關報導中，除了上面規定的「學雷鋒式人物和活動」的報導主題之外，圍繞著雷鋒的「人個議題」報導和由雷鋒符號衍生出來的「衍生報導」越來越多。這些「個人議題」圍繞著雷鋒的個人生活，從衣著打扮，到生活習慣，甚至「愛情故事」都挖掘了出來。而「衍生報導」的主題則從「第一個寫雷鋒的人」、「第一個拍雷鋒的人」到諸如「淘寶店主賣『雷鋒帽』的收入」到「雷鋒紀念品的收藏」、到無限地放大細節、尋找花邊新聞，只要能吸引受眾眼球的，無所不包。而且，都是打著「雷鋒」的旗號來進行製作、加工。這種挖掘還體現在標題的製作方面，例如把能概括新聞主題的做成副

標題，縮小字號，而把有賣點的新聞標題放大以吸引受眾。在某一都市報的「雷鋒 50 年」的專版中，其中最重要的一篇文章標題爲《日記中發現雷鋒的初戀》（羊城晚報，2012 年 3 月 5 日），但一看文章卻是對雷鋒紀念館首任館長、雷鋒的堂兄雷孟宣的專訪，所謂「初戀」只是其中很少的部分內容。再一看，原來這篇報導還有一個副標題：雷鋒紀念館首任館長雷孟宣接受羊城晚報專訪，還原眞實雷鋒。而強化賣點似乎是都市報的共同做法，如對於雷孟宣講述的雷鋒故事的報導，《長沙晚報》（2012 年 3 月 3 日）標題甚至連副標題省了，直接爲《日記中發現雷鋒的「初戀」》。而另一篇《陳光標：媒體幫我寫雷鋒日記》（羊城晚報，2012 年 3 月 4 日）也是如此，其中只涉及到這個引人注目的標題只有報導中的最後一句話：「雷鋒做好事寫日記，我做好事不寫日記，但會讓媒體記錄下來，也就是說，雷鋒在幫我寫陳光標版的雷鋒日記，捐自行車就是一個例子。」這篇報導的另外一個標題「參加兩會的人大代表、政協委員、列席人員談『如何學習雷鋒』」，卻變得非常不起眼了。而《陳光標：媒體幫我寫雷鋒日記》這個標題卻流傳開來，得到了包括新華網在內的多家網絡媒體的轉載。新聞標題本是消息文本的綱領性概述，能對主題進行表達和暗示，它和導語一起概括著新聞文本的內容，表達著其宏觀語義結構。〔註 37〕片面誇大細節，並把它置於新聞標題的主題之中，並採用大字號加以強調，會讓人無法通過對標題的閱讀來推斷新聞文本的內容，甚至對新聞進行誤讀，這種做法體現了都市報更傾向把「雷鋒」符號作爲賣點而非其他，以提高閱讀率。

更令人驚訝的是，在一些報紙上，露骨地把「雷鋒」符號和商業行爲聯繫起來，「雷鋒」符號淪爲廣告符號。比如《買福彩，天天學雷鋒》（羊城晚報，2008 年 3 月 4 日，「晚晚好彩・福彩」版）把「雷鋒」和「買福彩」聯繫起來，這篇報導配有巨大的雷鋒頭像，在文前還有這麼一段引言：「明天是一年一度的學雷鋒紀念日，助人爲樂是我們的優良傳統，如何讓這種美德日久常新呢？我們常說，做好事不難，天天做好事卻不容易。買福利彩票是你日行一善的最好方式，舉手之勞，容易堅持，既幫助了他人，又能天天給自己一個夢想。學雷鋒紀念日，不妨做件最簡單的好事——買一張福利彩票。」

〔註37〕梵・迪克著，曾慶香譯：作爲話語的新聞，北京：華夏出版社，2003 年版，第 38、54 頁。

也許福彩的確部分出於公益目的，但我們也應該看到它帶有「博弈」的另一面，之所以有那麼多人買彩票，並不是單純地奉獻，更多的人是為了贏得更大的利益。這一點和無私奉獻的「雷鋒精神」有著本質的區別。而且，在一個專題版面，以這樣一種新聞報導的方式來做「軟廣告」，只會引起人們對這種「學雷鋒」倡導的更加反感。

還有另一則相似的案例。在《羊城晚報》上，2012 年 3 月 9 日，一則非常醒目的大標題佔據了半個版面，肩題為「廣藥白雲山 愛心滿人間」，主題為「學習向秀麗 倡導『雷鋒社會』」，副題為「廣藥集團率先以『雷鋒企業』促『雷鋒社會』」。雖然是以報導的形式出現，但從對企業的突出強調與版面下方出現的大大小小該集團子公司的十幾個 LOGO 來看，明顯是一則廣告。它和此前的 3 月 7 日刊登的另一則新聞「廣東省文明辦、羊城晚報及廣藥集團合辦的『學習向秀麗 倡導雷鋒社會』高峰論壇召開」相呼應（該新聞雖然報導的是「高峰論壇」的舉辦，但仍以醒目的篇幅報導了廣藥集團這個企業對貧困生的資助等所謂的「雷鋒式事蹟」。）在這裡，雷鋒的「神性」變成企業的「神性」，企業不再是牟利的組織集團，而搖身一變，成為「灑向人間都是愛」的「新雷鋒」。

**買福彩，天天學雷鋒**

（羊城晚報，2008 年 3 月 4 日，「晚晚好彩‧福彩」版）

學習向秀麗 倡導『雷鋒社會』」

（《羊城晚報》，2012 年 3 月 9 日）

## 三、都市報中雷鋒報導的爭議話語與衍生議題

### （一）雷鋒報導的爭議話語表現

從各都市報的雷鋒報導文本來看，新世紀以來的報導變得更加豐富而多元，其中值得關注的是「爭議與質疑主題」和「衍生主題」的增加。這時，對於雷鋒精神的實質基本上得到一致認同：它已不再是一種政治符號，而與「志願者」精神、義工、慈善行為在本質上相一致，對雷鋒精神的闡釋也轉向「互助」、「向善」、「大愛」等更寬廣的領域。但另一方面，對於如何定義「雷鋒精神」、怎樣「學雷鋒」甚至要不要「學雷鋒」的討論，從上世紀八十年代開始就始終沒有停止。與上世紀八九十年代相比，新世紀以來這些質疑與討論更加直接、更為激烈，形式也更多樣化。這種話語多元化具體表現在以下幾方面：

#### 1、借用民眾話語來展示不同觀點

對於「雷鋒」的相關討論，在民間是很激烈的。作為以普通市民為讀者對象的報紙，當然不能視而不見，但出於政治安全方面的考慮，都市報都沒

有正面表達報紙自身的立場，而是借用民眾話語來展示不同觀點。像比較敢言的《南方都市報》，曾經在一篇文章中就認為：每個社會都有自己的遊戲規則，而「學雷鋒」違背了經濟社會的「服務有償化」遊戲規則。文章還舉例說：「打個比方，一位開大奔的闊佬在路上遇到親戚或熟人候車，於是順路載上一程是人之常情，但如果這個規則被打破，所有開車的人都「學雷鋒」，只要見到候車的，就免費載送，那情況會變成什麼樣呢？我想所有的出租車司機全得失業，他們的家庭會立即陷入困境，子女可能會因此輟學，而這就是所謂的「學雷鋒」帶來的社會效果嗎？不止如此，如果大家都這樣來學雷鋒：做生意都敢於賠錢（公司很快全部破產）；公交車不收費（公交公司入不敷出馬上得關門）；每天上街清潔衛生（環衛工人下崗）；單位企業免費開放內部歌舞廳（娛樂場所立即倒閉），如此這般，社會將變成什麼樣子呢？社會生產力是否還能繼續發展呢？會不會回到吃「大食堂」時代？我們不得而知。」（南方都市報，2000 年 3 月 27 日）還有一篇文章，也提到：「大家心裏都明白，在這個唯利是圖的商品社會，什麼事情不可能發生？學雷鋒、助人為樂、捨己救人又能得到什麼呢？這似乎功利了一點，但生活在這功利社會，不功利一點行嗎？說得苛刻一點，天下哪有白吃的午餐！過去那個只講奉獻不求索取的時代早已一去不復返，誰還會餓著肚皮學雷鋒？無知的國民們只會為學雷鋒的現象越來越少而哀歎或橫加指責，可你們又有沒有設身處地地為他們想一想呢？他們的合法權益誰來保護？他們為自己的行為（做好事）而付出的努力或蒙受的損失應不應獎勵及補償？應怎樣補償？而我們呢，給予他們的，除了失望、無助和傷害還有什麼？讓人心寒呀，誰願做那被人愚弄的傻子呢？！」（南方都市報，2000 年 3 月 27 日）這兩篇文章雖然是讀者來信，但的確一語擊中當代「學雷鋒」的困境與困惑。

而另一份報紙的一篇文章則指出了當代「學雷鋒」中的幾種常見的典型問題：學生停課職工停工的「脫產學雷鋒」、給職工補貼的「功利學雷鋒」和為應付上級只在雷鋒紀念日學雷鋒的「應景學雷鋒」。〔註38〕而在 2006 年 3 月 5 日的《新民晚報》上，也以表了一組「讀者來信」，其中一篇外國讀者的來信題目就是：「『學雷鋒』有點假，參加公益活動很自豪。」

這種否定，一般不是以媒體身份出現，而是借用公民的話語，比如以讀者來信、來電，組織討論、或者引用網友言論。在 2012 年的相關報導和評論

---

〔註38〕別讓雷鋒傷心，楚天都市報，2003 年 3 月 3 日。

中，《南方都市報》引用了很多網友言論來表達對大規模組織集中學雷鋒的不同看法。2012 年，在「學雷鋒活動日快到了，前日教育部發文要求各地教育部門及各級各類學校應建立長效機制，將學雷鋒活動當作一項常態的工作來抓」的背景下，南都刊登了一則反對和一則調侃的微博，分別爲：「@小玉是媽媽的最愛：不要講什麼空口號！現在的孩子能理解那會兒雷鋒的行爲嗎？」和「@草字頭本人：童鞋們，學雷鋒做好事很重要，更重要的是，做好事要擺拍、要有證人、最好同時微博上傳哦，這樣考核才能加分。」（南方都市報，2012 年 3 月 1 日）

　　而在另一標題爲《雷鋒應該是一個常態化的好人》（南方都市報，2012 年 3 月 8 日）的報導中，通過「主題發言」和「觀眾發言」兩部分，展示了分別來自公務員、技術人員、企業職員和自由撰稿人對於當代「學雷鋒」的不同看法。

　　這種做法既遵從新聞從業者的規範，又可以幫助新聞機構擺脫來自官方的責難，更重要的是能一定程度上反映民意，同時把自己所要表達的觀點表達出來。有意思的是，在四十幾年前，以《人民日報》爲代表的黨報也同樣借用讀者話語來建構雷鋒形象和學雷鋒的合法性。

　　2、展示爭議性事件

　　更多都市報是採用一種客觀報導的手法，即報導一些具有爭議性的事件或者「雷鋒」的冷遇，以此來展示當代背景下「學雷鋒」的問題。比如：

　　　　娃娃大軍排隊送厚禮　過期食品拉到敬老院　學雷鋒「變味」（羊城晚報，2006 年 3 月 6 日）；

　　　　學雷鋒如今也可以拿學分，是將學雷鋒功利化還是將學雷鋒形式發揚光大？廣州一些學校這一探索引致眾說紛壇（羊城晚報，2004 年 3 月 5 日）

　　　　南京路上的「雷鋒車」無用武之地（新民晚報，2006 年 3 月 3 日）

　　　　重慶多家福利院婉拒「一日雷鋒」（新民晚報，2008 年 3 月 6 日）

　　　　纏住叔叔阿姨獻愛心　廣州深圳一些學校學雷鋒形式起爭議（新民晚報，2004 年 3 月 6 日）

　　　　學雷鋒，爲何只幫老師打掃辦公室　自己的教室仍要阿姨掃（新

民晚報，2008 年 3 月 8 日）

這些報導都是用事實來展示「學雷鋒」活動在現實中遇到的困境，雖沒有進
行評論，但不難看到其中對「學雷鋒」的疑問。

　　雖然從絕對數量而言，「學雷鋒人物與活動」的正面報導大大超過爭議性
事件，但由於正面宣傳報導的程序化、內容的同質化，比如大多都是「便民
服務見聞」，故事也是以「施恩——感激」套路爲主，儘管大部分都市報已經
開始使用簡短的文字配圖片來進行報導以掩飾內容的同質與空虛，但對讀者
的吸引力仍然有限。對於這些爭議性事件與觀點，這些報紙不僅都採用一些
吸引眼球的編輯手段來製作，而且從新聞價值來看，這些爭議性事件比常規
的正面報導要大得多，所以儘管從數量上來看遠沒有正面宣傳多，但仍然能
產生較大的傳播效果。

　　**3、迴避與置換**

　　由於「學雷鋒」形式存在諸多問題、爭論與質疑，一些報紙也採取迴避
的態度，或者直接把「學雷鋒」置換爲「公益」、「慈善」、「志願者」或者「義
工」等，而把雷鋒精神也置換爲「愛心」、「向善」、「互助」等，這些用語更
少政治色彩，更加具有普世價值，也更具有當代色彩。如：「形式不再『轟轟
烈烈』內容更加貼近市民　助人已成社會常態　方便別人愉悅自己　學雷鋒淡然
回歸志願服務」（羊城晚報，2004 年 3 月 5 日）；「新時代學雷鋒不再求轟動　已
變成志願服務　春風化雨般融入日常生活中」（羊城晚報，2006 年 3 月 4 日），
這兩篇報導都強調學雷鋒的「不再求轟動」，並用「淡然」和「春風化雨」來
形容新的學雷鋒形式——志願者服務，事實上，也是對大規模組織學雷鋒形
式的否定。在另一篇報導提到記者在某小學採訪時發現半數學生不會唱《學
習雷鋒好榜樣》這首歌時，教育專家說：「學生學雷鋒不見得要認識雷鋒，只
要常存愛心，都是學習雷鋒的具體行動。」（楚天都市報，2012 年 3 月 5 日）
在另一篇文本中，提到雷鋒精神的本質是「一種善良、一種互相幫助，一種
賦予別人更多溫暖和友善的精神資源」，並認爲學雷鋒活動與公民社會的精神
內涵是相統一的，因爲「向善」與「互助」是「現代公民意識和素質的內涵
之一」，還認爲「時下社會中迅速萌生的非政府組織（NGO），如志願者組織、
義工組織、慈善組織等正是學雷鋒活動的有效載體之一」〔註 39〕。而在《南

---

〔註39〕學雷鋒需要有效載體，羊城晚報，2006 年 3 月 5 日。

方都市報》中，多次不同程度地撇清「志願者」、「義工」和「雷鋒」符號之間的區別，如一篇來自於普通市民的評論《老外學雷鋒的誤讀》（2007 年 3 月 7 日）中談到對於「洋雷鋒」的看法，認爲這是受到宗教慈善文化的薰陶的結果，「老外」行善來源於上帝教導的責任和義務，在國外做義工是一種普遍存在的日常行爲，不能因爲老外做義工撞上「雷鋒日」其意義就被放大；而在另一篇《市志願服務隊松柏總隊長「相對於學雷鋒，志願服務的內涵更深刻」》（2010 年 3 月 5 日）中，則借用採訪對象之口談到，相對於「學雷鋒」，志願服務的內涵更深刻，比如志願服務是有組織的群體性服務，而不像雷鋒是單獨的個體行爲；志願服務也不僅僅是做好事，更是一種「雙贏」，即在幫助別人的同時自己也收穫快樂；志願服務是一種長期活動，是每個志願者的日常生活習慣，而不是一天、兩天的形式主義。

從這種迴避和置換中我們可以看到，當主流媒體極力把「志願服務」納入「雷鋒精神」體系時，而都市報卻走的是另一途徑，即將二者明確區分開來，並力圖把「學雷鋒活動」置換爲「志願服務」。

## （二）雷鋒報導中的「衍生議題」

除了爭議外，我們還看到雷鋒報導中大量的「衍生議題」，甚至有的都市報甚至採用連續報導的方式來對相關議題進行追蹤。這些「衍生議題」是指與雷鋒和「學雷鋒」活動並無本質聯繫，但又在文本中使用「雷鋒」這個符號，和「雷鋒」或多或少相關聯。這些「衍生議題」中，有「消費類的衍生議題」，如前文提到的「雷鋒」書熱銷、所謂的「雷鋒文化」、「雷鋒帽」品的熱銷等等，都屬此類；有「娛樂類的衍生議題」，如關於「雷鋒」電視劇演員的報導；申報「學雷鋒」吉尼斯紀錄；還有一些其他衍生類報導，如民間對雷鋒紀念品的收藏；由於書中記載雷鋒分得的土地數量不一致警察替雷鋒打官司等等。都市報中的衍生報導，與主流媒體的相比，更具娛樂性與爭議性，應該說它是吸引受眾、甚至成爲有的報紙牟利的一種手段（如前面提到的《學雷鋒 買福彩》之類的），和消費文化緊密相連。但我們也應該看到它的積極意義。以《南方都市報》對於「雷鋒遊戲」的報導爲例。該報在 2006 年 3 月 15、16、17 日連續三天刊登了相關新聞和評論，標題分別爲《雷鋒成網絡遊戲主角》（2006 年 3 月 15 日）、《遊戲「雷鋒」，何必用教育意義壯膽》（3 月 16 日）和《小朋友熱衷網上「學雷鋒」》（3 月 17 日）。報紙在第一篇報導相

關事實之後，並沒有像《人民日報》的同題材報導那樣，以正面的傾向進行報導（見前文的論述），也沒有僅僅停留在事實中，而是借用評論表明另一種觀點：「傳統遊戲的舊瓶，裝了雷鋒故事的『舊酒』」，並不能起到教育作用，「網絡遊戲還是網絡遊戲，換誰是主角都改變不了遊戲的本質。」而且，在後續報導中，提到「學生沉迷」、「家長觀望」、「老師反對」三種態度，並提到老師反對的原因：「不管什麼樣的遊戲，孩子一定不能沉迷，否則再好的遊戲也會耽誤學生。」從這個意義上來看，與主流媒體相比，都市報的報導讓人們可以從另一個角度看問題，開拓了新的話語空間。

## 四、雷鋒報導的話語多元化根源及現實意義

### （一）消費社會的媒介景觀之體現

　　西方發達國家已經進入消費社會，中國也正經歷著消費社會轉型。〔註40〕概括而言，消費社會有以下主要特徵：超過必要消費的奢侈消費已成為消費社會的主導樣態；消費社會滿足的是大眾的「文化欲望」，也是過度人造化、過度被操縱的社會；在消費社會中，商品與符號的差異趨於縮小，經濟與文化日趨交融，電子傳媒的大規模擴張和信息的高速流動，符號極度爆發；社會重心由「生產」轉向「消費」，藝術審美活動與日常生活的差異趨於縮小；過度娛樂化；等等。〔註41〕而鮑德里亞則認為消費是實現社會控制的重要手段，「消費社會」要求大眾通過消費來履行特定的社會責任，即支持和促進經濟發展的責任；消費社會的一個重要任務就是努力對消費者進行消費培訓和消費的社會馴化。〔註42〕

　　在經濟全球化、傳媒市場化以及西方的消費主義思潮的影響下，中國的大眾媒介也開始自覺不自覺地傳播著消費社會意識形態。從80年代的晚報開始，各種消費行為如休閒娛樂、衛生保健、服飾美容、居室裝修、烹飪美食、購物旅遊等開始堂而皇之地進入媒介，並逐漸成為重要內容；之後興起的都市報、生活報、各類專業廣播電臺、電視臺，以及網絡的出現與普及，都可

---

〔註40〕劉方喜選編：消費社會，北京：中國社會科學出版社，2011年版，第1頁。
〔註41〕劉方喜選編：消費社會，北京：中國社會科學出版社，2011年版，第2～34頁。
〔註42〕彭華民主編：消費社會學新論，北京：北京師範大學出版社，2011年版，第33頁。

以看到上述內容均是吸引受眾的主要內容之一；而各類廣告更是把各種消費品的知名品牌家喻戶曉，讓各種國內外大片、電視劇都受到熱捧；消費主義的觀念也隨著大眾化報紙、時尚雜誌、各類休閒娛樂節目以及對明星偶像的報導等潛移默化地植入受眾的心中。由此可見，中國傳媒的消費主義傾向是伴隨著改革開放與現代化建設發展起來的，有研究者把其總結爲三個方面的**轉變**：一是傳媒報導的內容由「生產方式報導」轉向「生活方式報導」；二是傳媒主體形象從「消費偶像」逐漸取代「生產英雄」；三是傳媒解讀經典的語態由「敬畏、尊奉」到「背叛、顛覆」。〔註43〕事實上，進入消費社會後，革命文化也遭遇消費文化的不斷挪用與改寫，典型的如紅色經典電視劇，在消費主義邏輯的驅使下，革命故事與英雄事蹟成爲被包裝過的大眾消費文化快餐，並呈現爲政治話語、革命話語和商業時尚話語的奇特結合物。〔註44〕其實進入新世紀以來，雷鋒符號也一直不斷被惡搞、被改寫、被挪用。2001 年，雪村的音樂《東北人都是活雷鋒》在網絡上一炮走紅；某網絡歌手用 RAP 的形式重新創作並演唱《學習雷鋒好榜樣》；2004 年一家網絡遊戲公司研發出《學雷鋒》遊戲；2006 年，寧波一家保健品公司甚至在其生產的安全套的包裝盒上印製了雷鋒手持《毛澤東選集》、身背鋼槍的照片，並以毛澤東的題詞「向雷鋒同志學習」爲背景；曾經有人還打算拍《雷鋒的初戀女友》，最後由於國家廣電總局干涉才沒有成功……凡此種種，我們都清晰地看見消費主義的身影，而都市報中的雷鋒報導圖景，只不過是消費主義大潮的其中一種景觀而已。

鮑德里亞認爲，我們所身處的物的世界，實際上已成爲一個符號的世界，物品的消費也相應轉化爲對符號的消費。消費品事實上成爲一種符號分類體系，通過不同符號的意義呈現，影響並規定了人的行爲和群體認同。人們在消費物品時，實質上是在消費符號所具有的意義，同時，也正是通過對特定符號意義的認同或不認同形成了「自我」，界定著「自我」。〔註45〕他在其著作《符號政治經濟學》中提到：「消費恰恰說明了這樣一個發展階段，即商品被當作符號，而符號（文化）則被當作商品……如今任何東西（物品、服務、

---

〔註43〕劉建新：現代傳媒消費主義傾向，新聞記者，2005 年第 8 期。
〔註44〕相關研究見陶東風：紅色經典：在官方和市場的夾縫中求生存，中國比較文學，2004 年第 4 期。
〔註45〕彭華民主編：消費社會學新論，北京：北京師範大學出版社，2011 年版，第31 頁。

身體、性、文化、知識等）在生產和交換過程中都不能單獨被作爲符號來解釋，或者單獨作爲商品來把握，在一般政治經濟學語境中起主導作用的任何東西既不單獨是商品也不單獨是文化……而是不可分割的統一體。」〔註 46〕總之，在消費社會的語境下，「雷鋒」這個文化符號已經再不能夠單獨存在，而是和商品聯繫在一起。但有一點我們必須看到，當年青的大學生們身穿印有雷鋒像的文化衫、背著雷鋒背囊時，並不代表他們認同雷鋒精神所代表的「集體主義精神」和「無私奉獻精神」，他們彰顯的是「個性」和「自我」。

　　儘管如此，我們並不能一概否認消費文化，以及在消費主義理念指導下的文化現象。傳媒的世俗化與大眾消費主義文化也具有祛魅功能，與高高在上的黨報相比，它們更貼近受眾、貼近生活，更關切世俗人生，使人的欲望得到釋放。在改革開放之初，傳媒的世俗化及消費主義文化對抵制和批判此前的極左意識形態亦無疑具有進步意義，同時它也打破了原來「一元化」政治傳播一統天下的局面，使得「一元化」的市場和影響力大大縮小，因此可以說它在推進政治與文化的多元化、推進民主化進程中具有積極意義。不過，消費主義指導下的這種進步作用和積極意義又是有限度的，正如陶東風所說：大眾消費主義文化「在官方所讓出的有限思想文化空間內建構自己的價值規範、趣味取向與操作方法，它一方面在盡力取悅於市民大眾，而另一方面又在謹慎地迴避官方文化及主流意識形態所設立的禁區，把官民同樂作爲自己的目標與策略。大眾消費主義文化在拓展公共空間與民主化方面的作用常常是在追求經濟利潤的過程中的附帶而不是自己有意識的政治訴求。」〔註47〕而這也是都市報中的雷鋒報導中複雜的境況的眞實寫照。

## （二）對個體主體地位的認同與多元話語空間的開拓

　　從一開始，雷鋒符號的誕生就是帶有主流意識形態色彩的政治符號，學雷鋒運動也是由上而下推廣的一種帶有政治色彩的群眾性社會運動。隨著時代的發展，當年的政治背景、社會背景都發生了極大的變化，但這個符號因其具有和中華傳統美德中相一致的因素及其自身極強的包容性，被保留了下來並得到官方的認可，在政治需要時「復活」。但不管是民眾意識還是媒介生

---

〔註46〕鮑德里亞：符號政治經濟學批判，南京：南京大學出版社，2009 年版。
〔註47〕陶東風：大眾消費主義文化研究的三種範式及其西方資源，文藝爭鳴，2004 年第 5 期。

態都已以發生了巨大的變化，因此雷鋒報導的形態也不可能和擁有曾經的「共識」，而是不斷進行分化、朝多元化方向發展。在這種多元報導中，也體現出了對個體主體地位的認同和不同於主流媒介的話語空間的開拓。

## 1、對個體主體地位的認同

在中國傳統社會中，重視群體價值，而忽視個人利益與個人價值。1949年以後，這種否定個人價值的傳統因滲透了意識形態內涵得以延續，對個體性的否定和取消，是和強調集體至上的社會主義意識形態相匹配的。〔註48〕因此，在解放後媒介對於典型人物和英雄人物的報導，不論是雷鋒，還是向秀麗、劉英俊、王杰、王進喜等，集體主義精神都是其中加以突出或強調的重點。社會輿論也曾經一度認為，個人利益總是與公共利益相衝突、相抵制，只要個人得利，集體利益必然受損；甚至個人利益總是和一些貶義詞，如自私自利、損人利己、貪婪、缺乏公德心等聯繫在一起。隨著市場經濟的實行，這些觀點得到了很大的糾正。更重要的是，實行市場經濟需要確立公民的私人身份，因為在市場上進行商品交換的主體必須是擁有合法性財產的個人或集團，擁有自身的經濟利益。而隨著市場經濟的逐漸深入，人們也開始關注個人的利益，個人權利、尊嚴與生命也成為大眾媒介關注的焦點。以城市居民為主要讀者對象的都市報不僅把報導重點內容放在個體需求的新聞與實用信息之上，而且通過這些報導和信息的提供來「承認私人領域的合法性、強調私人生活的價值感、渲染生活方式的豐富性，」「從而在不經意間使人覺得私人生活合理、合法，而且還有價值，從而在讀者心中逐步確立起『私人』概念，久而久之，便潛移默化地改變了讀者的意識形態。」〔註49〕

具體到雷鋒報導，不管是對於雷鋒「初戀」的渲染，還是對於他「愛照相」、「愛寫小說詩歌」、「愛照相」、「愛露劉海」等個性特點的強調，都是力圖還原作為「個人」的雷鋒，而解構了從前那個作為「政治符號」的雷鋒。當然，矯枉過正的負面影響就是有的報導過於煽情化和娛樂化，又使「雷鋒」淪為商業社會的「消費符號」。

---

〔註48〕 倪偉：空間的產生於權力敵視——透視當代中國的城市廣場，選自王曉明主編：在新意識形態的籠罩下——90年代的文化和文學分析，南京：江蘇人民出版社，2000年版。

〔註49〕 孫瑋：論都市報的公共性，新聞大學，2001年冬季號。

## 2、開拓了多元話語的公共空間

在中國的現有語境下，雷鋒報導實質上應屬於政治報導（雖然相關報導時常會放在「社會新聞」版面），屬於各類報紙應當報導的「規定動作」。而在民間話語中「雷鋒」符號被不斷地挪用、改寫，其外延不斷擴大；而對「雷鋒精神」和「學雷鋒運動」也有各種不同的理解和看法。但在現實的媒介圖景中，長期以來，雷鋒相關報導幾乎是正面宣傳一統天下。這表現在以《人民日報》為代表的主流媒體中，以社論或領導人講話等權威的形式，採用不容置疑地肯定語氣，從而將民間的表達掩蓋和抹殺。而在晚報中，雖然對「學雷鋒」和「雷鋒精神」中的困惑和矛盾進行了曲折地呈現，但最終還是以對負面現象的批判和高調肯定「學雷鋒」的意義和「雷鋒精神」的存在而結束，並沒有對現象背後進行深刻地挖掘，也沒有正面對民間話語進行充分展示。

然而，在都市報中，不僅可以看到對「雷鋒精神」以及「雷鋒」的重新詮釋，甚至可以看到和主流聲音完全相反的民間觀點，比如對「學雷鋒」活動的質疑與反對、對「雷鋒」符號的多元呈現與描寫、普通民眾對於學雷鋒的看法與理解等等。儘管因為體制原因從報導總量來說，都市報對雷鋒報導還是以正面宣傳為主，但是其中展現出來的觀點的多元和豐富，可以說是部分體現了一個多元話語的公共空間。

以上分析的是都市報中的雷鋒報導的共性，但我們也應看到都市報中的個性，即在對於「雷鋒」議題的報導中，都市報也有差異。從我們選取的研究樣本報紙來看，可分為三類：一類以政治邏輯為主導，即政治性最強、與主流意識形態最貼近，如《新民晚報》，《楚天都市報》也大致可歸為此類。它們的報導主題和報導方式與主流媒體最為接近，不逾矩越線；第二類以商業邏輯為主導，如《羊城晚報》，該報不惜把「雷鋒」符號和軟性廣告相連結，使其淪為牟利工具；第三類以自由主義傾向為主導，如《南方都市報》，這類報紙中的雷鋒報導最為多元，報導手段也最為靈活。《南方都市報》最早的口號是「大眾的聲音」，二十一世紀初提出要「辦中國最好的報紙」，之後又有「成熟源自責任」、「品質成就地位」等口號，〔註 50〕彰顯了它不同於其他大眾化報紙的追求。在「雷鋒」議題的表現來看，在報導風格上它顯得非常靈活，不僅採用常規的消息、圖片新聞等手段進行報導，還對「雷鋒」議題進

〔註 50〕羅以澄、陳亞旭：《南方都市報》主流化轉型透視，新聞愛好者，2008 年 8 月（下），第 4 頁。

行更多樣化的嘗試，如採用深度報導的形式，對同一新聞事件進行不同角度、不同觀點進行報導和評論；訪談的形式，生動再現爭議性人物的內心世界；還會經常採用在新聞報導之後再加上來自公眾和網絡的不同觀點和意見。從報導內容來看，它不僅傳播主流意識形態的觀點，同時也大膽展現不同於主流意識形態的、民間的爭議，使得「雷鋒」議題變得生動鮮活，豐富多元。

## 第四節　新聞專業主義傾向媒體中的雷鋒報導

　　二十世紀末新聞專業主義進入我國學者研究的視野，它是指把新聞當作採集、整理、加工和擴散新聞信息的一門職業，指通過專門的訓練而獲取，並爲新聞從業者所共享的、從事新聞工作必需的專業技能、行爲規範和評判標準，還包括一套關於新聞媒介的社會功能的信念，一系列規範新聞工作的職業倫理，一種服從政治和經濟權力之外的更高權威的精神和一種服務公眾的自覺態度。新聞專業主義產生於在西方的特定的語境之下，其中包括在市場經濟環境中獨立、自主的傳媒，自由民主的政治體制和服務行業的專業化。它是商業媒體贏利和服務公眾利益之間的矛盾和張力的產物。〔註51〕

　　具體而言，一個具有新聞專業主義傾向的媒體應具備以下幾個特徵：堅持客觀性理念，在新聞自由和社會責任中取得平衡，服務社會公眾，具有自律精神。因爲歷史傳統和條件以及中國特有的新聞和傳媒體制，與西方國家比較，中國的新聞專業文化之發展有自己的特徵，其表現爲：新聞專業主義話語雖然成爲日益興盛的話語體系，但它還是與其他話語體系——包括黨的新聞事業、啓蒙文人和市場導向等——並存，並且由於受制於各種體制的因素，被改造、被扭曲。〔註52〕但儘管如此，我們也應看到，由於國家權力的退卻、社會力量的開始興起與壯大，經過三十多年的市場經濟改革和媒體體制改革，中國的大眾媒介擁有了部分獨立的空間，與政黨宣傳不同的專業主義範式逐漸形成。

　　在潘忠黨和陳韜文的研究中認爲，在中國大陸，改革所導致的變革引入了「專業新聞範式」，《南方週末》在新聞從業者中具有示範作用，比其他媒

〔註51〕陸曄、潘忠黨：成名的想像——中國社會轉型過程中新聞從業者的專業主義，新聞學研究，第71期。

〔註52〕陸曄、潘忠黨：成名的想像——中國社會轉型過程中新聞從業者的專業主義，新聞學研究，第71期。

體更接近於西方的新聞專業主義；而《新民晚報》和其他地方都市報、晚報
則與喉舌媒體更接近。〔註 53〕這也正是我們選擇這份報紙作爲具有新聞專業
傾向媒體研究樣本的原因。

## 一、《南方週末》及其新聞專業傾向

　　《南方週末》創刊於 1984 年 2 月 11 日，起初只是一份以追逐「三星」（歌
星、影星、體育明星）爲主的文化娛樂休閒週報。1991 年，《南方週末》提出
「激濁揚清，注重文采」的辦報理念，一年後又提出「大雅大俗、雅俗共賞」
的辦報方針，並開始第一次擴版、改版，將報紙從對開 4 版擴大到對開 8 版，
同時增加了刊登社會新聞的平臺《人與法》專欄和報導國際新聞的《寰宇》
專欄、刊登小品文章的《芳草地》，隨後又增加了經濟專版《經濟與人》，加
強對市場經濟大潮中的熱點新聞的報導。1996 年 1 月，《南方週末》開始第二
次改版，這次改版成爲該報前後期的分水嶺。此前的《南方週末》以文化副
刊起家，以社會新聞爲主打，10 多年來，副刊一直佔據版面優勢。1996 年改
版以後，在文化副刊版塊穩定的基礎上，擴充新聞、社會、經濟等報導內容，
加大政經報導的力度，不斷擴大關注度和影響力，從而進一步實現了從文化
休閒型週末報到以時政新聞報導爲主的綜合性大型週報的成功轉型，並逐漸
樹立起嚴肅大報的風範。截至 1998 年，《南方週末》期發行量已達 130 萬份，
成爲中國發行量最大的週報。

　　具體而言，九十年代後期的《南方週末》呈現出以下鮮明的特色：1、深
度報導增多，頭版頭條的新聞性、時效性增強，注重詳細深入地報導重大事
件；2、言論力度加大，重視不同聲音的表達；3、關注弱勢群體，宣揚人文
關懷；4、加大對社會問題的關注，營造「公共空間」。其中 1999 年 1 月 1 日
《南方週末》的頭版頭條刊載的新年祝詞《總有一種力量讓我們淚流滿面》
和當天第九版刊登的《讓無力者有力　讓悲觀者前行》表達了南週記者的自我
定位，也表達其人文關懷取向。其中有一段這樣寫道：

　　　　我們不停地爲你加油。因爲你的希望就是我們的希望，因爲你
　　的苦難就是我們的苦難。我們看著你舉起鋤頭，我們看著你舞動鐮
　　刀，我們看著你揮汗如雨，我們看著你穀滿糧倉。我們看著你流離

〔註 53〕潘忠黨、陳韜文：從媒體範例評價看中國大陸新聞改革中的範式轉變，新聞
　　　　學研究，第 78 期。

失所，我們看著你痛哭流涕，我們看著你中流擊水，我們看著你重建家園。我們看著你無奈下崗，我們看著你咬緊牙關，我們看著你風雨度過，我們看著你笑逐顏開……我們看著你，我們不停地為你加油，因為我們就是你們的一部分。

總有一種力量它讓我們淚流滿面，總有一種力量它讓我們精神抖擻，總有一種力量它驅使我們不斷尋求「正義、愛心、良知」。這種力量來自於你，來自於你們中間的每一個人。（南方週末，1999年1月1日）

其中還寫道：「記者所履行的職責，何嘗不是一種對公眾的『還債』……，他要告訴人們世界了發生的事情，他還要告訴人們新聞背後的真相。對於這樣一項職責，我們當然時時有力不逮，但我們願意為此而竭盡全力。」（南方週末，1999年1月1日）

曾經有學者借鑒葛蘭西關於知識分子的理論，把三類理想型的知識分子角色用於記者的角色研究上，這三類理想型的記者角色分別為：專業的記者角色、有機的記者角色和批判的記者角色。理想型的專業記者角色，就是要平衡報導，不受政治干預；理想型的有機記者角色，指服務或者有機於某一利益集團，比如政府、商業利益或社會運動，他（她）們是這些利益的代言人、組織者；而批判記者角色，也即社會良心的角色，他們關注社會不公議題，批判權勢，同情弱勢群體。〔註54〕當然這三類角色都是理想中的角色，在現實生活中，並不存在絕對的某一類角色，然而我們卻可以說，某位記者或某個媒體傾向於擔任上述三類角色中的某一種角色。從上世紀九十年代中期到本世紀初，《南方週末》顯然不是超然於事外的專業媒體角色，也不是服務於政府或商業的有機角色，而是更傾向於扮演批判者的角色。對於這一點，《南方週末》前主編江藝平也曾反思過，認為當時的《南方週末》，「跟現在相比缺少一點理性的東西」、「不夠平衡」、因為感覺弱勢群體沒有說話的空間，因此會「很天然地站在弱勢群體一方，替他們說話。」〔註55〕事實上，從上文例舉的《南方週末》的新年致辭我們也能覺察出其立場與當年的角色。

〔註54〕郝志東：媒體的專業主義和新聞工作者角色──以海峽兩岸媒體對臺灣立法委員選舉的評論、報導為例，新聞學研究，第101期。

〔註55〕張志安：記者如何專業──深度報導精英的職業意識與報導策略，廣州：南方日報出版社，2007年版，第46～47頁。

還有「讓無力者有力，讓悲觀者前行」、「正義・良知・愛心・理性」等口號的提出；以及它的異地監督，甚至被一些學者列為突破地方保護主義、跨地區監督的標本。〔註56〕近年來隨著《南方週末》主編的撤換和大批記者的離開，《南方週末》被指責「輿論監督弱化」、「犀利不再」〔註57〕；跨入新世紀以來，《南方週末》的角色也有了一些轉變。但其剛剛卸任的主編向熹認為，《南方週末》的「專業主義價值理念並沒有喪失，反而操作更精緻、要求更嚴格」。〔註58〕也有研究者對 2000～2007 年的《南方週末》進行內容分析，發現該報對公共問題的報導增加，硬新聞增多，而且客觀描述更多，報導更注重平衡、公正，感情因素和價值判斷更少。〔註59〕

從以上分析，我們可以看到以《南方週末》為代表的中國媒體「專業新聞範式」特點，它不是像西方的新聞專業主義那樣完全超然於事外，它積極干預社會，同情弱勢群體，對不良社會現象和權勢階層進行批評，有時候，受到外部壓力，它可能還要承擔有機的角色，要做一些配合政府工作的報導，用該報原主編江藝平的話來說，就是現在的《南方週末》「要做一些指令性的東西，偶而會有，上面知道週末的影響力，要叫週末來配合。〔註60〕」

在《南方週末》中以「雷鋒」為新聞標題的報導並不多，剔除和「雷鋒」關聯度不大的報導，僅得樣本 10 篇，其分佈如下：2003 年 3 篇，2009 年 3 篇，2010 年 1 篇，2012 年 3 篇。從報導數量來看，《南方週末》報導「雷鋒」議題最多的，也是其他各媒體報導最多的兩年：2003 年和 2012 年，但它在 2009 年也有三篇相關報導，這一年有一件引起輿論關注的事件：電視連續劇《雷鋒》開拍，對於跳水運動員出身的演員田亮能否演雷鋒出現了爭議。這說明《南方週末》的雷鋒報導也一方面受到政治的影響，另一方面它也反映民間議程。從報導議題來看，有三篇是對「雷鋒式人物」的報導；三篇是對雷鋒的「衍生議題」的報導；四篇是對於「雷鋒」及「學

〔註56〕孫旭培、魯珺瑛：論推進輿論監督的三類經驗，新聞大學，2003 年（夏季號）。

〔註57〕寧靜：南方週末的墮落——關於新聞主義的堅守或背離，新聞知識，2009 年 1 月。

〔註58〕向熹：南方週末：新聞專業主義的堅持與創新，傳媒，2010 年第 7 期。

〔註59〕姜紅、許超眾：從「鬥士」到「智者」：輿論監督的話語轉型——新世紀以來《南方週末》文本分析，新聞與傳播評論，2008 年 12 月。

〔註60〕張志安：記者如何專業——深度報導精英的職業意識與報導策略，廣州：南方日報出版社，2007 年版，第 49 頁。

雷鋒」的報導。從報導類型看，一篇評論，一篇訪談，其他都是篇幅較長的深度報導。本節所關心的問題是：具有「專業新聞範式」的媒體如何運用與建構「雷鋒」符號？對於雷鋒報導這種仍具有政治性質的報導，具有專業主義範式的媒介如何表現？或者說，在政治壓力之中，如何表現出具有中國特色的新聞專業主義？

## 二、《南方週末》的雷鋒報導話語表現

### （一）從三種修辭比較三類報紙

　　Roen 和 Cohen 認為，新聞是和其他文學類型一樣的一種文體，它有意義的開放性和封閉性之分，並把西方新聞專業中關於新聞報導的原則——客觀性、及時性和以事實為準繩的原則——視為修辭實踐。理想的「客觀新聞」由三種修辭方式構成：平衡修辭（the rhetoric of balance）、事實修辭（the rhetoric of facticity）和中立修辭（the rhetoric of neutrality）。新聞報導通過有效運用這些修辭來呈現新聞的客觀性，而這三種修辭方式的使用也影響和決定著新聞報導的文本意義的開放性、影響到讀者對新聞事件的詮釋。越是有效地使用平衡、事實和中立修辭，新聞報導的意義就越趨向於開放，也越有可能導致對新聞事實的多種詮釋；反之，越不遵循新聞報導的專業常規，越是放棄使用這些修辭，新聞文本的意義就越趨向於封閉，讀者的理解也就將愈趨於一元。前者因而是「對話」式的，其文本功能在於探求真實，後者是「規範」式的，功能在於建立共識。〔註61〕因此，可以通過考察這三種修辭方式來探討新聞報導的文本意義和文本功能。

　　一般而言，「平衡修辭」是指能夠同等程度地呈現對立或相互競爭的觀點；「事實修辭」是指報導具有新穎性、具體性和時間性，所謂時間性，即能把事實放入具體的語境之下，在具體操作中能有意識地揭示所敘述事件的歷史、時間和背景；居於「事實修辭」另一端的是不受時間影響（抽離歷史語境）、詩化和神話化。「中立修辭」則是指非個人的、非情感捲入的和非風格化的語言方式，與此相反的是個人的、情感捲入的和風格化的語言。〔註62〕

〔註61〕李艷紅：政治新聞的模糊表述：從中國大陸兩家報紙對克林頓訪華看市場化的影響，新聞學研究，第 75 期。

〔註62〕Roeh and Cohen, One of the Bloodiest Days: A Comparative Analysis of Open and Closed Television News, Journal of Communication 42（2）.

因此，越是平衡的、事實性的和中立的報導，其意義結構就越「開放」，而越是缺乏平衡的、趨於詩化的、神話化的和情感捲入的報導，新聞文本就越封閉。「開放」的文本意味著對報導的詮釋相對多元，「封閉」的文本則意味著減少這種潛在的多元性。本節將採用這一方法來考察具有專業傾向的《南方週末》，並將之與官方的主流報紙《人民日報》、以及市場化報紙都市報的同一議題相比較，看這三類報紙是否，以及在多大程度上遵循西方新聞專業的常規，即平衡報導、事實及中立的報導原則，並如何使用上述修辭？進而，研究由這些修辭所構成的文本開放性如何。

　　平衡修辭首先表現在消息來源的採用上，消息來源的多元一般被看作是新聞專業所要求的平衡報導原則。〔註63〕事實修辭通常是指新聞報導的時間性，強調新聞發生的時間和空間，把事件放入具體歷史語境之下。而中立修辭通常體現在報導的語言上，專業主義的新聞報導要求新聞記者採取「抽離」的態度，避免採用情感捲入的語言進行報導。而這個語言包括兩個層面：一是記者的敘述語言，另一個則是引語的語言，而後者往往是一種更隱蔽的客觀性修辭。〔註64〕據此，我們把這三種修辭分別分解為五個不同的維度，「有無兩個或兩個以上消息來源」「有無不同或對立觀點的呈現」，這兩個維度對應的是「平衡修辭」的考察；「有無具體語境或歷史背景的交待或呈現」這個維度對應的是「事實修辭」；「報導敘述語氣的感情」和「直接引語的感情」這兩個維度對應的是「中立修辭」。然後在三類報紙中選取文本來進行考察。考慮到《南方週末》的文本比較少，而且報導篇幅較長；在對於另兩類報紙的樣本選擇時，我們也選取大致相當的樣本，以及相對來說較長的報導來進行分析。

〔註63〕張錦華：公共領域、多文化主義與傳播研究，臺北：中正書局，1997年版，轉引自李豔紅：政治新聞的模糊表述：從中國大陸兩家報紙對克林頓訪華看市場化的影響，新聞學研究，第75期。

〔註64〕李豔紅：政治新聞的模糊表述：從中國大陸兩家報紙對克林頓訪華看市場化的影響，新聞學研究，第75期。

表六：三類報紙專業化程度之對比

| 項　目<br><br>報紙類別 | | 有無兩種及兩種以上消息來源 | | 有無對立或不同觀點呈現 | | 報導中敘述語氣的強烈程度 | | 報導中直接引語語氣的強烈程度 | | | 有無語境或歷史背景呈現或介紹 | |
|---|---|---|---|---|---|---|---|---|---|---|---|---|
| | | 有 | 無 | 有 | 無 | 中立 | 強烈或較強烈 | 中立 | 強烈或較強烈 | 無引語 | 有 | 無 |
| 人民日報 | 數量 | 5 | 15 | 4 | 16 | 12 | 8 | 10 | 8 | 2 | 3 | 17 |
| | 百分比（％） | 25 | 75 | 20 | 80 | 60 | 40 | 50 | 40 | 10 | 15 | 85 |
| 都市類報紙 | 數量 | 11 | 9 | 8 | 12 | 20 | 0 | 20 | 0 | 0 | 8 | 12 |
| | 百分比（％） | 55 | 45 | 40 | 60 | 100 | 0 | 100 | 0 | 0 | 40 | 60 |
| 南方週末 | 數量 | 7 | 3 | 8 | 2 | 9 | 1 | 8 | 2 | 0 | 10 | 0 |
| | 百分比（％） | 70 | 30 | 80 | 20 | 90 | 10 | 80 | 20 | 0 | 100 | 0 |

（樣本數分別為：人民日報 N＝20，都市類報紙 N＝20，南方週末 N＝10）

　　從上述表格中可以看到，《人民日報》的絕大部分報導並無兩種或兩種以上消息來源，並且很少呈現對立觀點。同時，它極少對具體的時空語境進行呈現。在報導敘述語氣和直接引語的感情色彩來看，還是有相當報導帶有強烈或較強烈感情色彩的語言。

　　而都市報，有 55％的樣本中顯示了有兩種或兩種以上的消息來源，有約 40％的報導中呈現出不同或對立的觀點，40％的報導呈現出新聞事件的歷史背景；報導敘述的語言和報導中的直接引語幾乎都不帶有感情色彩，呈中立狀態。

　　相比較而言，《南方週末》的每一篇報導都把新聞事件放入到了具體的歷史時空中，而且絕大部分的報導呈現出了兩種以上的消息來源（70％）和不同或對立的觀點（80％），在相關報導中，採用中立的報導敘述語氣，大部分直接引語不帶感情色彩。綜合來看，《南方週末》的新聞專業程度最高，其次是都市報，新聞專業化程度最弱的是《人民日報》。但我們也要看到，在《南

方週末》報導引用的語言中，尤其是在直接引語的使用上，它還是有部分報導帶有較強或非常強烈的感情色彩。具體而言，在《南方週末》的 10 個樣本，同一篇報導（《人間雷鋒》，2009 年 4 月 23 日）影響到了它的三項新聞專業化程度的指標，即：不同消息源、不同觀點的呈現和報導敘述語氣，這一篇報導帶有明顯的宣傳語氣，這似乎也證明了《南週》前總編江藝平所言，它現在要「作一些指令性的東西」。同時，根據上文對記者的三種理想類型的分類，我們也可以說，現在的《南週》事實上已經更多遠離了上世紀末的那種「批判」的角色，更多地呈現出「專業」和「有機」這兩種角色的結合。

　　當然我們隨機抽取的分析樣本並不能成為得出結論的唯一依據，還需要對具體文本進行分析與考察。我們將選擇兩篇報導，並在其他兩類報紙中選擇同一選題的文本來進行比較分析，進一步考察《南方週末》的新聞專業化程度，同時也考察其對雷鋒報導的特點。

## （二）比較《長沙：續寫雷鋒日記》（人民日報，2012 年 3 月 24 日）、《長沙：給雷鋒一個常住戶口》（羊城晚報，2012 年 3 月 5 日）和《長沙學雷鋒：從軟指標到硬任務》（南方週末，2012 年 2 月 24 日）

　　這三篇報導都是 2012 年 2、3 月間對長沙「學雷鋒」的實況進行的報導，時間相差在一個月之內。在《人民日報》中，以「傳承」、「彰顯」、「擦亮」三小標題貫穿全文，「傳承」記述了雷鋒紀念館老中青三代為宣講與傳播雷鋒精神所作出的奉獻；「彰顯」敘述的是「愛心、誠信、愛崗敬業」等「雷鋒精神」內涵在長沙的具體體現，其中選擇了一位堅持做義工的普通市民和一位 66 歲的老黨員的事蹟；而「擦亮」則展示了在「雷鋒精神」的引領下，長沙城對其發揚光大的全景，這一節報導的人物是基層的城管執法工作人員，還有在長沙工作的外國義工。全篇語調激昂，敘述語氣有較強的感情色彩；對於歷史情境，只在開頭提到兩句：「嶽麓山畔，湘水之濱，生長於湖南長沙的雷鋒，22 年青春年華雖說短暫，卻在半個世紀的時空中影響深遠。50 年來，他始終屹立在億萬中國人的心靈深處。」「『向雷鋒同志學習』，這樣一個彰顯和弘揚社會風尚的號召，穿越幾十年歷史風雨，今天依然魅力不減。」顯然，這樣的句子是非常空泛的，五十年來發生的社會變遷以及雷鋒精神內涵變化，完全被忽略與遮掩。這篇報導的消息來源看似不少，除了長沙官員，還

有上述提到的義工、基層工作人員和在長沙工作的外國人，但這多樣的來源中並沒有呈現不同或相互對立的觀點，都只是爲了證明同一個觀點，即雷鋒精神在長沙得到了很好地傳承和發揚。

相比而言，《羊城晚報》和《南方週末》的報導更加客觀、中立。這兩類報紙都立足於事實，即長沙之所以成爲新聞熱點是因爲它出臺的對「學雷鋒」的物質獎勵及其雷鋒宣傳手段的多樣化。但二者也有明顯不同，《羊城晚報》的報導重點其本上放在上述這些具有明顯新異的事實，小標題也是圍繞上述吸引受眾來體現，如「學雷鋒者，招考住房可優先」；「順應時代，雷鋒變得很卡通」。在《羊城晚報》的報導中，雖然也提到了長沙掀起「學雷鋒」熱潮的背景：「2011 年，中共十七屆六中全會作出了關於深化文化體制改革的決定，其中明確提出，『要深入開展學雷鋒活動，採取措施推動學習活動常態化』」，也提到了「爲了順應時代的需要，長沙『學雷鋒』活動的宣傳煞費苦心」，本來這些都爲潛在的多元解讀提供了空間，但它最後得出的結論，長沙「風起雲湧，遍地都在學雷鋒」，並在文章最後以一個普通市民冒著嚴寒跳入水庫救人的「雷鋒式」故事來收尾，大大消解了文本意義的多元性與開放性，使之成爲一篇具有可讀性的正面報導。

在《南方週末》中，不同於《羊城晚報》的是，它除了報導了事實之外，還以至少一半的篇幅談到了學雷鋒的時代變遷。它回顧了 1963 年以來三次學雷鋒高潮，並借用長沙市政府官員的話：「像雷鋒這樣一個普通黨員的名字進入中共中央全會決議文件，在建國後的歷史上也是罕見的」，從而凸顯了 2012 年的「學雷鋒」活動的特殊背景和意義。它還引用了學者陶東風的一篇論文，詳細解讀了「雷鋒精神」在各個時代的變遷。它也呈現了在不同空間，如長沙和撫順這兩座對於「雷鋒」有著特殊意義的城市，對於雷鋒精神的不同闡釋，在報導最後，借陶東風之口表達了當代「雷鋒精神」面臨的「二律背反」：「既否定貧窮社會主義論，又反對個人利益至上」，而且如何詮釋這種「雷鋒精神」並傳達給普通公眾，都是難題。儘管《南方週末》也沒有明顯出現不同觀點或相對立的觀點，但它的文本意義更爲開放。由於它把長沙「學雷鋒」的政策與宣傳放在一個較爲具體和宏觀的時空情境之下，而且也並沒有像《羊城晚報》爲其加上一個光明的尾巴，這使得「物質獎勵學雷鋒」、「卡通漫畫學雷鋒」等事實更具有多元化的意味。同時，它通過城市間對雷鋒精神闡釋的不一致、長沙普通公務員的表達「爲了在學雷鋒上有所創新，他們已經絞

盡腦汁」，以及借學者之口點出「雷鋒精神」宣傳的困境，這一些都增加了對其報導解讀的多種可能性，也增加了文本的開放性。

更富有意味的是體現於文章所在版面的圖片選擇上。《羊城晚報》選擇的幾張都是與主流意識形態相一致的圖片，比如雷鋒紀念館館長雷孟宣給記者翻看雷鋒資料、到雷鋒故居參觀的人群，以及雷鋒班的戰士在雷鋒肖像前點名；而《南方週末》選取的是小朋友到國家圖書館音樂廳參觀，畫面上有一位小朋友張著嘴巴以一種驚訝或者不解的神情看著雷鋒微笑著的塑像。如果說「翻看雷鋒資料」代表著溫婉的記憶、「參觀故居」代表著崇敬與景仰、「在巨大雷鋒像前點名」代表著莊嚴與肅穆，那麼《南方週末》選擇的這一張新聞照片則代表著陌生與疏離，它傳達的是另一個信息，即在經歷了五十年的時代變遷之後，雷鋒在年青一代的心中已經變得遙遠而陌生。

國家圖書館音樂廳，小朋友參觀雷鋒像。
對今天的年輕一代來說，「雷鋒精神」意味著什麼？（陳曦／CFP／圖）
（該圖爲《南方週末》爲《長沙學雷鋒：從軟指標到硬任務》的配圖）

羊城晚報，2012 年 3 月 5 日 A9 版

（三）比較《解讀「雷鋒傳人」郭明義》（人民日報，2012 年 3 月 2 日）
　　和《「雷鋒傳人」》（南方週末，2010 年 9 月 25 日）：不同類型報
　　紙對典型人物形象的建構分析

　　那麼，具有新聞專業範式的報紙又是如何建構典型人物的呢？我們比照
《人民日報》對於「雷鋒傳人」郭明義的報導來對此進行分析。

　　在《人民日報》的《解讀「雷鋒傳人」郭明義》中，通篇從郭明義的角度出發，塑造了一個無私奉獻的完美英雄的形象。對於郭明義的質疑主要來自網友，而化解的方式是採用郭明義的回應的一種「質疑——回應」方式。在這篇報導中，郭明義的思想源頭和精神動力主要是來源於「雷鋒」，並力圖通過各種方式將二者相勾連，比如：

　　　雷鋒和郭明義，都有過在鞍鋼礦山工作、在部隊服役的經歷。而介紹他們走進綠色軍營的，是同一個人：余新元。

　　　當他以雷鋒為榜樣，從雷鋒精神這座精神寶庫汲取動力，全心全意奉獻人民時，他便跟雷鋒一樣，成為人們的道德楷模。

　　　（記者看到）偌大的採場裏電動輪汽車、碎石錘、推土機來回穿梭，司機們坐在冬有暖風，夏有空調的駕駛室內。只有頭戴「雷鋒帽」、身穿厚重棉衣的郭明義在曠野中指揮著各種車輛進行修路作業。

　　　他（余新元）說雷鋒能當兵，是用「釘子精神」爭取來的，郭明義則是懷著「雷鋒夢」入伍的。

　　　1977 年 1 月，看《雷鋒的故事》長大的郭明義央求父親同意他參軍。推薦他走進綠色軍營的，就是 17 年前把雷鋒送進部隊的老紅軍余新元。

　　　2011 年 6 月 10 日，撫順雷鋒紀念館聘請郭明義為名譽館長。他說：「雷鋒是我的精神偶像和精神嚮導，是雷鋒激勵著我把有限的生命投入到無限的為人民服務之中；也是雷鋒幫助我在人生道路中找到了自己真正的快樂和幸福。」

　　　……

而在《南方週末》的《雷鋒傳人》中，郭明義的形象主要通過他身邊的親人和朋友的眼光塑造出來，相對而言，這個形象要豐富得多：他是越來越窮的「捐獻狂」；旁人眼中的「傻子」；工作狂人；不僅自己做好事，還到澡堂為別人搓澡從而說服其他人做好事；思想特別「正」的普通人。而說到郭明義的思想源頭時，主要有兩個：一是「像他爹」。「家裏人有時候也納悶，為啥老大就成了『活雷鋒』，思想源頭在哪呢？他們能找到的惟一答案，是老大像他爹——簡直越來越像。」二是「相對單純的成長經歷，以及較為封閉的環

境，讓郭明義長期保持著一顆單純的心。」和《人民日報》的報導對主觀精神動力的強調相比，《南方週末》更強調客觀原因的作用。全文只有一處和「雷鋒」相勾連：「可就是這個『沒大哥樣』的郭明義，被人們介紹時，總加上一個前綴：『雷鋒傳人』」。

從二者比較我們可以看到，《人民日報》的報導採用更爲主觀的手法，以及相對單一的新聞來源和觀點，更具神話性和詩性傾向，文本意義相對更爲封閉。而《南方週末》則從客觀角度出發，視點更加多元和豐富，也更契合普通人的視角與心態，同時，文本意義更爲開放，通過閱讀其報導，不同的人可能會有對郭明義一個不同的解讀。

李豔紅曾經通過對《人民日報》和《環球時報》的政治報導進行對比研究發現，在中國現階段媒介體制下，市場媒體對於政治報導有一種模糊的表述，即有些報導在表面顯性的框架之下往往隱藏著其他框架，即隱性框架。這些隱性框架是記者在組織新聞時腦海中的另外一些基本知識架構，儘管在文本中處於弱勢，但它同樣可能對讀者發生影響，具有被解讀的潛在性。而且正是由於這種模糊表達，才使得不同於主流話語得以出現和停留在公共話語空間；新的框架和話語必須通過模糊的形態，才可以在嚴格的威權控制體制下獲得生存的空間。〔註65〕而在對於雷鋒報導的研究中，我們發現具有新聞專業傾向的媒體更傾向於採用這種模糊表達，其開放的文本使得其報導具有多種解讀的可能性。不論是從單一報導和是從整體上趨勢，具有新聞專業傾向的報紙比都市類報紙、黨報其話語更具有開放性，除了其顯性框架，我們均能不同程度地解讀出存在於其中的隱性框架。比如對於郭明義，由《南方週末》的報導得出的結論可以是像主流媒體那種忘我和奉獻的「雷鋒式人物」，但也可以被解讀爲由客觀原因造就的一個特殊的普通人，他不具有普遍性，可能更多的人也並不願意去傚仿他。對於「長沙學雷鋒活動」報導中，我們更能看到當代學雷鋒的困境，以及對長沙「絞盡腦汁」學雷鋒的質疑。而類似的模糊表達，在《南方週末》其他相關議題報導中也很明顯。比如《包子雷鋒》（《南方週末》，2012年3月19日），寫的是一個在西安行善八年、堅持定期爲流浪人員發包子的英國人，他「完全不知雷鋒爲何物」，卻由於「撞見了中國式學雷鋒」，而被稱作「洋雷鋒」，並被推舉爲「第七屆中華慈善獎」

〔註65〕 李豔紅：政治新聞的模糊表述：從中國大陸兩家報紙對克林頓訪華看市場化的影響，新聞學研究，第75期。

的候選人。在這些年間，因爲堅持發包子而被人質疑，被有關人員懷疑圖謀不軌，甚至被從住處攆了出去，但是是後終於被體制接納。用當地慈善協會的一位官員的話：「……一個外國人，爲了幫助有困難的人們，放棄舒適的生活環境，不遠萬里來到中國，自願爲特困群體排憂解難，他的無私和奉獻精神多麼難能可貴。」這是典型的官方主流意識形態的話語，在中國的主流媒介這類話語也屢見不鮮，但這篇報導卻並不認同，在接下來的結尾寫道：「托尼原本樂在其中，結果卻被解讀成了富有犧牲精神的形象。談到理解，托尼說，這無所謂，我們自己都不眞正理解自己呢。」報導中還有這樣的描寫：「2012年3月5日，這一天是『學雷鋒紀念日』，全國的好人好事在這一天數量激增，無數的人走上街頭，打掃衛生，扶老太太過馬路。這對於黃河慈善廚房是尋常的一天，他們像過去的 7 年裏每一個發包子的日子那樣準時，並在這一天完成了第 91433 個包子的派發。」這篇報導的顯性框架是寫一個外國人在中國做慈善的故事，但在潛藏的隱性框架中，可以看到這個外國人的行爲與中國突擊式「學雷鋒」的強烈對比，而且他的所作所爲，與雷鋒精神無關，只是自己「樂在其中」，這又從另一面消解了主流媒體長期以來塑造的「雷鋒精神」之崇高與神聖。

　　同樣，對於「雷鋒」與「志願者」的聯結，《南方週末》的一篇報導借用雷鋒的一位戰友的口吻說：「你信教不信教都可以做志願者，你擁護不擁護社會主義制度，你擁護不擁護共產黨領導，都可以做志願者。但是雷鋒精神，有強烈的意識形態色彩，很重要的一點就是愛黨、愛國、愛社會主義。」這裡也表明，具有專業傾向的媒體對主流報導中把「志願者」和「雷鋒」等同的一種含蓄的質疑。

　　新聞專業主義和喉舌論本來就具有一種天然的緊張關係。「按照新聞專業主義，報業是一種自治的體系，新聞記者的報導活動不受任何社會力量的干涉和約束，尤其必須對政黨採取一種獨立的批判態度。對於社會公眾，它應當確立自己「保護者」的形象，通過傳播給他們眞實客觀的現實以建立公眾對報紙傳媒的信任」。〔註66〕但我們從對於「雷鋒報導」的分析來看，儘管在現行體制下，具有新聞專業傾向的報紙不僅不能夠以「對抗性框架」出現，相反，還要爲配合政黨或國家完成宣傳任務，兼具喉舌功能。但儘管如此，

〔註66〕周憲、劉康主編：中國當代傳媒文化研究，北京：北京大學出版社，2011 年版，第 240 頁。

具有新聞專業傾向的媒體還是盡力尋找到體制的縫隙，在宣傳話語和專業話語中尋找一種模糊表達，這種表達還是能比其他報紙提供更多的真相，生產更具抵抗性的話語空間。

## 第五節　網絡微博中的「雷鋒」議題話語

　　網絡時代是一個眾聲喧嘩的時代。作為新興大眾媒介的網絡，其重要特點是：較之傳統媒體，新媒體的傳播更具開放、多元和靈活，傳統的單向傳播模式得以改變，傳受主體地位開始變得模糊，受眾地位得到顯著提升並掌握一定的話語權。在這種情況下，傳統媒體設置的議程有可能被消解甚至完全顛覆。〔註67〕而隨著互聯網的日益普及，在具體的新聞事件中，「網民對媒介事件的敘述、解讀和評論逐漸形成具有一定影響力的話語力量，並開始重塑新聞傳播的面貌。」〔註68〕美國學者享利‧吉金斯和馬克‧德耶茲把媒介與受眾、網民共同驅動的參與式媒介文化稱為「融合文化」，並認為媒介生產者和受眾這兩種力量之間的合作、鬥爭和協商將決定未來的媒介景觀。〔註69〕

　　事實上，在前文對傳統媒介的雷鋒報導、尤其是對都市報的相關報導研究中，我們也發現，受眾和網絡言論被大量引用，並成為另一重要表達渠道。在研究者在搜集資料的過程中，也發現網絡中的雷鋒報導與傳統大眾媒介的相關報導差異並不十分顯著。而相反，在網絡自媒體中，「雷鋒」議題的話語呈現出與傳統媒體大相徑庭。因此，對於「雷鋒」議題的研究，網絡公眾話語應是不可忽視的一個方面。本研究選取了目前影響最大、也是公眾參與最為廣泛的自媒體──網絡微博進行研究。

　　微博，是指用戶在網站上發佈的不超過 140 個字的微型博文，最早的微博網站 twitter 誕生於 2006 年的美國，中國的微博元年則是在 2009 年。當年 8 月，新浪網首次推出「新浪微博」內測版，隨即國內幾大門戶網站均開設了

---

〔註67〕相關的討論很多，較典型的文章如李建秋：論新媒體傳播傳受主體及關係的轉變，重慶郵電大學學報（社會科學版），2009 年第 6 期。

〔註68〕郝永華：融合與衝突：論新聞報導中的網民話語，新聞傳播評論（2010 年卷）：176。

〔註69〕Jenkins, H.（2006）. Convergence. Culture: where Old and New Media Collide. New York, London: NYU Press, 3～4. 轉引自郝永華：融合與衝突：論新聞報導中的網民話語，新聞傳播評論（2010 年卷）。

微博業務；由於其平臺的開放性和低門檻、內容的簡潔性以及傳播的迅捷，微博在短短幾年內蓬勃發展，成為最有影響力的自媒體，截至 2012 年 12 月底，其用戶已達 3.09 億〔註70〕。微博的產生大大釋放了中國人被壓抑的話語權，普通人的話語在微博上聚集傳播後，也可以形成巨大的影響力，以至於有人驚呼：圍觀改變中國。從 2010 年開始，微博的力量迅速顯露出來，如江西宜黃拆遷事件、上海靜安大火、「我爸是李剛」、7.23 溫甬動車事等不僅成為微博上熱議的話題，而且受微博直接推動與影響；而另一些事件直接由微博點燃並且隨即產生了巨大的輿論反響，如郭美美事件、官員直播開房以及由微博發起的「微博打拐」、對塵肺病人救助的「大愛清塵」、為貧困山區兒童提供的「免費午餐」等活動。鑒於此，本研究認為微博能夠代表網絡中的公眾話語。在研究方法上，分別於 2012 年 3 月 3 日、4 日、5 日連續三天以「雷鋒」為關鍵詞在新浪微博中進行搜索，下載這三天中每天的前 50 頁微博。通過對前 50 頁微博進行篩選，在剔除大量重複微博、具有廣告色彩的微博、具有明顯組織、團體、企業身份的微博以及無關的微博之後，獲得有效研究樣本 616 個，並對其進行細讀和分析。

## 一、網絡微博中公眾關於「雷鋒」議題的話語表現

本研究圍繞網絡微博中的「雷鋒」議題，分為網民關於「雷鋒」議題的態度、議論指向、發帖類型以及表達方式四個維度進行考察分析。其中，網民關於「雷鋒」議題的態度，是指對於「雷鋒」（包括雷鋒、雷鋒精神、學雷鋒運動等）的評價與看法。按情感的強烈程度，分為以下幾個等級：

（1）正面：指無條件贊成「學雷鋒」活動，或者對雷鋒及雷鋒精神進行積極評價；

（2）協商：有條件地贊成「學雷鋒」活動，或者對雷鋒及雷鋒精神評價總體上是正面和積極的，但有輕微的不同意見。比如：「學雷鋒不僅局限於做好事，也要與時俱進，不斷賦予新的形式、新的內容……」被認為是一種協商的態度。

（3）質疑：對雷鋒、雷鋒精神、學雷鋒活動等等提出疑問。與「協商」相比，「質疑」更傾向於否定和不贊成。

---

〔註70〕數據來源：中國互聯網發展狀況統計報告，http://www.cnnic.cn/hlwfzyj/hlwx zbg/hlwtjbg/201301/P020130122600399530412.pdf.

（4）否定。明確反對學雷鋒活動，並拒絕承認雷鋒以及雷鋒精神的樹立對社會的正面效果。

（5）調侃與諷刺。用輕鬆、幽默的口吻或方式來形容、解讀、批判或者嘲笑雷鋒、雷鋒精神、學雷鋒活動或者其他相關的人或者事物。

（6）抵制。非常不贊成雷鋒、雷鋒精神或者學雷鋒活動等等，在語言上對其排斥與抗拒。

（7）其他。對除上述態度以外的都放在「其他」中，比如客觀描述「學雷鋒」的場面；以及在微博中態度無法判斷，或態度不是很明確等等。

網民關於「雷鋒」議題的議論指向，分爲官方與官員（包括政府公職人員）、社會現實、雷鋒宣傳、學雷鋒運動、雷鋒及雷鋒精神、其他等六類。

由於網絡微博的動態性、連續性和互動性，它的發佈類型可分爲主帖、跟帖、帖出和轉帖。主帖，指由用戶直接主動發起會話；跟帖，即用戶對他人發佈的消息做出間接響應（評論），形成與消息發佈者與其他響應者的群體性互動；帖出，即用戶對他人發佈的消息直接做出響應（評論），形成與消息發佈者的兩兩互動；轉帖，即用戶對他人發佈的消息只起到「中轉」作用，而不直接予以響應（評論）。〔註71〕這些帖子的表達方式可以分爲：評論、描述、段子和冷笑話、其他等 4 類。評論，是指對「雷鋒」及其相關現象的議論；描述是指僅僅對相關事實進行敘述而不加以議論；段子和冷笑話，用幽默的語言對相關話題進行針砭、調侃甚至諷刺；不屬於上述表達方式的列爲其他。本研究也將採用這種分類方法來考察網民關於「雷鋒」議題的活躍程度。

經研究發現，網民關於「雷鋒」議題的態度中，正向態度（包括正面和協商兩種態度）僅占 25%；負向態度（包括質疑、否定、調侃與諷刺、抵制）占到 64%，而這其中，又以「調侃與諷刺」的態度爲最多，達 24.4%；其次是「否定」，占 19.7%；然後是「質疑」，占 16.2%；「抵制」的最少，僅占 3.7%。而在網民對「雷鋒」議題的議論指向中，占 43.8%的帖子指向「學雷鋒活動」，19.3%的帖子指向「雷鋒及雷鋒活動」，12%的帖子指向「雷鋒宣傳」，還有 11.4%和 5%的帖子分別指向官方與官員（包括政府公職人員）和社會現實。

---

〔註71〕夏雨禾：微博互動的結構與機制──基於對新浪微博的實證研究，新聞與傳播研究，2010 年第 4 期。

　　由此可見，從總體而言，與傳統媒體、尤其是主流媒體的正面宣傳相反，網絡輿論中對於學雷鋒活動、雷鋒形象、雷鋒精神甚至雷鋒宣傳是以負面為主，網友們採用調侃與諷刺、否定和質疑的方式來對相關議題進行評論。我們注意到，或許由於雷鋒活動已經進入到每個人的日常生活，在相關微博中，極少沒有任何觀點的「轉帖」，相反，58.1％有帖子都是以主帖的類型發佈出來，以討論或互動的類型發佈的「跟帖」和「帖出」分別占20.1％和21.5％。而且，對於「雷鋒」議題的討論非常活躍，在這些帖子中，有 66％是以評論的方式表達出來。

表七：網民關於「雷鋒」議題的態度

| 日期　＼　態度 | 正面 | 協商 | 質疑 | 否定 | 調侃與諷刺 | 抵制 | 其他 | 合計 |
|---|---|---|---|---|---|---|---|---|
| 3 日 | 32 | 19 | 43 | 45 | 62 | 8 | 25 | 234 |
| 4 日 | 30 | 22 | 28 | 44 | 31 | 7 | 23 | 185 |
| 5 日 | 23 | 28 | 29 | 32 | 57 | 8 | 20 | 197 |
| 合計 | 85 | 69 | 100 | 121 | 150 | 23 | 68 | 616 |
| 占％ | 13.8 | 11.2 | 16.2 | 19.7 | 24.4 | 3.7 | 11 | 100 |

表八：網民關於「雷鋒」議題的議論指向

| 日　期　＼　議論指向 | 官方與官員 | 社會現實 | 雷鋒宣傳 | 學雷鋒 | 雷鋒及雷鋒精神 | 其他 | 合計 |
|---|---|---|---|---|---|---|---|
| 3 日 | 28 | 6 | 41 | 87 | 51 | 21 | 234 |
| 4 日 | 26 | 7 | 16 | 87 | 34 | 15 | 185 |
| 5 日 | 16 | 21 | 17 | 96 | 34 | 13 | 197 |
| 合計 | 70 | 34 | 74 | 270 | 119 | 49 | 616 |
| 占％ | 11.4 | 5.5 | 12 | 43.8 | 19.3 | 8.0 | 100 |

表九：網絡微博的「雷鋒」議題的發佈類型

| 日　　期 ＼ 發佈類型 | 主帖 | 跟帖 | 帖出 | 轉帖 | 合計 |
|---|---|---|---|---|---|
| 3日 | 129 | 53 | 50 | 2 | 234 |
| 4日 | 98 | 44 | 43 | 0 | 185 |
| 5日 | 131 | 27 | 39 | 0 | 197 |
| 合計 | 358 | 124 | 132 | 2 | 616 |
| 占% | 58.1 | 20.1 | 21.5 | 0.3 | 100 |

表十：網絡微博中「雷鋒」議題的表達方式

| 日　　期 ＼ 表達方式 | 評論 | 描述 | 段子和冷笑話 | 其他 | 合計 |
|---|---|---|---|---|---|
| 3日 | 138 | 26 | 25 | 45 | 234 |
| 4日 | 153 | 4 | 13 | 15 | 185 |
| 5日 | 116 | 16 | 14 | 51 | 197 |
| 合計 | 407 | 46 | 52 | 111 | 616 |
| 百分比（%） | 66.1 | 7.5 | 8.4 | 18 | 100 |

　　除了主帖之外，跟帖、帖出和轉帖的議題有其來源，本研究也考察了來源帖，對轉發量超過一千且評論量也較大的帖子中的議題、內容進行進一步的分析，以便更詳細地對網民對於「雷鋒」話語的特徵以及議題指向進行考察。這些帖子多來源於名人或者學者，他們的發帖得到了眾多網友的回應，在「雷鋒」議題的微博中扮演著意見領袖的角色。這些帖子中，數量最多而且回應最多的還是對「學雷鋒」的反對之聲，在反對重提學習雷鋒同時詮釋官方倡導「學雷鋒」實質，如「王功權 V：這是解放軍某部士兵在雷鋒塑像下宣誓向雷鋒學習，畫面中高懸著四個大字『聽黨指揮』。這張來自新華網的圖片，昭示了今天官方倡導學雷鋒的本質，和善良人們理解的僅僅倡導助人為樂是不同的。利他精神，並非從雷鋒開始。我們可以倡導助人為樂，但不能再搞全國青年學雷鋒。」@邱嶽首認為，「重祭雷鋒旗，是主管窮途末路意識形態官員翻遍垃圾堆之後極其愚蠢之舉。他們骯髒的動機是要遏制公民的快

速增長和培養出更多『鋪路石』『螺絲釘』式的愚民以達到『維穩』政權的目的，把已經啓的『蒙』重新『蒙』起來。他們已經開始的重把垃圾撒向人間的愚人式表演，捨自取其辱無它詞準確記錄。」還有些帖子直指現實，對腐敗的社會現狀表達不滿，其中一個轉發量最大的貼子來自一個叫「@辣筆小球」的網友，轉發量達到了 22963 次，評論 4515 條。他帖出一系列落馬貪官的照片，還爆出粗口：「學雷鋒、學雷鋒，學你媽逼呀，你們一個個都學和坤，卻要老子學雷鋒。」在我們考察網友的跟帖和主帖中，有很多類似的觀點和評論。

其次，回應多的是對雷鋒事蹟眞實性的質疑，以「@每天學點經濟學」的帖子的轉發量最大，達到 12595 次，評論 3100 條，這個帖子明確表達了對雷鋒事蹟眞實性的質疑：「你懷疑過雷鋒的眞實性嗎？有網友計算了雷鋒做好人好事所需的費用，慶祝撫順市一人民公社成立，他送去 200 元；遼陽遭受洪水，他寄去 100 元……他只在部隊 2 年 8 個月，當時津貼最高每月只有 8 元，就算他拿最高津貼，合計收入只有 256 元，僅他的一小部分事蹟就已經去出 300 多元。」還有對「雷鋒送老奶奶回家」的照片眞實性的揭露，老奶奶是戰友的奶奶，而圖片中的小女孩則是鄰居家的小女孩。網友關於此事的大量回覆與討論，表明了公眾對眞相的渴求，以及對官方和傳統主流媒體的不信任。

此外，公眾還重設議題，重新樹立榜樣。3 月 5 日是周恩來的誕辰和遇羅克的遇難日。有網友帖出周恩來總理的照片，並列舉其被確診身患癌症後仍超負荷工作；還有網友提到 3 月 5 日是遇羅克被執行槍決的日子，還附上北島爲紀念其的詩作《宣言》。這些帖子都獲得了大量轉發和評論。「@公民王鑫濤」帖出了蹬三輪近 20 年、資助 300 名貧困孩子上學的白芳禮老人事蹟和照片，說：「他比虛假的雷鋒高尙一萬倍」。這條帖子被轉發 2387 次，評論 525 條。

而有些網友則以調侃的方式表達了對「學雷鋒」號召的不合作和對「雷鋒」符號的諷刺。比如：「@西北呼兒〔三雷境界〕學雷鋒 說雷話 做雷人」；「叫獸易小星 V：他從小就學雷鋒，幫她寫作業，幫她背書包，幫她打跑壞小子，長大了幫她介紹男朋友，幫她選鑽戒，幫她定婚紗。婚禮上，她終於失控衝他大喊：『爲什麼新郎不是你？！這是爲什麼？！』這一刻他痛哭失聲，哽咽嘶喊：『對不起！學雷鋒是不可以愛上被自己幫助過的人的！！』。」

## 二、網絡微博中的公眾關於「雷鋒」議題的話語特徵

### （一）敘事方式：從元敘事到小敘事

　　元敘事或大敘事，是指具有合法化功能的敘事，是一種文化或群體通過對微小敘事的壓抑或排斥來獲得合理性的〔註 72〕，其目的是爲了建立價值共識。在主流媒體一以貫之的報導中，從 1962 年到 2012 年，「雷鋒」符號無不指向價值共識的建立，指向對國民的教育，從「黨和人民的事業」、「全人類的自由、解放、幸福」、「全心全意爲人民服務、不怕困難的革命精神」到「建設社會主義核心價值體系、弘揚民族精神和時代精神」、當代以及未來社會的「價值座標」等等。這種敘述是一種總體化敘述，指向同一、否認差異，它總是按照工具理性邏輯朝著同一方向去組織話語。在這種敘述中，敘述者是國家、民族、人民及其觀念和信仰的代言人，而受眾是被教育、被指導的客體。

　　而具有後現代色彩的小敘事，則堅持的是「語言遊戲的性質」，它力圖擺脫元敘事的工具性邏輯，使「不可呈現之物」受到重視，從而使差異合法化〔註73〕。這種小敘事雖然在都市報中也有所體現，但最爲典型的還是體現在網絡話語中。在網絡微博關於「雷鋒」議題中，對雷鋒符號的形象、雷鋒精神、學雷鋒活動等等都呈現出前所未有的開放與多元，各種內涵、矛盾、解讀、建構、描述都散落其中，從而也徹底地瓦解了傳統媒體，尤其是主流媒體多年建構起來的價值共識。

　　下面讓我們以「雷鋒」符號的形象爲例，看看網絡公眾話語中體現出來的多元特性：

平凡雷鋒：周啓和——長虹：說得對！雷鋒其實不那麼偉大，他只做了一個知恩圖報、助人爲樂的人該做的一切。而且正好趕上了那個時代，所以他付出了，也得到了，短暫的一生很快樂。

工具雷鋒：@任志強：歷史幾千年，建國二十年，沒有雷鋒之前，中國的文化靠什麼？那時沒有助人爲樂的道德嗎？人人爲我，我爲人人中沒有道德嗎？雷鋒不是道德的標誌。雷鋒是階級鬥爭、是馴服工具，

---

〔註72〕李素豔：從宏觀政治轉向微觀政治——解構主義政治哲學的主題維度，理論探討，2009 年第 4 期。

〔註73〕秦志希、萬豐、吳洪霞：網絡傳播的「後現代」特性，武漢大學學報（人文科學版），2002 年第 6 期。

　　只是被文革的需要而塑造的形象。讓所有的公民都成爲可以被任意安排的螺絲釘。這樣就可以不要民主了，不需要人權和自由了。

虛假雷鋒：英雄島貧苦人：專職爲雷鋒拍照片的宣傳幹事張峻回憶說，瀋陽軍區爲了塑造這個典型，專門爲雷鋒成立了拍攝小組和日記指導小組。這就是「雷鋒做好事不留名只留照片和日記」的眞實內情。眞相被大量揭穿卻是民眾近幾年獲得有限的網絡自由之後。

神話雷鋒：趙加煒★：原來雷鋒叔叔是神，他無所不能又會寫作又會開拖拉機還他媽的是個潮男。

導師雷鋒：鑄人鑄魂：雷鋒、郭明義、吳天祥……是大學不在編的輔導員，是青年學生的人生導師。——鑄人鑄魂屋主

偶像雷鋒：GoodmorningWongV：雷鋒叔叔一直都是我的偶像，在北京的時尚地帶都有雷鋒叔叔的東西買到！開心＾＾

病態樣本和悲劇人物：靜安白雲客 05：毫無疑問，雷鋒是黑暗專制時代的病態樣本，是一個主體性喪失的悲劇人物。在這個甘於做馴服工具和螺絲釘的人身上，不會存在什麼道德富礦。一個人人渴慕的新中國，容不得任何一尊愚民之神。

混搭式雷鋒：雷鋒小時候用他的小斧子將他院子裏的一顆櫻桃樹砍了，然後在盛怒的爸爸面前誠實地承認了錯誤，他爸爸對他的誠實很高興，用縫衣針在他背上刺下了精忠報國四個大字。他一生幫了兩億多人，繞起來能連地球一圈。去世後，毛主席爲他在如來佛指上題字，爲人民服務。

　　……

## （二）狂歡化

　　狂歡化理論由蘇聯文藝理論家和符號學家米哈伊爾·巴赫金，於20世紀60年代在《陀思妥夫斯基的詩學問題》一書中首次提出，而其源頭來自西方的狂歡節文化。狂歡節是西方的一種重要的文化現象，最早可追溯到古代的農神節和民間儀式，是盛行於古希臘、羅馬並延續至中世紀、文藝復興時期的民間慶典活動。這些慶典活動發展到後來，一些巫術和祈禱功能逐漸消失，滲透在慶典中的狂歡式的「世界感受」卻始終傳承下來。巴赫金將狂歡式的世界感受規定爲四種特殊範疇：第一，人們之間隨便而親昵的接觸；第二，

插科打諢，意指狂歡節的笑聲；第三，俯就、隨便而親昵的態度；第四，粗鄙、冒瀆不敬，對神聖文字和箴言的仿諷等等。〔註74〕

巴赫金分析了狂歡式的主要特徵：第一，全民性。巴赫金認爲，「全民性是狂歡節的本質特徵」〔註75〕。「在狂歡節上，人們不是袖手旁觀，而是生活在其中，而且是所有人都生活在其中，因爲從其觀念上說，它是全民的。」〔註76〕第二，儀式性。狂歡節有一系列的禮儀和儀式，而其中一種最重要的儀式是給「國王」加冕和脫冕儀式：在加冕儀式上，人們給奴隸或小丑穿上國王的衣服，戴上王冠；而在緊隨其後的脫冕儀式中，「國王」又被脫下王冠，奪走其權力象徵物，還要被譏笑和毆打。正如巴赫金所言，「國王加冕和脫冕儀式的基礎是狂歡式世界感受的核心所在，這個核心便是交替與變更的精神，死亡與新生的精神。」〔註77〕他認爲，狂歡節代表著民間文化、大眾狂歡和自由、平等、民主的永恆精神，它開創了與官方、教會、正統這個「第一世界」相對的「第二世界」（或者稱「第二種生活」）。這第二種生活是對非狂歡節生活的戲仿，是作爲「顛倒的世界」而建立的。〔註78〕

在狂歡節期間，平時被束縛在等級秩序中的平民階層獲得了充分的話語權，無拘無束、盡情地放縱自己的潛在本能，否定和動搖了宮廷文化的高雅和權威，並用狂歡化的思維範式來審視和建構世界，把人們的意識從壓抑的現實中解放出來，打破永恆不變的絕對精神。這也使其帶上了鮮明的顛覆性和解構性色彩。

中世紀的公眾廣場是巴赫金狂歡理論中空間要素的具象化，它將互不來往的廟堂和民間兩個階層撮合到一塊，促成它們的歡會。巴赫金認爲，在充滿官方秩序和意識形態的世界中，廣場上集中了一切非官方的東西，彷彿享

---

〔註74〕〔俄〕巴赫金，白春仁、顧亞玲譯：陀思妥耶夫斯基詩學問題，北京：三聯書店，1988 年版，第 177 頁。

〔註75〕〔俄〕巴赫金，李兆林、夏忠憲譯：巴赫金全集（第六卷之拉伯雷研究），石家莊：河北教育出版社，1998 年版，第 14 頁。

〔註76〕〔俄〕巴赫金，李兆林、夏忠憲譯：巴赫金全集（第六卷之拉伯雷研究），石家莊：河北教育出版社，1998 年版，第 8 頁。

〔註77〕〔俄〕巴赫金，白春仁、顧亞玲譯：詩學與訪談，西安：西北教育出版社，1998 年版。

〔註78〕〔俄〕巴赫金，李兆林、夏忠憲譯：巴赫金全集（第六卷之拉伯雷研究），石家莊：河北教育出版社，1998 年版。

有「治外法權」。它為「老百姓」所有，來到廣場上的是全體民眾〔註79〕。它不僅僅只是民眾聚會的場所，而且是人們在各種放縱、粗鄙、降格、戲侃、無拘無束的親昵和熱烈交往中盡情釋放激情與活力的「自由空間」。

　　而在「雷鋒」議題中，網絡微博恰似這樣一個「公眾廣場」，3月5日前後則好似狂歡節的到來。在此時此地，被官方和主流媒體「加冕」的高尚神聖的「雷鋒」、「雷鋒精神」以及「學雷鋒」活動遭到無情的解構和顛覆，甚至連官員和媒體本身也被諷刺和嘲弄。比如關於「學雷鋒」活動的相關帖子：有的網友模倣雷鋒日記寫道：「……雷鋒日記：雲彩明媚，早上起床起得很早，作為一個新時代的楷模我決定：打掃宿舍衛生！打掃完後覺得還是髒就又拖了一遍！舍友都在睡覺，我偷偷滴幹了一件好事，因此我決定記下來。」另一個被轉發多次的帖子：「她睜開眼，昨夜的醉意已經褪去。發現床是自己的，家是自己的，而陌生男人已經穿好衣服正要開門而去。她忽然有些憂傷，即脫口而出：『我還不知道你的名字呢！』男人回頭，溫柔笑道：『就叫我雷鋒吧』。」這個貼子讓人看到對「做好事不留名」的雷鋒宣傳的完全顛覆。「又到了雷鋒日，尋找好人好事，路口一老頭正準備過街，大家湧上去把他攙扶過街，大爺激動地想說什麼，均被我們打斷——『做好人好事是我們應該的』，到了街那邊，大爺喘著氣用拐指著我們罵：『小兔崽子們，我好容易過了街就被你們弄到這邊來，好容易過了街又被弄回來，今兒都第四回了，還讓不讓我回家。』」這暗諷突擊「學雷鋒」的荒誕。而有不少帖子也把矛頭直指社會現實，尤其是一些官員的腐敗行為，網名為「游泳的風」的網友寫道：「你包二奶三奶，讓俺學雷鋒？你花著公款暢遊世界，讓俺學雷鋒？你臺上人模人樣，臺下狗模狗樣謊話連篇，讓俺學雷鋒？你三頓飯泡在酒樓吃山珍海味，讓俺學雷鋒？你對上級孫子模樣對下屬橫眉冷對，讓俺學雷鋒？……得了吧，俺不學雷鋒也比你強，因為俺的良心沒有被狗吃，俺的良知沒有泯滅。」——用具有鄉土氣息的「俺」和官員們形成鮮明對立，並採用一系列排比來表達強烈不滿。而媒體也同樣沒有逃脫網友的嘲諷，央視紀錄片中提到雷鋒是「O型血、射手座」，網友譏笑「怪不得雷鋒勇敢，原來是射手座」；而新華社的通訊稿《永恆的召喚——雷鋒精神世紀交響曲》更被譏為「神曲」、「神稿」、「神文」，被認為「停留在高考範文的階段」。

---

〔註79〕〔俄〕巴赫金，李兆林、夏忠憲譯：巴赫金全集（第六卷之拉伯雷研究），石家莊：河北教育出版社，1998年版，第326頁。

　　從這些微博中，我們的確看到一種完全不同於傳統媒體的話語狂歡的景觀，有插科打諢，有謾罵粗鄙、有冒瀆不敬、有戲謔反諷，但我們也看到其中「隱藏的文本」和「弱者的反抗」。

## 三、個體化社會、技術賦權與日常生活政治

　　從中國革命的歷史上來看，中國共產黨領導的社會革命的方式是「群眾建國。」〔註80〕從其誕生，逐漸由城市轉入農村，由以工人群眾為主走向以基層農民為主，其重要的一環便是賦予現實利益，動員和爭取群眾，因此，對群眾的宣傳與教育具有重要意義。「群眾」是一個複數的和集體性的概念，並不存在單個的、個體意義上的群眾。階級鬥爭的觀念導致了以毛澤東為核心的中國共產黨對群眾和群眾運動的強調。毛澤東在延安時期便提出了被視為中國革命三大法寶之一的「群眾路線」，即自上而下，對社會個體成員以「群眾」的角色動員起來參加革命。而且這種方式延續到了建國以後，從「土地改革」、「社會主義改造運動」到「大躍進」等，這種動員的方式使個體自由和權利讓位於群眾集體利益，個體空間被窒息。學雷鋒運動，從一開始也是這諸多從上至下發動的群眾運動之一。

　　而市場經濟和商品經濟的發展削弱了集體主義文化的價值觀，同時誘發了社會群體成員的個體化。學者閻雲翔曾經採用人類學研究方法，對1978年以來中國北方某村莊進行考察，認為儘管不徹底，但這是在中國歷史上，個人第一次能夠從社會、國家、群體之中脫離出來，成為真正意義上的「個體」。〔註81〕與此同時，西方的文化和個體主義價值觀也隨著改革開放的浪潮湧入中國社會，平等、自由、契約精神、公民意識等也深入人心。但在中國社會現實中，不僅社會問題重重，而且存在著根深蒂固的傳統「官」文化。「官」作為一個特權階層，被置於有別於平頭百姓高高在上的地位，享受著種種特權和便利，而「群眾」、「老百姓」卻是被動員、被管理、被關懷的對象。

　　新的媒介技術（尤其是互聯網）的發展被認為能夠給普通的社會個體成

〔註80〕李華：「群眾」與「公民」：中西國家構建的比較分析，浙江社會科學，2011年11期。

〔註81〕閻雲翔：中國社會的個體化，上海：上海譯文出版社，2012年版。

員帶來「技術賦權」〔註82〕或「數字賦權」〔註83〕。研究互聯網與政治的學者查德威克也斷言,「互聯網的技術結構將會引發權力轉移」。〔註84〕隨著網絡技術的迅速擴散,網民在中國迅速增長,話語權僅僅被統治階級和媒介組織所掌握和控制,公眾通過網絡媒介直接發佈信息、發表意見、渲洩情緒,對官方主流話語進行抵抗,甚至形成了一個有別於傳統媒體的輿論場。這種現象已經引起新聞學界的關注,學者們普遍認同在中國存在著兩個輿論場,一個是以黨報、國家電視臺、電臺、新華社等為主體的體制內的輿論場,另一個是以網絡自媒體為代表的民間輿論場。〔註85〕網絡媒體（當前尤其以微博最為引人注意）形成的這種力量屬於微政治或者日常生活的政治,與剛性的宏觀政治相對,它不涉及暴力,滲透於日常生活當中,屬於一種微觀的政治意識和社會變革的文化批評。〔註86〕儘管有學者呼籲要關注網絡輿論中的不良因素,如網絡推手對於社會輿論的扭曲、網絡公關導致輿論商業化加劇的傾向、網絡中的非理性可能導致暴民政治等等,但從總體而言,在中國當下的政治經濟生態環境中,網絡媒介中的這種微觀政治的正向力量大於其負面影響。而就「雷鋒」議題的網絡公眾話語研究來看,它承載了相對多樣的輿論和價值觀,擔當著民意的減壓閥和發洩口的作用,並作為權威的抵抗者,有可能為推動民主政治的發展作出獨特貢獻。

## 本章小結:政治話語、商品化話語、專業話語以及公眾話語交織的媒介景觀

　　新世紀以來,隨著市場經濟的進一步深入發展,中國的社會變遷也產生著巨大變化:在所謂「後全能體制」中,一方面主流意識形態領域內仍然保

〔註82〕 ZHENG, Y.N. Technological Empowerment: The Internet, State, and Society in China〔M〕·Stanford, CA: Stanford University Press, 2008.
〔註83〕 MAKINEN M·Digital Empowerment as a Process for Enhancing Citizens' Participation〔J〕·E-Learning,2006,3（3）:382～296.
〔註84〕 安德魯·查德威克,任孟山譯:互聯網政治學:國家、公民與新傳播技術,北京:華夏出版社,2010年版,第28頁。
〔註85〕 張愛鳳:新媒介與當代中國文化政治的轉向——從微博熱點事件看「微觀政治」的影響,浙江傳媒學院學報,2012年第6期。
〔註86〕 張愛鳳:新媒介與當代中國文化政治的轉向——從微博熱點事件看「微觀政治」的影響,浙江傳媒學院學報,2012年第6期。

持著社會主義的基本符號體系，另一方面有限多元已經出現。與此同時，由於價值觀的多元和信仰的缺失，整個社會道德滑坡、社會信任下降。在這種背景下，黨和政府希望借助雷鋒精神來重新挽救日益滑落的社會道德，並於2012 年開始又一輪地大規模雷鋒宣傳，並把雷鋒符號和在中國逐漸廣為人知的志願服務相聯結，以期獲得新的認同。但面對多元化的社會，「雷鋒」符號在大眾媒介中早已由共識到分化，並形成多元化趨勢。以都市報為代表的大眾化報紙，一方面必須完成雷鋒宣傳的任務，倣仿其各自的母報對雷鋒活動進行正面報導；另一方面，出於商業利益的考慮，「雷鋒」符號又被商業化，淪為「消費符號」：「雷鋒」形象被建構成為「時尚偶像」，借用受眾的觀點否定「學雷鋒」活動、展示對「學雷鋒」活動的爭議性事件和觀點，以及採取置換與迴避等手段，把「學雷鋒」納入到「志願服務」體系中。而具有新聞專業主義傾向的媒體，更是利用新聞專業手段，並採取了模糊表達的策略，使其報導成為更為開放的文本，從而使人們產生不同於主流意識形態的可能性。而網絡媒介卻像是一個「狂歡廣場」，3 月 5 日前後成為公眾的「狂歡節」，對於「雷鋒」議題形成不同於傳統媒體的輿論場。在這裡，公眾不僅對「雷鋒」符號肆意解構與重構，而且對於主流媒體和官方宣傳與號召，這些在現實世界本是權威的信息發佈者和民眾行動的指揮者進行諷刺、調侃、抵制。

「雷鋒報導」從最初的典型人物報導，經過五十年的延續與演變，成為最具中國特色的媒介景觀之一。在這種報導中，呈現出政治話語、商品化話語以及專業話語交織的狀態，顯示出政治權力、商業邏輯和新聞專業主義之間的協商與博弈，也反映出新聞生產和社會控制的張力。而公眾話語的出現，又使得傳統話語權力結構出現了轉變。作公眾話語的載體網絡微博不僅建構了與傳統主流媒體完全不同的話語場，承載了相對多樣的輿論和價值觀，擔當著民意的減壓閥和發洩口的作用，而且也可能為某些傳統媒體成為抵抗政治壓制、謀求話語影響力的提供了新策略。

# 第五章　討論與思考

　　陸曄教授曾經從宣傳管理、媒介組織和新聞來源三個層面對我國的新聞生產過程中的權力實踐進行分析，得出如下結論：中國社會轉型期的最基本問題如缺少價值中心、缺乏共識、各種利益衝突凸顯表現爲不同的權力行使形態，在新聞生產的權力實踐中發生作用；而在整個新聞生產活動中，作爲中國媒介特殊的生態要素，宣傳管理因素在其中起著重要的作用；但另一方面，在新聞生產的權力糾葛中，制度化因素只是其中的一小部分，事實上，許多非常規、非正式的影響因素不可小覷。在權力和由權力支配的資源相互轉化過程中，各種權力關係不是靜態的、一成不變的，而是在不斷消解、不斷建構和此消彼長的。〔註1〕雷鋒報導本來是由宣傳部門指定的「規定動作」，而通過研究發現，即使是這種完全由宣傳部門下達的「規定動作」中，不同種類的媒介也能表現出不同的樣式，宣傳邏輯、市場邏輯和專業邏輯之間的衝突與平衡清晰地體現於其中。而由於技術的推動，不同於主流媒體的新興論場得以形成。事實上，從前幾章的分析中，我們可以看到作爲符號的「雷鋒」的建構與變遷，以及相關議題的話語變化，呈現出具有高度意識形態的新聞報導如何在國家、市場和新聞專業理念的衝突與妥協之下呈現的媒介景觀，也折射出中國新聞媒介話語由單一的政治話語向商品化和技術化之變遷，本章將就中國新聞媒介的話語變遷、中國新聞媒介獨立專業文化形成的困境以及傳媒在當代道德困境下的中國社會責任如何作爲進行進一步討論。

---

〔註1〕陸曄：權力與新聞生產過程，二十一世紀（香港），2005 年 12 月。

# 第一節　從雷鋒報導看中國新聞媒介的話語變遷

## 一、新聞話語從單一的政治化轉向多元化

雷鋒報導五十年，也折射了中國新聞話語的變遷，從單一的政治話語，到話語政治化、商品化、技術化並存的轉變歷程。

中國共產黨的新聞事業，從一開始就具有鮮明的政治性，這種政治性具體體現爲「圍繞著奪取政權或維護、鞏固政權而展開宣傳。」〔註2〕新中國以後，沿襲延安「黨辦媒體」和「全黨辦報」的理念，形成以「黨管媒體」爲核心的新聞管理體制，其目標有兩個：「一是維護統治的意識形態；二是配合階段性的政治經濟目標」〔註3〕。新聞媒介鮮明的政治性在新聞話語方面表現爲話語政治化，即以維護黨──國統治的合法性、推行中國共產黨的政治價值和政治理念，並配合黨和國家的中心工作進行宣傳。在上世紀80年代以前，中國大眾媒介的話語基本上表現爲單一而鮮明的政治話語；而這種政治話語在當今以《人民日報》以及各地省市級黨報爲代表的主流媒體中仍然佔據主導地位。當然，這種政治話語隨著黨和國家的政策轉換，其內涵與表現方式也不盡相同。

在十一屆三中全會以前，大眾媒介的話語政治化表現爲革命話語盛行。中華人民共和國成立之後，在對國民黨政府新聞機構的沒收和對民營報業的改造基礎之上，建立起以黨領導的媒體爲主的新聞業，其基本模式仍然是對政治性的強調，強調黨性原則、群眾路線，洋溢著戰鬥性。儘管1956年《人民日報》改版試圖改變這種單一的政治性，學術界也提出「報紙既有階級性也有商品性」、「社會需要論」、「讀者需要論」等新的理論，但隨著1957年的反右鬥爭，新聞改革被否定，重新提出「報紙是階級鬥爭的工具」，從此，「階級鬥爭工具說」成爲新聞學的唯一理論，成爲媒體性質、功能的唯一解釋，並在1957年至1977年二十年間始終貫穿中國傳媒業〔註4〕。

---

〔註2〕 李良榮：艱難的轉身：從宣傳本位到新聞本位──共和國媒體60年，國際新聞界，2009年9期，第6頁。

〔註3〕 夏倩芳：黨管媒體與改善新聞管理體制──一種政策和官方話語分析，新聞與傳播評論，2004年卷。

〔註4〕 李良榮：艱難的轉身：從宣傳本位到新聞本位──共和國媒體60年，國際新聞界，2009年9期，第8頁。

　　從黨報對「雷鋒」報導的考察來看，在上世紀六十年代至七十年代末，以《人民日報》爲主的主流媒體的報導基本上是以革命話語爲主。這種革命話語的特點表現爲：一是表述政治內容的話語佔據主導地位，其中又以革命邏輯進行敘述爲主。經常出現的詞語如：革命事業、革命利益、忠於黨的事業、眞正的革命者、毛主席的好戰士、無產階級感情、高度的無產階級覺悟、共產主義風格等等。二是思維的二元對立性。這種思維的二元對立表現爲強烈的愛憎感情色彩，而且非愛即恨，非黑即白，沒有中間地帶，也沒有多元存在。有學者曾經從思維方式和文化心理的角度對建國後作家對生活認識的二元對立進行描述與解釋，認爲這種現象來源於「戰爭文化心理」，其特點「在於把一切簡單化、公式化，並注入強烈的感情色彩，把各種相對立的現象誇張到兩極」。〔註5〕這也適合描述和解釋《人民日報》中對於雷鋒的相關報導。在雷鋒報導中1949年以前是「舊社會」，與黑暗、苦難、死亡等聯繫在一起，而1949年後的「新社會」則與光明、溫暖、幸福等相聯繫；毛主席、共產黨是最光輝、偉大的，不容置疑的；雷鋒作爲完美的典型人物，是各行各業學習的榜樣；而各種敵對分子則是被壓制、被打擊的對象。三是宏大敘事。宏大敘事在黨報中十分常見，其特點是注重宏觀與整體，採用全知視角進行敘述，重視群體而忽略個體。這種敘事方式主導的新聞報導以一種居高臨下的姿態，代表黨和政府以權威的口吻建立道德標準，並對事件進行評論判斷，敘述者可以把任何讀者不知道的信息直接傳遞出來，並習慣把普通的新聞事件提升到很高的政治意義之上，不容讀者置疑和判斷。此外，在宏大敘事中，群體的力量總是得到更多強調，在報導中也總是首先大量強調群體，然後才提及個體。在雷鋒相關報導中，經常可以看到這樣的表達：「他們紛紛表示要像雷鋒那樣……」「某部指戰員一致表示……」「很多青年認識到……」「千萬個雷鋒在成長」「大批雷鋒式人物湧現……」等等。這種革命話語在文革中達到極致。

　　在1980年代以後，黨和國家的中心工作轉入經濟建設，「革命」成了一種回憶，並在新一代出生的年青人記憶中越來越稀薄，對於一個面臨新任務的執政黨而言，需要大眾媒介轉換話語來配合新的工作任務。這時，以「現代化建設」爲核心的建設話語取代了以往以革命爲中心的革命話語。在主流媒體的雷鋒報導中，儘管報導主題與六十年代一脈相承，但以前那種極強的

---

〔註5〕陳思和：陳思和自選集，桂林：廣西師範大學出版社，1997年版，第195頁。

戰爭隱喻已經消失，以革命邏輯爲主體的敘述也逐漸式微，取而代之的是大量諸如「四化建設」、「現代化建設」、「社會主義建設」、「物質文明建設」、「精神文明建設」等建設話語。雷鋒符號不僅成爲勇於學習科學知識、鑽研社會主義建設所需的科技知識的榜樣，而且也轉化成對抗市場經濟轉型過程中出現的不良風氣的道德榜樣。

　　進入新世紀以來，現代化建設所帶來的問題呈現出來，並引發了新的矛盾。面對中國社會新問題的出現，「善治」理念引入中國，並逐漸爲執政黨所吸收採用。對於「善治」，不同的學者有不同的視角和界定，但其基本精神是一致的，即在促進對人的權利的尊重和促進社會發展的理念指導下，找到實現這一目標的最佳途徑〔註6〕。西方對於「善治」模式的探索從政府公共組織和公民社會領域兩個向度展開。對於政府公共領域，力圖「摒棄官僚制、突破官僚制，再造政府，以改革政府傳統管理模式」，並以「合法性、透明性、責任性、回應性、有效性和法治性等作爲善治政府的基本準繩」〔註7〕；對於公民社會領域，加強非政府組織的能力與力量、提高社會自治能力和自治水平，進而促進公民社會與政治國家之間的合作〔註8〕。

　　有研究者通過對中國共產黨建國後執政理念的躍遷進行梳理，發現中國共產黨的治國理念經歷了從「敢治」、「能治」到「善治」的變遷，而「善治」理念表現爲在強調發展的同時，兼顧公平正義；強調改革、發展、穩定的同時，還強調治理過程中人與自然、人與社會、人與人的和諧相處；在強調堅持中國共產黨領導的同時，也強調執政黨在民眾與公共權力之間的橋樑和紐帶角色等〔註9〕。與此同時，主流媒體中也開始轉爲以「善治」理念爲主導，善治話語也開始在大量出現，「民主」、「可持續發展」、「節能減排」、「低碳發展」、「民意」、「社會管理」、「賦權」、「公平」等話語隨處可見。而其體現在雷鋒報導中，則是把體現公民精神的「志願服務」和傳統的「雷鋒」符號相聯結，以及對於「弘揚雷鋒精神 推進志願服務」的大力張揚。這三種話語雖

〔註6〕 查爾斯‧J‧福克斯：後現代公共行政──話語指向，人民大學出版社，2002年版，第22頁。

〔註7〕 俞可平：治理與善治，北京：社會科學文獻出版社，2000年版，第89頁。

〔註8〕 郭忠華：系統論視角下中國善治發展探討，廣東行政學院學報，2003年12月，第15卷第6期，第18頁。

〔註9〕 姚宏志：從「敢治」、「能治」到「善治」──建國後中國共產黨建國理念的躍遷，安徽師範大學學報，2007年11月，第35卷第6期，第625～629頁。

然具體表現不一，但其共同點都是由於黨和國家的中心工作的轉變，導致新聞媒介話語也產生了變化。

而「商品化」指的是原本與商品生產無關的社會領域和機構按照商品生產、流通和消費的模式進行組織和概念化的過程〔註10〕。「話語商品化是語言學領域出現的一個術語，是商品化現象在語言層面的體現，表現在與商品生產相關的商業或促銷話語越界進入到非經濟領域的話語秩序中，導致這些原本與市場絕緣的機構的話語實踐出現了廣告促銷話語的特徵」。〔註11〕隨著我國市場經濟的深入發展，近些年來，商品化邏輯已經成為一種新的話語霸權，在原本中性的公共服務領域，如大學招生簡章、課程介紹、法律文件、公司簡介等等其話語也出現了非常顯著的商品化傾向。由於新聞媒介的市場化發展，新聞產品也開始按照市場模式來組織生產，新聞話語也開始出現了商品化轉向。

新聞話語的商品化，亦指按照市場邏輯而不僅僅是政治需要來進行新聞話語生產。新聞話語的商品化體現在：一方面不斷構築新的消費觀念和消費模式，以及新的商品的意義，從而改變傳統的消費觀念與生活方式；典型的如各種廣告的刊登，各種時尚流行的追逐等等；另一方面，新聞產品圍繞著「可消費性」進行生產，如新聞故事化、新聞娛樂化其實就是這方面的體現。對於雷鋒的報導，新聞商品化主要體現在以市場取向為主的大眾化報紙之中，表現為以下幾方面：

一是對「雷鋒」的報導從公共議題轉向私人生活細節。勿庸置疑，「雷鋒」的最初建構是作為一個公共人物構建出來的，對其報導多關乎公共議題，即使是對其生活方面的報導，也是為了出於政治需要。但隨著媒介市場化的深入，公共議題和私人議題的界限逐漸變得模糊，雷鋒的穿著打扮、生活細節甚至感情生活也成為都市報熱衷報導的內容。

二是去政治化、帶有大眾化色彩的「多元雷鋒」符號的建構。在上世紀80年代以前的中國大眾媒體中，對於「雷鋒」符號是一元的，很少爭議的，雷鋒是完美、高尚的共產主義戰士的化身。但進入80年代以後，對於

〔註10〕〔英〕費爾克拉夫，殷曉蓉譯：話語與社會變遷，北京：華夏出版社，2003年版，第192頁。

〔註11〕紀衛寧：消費文化的映像——話語商品化的社會學解讀，甘肅社會科學，2010年第5期，第51頁。

「雷鋒」的相關爭議逐漸增多。尤其是在進入新世紀以來，都市報中的爭議之聲越來越多、越來越激烈。「雷鋒」也走下神壇，被還原成有血有肉的平凡人物，各種去政治化、帶有大眾文化色彩的多元雷鋒形象被重新建構出來。對「雷鋒」、「學雷鋒」、「雷鋒精神」的評判不再只來源於官方，來源於公眾的聲音也不時見諸於報端。不同的是，這時的公眾的觀點已經不再是單純地對政府號召的響應與順從，更多的不同聲音、不同觀點湧現出來。越來越多的具有新聞價值的爭議性事件也被客觀報導出來。雷鋒報導風格也由正式官方的、正式的報導風格，變為更多樣化，如非正式的、描繪式的、爭論式的風格等。

三是對「雷鋒」符號商品性的挖掘。在都市報中，政治性不再是雷鋒報導的唯一準則，取而代之的是牟利性。雷鋒報導圍繞著可讀性、可視性進行組織，在一些報導中，甚至不惜曲解事實，誇大細節，從而走向新聞娛樂化。在某些報紙中，「雷鋒」符號進入軟廣告中，直接成為媒體牟取利潤的工具。

四是雷鋒報導越來越重視與使用視覺符號。雷鋒照片曾經在「雷鋒」符號的建構中起到巨大的作用，並使得這一符號深入人心。而在近年來的關於「雷鋒」的報導與專欄、專版中，精心編輯的彩色版面、具有視覺衝擊力的大幅圖片、新鮮搶眼的另類標題屢見不鮮，盡可能地吸引受眾的眼球，從而刺激人們對媒介產品的消費。

新聞媒介的話語商品化可能會刺激人們的消費欲望，甚至支配人們的價值觀，使文化淪為商品，但它也進一步消解政治權威，開拓了多元話語空間，從某種意義上具有民主性。

費爾克拉夫曾以訪談、教學、諮詢、廣告等為例進行研究，認為它們「已經具有或正在具有跨越背景技巧的特性」，「話語技術化」成為現代話語秩序的發展趨勢之一；話語技術「在有關語言和話語的知識與權力之間確立了一種緊密的聯繫」，它是為了達到預期效果而採用的策略〔註12〕。而新聞實踐，如布爾迪厄所說，是「臨場發揮的表演」，也是行為者對場景的詮釋和在具體場景下的策略選擇。陸曄和潘忠黨教授通過研究發現，一些新聞工作者通過學習西方的新聞實踐，用新聞專業的操作技巧改造宣傳體制的某些要素，從

---

〔註12〕〔英〕諾曼‧費爾克拉夫著，殷曉蓉譯：話語與社會變遷，北京：華夏出版社，2003年版。

而獲得業界和市場的雙重認可〔註 13〕。另一些研究者則發現，「中國大陸的新聞專業主義只是一種擺脫行政干預的策略」〔註 14〕，「在許多場合被當作媒體和從業者的防身武器，而並非眞正意義上的職業訴求。」〔註 15〕

　　因此，中國新聞話語的技術化轉向與新聞專業理念的引進密切相關。如果說新聞專業主義是一種信念、精神以及職業倫理的話，新聞專業技能則是指把新聞工作當作一門職業，具有自身的職業技能、行爲規範和評判標準，它必須通過特殊訓練才能獲取，並爲新聞工作者所認同。反對「假、大、空」、強調眞實性、強調貼近生活、注重輿論監督等等，中國的新聞改革已經有很多涉及新聞專業技能的應用，而經過多年的新聞改革，建立新聞專業的信念、倫理和規範，已經成爲新聞改革過程中新聞實踐的重要內容。但中國的新聞專業主義遠未形成，達成共識的只是操作技能和表現手段上的專業水準及實踐中的專業倫理〔註 16〕。

　　因此，我們把這種新聞專業的操作技能與表現手段稱之爲新聞話語技術化。這種新聞專業的操作技能和表現手段上的專業水準，不僅得到了新聞界內部的一致認同，也被政府等權力部門所推崇與借鑒，並在新聞實踐中，黨報、都市報以及具有專業傾向的報紙都開始自覺使用或向新聞專業的操作技能靠攏。

　　據此，我們也可以推斷，從某種意義來說，新聞話語開始的技術化轉向也成爲一種不同媒體及其從業者各取所需的策略。它或成爲黨領導下的主流媒體吸引受眾的重要手段、或成爲媒體從業者爲拒絕和抵制宣傳體制強加給他們的宣傳工作角色的防身武器，或者是轉變爲媒體實踐新聞專業理念和實現市場效益的資源等等。但這種新聞話語的技術化轉向，也涉及話語與權力的鬥爭，它總會對現有的話語秩序進行維護、鞏固、改變和重構。

　　雷鋒報導屬於高度意識形態的內容，多是宣傳任務，因此，在相關報導中，話語技術化的存在兩種使用途徑：一種是採用新聞專業化操作手段，隱

〔註 13〕陸曄、潘忠黨：成名的想像：中國社會轉型過程中新聞從業者的專業主義話語建構，新聞學研究（臺灣），第 71 期。

〔註 14〕李岩：新聞專業主義在中國大陸的實踐與變異，當代傳播，2011 年第 1 期，第 7 頁。

〔註 15〕芮必峰：描術乎？規範乎？──新聞專業主義之於我國新聞傳播實踐，新聞與傳播研究，2010 年第 1 期，第 60 頁。

〔註 16〕陸曄、潘忠黨：成名的想像：中國社會轉型過程中新聞從業者的專業主義話語建構，新聞學研究（臺灣），第 71 期。

藏雷鋒相關報導的宣傳色彩，目的是爲了達到更好的宣傳效果；而另一方面，新聞媒體採用專業化手段，拒絕和抵制宣傳體制強加的宣傳者角色，重構報導話語。這種複雜的景觀相互交織，混雜在一起，甚至出現在同一天的同一份報紙之內。

在雷鋒報導中，新聞話語技術化具體表現在以下幾方面：

1、不同消息來源的使用，採用直接或間接話語描述，將媒體自身與被描述的話語區分開來。如在都市報中，對於「學雷鋒」運動的不同看法之呈現，幾乎都採用讀者來信、組織討論、引用網友言論或是直接引語來進行報導與評論，充分體現了媒介及從業者爲規避政治風險而採用的技術化策略。

2、採用中立的語氣進行敘述，避免情感捲入，較少直接評論。如對於爭議性報導，多採用客觀報導的手法來呈現事件的本來面貌，而較少直接發表評論。

3、報導深度化，把新聞事件置於具體時空語境之中，文本具有開放的意義空間。這一點在《南方週末》中尤其突出，正如前文所分析的那樣，該報幾乎每一篇相關報導都把新聞事件放入了具體的時空之中，其文本意義的開放性特點較其他類報紙也更加鮮明。

4、注重個體，從人性和人情的視角進行報導，而不是從抽象的群體、以及政府、政治的角度進行報導。各報對於雷鋒式人物的報導中，都已經沒有了早期的抽象的群體形象，而多從個體角度，採用故事化手法，進行富有人情味的報導。

當然，我們討論中國新聞媒介的話語從政治化向商品化、技術化轉變，並非說話語的政治化就已經不存在。在中國的大眾媒介中，新聞話語已從單一的政治化轉變爲政治化、商品化和技術化並存的局面；話語政治化在當代大眾傳媒中仍然大量存在，只不過它的具體表現形式已經發生了變化，從最初的革命話語到後來的建設話語，到現在已經演變爲善治話語，同時，它也借用技術化手段來達到更好的傳播效果。因此，在當代中國，新聞話語政治化、商品化和技術化是相互交織在一起的，有著錯綜複雜的關係。

## 二、中國新聞媒介話語變遷的政治經濟動因分析

中國新聞媒介的話語變遷背後隱含了深刻的政治經濟動因。

　　首先，中國共產黨對自身政權合法性的調適導致傳媒話語的變遷。在中國，大眾媒體，尤其是主流媒體，作為黨和國家的治理工具之一而存在，「黨管媒體」、黨性原則到現在也沒有改變過。大眾媒體，尤其是主流媒體的話語，可以看到是政治的風向標。而 1949 年以來，隨著執政環境的變遷，中國共產黨對自身的政權合法性也在不斷地調整，這種合法性的變化也反映在媒介話語之中。

　　從革命到立國，中國共產黨都是主要「憑藉馬克思主義的主流意識形態來培育民眾的認同感以凝聚人心，從而控制和領導國家政治生活」〔註17〕。「在民主革命時期，馬克思主義為中國共產黨作為中國革命領導者的必要性、必然性和合法性提供了充分的理論論證。而且，馬克思列寧主義，特別是中國化了的馬克思列寧主義——毛澤東思想因成功地指導中國人民進行了反帝反封建的革命，贏得了民族獨立和民族解放，消滅了剝削和壓迫，建立了新中國而獲得了絕大多數民眾的擁護；中國共產黨執政後，馬克思主義意識形態與國家權力相結合，上升成為占統治地位的意識形態，繼續為中國共產黨的執政合法性提供支撐」〔註18〕，並通過對群眾性政治鬥爭以及對階級鬥爭的強調來強化民眾對政治形態的信仰，以維持這種合法性。

　　為使民眾形成和強化與這種政治合法性相適應的理想、信仰、價值觀、道德準則，大眾媒體也充滿著對馬列主義、毛澤東思想、社會主義和共產主義宣傳及灌輸的話語。從前文中可以看到，雷鋒符號的出現正是由於中國共產黨的統治合法性出現危機而應運而生。而由於當時的領導人毛澤東認為大眾媒介是「無產階級鬥爭的有力武器」，認為階級鬥爭長期存在，傳媒應為階級鬥爭和無產階級專政服務，這種觀點也映像到媒介話語中。

　　20 世紀 70 年代末期，由於長期以來堅持「以階級鬥爭為綱」所帶來的困境，尤其是「文化大革命」的發生，黨和社會主義的美好形象和神聖地位遭到嚴重損害，由革命時代的意識形態賦予黨統治的合法性基礎也遭到質疑。為了重塑執政黨的合法性基礎，以鄧小平為代表的中國共產黨人，在總結前人的經驗教訓之後，把合法性基礎由以意識形態為中心轉移到以經濟績效為中心上來，以重新獲得民眾的支持與信任。新聞宣傳工作的中心也轉移到了

---

〔註17〕　朱成君：三個代表與政治文明：政治合法性的兩個支點，攀登，2003 第 5 期，第 6～10 頁。
〔註18〕　鄭曙村：中國共產黨執政合法性轉型及其路徑選擇，文史哲，2005 年第 1 期。

經濟建設方面，「經濟發展」、「四化建設」、「現代化建設」也成為媒介經常出現的話語。也正是在市場經濟的發展中，新聞的商品性獲得了合法性，新聞專業主義由西方引入中國，大眾媒介話語開始轉向商品化和技術化。

但隨著市場化深入和全球化的發展，改革中出現的社會問題如公平問題、腐敗問題、環境問題等開始顯露出來，這使得中國共產黨的合法性基礎面臨著新的挑戰，迫切需要執政黨更新意識形態，調整合法性基礎。這時，強調「以民為本」和「社會的可持續發展」，科學發展觀、和諧社會、依法治國等成為新的合法性來源。新的合法性表達，也需要大眾傳媒進行新的話語轉向來進行配合與推進。

由此，新聞媒介話語，尤其是媒介話語的政治化是和現有體制密切相關，並隨著黨和國家的合法性而進行話語的更新與轉換，以配合政權合法性的調適；同時，在新執政理念的支配下，新聞媒介自身也發生著漸變，也由此獲得新的話語轉向契機。

其次，傳媒話語變遷是商業邏輯與消費文化背景下新聞媒介贏取受眾、獲取利潤之必然選擇。話語商品化是市場經濟發展與全球化浪潮所帶來的消費文化的必然選擇。三十多年的市場經濟的發展以及國門的開放，使得消費文化已經全面滲透到了中國社會的每個角落，並以「準意識形態」的形式支配著整個文化，改變著人們的價值觀，同時也確立了新的話語霸權。商品也從可觸摸的產品延伸到了各種不可觸摸之物，並使得商品邏輯不再局限於經濟生產領域，而開始向其他各個社會生活領域，如教育、醫療、文化等進行滲透。

新聞話語的商品化與傳媒市場化密切相關。上世紀九十年代初，中共十四大明確確立我國將建立社會主義市場經濟，之後，在《關於加速發展第三產業的規定》中正式將報刊列為第三產業，為中國新聞業提供了政策保障。與此同時，新聞學界和業界圍繞著「新聞的商品性」展開了大討論，並逐漸形成了新聞業具有「雙重屬性」的共識，即新聞業既具有意識形態屬性，又具有信息產業屬性。因其具有意識形態屬性，必須確保黨對傳媒業的領導權；因其具有信息產業屬性，又必須重視經營，走向市場。在政策保障和理論支撐下，中國開始了傳媒的市場化之路。

傳媒的市場化不僅釋放了傳媒的經濟功能，改變了傳媒從業者的理念，打破了傳媒運作機制，同時促使了大眾傳媒與消費文化的結合。在消費時代，

一切都是商品，一切商品要被消費之前都要變成符號，而沒有什麼比大眾傳媒更能把商品的實用性與符號性完美地結合起來。

另一方面，傳媒市場化使得媒體失去了原有的經濟來源——依靠政府撥款，轉而依靠廣告作爲其新的收入來源。在廣告贏利模式的主導下，越來越多的媒體以發行量、點擊率來衡量信息產品的優劣。由此傳媒也必然選擇那些貼近大眾、吸引大眾的內容進行傳播，並圍繞著大眾化進行新聞話語的改造，新聞話語改變單一的政治化朝商品化發展也是這種背景下傳媒贏得受眾、獲取利潤的選擇。

此外，新聞媒介及其從業者身份轉變導致新聞話語的變遷。身份「就是一個個體所有的關於他這種人是其所是的意識」〔註 19〕，它「不是給定的，也是我們自己的設計」，身份既是漂移的、多維的，又是統一的和整體的，總是建立在差異的基礎之上，並處於不斷的流變的過程中〔註 20〕。簡言之，身份是指主體對其在社會位置的主觀認知，它既是統一的又是變化的，而差異就意味著對抗的可能性，就可能產生一種權力關係。媒介是現實的建構者，它反映現實，也建構現實；與此同時，新聞媒介也會對自己的社會定位和行爲進行反思，據此調整自身行爲與定位，從而反過來影響社會。

在社會轉型過程中，中國新聞媒介的身份也在不斷發生著變化，這種身份變化也促使媒介不斷尋求與其身份相稱的行爲方式，進而也催生了新聞話語的變遷。在 1978 年以前，中國新聞媒介一直是作爲黨和政府的「喉舌」，是階級鬥爭的工具，政治屬性是其唯一屬性，其身份是黨和政府的宣傳工具。隨著社會環境的變化，由於歷史的記憶力量、現實控制力量以及媒介利益考量〔註 21〕，這種身份並沒有弱化，它還是構成媒介的重要身份之一。

上世紀 80 年代初，信息的概念從西方引入我國，經濟領域的改革引發社會對信息與日俱增的需求，引發了「新聞與宣傳」的大討論。通過這場討論，

〔註 19〕 Peter Straffon & Nicky Hayes, A student's Dictionary of Psychology, Edward Arnold, 1988 轉引自邵培仁、邱戈：論身份研究的可能性與科學性，現代傳播，2006 年第 3 期，第 14 頁。

〔註 20〕 邵培仁、邱戈：論身份研究的可能性與科學性，現代傳播，2006 年第 3 期。

〔註 21〕 詳細論述可參見邱戈：大眾傳播的文化斷裂——論當代中國媒介的身份危機，杭州：浙江大學博士論文，2006 年版。

引入了新聞媒介的新身份:「不同媒體雖有不同功能定位,但就整體而言,新聞媒體是以向社會傳播信息作為其生存依據,傳播信息是新聞媒體的第一功能」〔註22〕。這意味著,新聞媒體不僅是黨和政府的「喉舌」,也是信息的傳播者。而隨著媒體走向市場,媒體開始意識到自己也是市場的主體,是自身文化產品的推銷者,也需要通過市場的競爭來獲得生存。

這三種身份構成了當代中國新聞媒介最重要的三個維度,而且其內涵各不相同,媒體作為黨和政府的「喉舌」傾向於對黨和政府命令的執行與服從,信息傳播者傾向於對公共利益的考量,而市場主體則傾向於對利潤的追尋與攫取。不同的媒體及從業者在這三種角色之間轉換與遊走。媒體的多重身份,使得其不可能採用單一的政治話語,而轉而傾向於話語的多元化。這三種身份,使媒介的話語也各有側重。宣傳工具使得媒介傾向於話語政治化,市場主體使其傾向於話語商品化,而信息傳播者使其傾向於採用客觀中立的具有新聞職業性的技術化話語。

當然,現實情況也並非如此簡單,而是三者相互交織在一起。宣傳角色仍是當今媒體的主要角色,政治敏感地帶是不可觸碰的高壓線,而市場主體角色越來越傾向於壓倒其他角色,從而使得新聞商品化趨勢佔據主導位置;為了取得良好的宣傳效果、贏得人心以及規避政治風險,客觀中立的技術性話語越來越得到青睞;不少媒體也越來越利用政治性話語來表達自己的利益與訴求。

## 三、公眾的話語增權及話語民主化實現的可能性

「增權」一詞來源於二十世紀六七十年代的西方,從個體心理動機而言,它源於個體對自的內在需求,通過提升強烈的個人效能意識,以增強個體達成目標的動機,它是一個讓個體感受到能自己控制局面的過程;從集體的、社會關係的層面而言,它是一個互動的過程,指通過弱勢群體自身的參與,激發其潛能,以便在更大程度上掌握社會資源和自身命運,實現社會變革〔註23〕。西方的增權理論主要針對企業中的下屬、少數群體、邊緣群體和能力喪

〔註22〕 李良榮:艱難的轉身:從宣傳本位到新聞本位──共和國 60 年新聞媒體,國際新聞界,2009 年第 9 期,第 9 頁。

〔註23〕 丁未:新媒體與賦權──一種實踐性的社會研究,國際新聞界,2009 年 10 月,第 76～77 頁。

失者，即那些在政治、經濟、文化等社會資源分配中處於劣勢，其生存、發展遭遇能力和權力缺失的人群〔註24〕，我們在這裡借用這一概念，一方面特指在傳統媒體傳播中長期處於信息傳播弱勢地位的社會公眾；另一方面則是政治意義上層面的，指渴望參與政治事務、參加關乎公共利益事務的公民。鑒於大眾傳播與社會民主化的密切互動關係〔註25〕，這兩個方面也是相互聯繫的，甚至是合二為一的。

　　而話語民主（Deliberative Democracy）的思想「源於古希臘雅典的直接民主。在雅典城邦，崇尚一種公民積極參與和自我管理的理念。在這種理念下，雅典城邦的公民是互為統治者與被統治者的，治人者也會受治於人」〔註26〕。現代意義上的「話語民主」始於 20 世紀 80 年代後，西方馬克思主義的代表人物哈貝馬斯融合了自由主義和共和主義的思想基礎，對盧梭的民主思想進行了批判與揚棄，提出了「話語民主」理論，其基本含義是指人們圍繞公共事務展開自由、平等的辯論、對話、商討並最終形成政治共識的過程。哈貝馬斯認為，民主絕不是來自於由每個人的良好心靈集合而成的普遍意志，而是來自於人們平等討論的話語過程〔註27〕。話語民主化則是指平等的主體能自由參與公共事務的討論，各種不同意見能在其中得到表達，最終形成政治共識，其本質是參與和協商。

　　從傳受關係的視角來看，普通公民作為受眾，處於弱勢地位一直沒有改變。在現代報刊引入之初，一些先進知識分子如王韜、梁啟超、嚴復等，認識到報刊是開啟民智、溝通上下、中外信息的功能，為改變中華受凌侮的現狀、強盛中華民族開始創辦報刊。在這種媒介觀的指導下，公眾最重要的角色是受教育者，如梁啟超認為要中國強盛，就必須教育民眾，開啟民智，去塞求通，而報紙正是教育民眾、發揮民間力量的重要手段〔註28〕。革命派領

〔註24〕丁未：新媒體與賦權——一種實踐性的社會研究，國際新聞界，2009 年 10月，第 76～77 頁。
〔註25〕大眾傳媒與社會民主化進程的討論，復旦大學孟建有比較詳細的討論，見《中國大眾傳播發展與社會民主化進程的共時態分析》，刊於《城市黨報研究》，2004 年第 4 期。
〔註26〕李文輝、史雲貴：當代中國地方治理中的話語民主論析，湖北社會科學，2010年第 5 期，第 25 頁。
〔註27〕李文輝、史雲貴：當代中國地方治理中的話語民主論析，湖北社會科學，2010年第 5 期，第 25 頁。
〔註28〕胡華軍、劉海貴：國民能夠被嚮導嗎？——梁啟超受眾觀研究，西南民族大學學報，2005 年第 12 期。

導人孫中山曾按照覺悟程度的高低，把民眾分成三等：先知先覺者，後知後覺者，不知不覺者。他認為，中國的絕大多數人民都屬於「不知不覺者」，他們必須在一個由「先知先覺者」組成的革命黨的領導下，才能走向民主化和實現自身的解放〔註29〕。而革命派報刊的記者應由「先知先覺者」但任，以便能擔當教育民眾的重任。在中國共產黨的報刊中，多以「群眾」、「人民群眾」這個政治概念稱呼黨報的讀者，到四十年代經過《解放日報》改版，「報紙是集體的宣傳員、鼓動員和組織者」成為黨報的明確定位〔註30〕，既然媒介是「宣傳員、鼓動員和組織者」，那麼受眾也當然成為媒介的宣傳對象和動員對象。總而言之，「在相當長的一段時期內，我國的新聞傳播一直是以傳播者為中心的。新聞傳播過程被認為是新聞從業人員運用新聞傳媒傳遞信息的過程，傳播的主體是作為傳播者的記者、編輯等媒介從業人員。而受眾僅是傳播的客體，是消極被動地接受傳播和影響者。」〔註31〕

媒介市場化之後，受眾作為消費者受到空前的重視，媒介開始重視受眾需求，改變報導話語，其內容也開始切入普通市民的中觀和微觀經濟生活，關注尋常人家的衣食住行、喜怒哀樂和個體命運。但由於媒體的逐利性又使得媒體選擇低成本、政治安全性高的內容進行報導，消費主義、享樂主義成為媒介報導的主要內容，而公共利益遭到忽視，從這一意義上而言，受眾只能選擇媒體提供的信息進行消費，並沒有被當作真正意義上的主體。

近年來，雖然在媒介中，「把受眾作為公民」的意識開始提倡，信息公開和公眾知情權的保護也開始出現在政府話語中，但在新聞報導的實踐領域，受眾的傳媒接近權、知情權還遠遠不能滿足，受眾處於無權的地位沒有根本改變。

從政治層面上看，公民參與國家事務仍顯不足。在中國古代，「民」是政治化程度相當高的概念。民被視為國家的構成要素，甚至被詮釋為國家之本。但由於君權至上，「君」處於統治地位，具有絕對的支配力量，而「民」處於純粹受統治的地位。自辛亥革命後，清王朝統治被推翻，「人民」被提升為國

---

〔註29〕 林溪聲：「以先知覺後知，以先覺覺後覺」──論孫中山的報時思想，中國廣播電視學刊，2011 年第 10 期。

〔註30〕 黃旦：「耳目」與「喉舌」的歷史性變化──中國百年新聞思想主潮論，新聞記者，1998 年第 10 期。

〔註31〕 丁柏銓：中國當代理論新聞學，上海：復旦大學出版社，2002 年版，第 71頁。

家的主人，填補了權力的真空，並成為日後中國共產黨革命和建國的政治合法性之重要來源。不過，「人民」是一個抽象的概念，其在實踐中的具體落實應該是公民的政治權利，只有讓人民中的每一個成員成為平等的政治權利的主體，即成為公民，使每個公民按民主程度參與國家事務，人民主權才是真實的。而在具體的政治實踐中，抽象的「人民」被捧上神壇，具體的「公民」以及由此延伸的「選民」並未出場，而「群眾」概念躋身政治前臺，得到官方和民間雙重話語的認可。在當代中國的現實政治關係中，「群眾」始終處於下位，處於外圍而非核心的地位，是被關心、被動員的對象，而非自主自覺的政治角色〔註32〕。

改革開放以來，儘管中國社會朝民主化方向有了一定的發展，「公民」開始進入政治權力話語，個體的公民意識開始覺醒，民主法治意識開始確立，政治參與的熱情和參與能力有了一定程度上的提高，但當前中國在很大程度上仍然以群眾的思維來進行政治整合，群眾仍然是社會個體所扮演的主要角色，「公民」這一政治概念所承載的權利價值還尚未完全實現，在政治參與中，公民的話語權仍處於弱勢地位。

上述分析可以發現，在當代中國社會中，不論是在信息傳播領域作為受眾還是在政治參與領域作為公民，普通民眾的話語都處於無權或話語弱勢地位。如何實現普通民眾的話語增權，或者換句話說，實現中國的話語民主化是否可能？

從前文的分析與研究中，我們可以給出的肯定的回答，理由如下：

一是話語多元化轉向本身蘊含著民主的因素，這為話語民主化提供了新的可能。

新聞媒介從單一的話語政治化轉向話語多元化，其自身蘊含著民主的含義。正如費爾克拉夫而言，話語民主化和話語商品化之間並非簡單的二元對立，雖然表面上來看，民主化是對控制的削弱，商品化是對控制的加強，話語商品化包含著民主的因素，表現出民主的特徵〔註33〕。事實上，新聞話語商品化有正反雙重含義，一方面，受眾被建構在積極的角色之中，從過去的那種被動接受變為主動選擇消費，新聞產品充分發掘並滿足受眾需求；另一

---

〔註32〕叢日雲：當代政治語境中的「群眾」概念剖析，政治論壇，2005 年 3 月。

〔註33〕〔英〕費爾克拉夫著，殷曉蓉譯：話語與社會變遷，北京：華夏出版社，第203 頁。

方面，受眾又被建構在消極的角色之中，新聞產品圍繞著利潤最大化而進行生產，真正的商品是受眾，媒介則根據受眾的多寡和質量的高低向廣告客戶收取費用。正如前文所述，在話語商品化過程中，單一的「雷鋒」形象被解構，多元「雷鋒」被塑造出來，在雷鋒報導中一元化的政治化話語被突破，新的多元話語空間得以開拓；而對雷鋒個人生活的報導雖然是商品化的產物，但也體現出對個人利益、權利、尊嚴和生命的關注。因此，我們可以看到，話語商品化實際上也包含了話語民主化的特質。

而採用新聞專業進行操作的話語技術化，它體現為一種策略，根據福柯提出的「話語的技巧多價體」，即它們在不同的「策略」中可能有不同的價值〔註34〕，新聞話語技術化既可以作為取得良好宣傳效果的手段，也可以成為獲得利潤的工具，而在當代中國現有的政治語境之下，它的價值還體現在表現多元觀點、維護公共利益，成為規避政治風險、突破政治控制、與權力抗爭的策略〔註35〕。這一點，我們從前文對都市報和具有專業傾向的媒體報導中也清晰可見。

二是網絡技術為話語民主化提供了新的契機。

網絡技術的開放性與互動性使其具備了話語民主產生的條件，為話語民主化提供了新的契機；由網絡催生的新的表達模式，如網絡論壇、博客、微博等更是使公民的傳播能力進一步放大，成為多元觀點表達、公民自我賦權和參與公共事務的新渠道。從信息傳播而言，網絡突破了傳統媒體和權利機構對於信息和表達的壟斷，從而擴大與實踐了人們的知情權與表達權；從政治層面而言，越來越多的網民開始主動參與對公共議題的討論，監督公權力的運行與官員腐敗行為，從而進一步提升了公民的民主意識與參政議政能力。

在文中分析的網絡微博對於「雷鋒」議題中，我們可以看到不同於傳統媒體的輿論場，在其間多元觀點相碰撞與形成，公眾對官方的立場進行質疑，並試圖重設議題，還把批評矛頭直指當代權力機關與腐敗行為。

---

〔註34〕〔英〕費爾克拉夫著，殷曉蓉譯：話語與社會變遷，北京：華夏出版社，第205頁。

〔註35〕相關論述的文章，如陸曄：權力與新聞生產過程，二十一世紀，2003年6月號，總第77期；李小勤：傳媒越軌的替代性分析框架──以《南方週末》為例，傳播與社會學刊，2007年第2期；王毓莉：馴服V.S.抗拒：中國政治權力控制下的新聞專業抗爭策略，新聞學研究，2012年1月，第110期等。

　　當然，由於網絡輿論還存在許多問題，如非理性、情緒化特點、網絡暴力、謠言滋生、商業利益因素對網絡輿論的干預與扭曲等，中國現階段真正意義上的話語民主化還遠未形成，但從近年來網絡事件與網絡輿論的發展來看，網絡輿論又的確爲話語民主化帶來了新的曙光。

# 第二節　中國獨立新聞專業文化形成之制約因素及可能性

　　從某種意義上說，雷鋒報導中公眾輿論場和媒體輿論場的相背離顯示了中國新聞專業主義的困境。我們前文中分析了《南方週末》的新聞專業主義的特性，現在我們將分析整個中國新聞專業文化的現狀，其特殊性、發展障礙以及其繼續發展的可能性。

## 一、中國新聞專業文化的發育及其特殊性

　　我們這裡所謂新聞專業文化，既和我們前面所講的新聞操作技能不同，也和西方所謂的新聞專業主義不一樣，它是一個較爲廣義的概念，「是關於新聞記者對何爲新聞記者，什麼是好的新聞，什麼是好的新聞記者等認識和觀念的總體，不過，這種觀念和認識並不一定以成文的形式系統化地表達出來，它往往存在於記者社區的口頭文化當中，以一種文化和觀念的形態影響新聞實踐。」〔註 36〕中國新聞專業文化的產生可以追溯到五四時期學者對新聞職業的探索和民國年間報人的新聞實踐活動。黃旦先生認爲，對新聞職業化最早探索的是徐寶璜，他的《新聞學》「第一次觸及和研究中國報刊的職業化問題，並形成了中國新聞思想史上第一個關於新聞職業化的思潮。」〔註 37〕徐寶璜、邵飄萍等第一次從職業報業的角度來強調記者的地位及其對社會的作用，確立「以眞正之新聞，供給社會」〔註 38〕，與康梁主張的黨報和政治機關報以「言論」取勝的路線區別開來。而對於中國新聞專業文化影響最大的是《大公報》的「四不」方針——「不黨、不賣、不私、不盲」及其新聞實

〔註 36〕李豔紅：弱勢社群的公共表達——當代中國市場化條件下的城市報業與「農民工」，香港：香港中文大學哲學博士論文，2004 年版，第 55 頁。
〔註 37〕黃旦：五四前後的新聞思想，浙江大學學報（人文社科版），2000 年 8 月。
〔註 38〕徐寶璜：新聞學，北京：中國人民大學出版社，1994 年版，第 120 頁。

踐活動。有學者認為「四不主義」是「中國本土新聞專業主義理念初成的標誌，」〔註39〕它承諾讓讀者瞭解到「確實的消息」，讀到「負責任的評論」，以獨特的方式表達了媒體必須獨立、自主和中立的理念。當時的《大公報》「有自己的獨立性，對國民黨有支持，也有批評，代表了知識界和工商界的願望與主張，進行了合乎邏輯的闡述，由此也影響一時。可以說它「已經不是『文人論政』這個話語體系所能涵蓋的，『新聞專業主義』的表述更為切合」。用現在的標準來衡量，《大公報》「與西方報業追求新聞客觀、言論獨立的意識互通，這正是今天所謂『新聞專業主義』的基本精神」〔註40〕。

　　從整體來看，這一時期的新聞專業主義文化在引進西方新聞職業操作規範的同時，繼承的卻是中國傳統的士大夫知識分子的理想，是「家事國事天下事事事關心」的議政傳統。這時的新聞從業者懷有啓發民智、主持公理、指斥時弊的願望，認為報紙雖為獨立職業，但仍應為改革社會政治之利器。

　　值得注意的是，當時的新聞業運作於國家權力體制之外，處於「社會」場域的新聞業相對來說較為獨立，甚至具有「公共領域」的雛形。而中國共產黨的新聞事業，在制度上徹底改變了傳媒與國家結構的關係，不僅把所有的新聞事業納入國家體制之內，作為黨和國家的宣傳工具，同時也將以天下為己任的知識分子收編進黨──國體制，將他們定位為黨的意識形態的承載者和宣傳者。傳媒不再是外在於國家的權力系統，新聞從業者不再僅僅是信息的提供者，傳統知識分子的「使命感」已經轉換為政治指令的執行者、黨的工作的宣傳者。即使到了現在，以改革為核心的社會轉型過程中，西方新聞專業主義重新被引入和介紹，中國傳統的新聞專業文化重新被挖掘之時，絕大多數新聞從業者仍在此框架內重新審視自身的職業角色。但儘管如此，反對「假、大、空」，以事實說話，開展批評性報導等資源，也成為日後中國新聞專業文化所汲取。

　　改革開放以後，隨著媒介環境的逐步開放，西方客觀性職業理念也隨之進入新聞從業者的視野，西方的新聞實踐也成為一些媒介傚仿的對象，如央視的《新聞調查》、以及上海電視臺的《新聞觀察》，都受到美國 CBS 的《60

〔註39〕吳飛：新聞專業主義研究，北京：中國人民大學出版社，2009 年版，第 172 頁。

〔註40〕朱清河、張榮華：新聞專業主義理論與實踐的中國近觀，蘭州大學學報（社會科學版），2009 年 6 期，第 76 期。

分鐘》的影響。隨著改革開放的深入，社會轉型帶來的社會問題叢生，這又使新聞從業者身上的中國知識分子憂國憂民、啓迪民智的這種文化使命感浮出水面。這在二十世紀九十年代後期至二十一世紀初的《南方週末》中表現得特別鮮明。《南方週末》曾打出「給弱者以關懷，讓無力者有力，讓悲觀者前行」，以及對記者的認知：「當我們把眞相告訴公眾，我們不僅表達了記者的憤怒，我們更表達了社會的良知。」在《南方週末》的版面上，黃遠生、范長江、邵飄萍、鄒韜奮、徐鑄成和儲安平等受到推崇。這裡，儲安平被認爲是「以西方的新聞觀點來實現自己的新聞理想」的新聞工作者，⋯⋯《觀察》這本刊物在多方面，可以看作西方新聞理論在中國的一個成功事例」。〔註41〕而在當代記者中，爲農民請命、最早就包產到戶問題直接傾聽農民心聲、爲中央制訂有關政策提供了有參考價值的第一手資料的新華社記者，用相機推動「希望工程」進程的《中國青年報》攝影記者解海龍，幫著老百姓討公道的《海口晚報》記者寒冰和《新晚報》記者金炎等等也曾被推崇。《南方週末》將儲安平和其他幾位成名於1949年以前的新聞界前輩視爲中國記者光榮的先驅，無疑是對於新聞職業理想的選擇性表達，因爲，「每個行業都有追溯和推崇先賢英雄的傳統，作爲整合行業內部成員的重要手段。這些人身上，往往集中著一個行業的理想和規範⋯⋯顯然，《南方週末》更具有職業的自覺訴求，並把相對於國家權力的獨立和對眞相、眞理的追求放在更爲重要的地位」。同時，選擇這些人作爲新聞從業者的範例，也表達了至少一部分新聞從業者對知識分子的思想啓蒙職責和中國文人匡時濟世的傳統的繼承。

　　正如陸曄和潘忠黨所說，中國新聞專業文化源於三個不同的傳統之間相互滲透：中國知識分子以辦報啓迪民心、針砭時政的傳統，中國共產黨「喉舌媒體」的傳統，源自西方卻被「本土化」了的獨立商業媒體的傳統。與此同時，新聞從業者建構專業主義話語的歷史場景也同樣面臨三個相互推拉的力量：黨對媒體的控制，市場對媒體的誘惑和支配，專業服務意識對媒體自主的壓力。新聞從業者要實現自己的專業理念，必然要在這樣的話語空間應對這三股力量，以尋求到在具體行爲場景或語境下可行的選擇。這樣導致的結果是新聞專業主義在中國的話語實踐中只能具有碎片和局域的呈現：即在不同語境被共同強調的只是操作技能和表現手段上的專業水準以及實踐中的

---

〔註41〕陸曄、潘忠黨：成名的想像：中國社會轉型過程中新聞從業者的專業主義話語建構，新聞學研究（臺灣），第71期。

專業倫理，但專業主義的其他成份或被扭曲，或被忽略，尤其是那些涉及到媒體的社會功能和角色，新聞從業者的社會角色和責任，新聞生產中的社會控制成份；專業主義的普適性內涵被賦予了「中國特色」，因為它在新聞從業者的實踐中，被滲入了中國知識分子入世、啓迪民智的傳統和新聞改革的現實矛盾。〔註42〕

　　與西方的新聞專業文化有著很大的不同，中國的新聞專業文化的特殊性表現在三個方面：一是從政治經濟環境來看，中國的新聞專業文化根植於中國的土壤，它帶有中國傳統知識分子的傳統，並受到中國特殊社會環境的制約。其次，中國的新聞專業文化，以倡導性爲特徵，並不特別講求客觀中立，而是允許價值涉入，鼓勵價值投入與身體力行，站在民間立場，關懷弱勢群體，追求社會公平正義〔註43〕。第三，在中國的語境中，新聞專業主義雖然沒有完全割裂與傳統社會主義新聞理念的關聯，但明顯表現出對它的背離。一部分具有專業理念的新聞從業者的希望依靠專業主義的話語體系建構媒體職業身份，進而形成能夠獨立於政治權力和商業權力之外的獨立職業領域，使媒體能夠擁有一種可以與政治和商業權力進行博弈的力量〔註44〕。

## 二、影響中國新聞專業文化形成的主要因素

　　目前來看，中國新聞專業文化形成主要受以下三個因素的影響：

　　首先是政治因素。西方新聞專業主義的基礎是自由主義傳統和思想。自由主義的共同信念是：堅持個人至上的觀點，強調個人的價值和權利，強調社會的法律、政治、經濟原則應該是這一基本道德原則的貫徹和實現。〔註45〕在這一基本原則的指導下，反對政府干涉媒體，強調大眾媒介的自治與獨立是西方新聞專業文化的核心之一。而在中國，從延安時期沿襲下來的辦報傳統和理念是「黨管媒體」，儘管從上世紀 80 年代以來，在中國特色社會主義

〔註42〕陸曄、潘忠黨：成名的想像：中國社會轉型過程中新聞從業者的專業主義話語建構，新聞學研究（臺灣），第 71 期。

〔註43〕李豔紅：弱勢社群的公共表達──當代中國市場化條件下的城市報業與「農民工」，香港：香港中文大學哲學博士論文，2004 年版，第 264～266 頁。

〔註44〕袁光鋒：從文本、制度到行動：體制縫隙與實踐的新聞專業主義──基於行動的新聞專業主義研究路徑，中國地質大學學報，2011 年第 9 期，第 98 頁。

〔註45〕卞冬磊：自由的抗爭：從新聞專業主義到公共新聞業，國際新聞界，2012 年第 5 期，第 23 頁。

語境中，從新聞實務層面、經營管理層面都有一系列的「邊際調整」，但一直到進入新世紀以來，「黨管媒體」也沒有動搖過。「在官方話語中，新聞改革是最敏感的領域，媒介意識形態功能一直是官方強調的重點，而且，媒體被納入權力系統，對社會進行直接治理。」〔註46〕這也正是我們從研究中看到，儘管媒體類型不同，但雷鋒報導數量在歷年變化卻完全一致，其根本原因是背後的官方意識形態的指揮棒在起作用。

　　但是，中國的大眾傳媒又不是純粹的政府機構，它還要為公眾服務。換句話說，它既要服務政府，又要服務民間，同時，還是獨立的經濟體，要追求經濟效益。這種多重身份，使得獨立的新聞專業主義文化難成氣候。政治身份強調媒介的政治意識與政治導向，常常會和新聞專業文化所要求的真實、客觀、公正原則相衝突；一些批評性、監督類的報導經常受到政府部門的干預和控制。而對經濟利益的追求，又可能使媒體從業者更強調經濟效益，而放棄新聞專業操守。

　　另一方面，對於優秀的記者，國家也會採取「收編」的形式，如新聞獎、納入到行政管理體制之內等來進行控制。進入體制後，先前具有新聞專業理想的記者要麼受到限制，要麼被「收編」，甚至在政治資本和經濟資本的雙重誘惑下主動放棄堅持自己的理想。

　　從本研究的媒介表現來看，中國具有新聞專業傾向的媒體遠沒有達到與國家對抗的局面，而是在主流意識形態的框架中作出或多或少的改寫，雖然它也以客觀中立採取模糊表達的策略來顯示文本的開放性，但還是在政治的壓力下，屈從與跟隨官方的框架與表達，這表明在中國的現有媒介體制中，拒絕與對抗沒有生存的機會。

　　2、市場因素。從西方新聞專業主義發展的歷史來看，市場使新聞業從政治依賴中獨立出來，這對於新聞專業主義的發展是具有積極意義的。但近幾十年來，傳媒的日益集中化和市場導向新聞學的全球流行，使得傳媒社會責任被消解，新聞傳媒的任務蛻變成滿足傳媒消費者的需要，從而使新聞成為徹頭徹尾的商品。在這一思潮的影響下，「新聞」與「新聞媒體」的功能與價值已經發生了新的變化。對於主宰報紙生產的企業集團而言，新聞是從市場獲得利潤的一種手段，而不是一種具有自身價值的文化和政治形式。

---

〔註46〕夏倩芳：黨管媒體與改善新聞管理體制——一種政策與官方話語，新聞與傳播評論，2005 年 5 月。

毫無疑問，儘管社會環境和文化差異巨大，市場對於中國新聞專業文化的發育也具有重要作用。正是在市場經濟開放的環境下，西方新聞專業文化理念得以引入，並獲得業界和學界的討論。市場經濟的開放性也給新聞專業理念的實踐提供了廣闊空間，正是市場對於受眾的重視才使得新聞專業文化產生並獲得認可，也正是改革開放以及市場經濟的發展，爲中國媒介開拓出相對於單一的黨的喉舌和宣傳工具的更爲廣闊的實踐空間，新聞從業者從單一的「黨的宣傳幹部」演變爲具有一定的工作自主性的職業角色。同時，市場取向的報紙往往更願意吸納具有專業意識和專業理想的新聞從業者，並爲他們的成長提供較好的平臺。

但市場對於新聞專業文化的發育所帶來的消極影響也不容忽視。按照吳飛的說法，「收視率與發行量，業已成爲左右中國傳媒業表現的最重要力量。……高品位的文化娛樂，負責任的社會新聞，觀點深入的評論，全方位的信息服務，這些都離媒體漸行漸遠了。個中原因雖然複雜，但經濟資本的原因是主要的。」〔註47〕過於重視追求經濟效益，使得傳媒忽視社會責任，喪失公共服務理念，從注重公共信息的傳播轉而著眼於爭取最大利潤，從製作硬新聞走向報導軟新聞，報導形式更注重人情味、追求故事化，放大細節，強化懸念和煽情性。而在某些堅持新聞專業主義的傳媒中，也有可能出於市場方面的考慮或者迫於廣告商的壓力，放棄選取或刊登某些有利於社會公正、甚至對社會具有較大意義的報導題材。而從雷鋒報導的研究中，當我們看到「雷鋒」這個具有高度意識形態的符號，也被商業邏輯所主宰，被商品化、消費化時，不得不令人慨歎市場的強大力量。

在本研究中，面向市場的都市報表現各不相同，有的表現得更傾向於官方（如《新民晚報》和《楚天都市報》），有的更傾向於市場（如《羊城晚報》，有的大膽採用民粹主義策略與官方話語形成隱曲的對立（如《南方都市報》），由此也可見市場的複雜作用。

3、傳媒從業者自身。政治與市場的強大力量的擠壓，使得新聞專業文化的外在生存空間逼仄，也給新聞從業者造成深刻的角色衝突。陸曄曾經在2002～2003 年對全國八個城市的新聞從業者進行實證調查發現，一方面，中國新聞從業者越來越多地認同優秀境外媒體的職業表現，認同自身以新聞專業主

---

〔註47〕吳飛：新聞專業主義研究，北京：中國人民大學出版社，2009 年版，第 214 頁。

義爲核心的價值取向的職業角色，式微傳統的黨的喉舌媒體；但另一方面，對於大多數新聞從業者而言，訓從於黨報體制又是在現有體制框架內獲得專業成就的一個很重要的前提，儘管這個前提與新聞專業主義的邏輯有著天然的矛盾。事實上，也只有在現有的體制空間內獲得從事新聞實踐活動的彈性空間，新聞從業者才會得到所在媒體提供的獲得專業成就和名望、較豐厚的物質報償、較良性的人際關係的機會和條件。〔註 48〕研究者在廣州進行調研時，一個省委黨報、多次獲得體制內獎勵的新聞從業者也明確表示：「很反感這個東西（雷鋒的宣傳報導）」，但他又表示不會考慮與宣傳規定相左的報導，因爲這是「職業倫理問題」。而在任俊英的訪談中，一些記者也表示對典型宣傳的不滿：「所見的典型，要麼是『高大全』的『神仙』，要麼就是樹一些不過只完成了份內事的所謂英雄，包括任長霞。作爲公安局長，她不天天忙於偵破案件，爲民除害，她還該做什麼？李素麗，工作在公交，不爲乘客負責，她又該幹什麼？」當問及「『感動中國』對你有觸動嗎」？被訪談者說，「很多人都是有問題的，比如陳健，他的身邊人都不曾被感動何以能『感動中國』？洪占輝，他自己不都一個勁說他只是做著一件本該做的很小的事情嗎？爲什麼卻會被大肆宣揚？洪占輝對自己一下子被擺到聚光燈下很不適應，他甚至下跪請求媒體別再去挖什麼新聞故事了，請給他生病的爸爸一些空間，給他尙在成長的妹妹一些平靜的日子……」另一位採訪過任長霞的記者在回答「『爲什麼是浪頭淚寫完任長霞的報導』」時，得到的回答是『爲自己，爲自己參加這樣的報導而且還獲了獎』。」〔註 49〕

此外，傳媒市場化所帶來的新聞從業者的生存困境也阻礙著新聞專業文化的發展。2003 年 3 月至 4 月間的一項「媒體從業人員社會保障狀況」的調查顯示，調查對象的戶籍所在地與就業地點不一致的占 53.2％，即有一半以上的媒體從業人員是「外來工」；有 60.3％的調查對象沒有與所在單位簽訂勞動合同〔註 50〕。研究者通過研究發現，這些沒有正式編制的新聞從業者，工作辛苦、工作壓力大、缺乏保障、甚至受到歧視，其內心有較

---

〔註 48〕陸曄：社會控制與自主性——新聞從業者工作滿意與角色衝突分析，現代傳播，2004 年第 6 期，第 11 頁。

〔註 49〕任俊英：典型報導的話語分析——從福柯的視點出發，上海：復旦大學博士論文，2006 年版，第 115、116 頁。

〔註 50〕王芳：社會學視角下的「新聞民工」群體現象研究，青年研究，2008 年第 12 期，第 20 頁。

強的不平衡感，工作一段時間後激情消退，對媒體缺乏主同感和歸屬感〔註51〕。在這種情況下，新聞從業者很難抵擋利益誘惑、堅守道德高地，建立新聞專業理想。

　　還有一種不可見、但是影響更深遠的力量來自於新聞從業者的內在觀念和意識形態，來自長期以來國家對社會成員的有效的文化統治。這種意識形態使記者在進行新聞報導時進行自動審查，並主動接受、甚至迎合官方的框架來處理新聞，從而使得民間的多元的聲音被遮蔽。研究者在廣州一家具有市場傾向的報紙編輯部調研時，曾問到一位新聞從業者對於報導雷鋒的看法，這位新聞部主任不假思索地回答：「這是每年3月份都要報導的內容呀。」這種可能意味著，即使政府將來解除了對新聞的控制，新聞媒體仍可能在相當長的時期內採納由政府設定的框架來進行報導，而不是主動突破意識形態的藩籬。

## 三、中國新聞專業文化進一步發展的可能性

　　那麼，中國的新聞專業文化是不是沒有進一步發展的可能性？當然不是。只不過由於中國特色的國情，中國發展的新聞專業文化不同於西方，它是生長於獨特的政治經濟基本框架之下的一種「協商型的新聞專業主義」〔註52〕。在「強國家──弱社會」的背景下，中國的新聞專業主義文化不但受到政治與商業的制約，甚至這種制約也來自新聞從業者自身。但如果我們從實踐社會學的動態研究視角出發，將新聞專業主義研究放到具體的、鮮活的新聞實踐中，或許我們能看到其發展的希望。

　　儘管政治與商業是制約新聞專業運作的主要力量，但也應看到這兩種力量也可能在某種情況下成為推動新聞專業文化的動力：比如改革時期意識形態的某些鬆動與變化，使得媒介有與權力中心討價還價的可能性；高級別的媒體代表政府對下級政府的監督等等。市場邏輯也依賴於新聞專業文化，主要表現在：新聞媒介要贏得市場，獲得受眾信賴，提高公信力，也需要靠客觀公正專業化操作以及對公平正義的倡導和追求。

---

〔註51〕王芳：社會學視角下的「新聞民工」群體現象研究，青年研究，2008年第12期，第20～24頁。

〔註52〕袁光鋒：從文本、制度到行動：體制縫隙與實踐的新聞專業主義──基於行動的新聞專業主義研究路徑，中國地質大學學報，2011年第9期，第101頁。

除此以外，更重要的是來自於作爲行動者的新聞從業者的能動性。塔奇曼曾發現西方新聞工作者的客觀性已成爲一種「儀式」，將新聞工作者置於被動和「懶惰」的狀態〔註53〕；而當代中國新聞從業者則是策略地將「客觀、中立、事實」等當作新聞修辭，來能動地實現自身理念，追求公民權利的保障。他們通過各種方式來化解政治風險，超越和繞過國家意識形態邊界，以推進他們的價值和理念。這種能動性的典型反映，像《南方都市報》時評版，其採用署名方式來發表大量的言論，相當「自由」和「多元」。在當代中國，對於傳媒而言，以「個人意見」發表的言論比以「組織」名義發表的言論承擔的政治風險要小得多。本研究也發現，在雷鋒報導的媒介話語中，凡是與官方意識形態相左的觀點，不論是《新民晚報》還是《南方都市報》，都是依託公民話語的方式來進行表達，從而使雷鋒議題呈現出多元化。同時，新興媒體的發展，也爲傳統媒介提供最真實的民間輿論，爲新聞專業主義實踐開拓了新的話語空間。

如果把新聞生產看作是一個社會實踐過程，按照吉登斯的「結構化」理論，那麼大眾媒介及其從業者可視爲能動的主體，儘管受到結構的制約，但仍可利用其中的規則和資源系統對結構進行再建構〔註54〕。而新聞媒介的生態乃至整個社會，正是在這樣一點一點的作用下發生著變遷。

## 第三節　榜樣的衰落與中國道德困境改變中的傳媒角色

### 一、榜樣的衰落與全民複製之不可能性

「雷鋒」作爲英雄的誕生，一方面與我國的「英雄崇拜」傳統密切相關；另一方面，與領袖的倡導密切相關。不可否認，在革命年代和解放初期，典型報導爲推進民族解放、社會建設、凝聚民心起到了重要作用。

然而，縱觀雷鋒報導五十年歷程，也讓人清晰看到「雷鋒」作爲一個全民榜樣由盛而衰的歷程，從中我們也可以看到作爲一種報導樣式的「典型報

---

〔註53〕塔奇曼著，麻爭旗等譯：做新聞，北京：華夏出版社，2008年版。
〔註54〕吉登斯：社會學方法的新規則——一種對解釋社會學的建設性批判，北京：社會科學文獻出版社，2003年版。

導」的影響力由強大轉入式微。儘管對於典型報導式微的原因看法不一〔註
55〕，學者們提出各種補救的辦法，比如平民化策略、人性化、細節化、時代
化等，但不可否認的是，那種塑造全民榜樣的時代已經一去不復返了。如果
說中國革命的勝利以及革命後，「雷鋒」一類的榜樣的成功塑造，是因為社會
主義文化領導權的成功確立並取得絕對支配地位，那麼在改革開放以來出現
的「雷鋒」符號的解構與重構，則是因為這種文化領導權的喪失或重構。市
場經濟為傳媒帶來的相對廣闊的生存空間中，各種傳媒不同的目標和利益關
懷，使社會主義文化領導權有了重新闡釋的可能性，這種不確定的「後社會
主義文化領導權」分解了「文化霸權」的一體化統治，它一方面無情地將思
想文化性和不具有市場號召力的傳媒擠出市場的同時，也以其對現實問題的
拒絕觸動而獲得了「合法性」。〔註56〕林芬和趙鼎新也認為，改革開放後中國
社會雖然在物質生活質量上有了難以想像的巨大進步，中國政府卻沒有能夠
在共產主義意識形態的影響大大減低後構建出一個能為政治精英、知識精英
和正處於上升中的中產階級所共同認同的核心價值體系和共識，或者說葛蘭
西式的霸權文化，而這種霸權文化的缺失給予了中國媒體的反體制傾向。〔註
57〕這種一元化的「文化領導權」的喪失，對於市場化媒體而言，商業邏輯成
為重要考量的因素，在報導中具有商業價值的因素比其他因素更能得到重
視。在商業化背景下新聞價值偏好也發生了明顯的變化，比如新聞敘事從以
「英雄」為中心到以「歹徒」唱主角，因為以「英雄」為中心的敘事遵從的
是正面宣傳報導模式，只具有宣傳價值；而以「歹徒」為中心的敘事才符合
「壞消息才是新聞」的主流價值標準，才具有商業價值。〔註58〕而對於一般
公眾而言，思想走向多元，對同一事物理解也有了多種面相，因此，典型報
導也不可能重回以前的輝煌。

---

〔註55〕 典型報導式微或走入「低谷」的原因在學界的討論中有以下幾種：1、典型報
　　　　導的操作手段和報導模式問題（童兵）；2、政治與社會環境變化已經不適合
　　　　典型報導的生存（陳力丹）；3、大眾文化或消費文化的興起解構傳統和權威
　　　　（丁邁、盛芳、黃崑崙）。
〔註56〕 孟繁華：傳媒與社會主義文化領導權，引自金元浦主編：文化研究：理論與
　　　　實踐，石家莊：河南大學出版社，2004年版，第246頁。
〔註57〕 林芬、趙鼎新：霸權文化缺失下的中國新聞與社會運動，傳播與社會學刊，
　　　　2008年第6期。
〔註58〕 邱鴻峰：從「英雄」到「歹徒」：新聞敘事中心漂移、神話價值與道德恐慌，
　　　　國際新聞界，2010第12期。

而另一個重要原因，典型的過度意識形態化與絕對化，時過境遷之後，曾經一些影響非常大的、轟動一時的典型人物或典型塑造的真相逐漸顯露出來，從而影響了公眾對於典型報導、甚至對媒體和對政治的信任。尹保雲曾論述關於「自然科學或社會科學的學說」上陞於國家意識形態的變化，這種變化也適用於典型人物或群體的國家意識形態化。當某一典型一旦上爲國家意識形態的話，它必定發生以下變化：「（1）它被神聖化，甚至它的錯誤也成爲神聖而不可置疑的；（2）它被普遍化，即通過政治權力而強加於全社會；（3）它被抽象化，即，原來的具體內容和論述被抽空了，只剩下一些便於宣傳、便於民眾記憶的口號；（4）由於被抽空，宣傳者容易加進自己的思想、意圖與目的」。〔註 59〕在新聞界，儘管不乏因典型報導成名或獲獎的記者，但隨著西方新聞專業理念的深入人心，以及中國媒介生態的變化，還是有越來越多的記者，甚至是因此而獲利的新聞工作者表示出對典型報導的不認同。因此，在這樣的背景之下，再提倡全民學習道德英雄沒有必要，也是徒勞的。但是，中國又面臨著如此令人焦慮的道德現狀，解決中國道德困境的途徑何在？傳媒在其中又應該扮演何種角色？

## 二、中國道德困境的改變途徑與媒介角色

轉型期出現道德失落的原因是多方面的。社會轉型是從以政治爲本位向以經濟爲本位轉變，以建立公平、公正、平等、責任、互惠、效率等市場經濟倫理爲目標，取代體現平均主義、強調無私、奉獻、犧牲等計劃經濟下舊的倫理原則。但由於目前與市場經濟相適應政治體制改革尚未徹底，社會主義法制本身也不夠完善，在新的制度倫理正在形成過程中，道德失範現象難於避免。〔註 60〕要重建社會道德，主要應從兩方面著手（當然還有其他方面，這裡強調的是矛盾的主要方面）：一方面通過深化政治體制改革，建立新的政治倫理，完善政府管理機制，爲轉型期的道德建設提供公開、民主的環境，剷除腐敗現象和官德規範的溫床；另一方面，培育公民文化，培養公民意識。而傳媒的作用主要體現在後面一點上，即爲建構公民文化提供有利的輿論環境。

---

〔註 59〕尹保雲：中國的意識形態重構，中國改革，2000 第 12 期。

〔註 60〕張警：社會轉型期道德失落和重建探析，改革與開放，2011 年第 5 期，第 62 ～6 頁。

在我國的歷史傳統中，遺留下兩種政治文化傳統，即「傳統的『臣民文化』和現代由『革命理論』所代表的『群眾文化』」。〔註61〕儘管近現代以來，「臣民文化」在理論層面已經基本被拋棄，但在潛意識的民族心理層面它仍然是主導，並以改頭換面的形式頑固地存留和體現在現實之中，在傳媒報導中也時有出現。陳力丹曾舉過一例：2007 十七大代表、江蘇省某市委書記回到本地，沿途的這個縣級市所有的機關、學校、醫院和村莊的群眾，均被動員起來出席歡迎書記回來，甚至動用警車開道，軍樂隊出動。當時的場景是鞭炮連綿，煙花漫天，嗩吶齊鳴，秧歌舞獅。在當地媒體報導中，「李書記回來」的消息佔據了全部新聞時間和網頁。……陳力丹評論說：「一個縣級市的領導幹部，作為黨的十七大代表，本應用實際行動宣傳十七大精神，悄然回來，埋頭工作，方顯人民公僕的形象；孰料恰恰相反，讓邳州市的公民們其實變成了他的臣民，對他百般阿諛。看來，邳州市的公民們在這樣的環境中，根本無法成為真正的公民，哪能談得上『公民意識』！……而我們的傳媒在無意有意中放大了這種『低級錯誤』，客觀上傳播的是愚昧的『臣民意識』。」〔註62〕

「群眾文化」是介於傳統的臣民文化與當代的公民文化之間的一種過渡型的政治文化，它兼具兩者的特徵，因而也可以稱之為「臣民──公民文化」，它是「革命理論」的產物。在這一理論中，國家被解釋為階級統治和壓迫的工具而不是公民分享權利義務的共同體、國家權力不是公共權力而是階級權力，政治的主體不是公民個人而是階級，政治關係不是利益和權利的合法競爭，而是階級間水火不容的鬥爭，等等。「革命理論」以具有現代性的「群眾」概念取代了傳統的「臣民」概念，這是一大進步；但它同時也以「群眾」概念模糊和部分地替換了「公民」概念，這又使它不能適應公民社會的需要。「群眾」不等於公民，也不等於公民共同體，想到「群眾」時，總是產生居高臨下的感覺和聯想。在中國的傳媒中，這種「群眾文化」更是常見，甚至深入到主流媒體的潛意識之中。例如新聞報導中常用的諸如「號召」、「表彰」、「關懷」式的報導話語，就是這種「群眾文化」的體現之一。

〔註61〕叢日雲：構建公民文化──面向21世紀中國政治學研究的主題，理論與現代化，1999 年第 12 期，第 11 頁。

〔註62〕陳力丹：傳媒，究竟宣傳公民意識還是臣民意識？，新聞記者，2008 年第 1 期，第 30～31 頁。

　　美國學者加布里埃爾·A·阿爾蒙德在《公民文化——五個國家的政治態度和民主制》一書中首次提出「公民文化」，認爲它是以溝通和說服爲基礎的多元主義文化，是一致性與多樣性相結合的文化，是允許變革但要漸進性變革的文化，是一種以參與型政治文化爲主的混合政治文化〔註 63〕。究其實質，「公民文化既是一種社會價值，同時又是一系列政治意識、民族氣質、民族精神、民族政治心理，是一定社會、一定時期內形成的其國民在參與政治決策時的政治認知、情感和評價，以及他們作出決策時所遵循的準則與態度。它影響著主體的觀念和行爲，制約著主體在政治領域中的活動和動作，從而對社會政治生活產生這樣或那樣的作用」。〔註 64〕而公民文化在中國，更體現在與「臣民文化」相對立，與「群眾文化」相區別之中。公民文化應是與民主制度相耦合的公民的政治認知、政治態度、政治情感與政治價值觀，是民主制度得以建立的深層文化結構；它強調公民身份，突出公民意識，要求公民享受權利時又擔負公民責任，並具有較強自律意識。國內外都有學者就公民文化與傳媒關係進行過研究，發現傳媒在建構公民文化中具有重要作用。〔註 65〕

　　而從研究的結果所得到的啓示，那就是：建構公民文化，對於傳媒而言，最重要、也是最基本的一條就是把受眾當成公民，而不是臣民和群眾。在社會實踐的過程，包括關乎公民道德的相關報導中，強調傳媒與公民的「主體間性」，強調相互對話、相互溝通，平等對話、互動交往，並鼓勵公民參與到傳媒活動中來，從而培養公民的道德意識、責任意識，最終改善道德環境。

---

〔註 63〕〔美〕加布里埃爾·A·阿爾蒙德著，徐湘臨等譯：公民文化——五個國家的政治態度和民主制，北京：華夏出版社 1989 年版。

〔註 64〕李建群、楊暢：「公民文化」道德視域的哲學反思，西安交通大學學報（社會科學版），2010 年第 1 期，第 82 期。

〔註 65〕梁瑩：媒介信任與現代公民文化的成長，學海，2008 年第 5 期。

# 參考文獻

## 一、書　目

### （一）中文書目

1. 陳越編：哲學與政治 阿爾都塞讀本，長春：吉林人民出版社，2003 年 12 月版。

2. 蔡瑋著：新「新聞語體」研究，北京：學林出版社，2010 年版。

3. 丁淦林：中國新聞事業史新編，成都：四川人民出版社，1998 年版。

4. 丁邁：典型報導的受眾心理實證研究，北京：中國傳媒大學出版社，2008 年版。

5. 丁柏銓：中國當代理論新聞學，上海：復旦大學出版社，2002 年版。

6. 鄧小平：鄧小平文選（第二卷），北京：人民出版社，1994 年版。

7. 鄧小平：鄧小平文選（第三卷），北京：人民出版社，1993 年版。

8. 黨西民：視覺文化的權力運作，北京：人民出版社，2012 年版。

9. 方漢奇主編：中國新聞傳播史，北京：人民大學出版社，2009 年第 2 版。

10. 復旦大學新聞史教研室：中國新聞史文集，上海：上海人民出版社，1987 年版。

11. 甘惜分主編：《新聞學大辭典》，鄭州：河南人民出版社，1993 年版。

12. 胡正榮、李煜主編：社會透鏡——新中國媒介變遷六十年，北京：清華大學出版社，2010 年版。

13. 胡偉等著：現代化的模式選擇：中國道路與經驗，上海：上海人民出版社，2008 年版。

14. 劉家林：新中國新聞傳播60年長篇（1949～2009）（上、下），廣州：暨南大學出版社，2010年版。

15. 羅以澄、呂尚彬著：中國社會轉型下的傳媒環境與傳媒發展，武漢：武漢大學出版社，2010年版。

16. 陸玉林：當代中國青年文化研究，北京：人民出版社，2009年版。

17. 陸揚、王毅著：文化研究導論，上海：復旦大學出版社，2007年版。

18. 路日亮主編，現代化理論與中國現代化，銀川：寧夏人民出版社，2007年版。

19. 梁啟超：飲冰室文集（6），上海：中華書局，1989年版。

20. 廖加林著：現代公民社會的道德基礎，長沙：湖南大學出版社，2006年版。

21. 李友梅、黃春曉、張虎祥等：從彌散到秩序：「制度與生活」視野下的中國社會變遷，北京：中國大百科全書出版社，2011年版。

22. 李友梅等著：中國社會生活的變遷，北京：中國大百科全書出版社，2008年版。

23. 李培林、李強、孫立平等著：中國社會分層，北京：社會科學文獻出版社，2004年版。

24. 劉方喜選編：消費社會，北京：中國社會科學出版社，2011年版。

25. 李希光：轉型中的新聞學，廣州：南方日報出版社，2005年版。

26. 金元浦主編：文化研究：理論與實踐，石家莊：河南大學出版社，2004年版。

27. 毛壽龍著：政治社會學，北京：中國社會科學出版社，2001年版。

28. 毛澤東新聞工作文選，北京：新華出版社，1983年版。

29. 孟登迎著：意識形態與主體建構──阿爾都塞意識形態理論，北京：中國社會科學出版社，2002年版。

30. 呂尚彬：中國大陸報紙轉型論，上海：上海交通大學出版社，2009年版。

31. 聶茂、張靜：典型報導人物論，長沙：湖南人民出版社，2008年版。

32. 倪炎元：再現的政治 臺灣報紙媒體對「他者」建構的論述分析，臺北：韋伯文化，2003年版。

33. 彭懷祖、姜朝暉：榜樣論，北京：人民出版社，2002年版。

34. 彭華民主編：消費社會學新論，北京：北京師範大學出版社，2011年版。

35. 邱沛篁、席文舉、劉為民：都市報創新論，成都：四川人民出版社，2003年版。

36. 孫瑋：現代中國的大眾書寫──都市報的生成、發展與轉折，上海：復旦大學出版社，2006年版。

37. 孫立平：斷裂——20 世紀 90 年代以來的中國社會，北京：社會科學文獻出版社，2003 年版。

38. 孫立平：博弈——斷裂社會的利益衝突與和諧，北京：社會科學文獻出版社，2006 年版。

39. 師永剛、劉瓊雄編著：雷鋒 1940～1962，北京：三聯書店，2012 年第 2 版。

40. 宋亮：都市報新聞學，北京：光明日報社，2010 年版。

41. 陶克、王躍生著：雷鋒現象，北京：解放軍文藝出版社，2003 年版。

42. 吳飛：新聞專業主義研究，北京：中國人民大學出版社，2009 年版。

43. 王石番：《傳播內容分析法—理論與實證》，臺北：臺北幼獅文化事業公司，1991 年版。

44. 王曉明主編：在新意識形態的籠罩下——90 年代的文化和文學分析，南京：江蘇人民出版社，2000 年版。

45. 徐寶璜：新聞學，北京：中國人民大學出版社，1994 年版。

46. 夏東民：現代化的原點結構：衝突與轉型，北京：中國社會科學出版社，2008 年版。

47. 楊繼繩：鄧小平時代——中國改革開放二十年紀實，北京：中央編譯出版社，1998 年版。

48. 閻雲翔：中國社會的個體化，上海：上海譯文出版社，2012 年版。

49. 袁媛、譚建光主編：中國志願服務：從社區到社會，北京：人民出版社，2011 年版。

50. 俞可平：治理與善治，北京：社會科學文獻出版社 2000 年版。

51. 朱清河：典型報導理論、應用與反思，武漢：武漢大學出版社，2006 年版。

52. 周曉虹、謝曙光主編：中國研究，北京：社會科學文獻出版社，2008 年 7～8 期。

53. 張志安：記者如何專業——深度報導精英的職業意識與報導策略，廣州：南方日報出版社，2007 年版。

54. 張錦華：公共領域、多文化主義與傳播研究，臺北：中正書局，1997 年版。

55. 周憲、劉康主編：中國當代傳媒文化研究，北京：北京大學出版社，2011 年版。

56. 張國良：社會轉型與媒介生態實證研究，上海：上海交通大學出版社，2007 年版。

57. 張網成著：中國公民志願行為研究（2011）——現狀、特點及政策啓示，北京：知識產權出版社，2011 年版。

58. 張威：比較新聞學：方法與考證，廣州：南方日報出版社，2003 年版。

59. 曾軍著：觀看的文化分析，濟南：山東文藝出版社，2008 年版。

60. 周恩來選集（下卷），北京，人民出版社，1984 年版。

61. 總政治部編：雷鋒日記，北京：解放軍文藝出版社，2012 年第 3 版。

## （二）譯著

1. 〔英〕費爾克拉夫著，殷曉蓉譯：話語與社會變遷，北京：華夏出版社，2003 年版。

2. 〔意大利〕安東尼奧・葛蘭西，曹雷雨等譯：獄中札記，北京：中國社會科學出版社，2000 年版。

3. 葛蘭西：實踐哲學，重慶：重慶出版社，1993 年版。

4. 〔澳〕馬爾科姆・沃特斯著：現代社會學理論（第 2 版），北京：華夏出版社，2000 年版。

5. 舒德森：發掘新聞——美國報業的社會史，北京：北京大學出版社，2009 年版。

6. 塔奇曼：做新聞，北京：華夏出版社，2008 年版。

7. 吉特林：新左派運動的媒介鏡像，北京：華夏出版社，2007 年版。

8. 鮑德里亞：符號政治經濟學批判，南京：南京大學出版社，2009 年版。

9. 鮑德里亞：消費社會，南京：南京大學出版社，2008 年版。

10. 本尼迪克特・安德森著，吳歙人譯：想像的共同體，上海：上海世紀出版集團，2011 年版。

11. 吉登斯：社會學方法的新規則——一種對解釋社會學的建設性批判，北京：社會科學文獻出版社，2003 年版。

12. 梵・迪克著，曾慶香譯：作為話語的新聞，北京：華夏出版社，2004 年版。

13. 〔美〕凱瑞，丁未譯：作為文化的傳播，北京：華夏出版社，2005 年版。

14. 〔法〕羅蘭・巴特著，屠友祥、溫晉儀譯：神話修辭術批評與真實，上海：上海人民出版社，2009 年版。

15. Townsend, James Roger. And Womack, Brantly，顧速、董方譯：中國政治，南京：江蘇人民出版社，1994 年版。

16. 〔美〕R.M.Gagne，皮連生等譯：學習的條件和教學論，上海：華東師範大學出版社，1999 年版。

17. 皮亞傑著，肖建新等譯：生物學與認識，北京：三聯書店，1989 年版。

18. 雅克·拉康，讓·鮑德里亞等著，吳瓊編：視覺文化的奇觀，北京：中國人民出版社，2005 年版。

19.〔美〕加布里埃爾·A·阿爾蒙德著，徐湘臨等譯：公民文化——五個國家的政治態度和民主制，北京：華夏出版社，1989 年版。

20.〔俄〕巴赫金，白春仁、顧亞玲譯：陀思妥耶夫斯基詩學問題，北京：三聯書店，1988 年版。

21.〔俄〕巴赫金，白春仁、顧亞玲譯：詩學與訪談，西安：西北教育出版社，1998 年版。

22.〔俄〕巴赫金，李兆林、夏忠憲譯：巴赫金全集，河北教育出版社，1998 年版。

23. 安德魯·查德威克，任孟山譯：互聯網政治學：國家、公民與新傳播技術，北京：華夏出版社，2010 年版。

24. 吉登斯著，李康譯：社會的構成，北京：生活·三聯·新知三聯書店，1998 年版。

25.〔英〕戴維·莫利著，史安斌主譯：電視、受眾與文化研究，北京：新華出版社，2005 年版。

26. 查爾斯·J·福克斯：後現代公共行政——話語指向，人民大學出版社，2002 年版。

27.〔英〕約翰 B 湯普森著，意識形態與現代文化，南京：鳳凰出版傳媒集團、譯林出版社，2012 年版，第 69 頁。

# 二、論文部分

## （一）期刊論文

1. 艾豐：華西都市報走向市場研究，新聞界，1998 年第 1 期。

2. 卞冬磊：自由的抗爭：從新聞專業主義到公共新聞業，國際新聞界，2012 年第 5 期。

3. 陳力丹：再談淡化典型報導，新聞學刊，1988 年第 4 期。

4. 陳陽、藺彥松：典型人物報導應注意的問題——以雷鋒的媒介形象建構為例，青年記者，2012 年第 6 期（中）。

5. 陳陽：青年典型人物的建構與嬗變——《人民日報》塑造的雷鋒形象（1963～2003），國際新聞界，2008 年第 3 期。

6. 陳剛：製造「中國式公共知識分子」：南方系報刊韓寒媒介形象建構的考察，中國傳媒報告，2010 第 4 期。

7. 陳思和：陳思和自選集，廣西師範大學出版社，1997 年版。

8. 叢日雲：構建公民文化——面向 21 世紀中國政治學研究的主題，理論與現代化，1999 年第 12 期。

9. 叢日雲：當代政治語境中的「群眾」概念剖析，政治論壇，2005 年 3 月。

10. 崔大可：讓『雷鋒精神』成為時尚符號，http://www.zzdjw.com/GB/240148/18068621.html。

11. 從熟人社會到陌生人社會 該如何重構社會信任，人民日報，2011 年 9 月 22 日。

12. 程前：電視媒體災害報導的話語變遷——基於央視三個不同年代報導樣本的內容分析，西南民族大學學報，2013 年第 1 期。

13. 陳龍：話語強佔：網絡民粹主義的傳播實踐，國際新聞界，2011 年第 10 期。

14. 陳岳芬、李立：話語的建構與意義的爭奪——宜黃拆遷事件話語分析，新聞大學，2012 年第 1 期。

15. 杜培：當代中國道德失範及道德嬗變探源，甘肅理論學刊，1998 年第 4 期。

16. 陳力丹：傳媒，究竟宣傳公民意識還是臣民意識？新聞記者，2008 年第 1 期。

17. 丁和根：大眾傳媒話語分析的理論、對象與方法，新聞與傳播研究，第 11 卷第 1 期。

18. 丁未：新媒體與賦權——一種實踐性的社會研究，國際新聞界，2009 年 10 月。

19. 貴永玲：體育報導中戰爭隱喻修辭現象研究，新聞愛好者，2010 年 5 月下半月刊。

20. 郭忠華：系統論視角下中國善治發展探討，廣東行政學院學報，2003 年 12 月，第 15 卷第 6 期。

21. 黃旦：從功能主義向建構主義轉化，新聞大學，2008 年第 2 期。

22. 黃旦：五四前後的新聞思想，浙江大學學報（人文社科版），2000 年 8 月。

23. 黃旦：「耳目」與「喉舌」的歷史性變化——中國百年新聞思想主潮論，新聞記者，1998 年第 10 期。

24. 黃崑崙：論大眾文化話語系統中的典型報導的創新，新聞界，2002 年第 1 期。

25. 黃敏：再現的政治——CNN 關於西藏暴力事件報導的話語分析，新聞與傳播研究，2008 年第 15 卷第 3 期。

26. 郝永華：融合與衝突：論新聞報導中的網民話語，新聞傳播評論（2010 年卷）。

27. 何愛國：從「單位人」到「社會人」：50 年來中國社會整合的演進，愛思想網。

28. 郝志東：媒體的專業主義和新聞工作者角色——以海峽兩岸媒體對臺灣立法委員選舉的評論、報導爲例，新聞學研究，第 101 期。

29. 胡毅：消費圖景下專業主義對新聞話語力量的建構，大眾文藝，2011 年第 2 期。

30. 胡華軍、劉海貴：國民能夠被嚮導嗎？——梁啓超受眾觀研究，西南民族大學學報，2005 年第 12 期。

31. 姜紅、許超眾：從「鬥士」到「智者」：輿論監督的話語轉型——新世紀以來《南方週末》文本分析，新聞與傳播評論，2008 年 12 月。

32. 金小紅：吉登斯的結構化理論與建構主義思潮，江漢論壇，2007 年 12 期。

33. 紀衛寧：消費文化的映像——話語商品化的社會學解讀，甘肅社會科學，2010 年第 5 期。

34. 李輝：葛蘭西的文化領導權理論，山東師範大學學報（人文社科版），2011 年第 56 卷第 2 期。

35. 李良榮：艱難的轉身——從宣傳本位向新聞本位——共和國 60 年新聞媒體，國際新聞界，2009 年第 9 期。

36. 李良榮、鄭雯：論新傳播革命——「新傳播革命研究之二」，現代傳播，2012 年第 4 期。

37. 李豔紅：政治新聞的模糊表述：從中國大陸兩家報紙對克林頓訪華看市場化的影響，新聞學研究，第 75 期。

38. 李建群、楊暢：「公民文化」道德視域的哲學反思，西安交通大學學報（社會科學版），2010 年第 1 期。

39. 李華：「群眾」與「公民」：中西國家構建的比較分析，2011 年 11 期。

40. 李素臻：從宏觀政治轉向微觀政治——解構主義政治哲學的主題維度，理論探討，2009 年第 4 期。

41. 李岩：新聞專業主義在中國大陸的實踐與變異，當代傳播，2011 年第 1 期。

42. 李小勤：傳媒越軌的替代性分析框架——以《南方週末》爲例，傳播與社會學刊，2007 年第 2 期。

43. 陸曄、潘忠黨：成名的想像——中國社會轉型過程中新聞從業者的專業主義，新聞學研究，2002 第 71 期。

44. 陸曄：權力與新聞生產過程，二十一世紀（香港），2005 年 12 月。

45. 陸曄：社會控制與自主性──新聞從業者工作滿意與角色衝突分析，現代傳播，2004 年第 6 期。

46. 林暉：市場經濟與新聞娛樂化，新聞與傳播研究，2001 年第 2 期。

47. 林溪聲：「以先知覺後知，以先覺覺後覺」──論孫中山的報時思想，中國廣播電視學刊，2011 年第 10 期。

48. 劉建新：現代傳媒消費主義傾向，新聞記者，2005 年第 8 期。

49. 劉昌偉、吳薇：中國新聞話語十年變遷──以《人民日報》2000～2010 年國慶社論為例，新聞世界，2011 年第 3 期。

50. 劉文瑾：一個話語的寓言──市場邏輯與 90 年代中國大眾傳媒話語空間的構造，新聞與傳播研究，1999 年第 6 期。

51. 林芬、趙鼎新：霸權文化缺失下的中國新聞與社會運動，傳播與社會學刊，2008 年第 6 期。

52. 李文輝、史雲貴：當代中國地方治理中的話語民主論析，湖北社會科學，2010 年第 5 期。

53. 孟建：中國大眾傳播發展與社會民主化進程的共時態分析，城市黨報研究，2004 年第 4 期。

54. 寧靜：南方週末的墮落──關於新聞主義的堅守或背離，新聞知識，2009 年 1 月。

55. 邱鴻峰：從「英雄」到「歹徒」：新聞敘事中心漂移、神話價值與道德恐慌，國際新聞界，2010 第 12 期。

56. 潘忠黨、陳韜文：從媒體範例評價看中國大陸新聞改革中的範式轉變，新聞學研究，第 78 期。

57. 秦志希、葛豐、吳洪霞：網絡傳播的「後現代」特性，武漢大學學報（人文科學版），2002 第 6 期。

58. 任劍濤：道德理想‧組織力量與志願行動──簡論志願者行動的動力機制，開放時代，2001 年第 11 期。

59. 芮必峰：描術乎？規範乎？──新聞專業主義之於我國新聞傳播實踐，新聞與傳播研究，2010 年第 1 期。

60. 孫立平、王漢生等：改革以來中國社會結構的變遷，中國社會學網。

61. 孫瑋：論都市報的公共性，新聞大學，2001 年冬季號。

62. 孫瑋：媒介話語空間的重構：中國大陸大眾化媒介報紙媒介話語的三十年演變，傳播與社會學刊，2008 年第 6 期。

63. 孫旭培、魯珺瑛：論推進與論監督的三類經驗，新聞大學，2003 年（夏季號）。

64. 盛芳：消費語境下典型人物報導構建文化認同的困境，人民網。

65. 邵培仁、邱戈：論身份研究的可能性與科學性，現代傳播，2006 年第 3 期。

66. 田野、田飛：微博話語權分配與議程設置的關係，新聞愛好者，2011 年 3 月（下半月）。

67. 陶東風、呂穎鶴：雷鋒——社會主義倫理符號的塑造及其變遷，學術月刊，2010 年 12 期。

68. 陶東風：紅色經典：在官方和市場的夾縫中求生存，中國比較文學，2004 年第 4 期。

69. 陶東風：大眾消費主義文化研究的三種範式及其西方資源，文藝爭鳴，2004 年第 5 期。

70. 邰小麗：試析大眾傳媒在中國消費文化興起和傳播中的作用，國際新聞界，2009 年第 5 期。

71. 涂鳴華：我國新聞話語體系的歷史流變，青年記者，2013 年上半月刊。

72. 翁玉蓮：新聞評論話語關係（屬性）過程中動詞的選擇及特點，新聞界，2012 年第 23 期。

73. 吳廷俊：顧建明，典型報導與毛澤東思想，新聞與傳播研究，2001 年第 3 期。

74. 吳海剛：雷鋒的媒介宣傳與時代變革，二十一世紀（香港），2001 年第 4 期。

75. 楊家勤：聯播類新聞欄目的權威修辭策略——以新聞聯播和安徽新聞聯播為例，貴陽學院學報（社會科學版），2012 年第 1 期。

76. 吳果中、尹志偉：中國輿論監督話語生產的歷史演變，國際新聞界，2010 年第 3 期。

77. 王辰謠：淺議十八大以來新聞話語方式的變革，新聞戰線，2013 年 2 月。

78. 王毓莉：馴服 V.S.抗拒：中國政治權力控制下的新聞專業抗爭策略，新聞學研究，2012 年 1 月，第 110 期。

79. 夏倩芳：黨管媒體與改善新聞管理體制——一種政策與官方話語，新聞與傳播評論，2005 年 5 月。

80. 謝靜：民粹主義——新聞專業場域的話語策略，國際新聞界，2008 年第 3 期。

81. 向熹：南方週末：新聞專業主義的堅持與創新，傳媒，2010 年第 7 期。

82. 蕭功秦：後全能體制與二十一世紀中國的政治發展，http://www.chinareview.com/sao.asp?id=5538 數據來源：社會組織網，http://www.chinanpo.gov.cn/1800/58266/yjzlkindex.html。

83. 于建嶸：轉型期中國的社會衝突，鳳凰週刊，2006 年第 176 期。

84. 姚宏志：從「敢治」、「能治」到「善治」——建國後中國共產黨治國觀念的躍遷，安徽師範大學學報第 35 卷 6 期，2007 年 11 月。

85. 袁爲：建國以來政治形象人物的塑造與傳播，黑河學刊，2008 年第 2 期。

86. 袁光鋒：作爲政治神話的「榜樣」與社會主義新人的塑造：「雷鋒」符號的生產、運作機制與公眾記憶，思與言，2010 年第 12 月，第 48 卷第 4 期。

87. 袁光鋒：從文本、制度到行動：體制縫隙與實踐的新聞專業主義——基於行動的新聞專業主義研究路徑，中國地質大學學報，2011 年第 9 期。

88. 曾慶香：話語事件：話語表徵及其社會巫術的爭奪，新聞與傳播研究，2011 年第 1 期。

89. 曾慶香：西方某些媒體「3.14」報導的話語分析，國際新聞界，2008 年第 5 期。

90. 周璿：網絡公共話語對精英文化的顛覆與解構——以網絡語「杜甫很忙」爲例，山東視聽，2012 年第 9 期。

91. 尹保雲：中國的意識形態重構，中國改革，2000 第 12 期。

92. 張斌：新聞生產與社會建構，現代傳播，2011 年第 1 期。

93. 趙豔芳：語言的隱喻認知結構——〈我們賴以生存的隱喻〉評價，外語教學與研究，1995 年第 3 期。

94. 朱光磊：從身份到契約——當代中國社會階層分化的特徵與性質，當代世界與社會主義（季刊），1998 年第 1 期。

95. 趙月枝：有錢的、下崗的、犯法的：解讀 20 世紀 90 年代中國的小報故事，開放時代，2010 年第 7 期。

96. 張警：社會轉型期道德失落和重建探析，改革與開放，2011 年版。

97. 朱清河、張榮華：新聞專業主義理論與實踐的中國近觀，蘭州大學學報（社會科學版），2009 年 6 期。

98. 張愛鳳：新媒介與當代中國文化政治的轉向——從微博熱點事件看「微觀政治」的影響，浙江傳媒學院學報，2012 年第 6 期。

99. 朱成君：三個代表與政治文明：政治合法性的兩個支點，攀登，2003 年第 5 期。

100. 鄭曙村：中國共產黨執政合法性轉型及其路徑選擇，文史哲，2005 年第 1 期。

## （二）學位論文

1. 靳赫：黨報學雷鋒報導的嬗變——以《人民日報》爲例，蘭州：蘭州大學碩士學位論文，2012 年版。

2. 李豔紅：弱勢社群的公共表達——當代中國市場化條件下的城市報業與「農民工」，香港：香港中文大學哲學博士論文，2004 年版。

3. 李靜：醫學——現代國家與傳媒，上海：復旦大學博士論文，2009 年版。

4. 劉瓊：文革語言研究，濟南：山東大學碩士論文，2006 年版。

5. 呂穎鶴：雷鋒形象的文化建構，北京：首都師範大學碩士論文，2009 年版。

6. 任俊英：典型報導的話語分析——從福柯的視點出發，上海：復旦大學博士論文，2006 年版。

7. 王海：娛樂新聞話語研究，上海：上海大學博士論文，2008 年版。

8. 吳暢暢：傳媒、現代性與工人階級主體性——以《工人日報》等為例，上海：復旦大學博士論文，2008 年版。

9. 許秋紅：媒體權力的式微 受眾權力的張揚，福州：福建師範大學碩士論文，2011 年版。

10. 朱樹彬：毛澤東個人崇拜現象的歷史考察，北京：中共中央黨校博士論文，2007 年版。

11. 高俊霞：新聞話語中的引語研究，上海：華東師範大學碩士學位論文，2006 年版。

12. 邱戈：大眾傳播的文化斷裂——論當代中國媒介的身份危機，杭州：浙江大學博士論文，2006 年版。

13. 彭利國：新聞話語的意識形態差異——新中國 60 週年國慶慶典的全球媒介鏡像，濟南：山東大學碩士論文，2006 年版。

## 三、英文文獻

1. Becker, J. Lessons from Russia: A neo-authoritarian media system. European Journal of Communication, 19（2），（2004），139.

2. French & M. Richards（Eds.），Television in Asia（pp. 232～263）. New Delhi, India: Sage.

3. Gan, X. Debates contribute to the development of the journalistic science. The Journal of Communication,（1994），44（3）.

4. Hartman, P.Husband, C. and Clark, J.（1974），'Race as News: A Study in the Handling of Race in the British National Press from 1963～1970', Paris: UNESCO.

5. Heather Jean Brookes, Suit, Tie and a Touch of Juju? The Ideological Construction of Africa: A Critical Discourse Analysis of News on Africa in the British Press, Discourse Society 1995（6）.

6. Jenkins, H.（2006）. Convergence. Culture: where Old and New Media Collide. New York, London: NYU Press.

7. Louise Phillips, Media discourse and the Danish monarchy: reconciling egalitarianism and royalism, Media Culture Society 1999 21: 221.

8. Lee P.S.N.（Ed）, Telecommunication and development in China.（pp：89 ～110）, Cresskill NJ.Hampton Press.

9. Louise Phillips, Media discourse and the Danish monarchy: reconciling egalitarianismand royalism, Media Culture Society 1999（21）.

10. Max, W.: Economy and Society, University of California Press, 1978.

11. MAKINEN M, Digital Empowerment as a Process for Enhancing Citizens, Participation［J］· E-Learning, 2006, 3（3）.

12. Wodak, R.& Matouschek. B.（1993）, "We Are Dealing with People Whose Origins One can Tell Just By Looking": Critical Discourse and the Study of Neo-racism in Contemporary, Discouse & Society 4（2）.

13. Pan, Z. &Chan, Joseph Man, Shifting Journalistic Paradigms How China's Journalists Assess "Media Exemplars" Ccommunication Research, Vol. 30 No. 6, December 2003.

14. Pan, Z.（2000）. Spatial configuration in institutional change: A case of China's journalism reforms. Journalism, 1, 253～281.

15. Pan, Z. & Chan, J.M.（2000）. Building a market-based party organ: Television and national integration in thePeople's Republic of China.InD.

16. Ron and Cohen, One of the Bloodiest Days: A Comparative Analysis of Open and Closed Television News, Journal of Communication 42（2）.

17. Rongquan, Karen Wu, Public discourse as the mirror of ideological change: a keyword study of editorials in People's Daily.

18. Sparks, C.（2000）. Introduction: Panic over tabloid news. In C. Sparks & J. Tulloch（Eds.）, Tabloid tales: Global debates over media standards（pp.1～40）. NewYork and Oxford: Rowman and Littlefield.

19. Stephen R. Barley; Gideon Kunda, Design and Devotion: Surges of Rational and Normative Ideologies of Control in Managerial Discourse, Administrative Science Quarterly, Vol. 37, No. 3.（Sep., 1992）, pp. 363～399.

20. Van Dijk, T. A（1987）, Communicating Racism, Ethnic Prejudice in Thought and Talk, London: Sage.

21. Wu, G. Command communication: The politics of editorial formulation in the People's Daily. China Quarterly,（1994）.194～211.

22. Walter Lippmann, Public Opinion（New York: Dover Publication s, INC, 2004）

23. White, D. M, The Gatekeeper: A Case Study in The Selection of News, Journalism Quarterly（27, 1950）.

24. ZHENG, Y.N. Technological Empowerment：The Internet, State, and Society in China〔M〕·Stanford, CA: Stanford University Press, 2008.

25. Zhao, Y. From commercialization to conglomeration: the transformation of the Chinese press within the orbit of the party state. Journal of Communication, 50（2）,（2000）.

附錄：雷鋒報導部分文本

# 附錄一：毛主席的好戰士——雷鋒

甄爲民 佟希文 雷潤明

> 每個人每時每刻都在寫自己的歷史。每個共產黨員和共青團員
> 都應好好的想一想，怎樣來寫自己的歷史。……我要永遠保持自己
> 歷史鮮紅的顏色。
>
> ——摘自雷鋒日記

在瀋陽，在遼寧的每個城市，在中國人民解放軍瀋陽部隊每個連隊裏，人們都在談論著一個普通戰士的名字——雷鋒。這位被譽爲毛主席的好戰士、無產階級革命戰士的解放軍某部班長，正當生命火花四射的時刻，竟與世永訣了。他的整個生命還不到二十二年，可是，他卻給人們留下了一部鮮紅鮮紅的歷史。

雷鋒——這個貧苦農民的兒子，從小生活在非人的極端貧困和飢餓裏，直到解放，他才第一次感到人間的溫暖。黨從死亡中救了他，他熱愛黨，熱愛毛主席，熱愛解放軍，而對舊社會的壓迫者和剝削者懷著無比的仇恨。十歲，他參加了對敵人——地主階級的鬥爭，十六歲起，投入了建設社會主義祖國的行列，當過國營農場的拖拉機手，參加過鞍鋼的建設，一九六〇年，他又成了保衛祖國的中國人民解放軍的一員。在革命部隊裏，他光榮地參加了中國共產黨。在黨的教育培養下，他堅定地樹立了終身爲共產主義事業奮鬥的偉大理想。在日常生活中，他一直把革命利益放在第一位，他聽黨的話，他努力學習毛主席的著作，他關心別人勝過自己，他英勇頑強而又艱苦樸素……。這些年來，他爲黨和人民做了許多有益的事情。雷鋒的歷史是一部深受民族壓迫、封建剝削和資產階級壓榨的勞動人民的血淚史，是一個工農兵群眾自覺的革命鬥爭的歷史。

## 牢記階級敵人殺親之仇

雷鋒生在湘江畔望城縣安樂鄉的一個雇農家裏。當他剛剛懂得想念爸爸的時候，爸爸因為參加抗日鬥爭，被日本強盜活埋了。扔下母子四人，飢餓難當，媽媽讓剛滿十二歲的哥哥進工廠當了童工。可是，機器把哥哥的小胳臂軋斷了，資本家一腳把他踢出了工廠。哥哥回家沒錢醫治，活活疼死在媽媽的懷裏。接著，小弟弟也餓死在床上。苦命的媽媽為了保全這最後一條命根，忍氣吞聲地給一家姓譚的地主幫工。哪知道，媽媽在這地主家裏，竟被少東家強姦了。這位飽受摧殘的善良婦女，終於在一九四六年七月十五日的晚上，含恨懸樑自盡了。她留給了雷鋒兩句遺言：願老天保祐你自長成人，給全家報仇！

這時，雷鋒還不滿七歲。他在失掉一切親人之後，地主又強迫這個孤苦伶仃的兒童給放豬。住的是豬欄、吃的是黴米。多天，衣不遮寒，他擠在豬仔窩裏，偎著母豬肚皮取暖。一天，地主的狗偷吃了他的飯，雷鋒打了這條狗一下，不料惹出大禍，地主譚老三揮起一把剁豬草的刀，朝雷鋒左手連砍三刀，把他趕了出來。

小小年紀的雷鋒並沒有因此而失去生活的勇氣。他記著媽媽死前的話，一心要活下去，為全家報仇。他用泥土糊住刀傷，逃進深山，拾野果，喝山水，有時用手攀些樹條，到村中換飯吃。夏天讓蚊蟲咬爛了全身，多天在山廟裏凍得難熬，但他還是頑強地生活著。不過，經過兩年非人生活的折磨，他已經枯瘦不堪了。正在雷鋒瀕於死亡的時刻，他的故鄉解放了。人民政府的鄉長彭德茂，從深山破廟裏找到了遍體鱗傷的雷鋒，送他進了醫院，治好了滿身的膿瘡。當彭鄉長拿著給他做的新衣裳，接他出院的時候，雷鋒雙膝跪在彭德茂的腳下，喊著「救命恩人哪！」從媽媽死後，他第一次流下熱淚，也是第一次下跪。彭德茂急忙扶起他，撫摸著他的頭說：「我們的救命恩人，是毛主席，是共產黨，是解放軍，現在，可以給你的父母兄弟報仇了！」從此，雷鋒苦盡甜來。他懷著對壓迫者和剝削者的深仇大恨，十歲那年（一九五〇年）便手執紅纓槍，投入了反封建的鬥爭。當時他是兒童團長，和一隊同命運的小夥伴，押著惡霸地主遊街。在鬥爭大會上，他用被砍傷的手，揪著害死媽媽的地主問罪。他親眼看到人民政府槍決了那地主，為他，為千百萬窮人報了仇。

人民政府免費供這個苦孩子上了小學。他最先學會了「毛主席萬歲」五個字。他默默地對死去的媽媽說：「老天沒有保祐我，是毛主席，是共產黨救了我的命。」他用六年時間便學完了從小學到初中的九年功課；儘管人民政府決定供他念完大學，他卻急不可耐地要爲祖國社會主義建設添磚加瓦。這時，他才十六歲。

## 發無產階級之憤

雷鋒從十歲就想當兵爲親人報仇。可是，當時他年紀太小，解放他的家鄉的一位解放軍連長對他說：「你的仇，大家替你報！等你長大了，建設咱們的新中國吧！」雷鋒長大了，果然獻身於祖國的社會主義建設。不論參加農業生產，當國營農場拖拉機手，還是從溫暖的南方來寒冷的東北鞍鋼開推土機，他都恨不得把自己的手臂變成頂天立地的鋼樑，把祖國的社會主義大廈趕快支撐起來。

在一九五八年秋天，在黨中央發出大辦鋼鐵的號召不久，鞍鋼派人到雷鋒所在的團山湖農場招收青年工人。因爲雷鋒懂得鋼鐵同祖國建設的關係，便毅然報名應招。到了鞍山，他駕起了推土機。他駕駛的「斯大林８０號」推土機，車體高大，一位老師傅怕累壞了他，要給他換個小型的機車。他說：「開大車幹大活，再困難，我也能夠克服。」不久，鞍鋼爲了發展鋼鐵生產，化工總廠要在弓長嶺建一個化工分廠，動員一批工人去搞基本建設，雷鋒第一個報了名。有人對他說，那裡吃沒好吃，住沒好住，勸他不要去。雷鋒聽了非常生氣，他說：「正因爲那裡是這樣，我才情願去！」他去了，什麼活重幹什麼活，不管多麼艱苦，他都毫不畏懼地迎上前去。這個貧苦農民的兒子，經過工人階級隊伍的鍛鍊，視野更加寬闊了，革命責任感更加強烈了。

在一九五九年十二月三日，他聽了徵兵報告之後，第二天一大早，就到徵兵站報名應徵。他知道自己的身材太矮，很擔心身體檢查不及格。在兵役局量身高的時候，他偷偷地踮起了腳，軍醫發現了，笑了笑，讓他再量一次，結果只有一百五十二釐米高；量體重時，儘管他站在磅秤上用力往下壓，也只有四十七公斤；身高、體重都不合格。醫生又發現他身上有許多傷疤。提起這傷疤，他立刻流下了淚水，跟醫生講述了自己的苦難童年。他說：「記起過去的仇恨，我非參軍不可。」醫生很同情他，讓他去找兵役局再談談。他跑到兵役局找到了來接新戰士的荊營長，他拉著荊營長的手，訴說了自己過

去的一切。他說：「想起過去，想到咱們國家周圍還有美帝國主義，我的心就催促我拿起武器保衛祖國……。」他講著講著哭了，荊營長也流下了熱淚。荊營長以老戰士的名義，收下了這個新兵。

作為一個戰士，雷鋒深知戰士的責任。

這裡有一段與洪水搏鬥的故事，可以感到這個革命戰士的責任感是多麼強烈：一九六〇年八月，當百年不遇的大洪水襲擊撫順的時候，雷鋒所在連隊接受了參加抗洪搶險的命令。當時，雷鋒身體不好，連長讓他留下來休息。他卻找到連長懇求說：「洪水正威脅人民的生命財產的安全，我在家呆不住，我請求和連隊一塊兒去！」由於他百般要求，連長和指導員最後同意了。情況很緊張，晝夜不停的大雨，傾滿了上寺水庫，中共撫順市委決定開掘溢洪道以防萬一，並把這個艱巨任務交給了部隊。雷鋒同他的戰友們，頂著大雨，踏著泥漿，連夜挖掘溢洪道。他揮鍬猛挖，突然鍬板脫落了，天黑看不見，找不到，他就甩掉手中的鍬把，用手挖泥。時間長了，手指磨破了，鮮血摻著稀泥，濺滿了他的軍裝。衛生員讓他下去上點藥，他說：「眼前的洪水，豈不和萬惡的敵人一樣，哪能為點輕傷誤了大事！」天快亮了，當部隊集合被換下要去休息時，雷鋒突然暈倒在地。連長立刻命人把他扶到老鄉家去。打針，服藥，護理了一天，雷鋒覺得輕鬆了許多。傍晚，外邊一響起集合的哨音，他趁衛生員沒留神，拔腿就跑，又闖進了夜雨濛濛的工地。在這以後不久，在部隊黨組織的教育下，他光榮地參加了中國共產黨。

## 活著就是為了使別人過得更美好

共產黨員雷鋒，在他的一言一行中，都閃耀著燦爛的共產主義光輝。

他在日記中曾經寫道：「我覺得要使自己活著，就是為了使別人過得更美好。我要以黃繼光、董存瑞、方志敏……等同志為榜樣，做一個熱愛祖國、熱愛人民，永遠忠實於黨、忠實於人民革命事業的人。」

這就是他的人生觀，這就是他的生活目的。他是個運輸兵，是個班長，但他不滿足於僅僅完成自己的本職工作，總想多做些事。連隊各項活動他幾乎全部參加了。連隊俱樂部的學習委員是他，他熱心地幫助大家學習毛主席著作，買書、借書給大家看，給大家讀報，宣傳黨的方針政策和國內外大事。開展文化學習時，他主動請求擔任兼職教員，在業餘時間裏，給大家講課，批改作業。他是技術學習小組長，也是連隊的教歌骨幹，他還擔任了部隊駐

地附近小學少年先鋒隊的輔導員。對他來說，事情越多越好，為黨為人民工作，他有無限的熱情和精力。和他生前一起相處的戰友告訴我們，什麼個人打算呀，情緒不高呀等等，根本和雷鋒沾不上邊，他整天笑容滿面，心裏想的除了工作就是學習。他認為那些「鬧名譽，鬧地位，鬧出風頭」的人一個個都是「沒出息」！

這裡記述的是雷鋒的一些小事：

有一次，他到安東去參加軍區體育運動大會，從撫順一上火車，就主動做了義務列車員，擦地板，擦玻璃，幫婦女抱孩子，給老人找坐位，沖茶倒水，忙個不停，稍一有空，又拿出報紙，給旅客讀報。

另一次，他外出在瀋陽換車時，看見一個從山東來的中年婦女，急著要到吉林去探親，可是車票在中途丟了。他看她情真意切，二話沒說，就領著這位大嫂到售票口，自己掏錢買了張車票，又帶著她上了車。

一個星期天，他肚子疼，到醫務所去看病，經過一個建築工地，那火熱的勞動場面，立刻吸引了他。他忘了自己是個病號，奔到推磚場，操起一輛小車就推起磚來了，心想：能為社會主義建設添一塊磚也是好的。這個來歷不明的解放軍戰士，越幹越歡，車子推得飛快，臉上流著汗水，使全工地的建設者受了很大的鼓舞，不久工地廣播站傳出了「向解放軍學習」的聲音。最後當工人們知道他是個病號時，都萬分感動，大家寫了表揚他的大字報，敲鑼打鼓把他送回營房。

雷鋒每月的津貼除了交黨費、買肥皂、理髮和買書而外，全部存入銀行。班裏有的新戰士問他：「你就是一個人，何必這樣熬苦自己呢？」雷鋒回答說：「誰說我熬苦自己，現在的生活比我過去受的苦真是好上天了。」雷鋒存那些錢準備幹什麼用呢？謎底到底揭開了：部隊領導機關先後收到了中共遼陽縣委辦公室、撫順望花區和平人民公社的來信，感謝雷鋒在遼陽遭受特大洪水災害和城市人民

公社剛成立的時候，分別寄來了一百元錢。雷鋒同志的一位同班戰友更接到一封奇怪的家信，這位戰友的父親在信中說：寄來的二十元錢已經收到，我的病已經好轉，望你在部隊安心。後來一打聽，又是雷鋒做的。為什麼要這樣做？雷鋒在日記上寫道：「有些人看我平時捨不得花一個錢，說我是『傻子』。其實，他們是不知道我要把這些錢攢起來，做一點有益於人民、有利於國家的事情。如果說這就是傻子，我甘願做傻子，革命需要這樣的傻子，建

設祖國也需要這樣的傻子，我就是長著一個心眼：我一心向著黨，向著社會主義，向著共產主義。」

雷鋒這樣處處表現出毫不利己、專門利人的高尚風格，是為了誇耀於人，求得領導的表揚和同志們的稱讚嗎？不是。運輸連的指導員高士祥同志告訴我們說，雷鋒絲毫也沒有這樣的思想，他做了好事從來也不對人講。那次抱病在工地運磚，人們再三問他的名字，他始終不說，只說是附近部隊的。人們握著他的手對他表示感謝時，他卻說「這是我應該幹的」。在瀋陽車站給那位山東大嫂買了車票，她問他在哪個部隊、叫什麼名字時，他卻幽默地說：「叫解放軍，住在中國。」

## 嚴格要求自己，努力鍛鍊自己

雷鋒同志的革命品質所以可貴，就可貴在「自覺」這兩個字上。在毛主席發出迎接合作化高潮的偉大號召的時候，他響應號召，參加合作社當了一個有文化的農民；當祖國號召要建設社會主義新農村的時候，他當上了第一批拖拉機手；當祖國號召大辦鋼鐵的時候，他又報名投入了鞍鋼工人的先進行列；當祖國處在帝國主義、反動派、現代修正主義的進攻之下，他又積極爭取當上了一名祖國的保衛者、人民解放軍的戰士。入伍那天，他在自己的日記上寫道：「我要堅決發揚革命部隊裏的優良傳統，向董存瑞、黃繼光、安業民等英雄們學習，頭可斷，血可流，在敵人面前決不屈服。我一定要做毛主席的好戰士！」參軍以後，他又以自己的行動，實踐自己的諾言。雖然舊社會留給他三條刀痕和一個有胃病的身體，但他嚴格地要求自己，努力鍛鍊自己。當他剛入伍投擲手榴彈不及格的時候，在全班同志幫助下，他以勤學苦練來彌補，終於在正式演習時達到「優秀」的水平。黨的艱苦樸素的優良傳統，他時刻牢記在心頭。按規定，部隊每年夏天發兩套軍裝，他卻領一套。他說：「我一套就夠穿，破了可以補一補，給國家能省一點是一點。」他用的搪瓷臉盆、口杯，上面的瓷幾乎全脫落了，像是用黑鐵做的。他穿的襪子補了又補，完全改變了原來的模樣。他看到有的人吃飯時掉了一粒米在地上，亂花了一分錢，他都善意地提出批評，耐心地進行幫助。

革命的自覺性決不同於盲目的自發性。雷鋒的自覺性是建立在活學活用毛主席思想的基礎上的。參軍後的這幾年，他響應部隊黨組織的號召，在人民解放軍這個大學校裏抓緊了一切學習時間，讀完了毛澤東選集一至四卷，

其中有些文章更反覆閱讀過好多遍。在學習中，他深深體會到學習得越多越深，思想越開朗，胸懷越開闊，立場越堅定，理想越遠大。

雷鋒同志一生的前進道路上，並不是沒困難的，他是在不斷克服困難的過程中，依靠黨和群眾，自覺地鍛鍊自己的革命意志。農業戰線上的治水模範，工業戰線上的先進生產者、紅旗手，解放軍中的五好戰士，團組織中的模範團員，撫順的人民代表等光榮稱號，就是雷鋒以自覺的主觀努力，克服各種客觀困難的最好證明。

雷鋒在一九六二年八月十日的日記中寫道：「今天我又認真學習了毛主席在中國共產黨第八次全國代表大會上的開幕詞，其中有兩句話：『虛心使人進步，驕傲使人落後』。這是千真萬確的真理。過去按毛主席的教導做了，所以進步了；現在，我仍要牢記毛主席的這一教導，更好地做到這一點，永遠做群眾的小學生，做人民的勤務員。」

就在寫出這些思想、并準備更加奮發為黨工作後的第五天——一九六二年八月十五日，雷鋒同志在執行勤務中，不幸犧牲了。

雷鋒同志的生命的火花是熄滅了，然而他的思想的火花將永遠放射光芒。正如中國人民解放軍總參謀長羅瑞卿和中共中央東北局第一書記宋任窮同志題詞中說的：「偉大的戰士——雷鋒同志永垂不朽！」「革命精神永垂不朽！」

（人民日報，1961 年 3 月 7 日）

# 附錄二：做新長征中的新雷鋒

《解放軍報》二月二十八日評論員文章（摘要）

　　總政治部發出通知，要求全軍進一步掀起學習雷鋒的熱潮，深入地開展學習雷鋒活動，使雷鋒精神在新的歷史時期更好地發揚起來。

　　雷鋒精神是我國社會主義時代的精神，是中國共產黨在黨、軍隊和人民群眾中長期培育的一代新風的代表。雷鋒的偉大形象和他的革命精神，在我國軍民特別是廣大青年中，已經紮了根。雷鋒精神不只是在五十年代、六十年代，而且在八十年代、九十年代以至更長的時間裏，都需要提倡和發揚。雷鋒是在新中國的紅旗下長大的，雷鋒精神產生於五十、六十年代，是歷史的必然。六十年代的後期和七十年代的大部分時間裏，雷鋒精神沒有得到繼續提倡和發揚，原因是林彪、「四人幫」歪曲雷鋒的形象，破壞干擾學習雷鋒活動。現在我們搞社會主義現代化建設，要堅定不移、貫徹始終地執行黨的路線和方針政策，要鞏固和發展安定團結的政治局面，要發揚艱苦奮鬥的創業精神，要造就一支堅持社會主義道路的具有專業知識和能力的幹部隊伍，我們就非常需要提倡和發揚雷鋒精神，非常需要千千萬萬新長征中的新的雷鋒。

　　雷鋒的精神，概括起來說，就是全心全意為人民服務。這種為人民服務的精神，又是通過一件一件的愛國家、愛人民、守紀律、講道德、奉公守法、公而忘私、鑽研業務、勤奮工作、好學上進、勤儉節約、見義勇為、助人為樂等等具體的事情表現出來的。不要看小了、看輕了這些所謂小事。正是這些所謂小事，顯示出了人與人之間的新型關係，顯示出了社會主義新人的精神面貌和道德品質，構成了我們社會主義社會的新風尚，從而成為一種力量，促使大家團結一致，同心同德地推動我們事業前進。人們為什麼如此長久地

懷念雷鋒？最近龍潭湖上解放軍戰士和工人同志搶救落水學生的事蹟，爲什麼廣爲傳頌？就是熱忱希望我們曾經有過的、後來被林彪、「四人幫」破壞的社會主義新風尚，恢復並且進一步發揚起來。在爲人民服務這件事情上，我們當然希望做得多一點，做一些大的重要的事情，但是，如果不能做大的重要的事情，那麼立足於本職，從現實情況出發，自覺地認眞地做好一點一滴所謂小事，同樣是光榮的。高尚與低下，美與醜，香與臭，榮與辱等等，不在於在什麼樣的崗位上，做什麼樣的工作，而在於對人民是否有益。有益於人民，這就是高尚；不利於人民，這才是低下。我們學雷鋒，樹新風，爲社會主義中國的前途而奮鬥，就要把什麼是高尚什麼是低下這個問題弄清楚，從一件又一件有益於人民的所謂小事做起，從眼前的工作做起，從自己能夠做的事情做起。只要我們全心全意腳踏實地做好一件又一件工作，盡自己的力量在某些方面創造出優異的成績，並在實踐中不斷提高覺悟，加強品德修養，這樣日積月累，一步一個腳印地前進，就可以成爲像雷鋒那樣的高尚的人。

雷鋒精神必須發揚，但是怎樣學雷鋒，又必須適應今天的新情況。不能簡單地表面地照著雷鋒的具體事蹟硬套，也不能照抄六十年代學習雷鋒的那些具體做法，而是要學習雷鋒的基本精神，結合自己的實際，發揚光大。我們要把學習雷鋒同當前國家和軍隊現代化建設的新情況緊密結合起來，同本單位以及個人的思想實際和工作實際緊密結合起來，還要同學習新湧現出來的英雄模範結合起來，用活生生的榜樣在幹部戰士中培育雷鋒那樣的共產主義思想、道德情操和服役態度、勞動態度，發揚雷鋒那種勤奮學習、善於學習、努力做到又紅又專的革命精神，樹立新的歷史時期各行各業雷鋒式的先進人物和先進集體。學習雷鋒是培養和教育青年一代的戰略任務，是樹立社會新風的重要方面，也是對於現代化建設的一種推動力量，各級黨委和政治機關一定要重視，切實加強領導，把學習雷鋒的活動紮紮實實地富有成效地開展起來。（人民數據庫資料）

（人民日報，1980 年 2 月 29 日第 4 版）

# 附錄三：雷鋒日記摘抄

原載《遼寧日報》

### 一九五九年十月二十五日

青春啊，永遠是美麗的，可是眞正的青春，只屬於那些永遠力爭上游的人們，屬於勞動的人，永遠謙虛的人。

在黨的教育下，思想開闊了。我懂得了這個道理：一朵鮮花扮不出美麗的春天，一個人先進總是單槍匹馬，人人先進才能移山塡海。

### 一九五九年十月×日

昨天我聽到一位從北京開積極分子代表大會回來的同志作報告。他說，毛主席在北京接見了他們，毛主席的身體很健康，對我們青年一代無比的關懷和愛護……。當時我的心高興得要蹦出來。我想，有一天我能和他一樣，見到我日夜想念的毛主席該有多好，多幸福啊！可巧，我在昨天晚上作夢就夢見了毛主席。他老人家像慈父般的撫摸著我的頭，微笑地對我說：好好學習，永遠忠於黨，忠於人民！我高興得說不出話來了，只是流著感激的熱淚。早上醒來，我眞像見到了毛主席一樣，渾身是勁，總覺得這股勁，用也用不完。

我決心聽黨的話，聽毛主席的話，永遠忠於黨，忠於毛主席，好好地學習，頑強地工作，爲黨和人民的事業貢獻自己的一切，作一個毫無利己之心的人，我一定爭取實現自己最美好的願望，眞正見到我們最偉大的領袖毛主席。

## 一九五九年十一月二日

　　我學習了毛主席著作以後，懂得了不少道理，心裏感到特別亮堂，工作越幹越有勁，只覺得這股勁永遠也使不完。

　　我爲了群眾盡了一點應當盡的義務，黨卻給了我極大的榮譽，去年我被評爲先進生產者，出席了鞍山市青年建設積極分子大會，這完全是黨的培養，是毛主席思想給了我無窮的力量，是廣大群眾支持的結果。我要永遠地記住：

　　一滴水只有放進大海裏才能永遠不乾，

　　一個人只有當他把自己和集體事業融合一起的時候才能有力量。

　　力量從團結來，智慧從勞動來，

　　行動從思想來，榮譽從集體來。

　　我要永遠戒驕戒躁，不斷前進。

## 一九五九年十一月十四日

　　今天，我感到特別的高興，一天緊張的工作過後，一點也不感到疲倦，我感到渾身是勁。深夜了，我坐在車間調度室裏，看一本學習毛澤東的思想方法和工作方法的書，我眞是看得入了迷，越看越想到毛主席的英明和偉大。

　　十一點鐘了。我走出門外，天黑得伸手不見五指，突然下起雨來了。陳調度員說：「我們建築焦爐的工地上，還散放著七千二百多袋水泥。」他急得一時手足無措。我急忙跑到二樓段長辦公室叫醒了劉段長。從段長辦公室裏走出來時，雨越下越大了。這時，我猛然想起黨教導我們要愛護國家財產，又想起了我是個共青團員，一種無窮的力量，鼓舞著我跑到工地上搶蓋水泥。我脫下自己的衣服，蓋在水泥上，然後又跑到宿舍，把自己的被子、褥子都拿出來去蓋水泥，我還發動了二十多個小夥子，組織了一個「搶救水泥突擊隊」。有的忙找雨衣，有的找葦席，蓋的蓋，抬的抬，經過一場緊張的勞動，使國家的財產免受重大損失。

　　這時，我才鬆了一口氣，抹掉了頭上的汗，回到宿舍，心平氣和地進入了甜蜜的夢鄉。我爲自己給國家、給黨做了一點點應該做的工作而感到高興。

## 一九五九年十二月十二日

　　一個人出生到世界上來以後，總要活上幾十年。從成年到停止呼吸的幾十年的生活，就構成個人自己的歷史。至於各人自己歷史的畫面上塗的顏色

是白的，灰的，粉紅的，或者是鮮紅的，雖然客觀因素起一定作用，而主觀因素卻起決定性的作用。每個人每時每刻都在寫自己的歷史，每個共產黨員和共青團員都應好好的想一想，怎樣來寫自己的歷史。每個共產黨員、共青團員，都要以馬列主義毛澤東思想來做自己思想行動的指導，我要永遠保持自己歷史鮮紅的顏色。

## 一九六〇年一月八日

今天，是我永遠不能忘記的日子。我穿上了軍裝，光榮地參加了中國人民解放軍，我好幾年的願望在今天實現了，我真感到萬分地高興和喜悅，這是我一生中最大的幸福。……

我要堅決發揚革命部隊裏的優良傳統，向董存瑞、黃繼光、安業民等英雄們學習，頭可斷，血可流，在敵人面前決不屈服。我一定要做毛主席的好戰士，我要把我最可愛的青春獻給祖國，獻給人類最壯麗的事業。

今天我太高興太激動了，千言萬語也表不完我的心情。

## 一九六〇年一月十二日

今天，我看了一篇文章，那上面講了許多怎樣向困難作鬥爭的道理。文章中說：

「鬥爭最艱苦的時候，也就是勝利即將到來的時候，也就是最容易動搖的時候。因此，對每個人來說，這是個『關口』。經得起考驗的，通過了這一關，那就成了光榮的革命戰士；經不起考驗的，通不過這一關，那就成了可恥的逃兵。

是光榮的革命戰士，還是可恥的逃兵，那就要看你在困難面前有沒有堅定不移的信念了。」文章中還說：

「困難裏包含著勝利，失敗裏孕育著成功，革命戰士所以偉大，就是他們能通過困難看到勝利；透過失敗能看到成功，因此他們即使遇到天大的困難，也不會畏怯逃避；碰到嚴重的失敗，也不洩氣灰心，而永遠是幹勁十足，勇往直前，終於成為時代的闖將。」

這些話對我有深刻的教育作用，我要在困難中作個光榮的革命戰士，絕不作可恥的逃兵；我要作暴風雨中的松柏，絕不作溫室中的弱苗。

## 一九六〇年一月十八日

唱支山歌給黨聽，我把黨來比母親，母親只生我的身，黨的光輝照我心；舊社會鞭子抽我身，母親只會淚淋淋，共產黨號召我鬧革命，奪過鞭子揍敵人……。

## 一九六〇年三月十日

今天，我在電影裏，看到了英雄的革命戰士董存瑞的光輝形象。他為了黨和人民的事業，為了人類的解放而獻出自己寶貴的生命。這種崇高的精神是值得我永遠學習的。

今天，我國的領土臺灣還被美帝國主義和蔣介石霸佔著，世界上還有三分之二的窮人沒有得到解放，他們沒有吃沒有穿，受著壓迫、剝削，我絕不能眼看著他們受欺凌，一定要將革命進行到底，解放所有受苦受難的人民。

## 一九六〇年八月二十日

撫順市望花區成立了人民公社，我把平時節省下來的一百元錢，支持了他們；遼陽市發生水災時，我把省吃儉用節約的一百元錢寄給了遼陽災區人民。

有些人看我平時捨不得花一個錢，說我是「傻子」。其實，他們是不知道我要把這些錢攢起來，做一點有益於人民、有利於國家的事情。如果說這就是傻子，我甘願做傻子，革命需要這樣的傻子，建設祖國也需要這樣的傻子，我就是長著一個心眼：我一心向著黨，向著社會主義，向著共產主義。

## 一九六〇年十月二十一日

今天吃過早飯，連首長給了我們一個任務：上山砍草搭菜窖。……勞動到了十二點，大家拿著自己從連裏帶來的一盒飯，到達了集合地點，去吃中午飯。當時，我發現王延堂同志坐在一旁在看著大家吃，我走到他面前一看，他沒有帶飯來，於是我拿了自己的飯給他吃，我雖餓點，讓他吃飽，這是我最大的快樂。我要牢牢記住這段名言：

「對待同志要像春天般的溫暖，

對待工作要像夏天一樣的火熱，

對待個人主義要像秋風掃落葉一樣，

對待敵人要像嚴冬一樣殘酷無情。」

## 一九六〇年十一月八日

今天是我永遠不能忘記的日子，我光榮地加入了偉大的中國共產黨，實現了自己最崇高的理想。

我激動的心，一時一刻也沒有平靜下來。偉大的黨啊！英明的毛主席！有了您，才有了我新的生命；我在九死一生的火坑中掙扎，盼望著光明時刻的到來，是您，把我拯救出來，給我吃的穿的，送我念書，培育我帶上了紅領巾，加入了光榮的共青團，參加到祖國的工業建設崗位，又走上了保衛祖國的戰鬥崗位……。

是您，使我從一個放豬出身的窮孩子，成長為一個有一定政治覺悟的共產黨員。

我要永遠聽黨的話，在您的教導下盡忠效力，永遠做祖國人民的忠實兒子。我要全心全意地為人民服務，永遠做人民群眾的忠實的勤務員。為了黨的事業，為了全人類的自由、解放、幸福，就是入火海上刀山，我也心甘情願！就是粉身碎骨，也是赤膽紅心，永遠不變！

## 一九六〇年十一月十五日

我們決不能好了瘡疤忘了疼

我今天看了一齣評劇《血淚仇》。當我看到劇裏的王東保、小貴芳他們遭到階級敵人的迫害，被逼死的慘景時，不禁回憶起我的過去。

那時候，我雖年輕，但對那些像野狼般的帝國主義和剝削階級是多麼的痛恨哪！那時我想，要是有親人來搭求我，我一定要拿起槍來粉碎那些狗豺狼們，為爹媽報仇！自從來了人民的大救星、偉大的中國共產黨，把我從火坑裏救出來。

我時時刻刻都感到生活在偉大的毛澤東時代是多麼的幸福呵！但我也常常這樣想：

我們決不能好了瘡疤忘了痛，應該想想過去，看看現在，更高地舉起毛澤東思想的紅旗；發揚革命先烈們艱苦奮鬥的優良傳統，全心全意地投入到保衛和建設社會主義的事業中去，做出更多更好的成績，不辜負黨和毛主席對我們的關懷和鼓舞。

## 一九六一年一月二十四日

看問題不要只看現象，要從現象中抓住本質。有人說南方地主剝削農民輕些，北方狠些，這都是不正確的。張三是活閻王，李四是笑面虎，絕不能說李四比張三好些。天下烏鴉一般黑。

## 一九六一年五月三日

對於落後的東西，我們要去掃除，就像用掃帚掃房一樣。從來沒有不經過打掃而自動去掉的灰塵。

通過學毛主席著作和自己實踐，我深深認識到毛澤東思想是做好一切工作的根本保證。今後我要更好學習毛主席著作，用它武裝自己頭腦，指導一切行動，永久做一個有益於人民的人。

## 一九六一年七月一日

今天是黨的四十週年生日，我有向黨說不盡的話，感不盡的恩，表不盡為黨終身奮鬥的決心。我一個放豬的孤兒直到戰士、黨員、人民代表，這一切是我做夢也想不到的。可以肯定的說，沒有黨就沒有我。每當朋友們稱讚我，我就感到不安。我像個學走路的孩子，黨像母親一樣扶著我，領著我，教會我走路，我每成長一分前進一步，這裡面都滲透著黨的親切關懷和苦心栽培。

親愛的黨──我慈祥的母親，我要永久做您忠實的兒子，為實現共產主義，獻出自己全部的力量，直至生命。

## 一九六一年七月二十二日

毛主席寫的《紀念白求恩》我早已讀了。白求恩的國際主義和共產主義精神感動得我流淚，對我教育和啟發特別大，他那毫不利己、專門利人之心，鼓舞和鞭策了我的進步，使我收穫不少。

今天副指導員又給我們上了這一課，我又反覆地看了數遍，所受教育更深刻。

白求恩為了幫助中國的抗日戰爭，貢獻出了自己的生命，可是我呢，為黨為人民又做了些什麼呢？我的技術還不夠熟練，……我一定要加緊學習，保證開得動。

通過這篇文章的學習，使我深刻認識到：一個人活著，就應該像白求恩同志那樣，把自己的全部力量和整個生命獻給爲人類解放的事業，建設共產主義的事業。

## 一九六一年十月一日

今天是國慶節，我格外高興，在這偉大的節日裏，我加倍惦念英明的領袖毛主席。

敬愛的毛主席呀，毛主席，我天天想，日日盼，總想見到你，你老人家的照片，我每天要看好幾次，你老慈祥的面孔，我在夢中經常見到。我多麼想念呵！

何時能夠見到你，可現在我還差得很遠。沒有做出什麼成績，對人民沒有多大貢獻。但是，我有決心聽你老人家的話，永遠站穩立場。我要像松樹那樣，不怕風吹雨打，四季常青；我要像柳樹那樣，插到哪裏都能活；我要緊緊和人民聯繫在一起，在人民中生根、成長、結果，作人民最忠實的勤務員。

我要以堅強的毅力，頑強的勞動，刻苦學習，做好工作，爭取見到毛主席。

## 一九六一年十月二日

我做事老愛一個人幹，不愛叫別人，生怕人家不高興。

今天連長找我談話，句句打動了我的心。他說：「火車頭的力量很大，如果脫離了車廂，就起不到什麼作用。一個人做工作，如果脫離群眾，就會一事無成。」連長的話給我很大教育，使我懂得，一個人只有和集體結合在一起，才能有力量。

今天我發動全班同志打掃衛生，事實證明連長的話很正確。今後我無論做什麼，定要走群眾路線，依靠群眾，發動群眾，團結群眾一道爲建設共產主義貢獻力量。

## 一九六一年十月十七日

一塊好好的木板，上面一個眼也沒有，但釘子爲什麼能釘進去呢？這就是靠壓力硬擠進去的，硬鑽進去的。看來，釘子有兩個長處：一個是擠勁，一個是鑽勁。我們在學習中，也要提倡這種釘子精神，善於擠，善於鑽。

## 一九六一年十月二十日

人的生命是有限的，可是，爲人民服務是無限的，我要把有限的生命，投入到無限的「爲人民服務」之中去。

## 一九六一年十一月二十六日

我學習了毛澤東選集第一至四卷以後，感受最深的是：怎樣做人，爲誰活著。

我覺得要使自己活著，就是爲了使別人過得更美好。我要以黃繼光、董存瑞、方志敏……等同志爲榜樣，做一個熱愛祖國，熱愛人民，永遠忠實於黨、忠實於人民革命事業的人。

## 一九六一年十二月三十日

我們班裏喬安山同志的母親病了，來信叫他回家看看，上級批准他三天假。

可他很著急，想買點東西給母親吃，錢又不夠。我想：他的母親也就是我的母親，他有困難也等於是我有困難，就拿出自己的十元津貼費，還買了一斤餅乾，一起送給他，喬安山接到東西後說：「班長，我太感謝你了。」

## 一九六二年一月十四日

在最困難最艱苦的工作中，我想起了黃繼光，就渾身是力量，信心百倍，意志堅強。

在最複雜的環境中，在外出執行任務中，我想起了丘少雲，就嚴格要求自己，很好遵守紀律。

在得到福利和享受的時候，我想起了白求恩，就「先人後己」，把享受讓給別人。

當個人利益和國家、黨和人民利益矛盾的時候，我想起了過去家破人亡到處流浪的苦日子，就感到黨的恩情永遠報答不完。

## 一九六二年二月五日

今天是大年初一，大家愉快地歡度佳節……我想了想，每逢過年過節正是各種服務部門忙的時候，這些地方多麼需要人幫助呀！

我向副連長請了假，直奔撫順車站。我剛到，正好一列火車進站，我看見一位老太太背著一個大包袱上車，很吃力，我急忙跑過去，接過老太太的包袱，扶著她上了車，給她找了個座位，才放心。老太太緊握著我的手說：「你真是毛主席和共產黨教育出來的好兵！」

我掃候車室，給旅客倒開水，他們說：解放軍真好！

我這樣做，能使人民群眾更加熱愛黨，熱愛毛主席，熱愛解放軍，這就是我感到最幸福的。

## 一九六二年二月二十七日

雷鋒呀，雷鋒！我警告你：

牢記，千萬不可以驕傲。你永遠不能忘記，是黨把你從虎口中救出，是黨給了你一切，至於你能做一點事情，那是自己應盡的義務，你每一點微小的成績和進步，都要歸功於黨，要記在黨的賬上。

## 一九六二年三月四日

我要做高山岩石之松，不做湖岸河旁之柳。我願在暴風雨中，艱苦的鬥爭中鍛鍊自己，不願在平平靜靜的日子裏度過自己的一生。

## 一九六二年三月二十八日

我們要真正學到一點東西，就要虛心。裝知誠的碗，像神話中的「寶碗」，永遠也裝不滿。

## 一九六二年四月十五日

黃繼光這本書，我不止看過一遍，而且含著激動的眼淚，一字字，一句句，讀了無數遍。甚至，我能把這本書背下來。我每當看完一遍，就增加一分力量。

受到的教育一次比一次深。

我定要像黃繼光那樣，貢獻自己的生命，作祖國人民的好兒子。

## 一九六二年四月十七日

一個人的作用，對革命事業來說，就如一架機器上的一顆螺絲釘。機器由於有許許多多螺絲釘的聯接和固定，才成了一個堅實的整體，才能夠運轉自如，發揮它巨大的工作能力。螺絲釘雖小，其作用是不可估計的。我願永

遠做一個螺絲釘。螺絲釘要經常保養和清洗，才不會生鏽。人的思想也是這樣，要經常檢查才不會出毛病。

## 一九六二年五月八日

發放夏衣，本應領兩套軍衣，兩雙膠鞋。可我想，國家的東西都是寶貴的，我只領了一套衣服、一雙鞋，其他用品也少領。以前用過的東西，我都修補好了，繼續使用。我覺得現在穿一套打補釘的衣服，也比我過去流浪時披的破麻袋好千萬倍。

## 一九六二年五月二十日

下午我在保養汽車，突然下大雨，我正在蓋車時，見路上一位婦女，抱著一個女孩，右手拉著一個五、六歲的小孩，左肩上還背了兩個行李包，走起路來真是吃力。我急忙走向前，問她從哪裏來，到哪裏去，她說從哈爾濱來，到樟子溝去。她還告訴我說：「兄弟呀！我今天遭老罪啦，帶兩個孩子還背一些東西，天又下雨，天快黑了，還要走十多里路才能到家，現在我都累迷糊了，我哭也哭不到家呀！」

我聽她這麼說，心裏很過不去，我跑回部隊駐地，拿著自己雨衣給那位婦女，我又抱著她的孩子，冒著風雨送她們回家。在路上，我看那小孩冷得發抖，我主動脫下自己的衣服給他穿上；走了一點四十分鐘，終於把她們送到家，那婦女激動地對我說：「兄弟呀，你幫了我，我一輩子也忘不了你。」我說「軍民一家嘛，何必說這個……」風雨沒停，他們都留我住下，我想，颳風下雨天黑算得了什麼，一定趕回部隊，明天照常出車。我邊走邊想，我是人民勤務員，自己辛苦一點，多幫助人做點好事，這就是我最大的快樂和幸福。

## 一九六二年八月六日

我今天聽一位同志對另一位同志說：「人活著就是為了吃飯……。」我覺得這種說法不對，我們吃飯是為了活著，可活著不是為了吃飯。我活著是為了全心全意為人民服務，是為了人類的解放事業——共產主義而奮鬥。

## 一九六二年八月十日

今天我又認真學習了毛主席在中國共產黨第八次全國代表大會上的開幕詞，其中有兩句話：「虛心使人進步，驕傲使人落後」。這是千真萬確的真理。

過去按毛主席的教導做了，所以進步了；現在，我仍要牢記主席的這一教導，更好地做到這一點，永遠做群眾的小學生，做人民的勤務員。

（人民日報，1963 年 2 月 7 日第 5 版）

# 附錄四：長沙，續寫雷鋒日記 （與雷鋒精神同行）

本報記者：呂明軍、周立耘、顏　珂、侯琳良

　　嶽麓山畔，湘水之濱，生長於湖南長沙的雷鋒，22 年青春年華雖說短暫，卻在半個世紀的時空中影響深遠。50 年來，他始終屹立在億萬中國人的心靈深處。

　　「向雷鋒同志學習」，這樣一個彰顯和弘揚社會風尚的號召，穿越幾十年歷史風雨，今天依然魅力不減。

　　孕育了雷鋒的湖南長沙理應在「學雷鋒」中走在前列。這既是中央對長沙提出的明確要求，也是 600 多萬長沙市民的自我追求。

　　湖南省委常委、長沙市委書記陳潤兒表示，長沙市委、市政府將充分挖掘「雷鋒家鄉」這一寶貴資源，深入開展學雷鋒活動，使雷鋒精神成為這座城市的價值體現、精神座標和信仰寄託。

## （一）傳承——以雷鋒紀念館為原點，厚重的「雷鋒日記」不斷續寫，雷鋒精神薪火相傳

　　在位於長沙市望城區的雷鋒紀念館裏，雷鋒在 1956 年 7 月 15 日舉行的小學畢業典禮上的發言歷歷在目：我小學畢業了，將來，我要響應黨的號召當一名新式農民，駕駛拖拉機耕耘祖國大地；將來，如果祖國需要，我就去做個好工人建設祖國；將來，如果祖國需要，我就去參軍做個好戰士，拿起槍用生命和鮮血保衛祖國，做人類英雄。同學們，讓我們在不同的崗位上競賽吧！

這次畢業發言為他22年有限的人生作了無限的注腳：從農民，到工人，到士兵，雷鋒人生角色的每一次改變並不因報酬的多少，而是把報效國家作為人生的追求。

行走在紀念館，透過一段段視頻、一張張圖片、一件件實物，可以耳濡目染這樣的雷鋒精神。「出差一千里，好事做了一火車」，「甘心願意做利國利民的『傻子』」，雷鋒傾其一生沒有創造驚天動地的豐功偉績，卻用點滴小事完美地詮釋了「小我」與「大我」、「有限」與「無限」、「個人」與「集體」的辨證關係。

更重要的是，在這裡我們見到又一群「雷鋒」──雷鋒精神的宣講者恰恰是雷鋒精神的演繹者。

雷鋒少時夥伴、紀念館原館長雷孟宣老人已經80歲高齡，一頭白髮的他每次講起雷鋒來都是「手舞足蹈」，滿臉通紅，聲音洪亮。50年來他只做一件事──宣講雷鋒精神。

「淡泊人生無所求，只為雷鋒遍神州」，哪裏邀請宣講雷鋒精神，他就奔波到哪裏。50多年來，「從嘴巴到腦子到腳板從沒離開過雷鋒」的他帶領宣講員，背著展板，跑遍了長沙、懷化、平江等20多個縣市。

雷老的好幫手譚荒芳，在紀念館一幹就是26年。她用一雙殘缺的手收集、整理和完善了大量雷鋒同志的資料，並且走遍三湘四水傳播雷鋒精神。

譚荒芳的女兒，「80後」的張璐琪從蘇州科技大學音樂專業畢業之後，做出了和媽媽同樣的選擇，到紀念館擔任一名講解員。如今她一個月的工資，僅相當於當年在蘇州一場二胡表演的酬勞。

老中青三代就這樣守望著這座道德殿堂。可曾有過退縮？可曾有過重新選擇的想法？面對記者的提問，他們有著共同的回答：無怨無悔，只因要做一名雷鋒精神的傳承者。

當年雷鋒小學畢業的學校荷葉壩完小如今已是望城區一所省級示範性完全中學，並且更名為「雷鋒學校」。雷鋒寫日記的優良傳統在這裡一代代相傳。翻閱學校選編的一本本「雷鋒日記」，讀到的是全校師生生活裏遇見的、或是做過的感動人心的平凡小事，有如春風撲面。

（二）彰顯──雷鋒精神的豐富內涵就是愛心、誠信、愛崗敬業，雷鋒
　　　　精神常學常新

「學習雷鋒好榜樣，艱苦樸素永不忘，願做革命的螺絲釘，集體主義思

想放光芒⋯⋯」耳邊響起這首歌時，大多數人都會有種穿越時空的感覺。有人認爲這首歌過時了，在講求市場經濟的今天，不計個人得失的雷鋒精神似乎「不符合價值規律」。

「雷鋒精神不能丢！」在雷鋒生前故舊黃菊芳看來，雷鋒講究全心全意爲人民服務的精神在市場經濟時代顯得尤爲重要，決不能讓金錢至上、享樂主義、個人主義等自由滋生。

當「老人摔倒扶不扶」、「小孩被撞管不管」等都成爲人們心中的一個猶豫之時，毋庸置疑，這個時代恰恰需要一種道德倡導和信仰力量——雷鋒精神。

新時期我們要學習雷鋒的什麼？

「如果雷鋒在，他一定衝上去幫忙。做事憑良心，幫人不怕吃虧。」雷鋒的戰友喬安山老人的一句話說出了前面這個時代追問的答案。

愛心、誠信、愛崗敬業⋯⋯這些當今時代呼喚的道德修養和向善精神，原本就是「雷鋒精神」內涵在新時期的彰顯。在湖南長沙，這樣的「活雷鋒」不斷匯聚成感動時代、打動人心的精神力量。

12 年的義工善舉，讓許多長沙人都記住了孟繁英。從陪伴敬老院孤殘老人，到創辦湖南省首個「青護園」、再到創辦全國首個「媽媽禁毒聯盟」，12年間受過她幫助的，累計已超過數萬人次。

2009 年的臘月二十九，面對從 300 多公里以外趕來的吳某家人，孟繁英把他們接到自己家住下，並在第二天租車將其送到湖南省未成年犯管教所，之後還給其家人買票並把他們送上火車⋯⋯

「您爲什麼願意爲高牆裏的孩子們如此無悔地付出呢？」孟繁英堅定地回答：「你看小吳這孩子，第一次看到他時臉上根本看不到陽光，而現在卻充滿笑容，而且還因爲表現好減了刑，這就是我的動力啊！」

「言忠信，行篤敬」，寧鄉縣壩塘鎮保安村一位 66 歲普通黨員南鳳梅，把古老相傳的信條演繹成一個現代傳奇。

上個世紀 90 年代，正值農村儲金會風靡一時，南鳳梅時任村婦女主任兼職該村儲金會會計。誰知到了 2002 年，和許多地方一樣，村裏儲金會形勢相當不樂觀：許多該還錢的村民無法還錢，而許多儲戶卻都要求取錢。巨大的難題出現在南鳳梅的面前。

直至退休那一天，儲金會還有 4 萬多元的本金，加上 1 萬多元利息的欠債，這對於南鳳梅來說，無異於天文數字。然而，南鳳梅沒有退縮。退休的那一天，她向儲戶們鄭重承諾：「我人雖然退出了，但儲金會的欠款，只要我人還在，就一定會盡自己的一切能力還給你們。」就這樣，南鳳梅踏上了原本不屬於她個人的還款之路。10 年裏，南鳳梅開小店做生意把錢一分一角攢起來。其間，丈夫出車禍、中風，女兒患癌症等一連串生活的苦難，絲毫沒有動搖她還款的決心。

2011 年 8 月，南鳳梅終於把儲金會的所有欠款都還上了，這一刻，笑容綻放在了她飽經風霜的臉上。

### （三）擦亮——擦亮「雷鋒」這張城市名片，讓「雷鋒精神」成為城市發展不竭動力

一個時代需要精神力量的引領，一個城市的發展更離不開強大的信仰支撐。

長沙市市長張劍飛認為，「雷鋒」是長沙的一張名片，長沙的發展必須從「雷鋒精神」中獲取源源不斷的動力。

一座城市究竟怎樣推動學雷鋒時代化、大眾化、常態化，從中汲取營養、獲取動力？長沙市委、市政府給出的回答是：立足崗位帶頭學，發揮引領力；重視引導力，植根基層學。

芙蓉區城管大隊朝陽中隊隊長胡丹的父親是和雷鋒同一年入伍的老兵。他說，父親深受雷鋒影響，經常教導自己要「存好心、說好話、行好事、做好人」。

幾十年間，父親諄諄教誨時在耳畔，作為一名公務員的胡丹對「雷鋒精神」又有了自己的理解：與公僕意識結合起來，努力學習，忘我工作，感恩社會，服務百姓。

有了「雷鋒精神」的引領，胡丹的城管之路走得謹慎而認真。10 年中只休過一次年假；從 2005 年 7 月擔任中隊長以來，胡丹堅持文明執法，熱情服務，從未發生執法責任事故；僅 2011 年，帶領隊員們拆除違章建築 13000 多平方米。然而，面對讚譽和成就，他總是淡淡的一句話：「這是我應該做的」。

「這是我應該做的」，這一回答正在成為雷鋒故鄉的流行語。2 月 12 日，賀龍體育廣場。來自長沙市各窗口行業的黨員志願服務隊、青年志願服務隊、

城管志願服務隊、工商幹部志願服務隊等 20 個志願者方陣、3000 名志願者激情高昂地喊出了「這是我應該做的」的口號。

不同的行業，不同的身份，卻是一致的誓詞，一致的堅定。

自此，長沙市將廣泛推行這一流行語，目的是讓人們「立足崗位學雷鋒、提高公共服務質量」成為一種追求、一種習慣、一種自覺。長沙市委宣傳部介紹，和以前相比，學雷鋒活動亦由「軟指標」變為「硬任務」，成為精神文明建設、思想道德建設和幹部隊伍建設的一項規定動作。

那一天，來自西非貝撫共和國的毛呂克和 60 多位來自英國、美國等在長沙居住的外國友人同樣喊出了「it is my pleasure」的口號。驚訝的是，當《學習雷鋒好榜樣》歌曲響起時，毛呂克居然和著節奏，拍著手掌，同身邊不同膚色的朋友們一起歡快地哼了起來。

在長沙一家 IT 公司工作已有 12 年的毛呂克說，每週除了幹好公司的活之外，還會抽出時間去敬老院、福利院等地做義工。來長沙之前，他僅知道雷鋒是世界志願者名人錄的一員，到長沙之後，雷鋒在他心目中的形象變得更深刻更具體。

毛呂克代表的是長沙學雷鋒潮的民間力量。學雷鋒只有植根基層，才能貼近實際，貼近實際才會有生命力。

是的，當每一位長沙人接過前輩雷鋒的精神火炬，「雷鋒」就在長沙。

（人民日報，2012 年 3 月 24 日）

# 附錄五：解讀「雷鋒傳人」郭明義
## （與雷鋒精神同行）

本報記者：孫健、任勝利、何勇

這是歷史的巧合。鞍鋼工作，部隊當兵，是雷鋒和他共同的履歷。而送他們走進綠色軍營的，又是同一個人。

這是歷史的必然。當他以雷鋒爲榜樣，從雷鋒精神這座精神寶庫汲取動力，全心全意奉獻人民時，他便跟雷鋒一樣，成爲人們的道德楷模。

20 多年來，郭明義一直仰望著雷鋒這座道德豐碑，高舉著雷鋒精神的火把，做「雷鋒傳人」，把道德信念的堅守與人生的充實、快樂、幸福統一起來，把助人爲樂變爲使命、習慣和生活方式，把一個共產黨人的崇高精神彰顯得光彩照人。

## 「現在，我經常幸福得落淚！」
## 奉獻：郭明義的幸福之道

15 年風雨無阻，每天提前 2 小時上班；16 年從不間斷，爲失學兒童和受災群眾捐款 12 萬元，資助 180 多名特困生；20 年雷打不動，累計 55 次無償獻血（含血小板），總量相當於成人血量的 10 倍……

這些早已爲人們熟知的數字，每天都在變化著，因爲他的善行每天都在延續，愛的故事每天都在發生。

2 月 1 日 8 點，中國醫科大學一院神經外科病房。劉倩倩正等著被推進手術室，接受手術。丈夫教富忱安撫著有點緊張的劉倩倩。

此時，教富忱接到了郭明義打來的電話。郭明義告訴教富忱，他的愛心團隊又籌到了一筆錢，會馬上送到。

13 點 30 分，手術成功。劉倩倩睜開眼睛後說的第一句話就是：「謝謝郭明義和他的愛心團隊，給了我第二次生命。」

劉倩倩在 2010 年底被診斷出患有腦膜瘤。去年 4 月，教富忱和劉倩倩受到郭明義和他的愛心團隊幫助，成功地摘除了她右腦的兩個腦瘤。左腦還有一個腦瘤，需右腦恢復好之後才能進行第二次手術。在等待第二次手術的這半年多時間裏，郭明義和他的愛心團隊，經常給教富忱和劉倩倩多種幫助，讓他們重拾生活的信心。

截至 2 月 27 日 15 點 52 分，郭明義微博粉絲達 6274831 個。全國有數萬人通過微博追隨他，加入了愛心團隊。

郭明義的微博萌發著善的種子，積聚著愛的力量。

臨近 3 月 5 日學習雷鋒紀念日，郭明義的活動日程排得格外滿：在工作之餘參加解放軍空軍某部隊的愛心團隊成立儀式，帶領 600 名官兵現場採集造血幹細胞樣本；組織遼寧省臺安縣「滿天星」愛心分隊隊員與 66 名貧困生「一對一」結對子，爲孩子們捐贈生活費和學習用品……

現在，郭明義愛心團隊有 160 餘支分隊，分佈在全國 14 個省份，志願者總數 6 萬餘人，並且每天都有志願者加入。

「又是上班，又做公益，還要參加各種活動，沒日沒夜操勞，這麼累，你覺得幸福嗎？」記者問他。

他臉上滿是莊嚴和眞誠：「現在，我經常幸福得流淚。因爲，以前我個人做好事，很多人不理解、說我傻，現在沒有人說了，還有那麼多幫我、跟我一塊做好事，又幫了那麼多人，能不倍感幸福嗎？！」

## 「看到礦山，也看到了爸爸」
### 礦山：郭明義的生命之根

鞍鋼齊大山鐵礦的礦坑像一個巨大的盆，最底部距地面 150 多米，冬冷夏熱。

2 月 10 日，記者乘坐職工通勤車，沿著蜿蜒曲折的盤「坑」公路來到礦山底部。偌大的採場裏電動輪汽車、碎石錘、推土機來回穿梭，司機們坐在

冬有暖風，夏有空調的駕駛室內。只有頭戴「雷鋒帽」、身穿厚重棉衣的郭明義在曠野中指揮著各種車輛進行修路作業。

在鞍鋼最為艱苦的工作環境裏，郭明義一幹就是 16 年。

工友們都說，別看老郭經常上報紙、上電視，回到班上一點兒都不含糊，「你看，每天七八個小時的班，就他一個人在零下 20 多攝氏度的室外，都快成冰人了。下班之後他照樣去浴池為我們搓澡，一點兒都沒變。」

今年大年初一一大早，剛從北京趕回來的他就出現在工地上。工友們都勸他趕緊回去睡一覺，別那麼辛苦。

「習慣了，一早上要不到礦山來轉轉，不來看看你們，我回去睡覺不踏實。」

他有篇文章寫道：「我的家住在礦山腳下，小的時候跨出家門就爬山。看到礦山，也看到了爸爸。沸騰的礦山，迷人的礦區，可愛的礦工，留下我的夢，我的愛，我的歌……」

礦山是他的生命之根。他對礦山的愛，是從根上生出的，滲透到骨子裏。

鞍鋼集團礦業公司齊大山鐵礦的採場公路蜿蜒曲折長達 40 多公里。而這些公路，是維繫礦山生產運行的「血管」，承擔著每年 5000 多萬噸採剝總量、1500 多萬噸鐵礦石的轉運和輸出任務。

在過去的 16 年裏，郭明義每天早上 4 點多起床，5 點多步行 40 多分鐘到達採場後，馬上安排值班職工，對生產的關鍵道路進行搶修。8 點，白班職工到崗後，他集中指導整修全採場的道路。郭明義幾乎每天都和職工搶在下午 1 點之前把道路修好才吃午飯。之後，他還要在採場主要道路上，再步行檢查一遍，仔細觀測每一處道路的平整度、坡度和寬度，然後趕回辦公室制定下一步修路計劃。由於齊礦生產壓力大，採場道路調整特別頻繁，一有會戰時，他常常要在採場裏工做到天黑才回辦公室，回家就更晚了。

就這樣，他每天工作都在 10 個小時以上，無論雙休日、節假日，還是個人家中有事；無論是漫天飛雪，還是大雨滂沱；無論是烈日當頭，還是冰天雪地，16 年中，沒有什麼阻擋過他堅定而匆忙的步履。僅義務奉獻的工作日，就將近 1900 個，相當於多幹了 5 年的工作量。

在這樣艱苦的環境中，他從 37 歲開始幹起，如今已 53 歲。16 年裏，他從未有過離開這一艱苦崗位的念頭。當領導考慮到他年齡大了，想給他調換一個相對輕鬆的崗位時，他也主動謝絕。

## 「雷鋒精神，我永遠的追求！」
## 雷鋒：郭明義的動力之源

雷鋒和郭明義，都有過在鞍鋼礦山工作、在部隊服役的經歷。而介紹他們走進綠色軍營的，是同一個人：余新元。

余新元，是遼南地區爲數不多至今仍健在的老紅軍之一。雖然已90歲高齡，說起話來聲如洪鐘、思路清晰。他說：雷鋒能當兵，是用「釘子精神」爭取來的，郭明義則是懷著「雷鋒夢」入伍的。

1977年1月，看《雷鋒的故事》長大的郭明義央求父親同意他參軍。推薦他走進綠色軍營的，就是17年前把雷鋒送進部隊的老紅軍余新元。

1977年入伍後，郭明義在黑龍江省牡丹江市海林縣部隊服役。冬天，每天早上，郭明義都是第一個起床，冒著嚴寒外出挑水。扁擔上的水桶不時擺動濺出水來，灑在衣服上結成冰，挑水回來時他的身上經常掛著冰塊。挑滿水缸後，又忙著砍柴、生爐子、燒水，讓戰友們起床後馬上就用上熱水。

有一次，郭明義在廣播中聽到雲南某地發生大地震的消息，馬上把自己入伍以來積攢的100多元津貼費，全部寄給了災區。

每次爲部隊或地方運送物資時，他既是駕駛員，又是裝卸工，忙前忙後，一刻不停。在承擔部隊戰備機動任務期間，他一邊自己獨立駕車運送物資，一邊幫助其他戰友維修車輛。

服役期間，郭明義5次獲得嘉獎，並被評爲「學雷鋒標兵」。復員時，部隊首長說：小郭啊，你是黨員，又是全師的學雷鋒標兵，到地方後可不能給部隊丟臉啊！郭明義說：「30多年過去了，這句話始終迴響在我的耳畔。」

30多年來，他先後擔任礦用汽車駕駛員、團支部書記、宣傳部幹事、統計員、擴建辦英文翻譯、採場公路員等工作，在每個崗位上都兢兢業業，幹一行、愛一行、鑽一行，把工作當事業，把職責當使命。

2011年6月10日，撫順雷鋒紀念館聘請郭明義爲名譽館長。他說：「雷鋒是我的精神偶像和精神嚮導，是雷鋒激勵著我把有限的生命投入到無限的爲人民服務之中；也是雷鋒幫助我在人生道路中找到了自己真正的快樂和幸福。」

網友「海小棠」問他：「很想知道在您的心裏，雷鋒精神到底意味著什麼？」他說：「無私奉獻、助人爲樂、愛崗敬業，在平凡的崗位上、平靜的生活中，追求崇高的理想和人生。」

# 「我還是以前的『老郭』，以前的『明義』」
## 忘我：郭明義的人生境界

「50 年，走在雷鋒身邊的人很多。我感到他們有個共同特點：忘我。郭明義最難得的是：一個人默默地奉獻時，不在乎別人嘲諷；當都知道他是道德楷模了，仍平靜如初，不以此向社會索取半點身外之物，一如既往地做為別人該做的事。因為，他心裏原本就沒有自己的那點事兒。」

說這話的，是第一位探訪雷鋒老班長喬安山的老新聞工作者。

上世紀 90 年代，郭明義在一些人眼裏被視為「異類」，他一心幹活、一心做好事的舉動，反而成為人們說笑的故事。然而故事的主人公卻「傻」勁不改，依然故我。

他的工作崗位越走越艱苦，和他一起學習英語的同學，出國的出國、當領導的當領導。相比之下，他顯得「吃虧」，但老郭很淡然：我並不認為我是越走越低，這只是不同崗位的變動，能夠在一線工作說明我幹得不錯，而且我感到快樂。

郭明義事蹟被廣為傳頌後，確實也得到過各級組織的獎金、慰問金和各種組織、個人捐贈給他本人的資金，總計達 20 多萬元。但郭明義沒有往家裏拿一分錢，沒有給個人用一分錢，全部交到礦裏的黨費賬戶裏，由負責黨費收繳管理的同志保管。

單位考慮到郭明義工作繁忙，要給他配一輛專車。但他堅決不肯：「我習慣了每天走著到現場，每天步行勘察路況，每天和工友在一起，還是把車配給更需要的同志吧。」

成為全國典型後，礦上決定給已經讓出 3 次福利分房機會的郭明義分一套新房，都裝修好了，他就是不入住。他說，「如果心窄，給 1 萬平方米的房子，也不會覺得寬敞。」

他的家，還是那個 40 平方米的房子。室內多進幾個人，連站的地方都沒有。一張老式雙人床、一臺電視機、一臺電腦、一張窄桌、一把木椅、3 個圓木凳，牆上掛著一幅世界地圖和一朵寫著光榮二字的紅花，原汁原味地呈現出上世紀 80 年代夫妻結婚時的模樣，簡簡單單、樸實無華。

其實，郭明義是一個有文化、有才情的人。他的英語流利、純正，他喜歡文學創作、愛好散文和詩歌，他常常在礦山裏朗誦自己創作的詩歌。他的

浪漫情懷和理想主義色彩，與他的淡泊名利、樸實無華相映成輝，透出明晰是非的大智慧。

他的妻子孫秀英說：我覺得我們生活挺富足，每月兩人收入加起來近 6000 元，平常開銷在 2000 元左右，一般一年用在資助上的錢會在 15000 元至 20000 元左右，並沒有什麼過大的經濟壓力。

郭明義在全國巡迴報告後，有的工友擔心老郭會不會變。他堅定回答：「我還是以前的『老郭』，還是以前的『明義』。你們要監督我，多做好事、多做善事，這樣我心裏會更舒服。」

郭明義說，我一不圖權，二不圖利，如果說出名對我有什麼好處的話，就是能帶動更多人愛崗敬業，奉獻愛心。

「明義，明義，明白的是人生大義。作為社會一員，他至善忘我；作為共產黨員，他忠誠無私；作為普通工人，他愛崗敬業；作為大寫的人，他追求純粹。」網友這樣評價郭明義。

（人民日報，2012 年 3 月 2 日）

# 附錄六：長沙：給雷鋒一個常住戶口

羊城晚報記者：魯釔山（發自長沙）

今年是雷鋒逝世 50 週年，也是毛澤東主席題詞號召「向雷鋒同志學習」49 週年。2 月 16 日，古城長沙在全國率先成立「學雷鋒活動指導處」、并規定對學雷鋒先進集體和先進個人在子女升學住房保障等方面給予照顧，爲學雷鋒行爲提供制度性保障，對學雷鋒「常態化」進行全新探索。此間，該市還開展了聲勢浩大的百萬學生續寫《雷鋒日記》等一系列活動。這些都把全國人民的目光引向長沙。

對於陸續開展的學雷鋒活動，長沙人民感受如何？這些做法是否值得廣州等其他城市倣仿和學習？羊城晚報記者走進長沙探訪答案。

## 學雷鋒者，招考住房可優先

2011 年，中共十七屆六中全會作出了關於深化文化體制改革的決定，其中明確提出，「要深入開展學雷鋒活動，採取措施推動學習活動常態化」。同年 12 月 26 日，長沙市舉行創建全國文明城市總結表彰暨「爭當雷鋒精神傳人、弘揚社會文明新風」活動動員大會。當天，長沙市委、市政府正式出臺《關於開展「爭當雷鋒精神傳人、弘揚社會文明新風」活動的意見》。

本次長沙規模宏大的「學雷鋒」活動便發端於此。

「學雷鋒活動指導處」是怎樣一個機構？對此，長沙市委宣傳部副部長楊長江告訴記者，這個處作爲市文明辦的內設部門，目前有 2 到 3 名工作人員，「主要負責雷鋒精神的理論研究和宣傳學習，組織、指導和協調全市學雷

鋒活動，開展全市學雷鋒典型評比與表彰，以及開展省內外學雷鋒活動經驗交流等。」

與此同時，長沙市還成立了「爭當雷鋒精神傳人、弘揚社會文明新風」活動領導小組，市委書記陳潤兒親自擔任組長。

長沙市文明辦有關負責人表示，和以前相比，今年的學雷鋒活動已由「軟指標」變爲「硬任務」，成爲精神文明建設、思想道德建設和幹部隊伍建設的一項規定動作；在文明社區、文明村鎮、文明單位等創建考評中，把學雷鋒活動作爲衡量達標的重要內容。

更爲外界所矚目的是，長沙市還要設立學雷鋒活動基金和文明創建專項經費，對在學雷鋒活動中湧現出來的好人好事，以及每年評選出來的學雷鋒先進集體和先進個人，除了進行表彰獎勵外，還在評先評優、招考招聘、社會禮遇、子女升學、醫療救護、住房保障等方面給予照顧。

顯然，長沙學雷鋒絕不止是個形式，而是切切實實「動了眞格」。

## 順應時代，雷鋒變得很卡通

在操作方式上，爲了適應時代的需要，長沙對本次「學雷鋒」活動的宣傳煞費苦心。

走在長沙城內，從市委市府到尋常巷陌，學雷鋒的宣傳畫、通知、橫幅隨處可見，其背景一律以紅色爲主。其中有不少宣傳畫更是採用了連環畫甚至漫畫的形式，將雷鋒生前做好事表現出來，非常引人關注。

記者在化龍池酒吧街看到，不少前來遊逛的外地人和本地青年都對這些連環畫頗感興趣。「原來只知道雷鋒是我們長沙的，但除了扶老大娘過馬路外，他到底做過什麼好事我還眞就不是很清楚，看了連環畫就一目了然了。對他有了新的認識就覺得這個人很親切，別人再說學雷鋒我就沒有像以前那麼反感了，甚至覺得自己好像也可以跟著學一學」，90後的長沙人陳海說。

而在學校中，新的「學雷鋒」手段正被不斷引入。例如一些學校開展「雷鋒卡通形象」繪畫比賽，揮舞拳頭的超人、頭頂碩大南瓜軍帽、憨態可掬的卡通人物、愛時尚的運動達人……這些前所未有的雷鋒形象出現在孩子們筆下。

另據瞭解，2012年長沙將發揮「新媒體」的作用，創建「雷鋒網」，開辦雷鋒事蹟網上展覽館、創辦「新時代雷鋒微博」，還將通過微博徵集，發起一句話說「雷鋒精神」活動等。

此間，傳統的以「雷鋒」命名的方法作爲在時間上最具持久性的一種宣傳方式也在延續。據瞭解，在現有的雷鋒鎮、雷鋒大道、雷鋒學校的基礎上，長沙還開展了雷鋒公園、雷鋒社區、雷鋒廣場、雷鋒街道、雷鋒市場等命名活動，「每一個以雷鋒命名的地方，都將成爲學習雷鋒的一扇窗口」。

## 風起雲湧，遍地都在學雷鋒

如此政策指導下，長沙的學雷鋒活動風起雲湧，其中首先引起廣泛關注的是學校。

2 月 22 日，長沙千所學校、百萬學生「續寫雷鋒日記，爭當雷鋒傳人」活動啓動式在湖南大學舉行。「續寫《雷鋒日記》是這次活動的主要任務。續寫不是簡單的模倣，隨意的虛構、煽情的表達，不是單純的文學創作，而是心靈的自我重塑。」長沙市委書記陳潤兒表示，希望每位學子在學雷鋒實踐中不斷創新學習載體、豐富時代內涵，續寫雷鋒日記，書寫青春篇章。

此間，各行各業也迅速行動起來，比如出租車行業——

「我們公司在長沙是個不大的的士公司，有 250 多輛車。前兩天我們剛剛成立了『雷鋒車隊』，有 50 多輛車，目前還在壯大。」長沙新里程出租車公司的蔡藝告訴羊城晚報記者，他們公司這種做法在長沙很多出租車公司都有。「『雷鋒車隊』正在做的，主要是免費幫助那些比較緊急卻又沒有車運送的情況，比如生病的老人家去醫院等，這個範圍會在不斷摸索中逐漸變大，我們也希望在做好自己工作、吃飽飯的基礎上去幫助更多的人。」

這類的公司目前在長沙越來越多，而個人學雷鋒做好事的意識也在迅速增強。

今年 1 月 25 日，零下 1℃。長沙嶽麓區居民陳建明開車路過含浦鎮二塘沖水庫時，看到一群人圍在水庫邊。原來，有兩男兩女掉入水庫，正在冰水中苦苦掙扎。46 歲的陳建明立馬跳進了水庫，雖然中間有些體力不支，但還是拼盡全身力氣冒著生命危險把 4 個人救了上來。「我已有近 20 年沒下過水，當時情況緊急，人命關天，我已經顧不了那麼多了。」陳建明說。

（羊城晚報，2012 年 3 月 5 日）

# 附錄七：長沙學雷鋒：從軟指標到硬任務

南方週末記者：鞠靖（發自湖南長沙）

**一段時間裏在公眾生活中淡出的「雷鋒叔叔」形象，開始強勢回歸**

　　長沙市將設立學雷鋒活動基金和文明創建專項經費，對好人好事，以及每年評選出來的學雷鋒先進集體和先進個人，除了進行表彰獎勵外，還在評選評優、招考招聘、社會禮遇、子女升學、醫療救護、住房保障等方面給予照顧。

國家圖書館音樂廳，小朋友參觀雷鋒像。

**對今天的年輕一代來說，「雷鋒精神」意味著什麼？（陳曦／CFP／圖）**

「成立學雷鋒活動指導處」、「對學雷鋒先進集體和先進個人在子女升學、住房保障等方面給予照顧」……

這是雷鋒的家鄉長沙 2 月下旬公佈的學雷鋒活動的新舉措。儘管學雷鋒活動已經延續了 50 年，像長沙這樣的力度，似乎還是第一次。

不光是在長沙，在雷鋒犧牲的地方撫順，在廣東，在全國很多地方，一場力度空前的學雷鋒風潮已經展開或正在醞釀。

有現象表明，在一些人擔心「世風日下」、「價值崩潰」的時代大背景下，一段時間裏在公眾生活中慢慢淡出的「雷鋒叔叔」形象，開始強勢回歸。

## 「第三次高潮」

自從 1963 年毛澤東發出「向雷鋒同志學習」的號召起，雷鋒的家鄉長沙，就是開展「學雷鋒」活動最具標誌性的地方之一。每年 3 月作為「學雷鋒月」，各種「學雷鋒」的活動熱火朝天。

不過，2011 年中共十七屆六中全會作出了關於深化文化體制改革的決定，其中明確提出，「要深入開展學雷鋒活動，採取措施推動學習活動常態化」。

長沙市政府副秘書長蔣集政對南方週末記者說，像雷鋒這樣一個普通黨員的名字進入中共中央全會決議文件，在建國後的歷史上也是罕見的。這使得 2012 年的「學雷鋒」活動，有了特殊的背景和意義。

在接受媒體採訪時，中國雷鋒紀念館館長何朝海說，黨中央曾三次號召學習雷鋒：第一次是 1963 年，由毛澤東提出，1965 年掀起高潮；第二次是在十三屆六中全會上，從 1990 年到 1993 年間出現高潮；第三次則是在 2011 年的十七屆六中全會上。

與前兩次相對應的，是黨的幾代領導人的題詞。除了 1963 年毛澤東的題詞外，1963 年 3 月，鄧小平為雷鋒題詞：「誰想當一個真正的共產主義者，就應該向雷鋒同志的品德和風格學習。」1990 年 3 月 5 日，江澤民為雷鋒題詞「學習雷鋒同志，弘揚雷鋒精神」。

長沙市委書記陳潤兒說，十七屆六中全會後，中共中央政治局常委李長春在聽取長沙學雷鋒活動情況彙報時，囑託長沙要發揮示範作用、積累實踐經驗。其後，中央有關領導參觀雷鋒紀念館時亦明確要求，長沙要在學雷鋒活動中作表率、打頭陣、當先鋒。

2011 年 12 月 26 日上午，長沙市舉行創建全國文明城市總結表彰暨「爭當雷鋒精神傳人、弘揚社會文明新風」活動動員大會。也是在這一天，長沙市委、市政府正式出臺《關於開展「爭當雷鋒精神傳人、弘揚社會文明新風」活動的意見》。

## 學得好，「住房保障」有照顧

2 月 13 日，長沙市中小學正式開始上課，朗讀《雷鋒日記》成爲雨花區很多中小學開學的第一課。雷鋒少年時代的夥伴、多年擔任雷鋒紀念館館長的雷孟宣以及雷鋒紀念館團委書記張璐琪，被請到雨花區砂子塘小學，給孩子們講述雷鋒的故事。而在稻田中學，傳統的開學典禮被取消了，代之以「高舉雷鋒精神火炬，揚承稻田百年傳統」系列師德師風建設主題活動，以及全校師生齊唱《學習雷鋒好榜樣》。

這是春節之後，長沙各界「學雷鋒」活動的典型影像。在長沙市委市政府的大樓裏，每個樓層都貼上了「爭當雷鋒精神傳人，弘揚社會文明新風」的套紅宣傳海報。

爲了使「學雷鋒」常態化，長沙市專門成立了常設機構「學雷鋒活動指導處」。長沙市委宣傳部副部長楊長江對南方週末記者說，這個處作爲市文明辦的內設部門，今年 2 月剛成立，有 2 到 3 名工作人員，主要負責雷鋒精神的理論研究和宣傳學習，組織、指導和協調全市學雷鋒活動，開展全市學雷鋒典型評比與表彰，以及開展省內外學雷鋒活動經驗交流等。

而在更高層面，長沙市還成立了「爭當雷鋒精神傳人、弘揚社會文明新風」活動領導小組，市領導陳潤兒、張劍飛親任正副組長。

長沙市文明辦副主任丁德喜說，和以前相比，今年的學雷鋒活動已由「軟指標」變爲「硬任務」，成爲精神文明建設、思想道德建設和幹部隊伍建設的一項規定動作；在文明社區、文明村鎮、文明單位等等的創建考評中，把學雷鋒活動作爲衡量達標的重要內容。

不光如此，長沙市還要設立學雷鋒活動基金和文明創建專項經費，對在學雷鋒活動中湧現出來的好人好事，以及每年評選出來的學雷鋒先進集體和先進個人，除了進行表彰獎勵外，還在評選評優、招考招聘、社會禮遇、子女升學、醫療救護、住房保障等方面給予照顧。

　　而爲了拉長「樹典型」的跨度，長沙準備每季度在媒體公開發佈「長沙・我身邊的雷鋒榜」。還將評選出「雷鋒號」示範單位 80 個、「雷鋒式」先進個人 80 個，在 3 月 5 日全國「學雷鋒活動日」舉行頒獎。

## 雷鋒卡通、雷鋒動漫、雷鋒微博……

　　與其他城市不同，在學雷鋒活動中，長沙和撫順是地位極其特殊的兩座城市，前者是雷鋒的家鄉，而後者則是雷鋒工作和犧牲的地方。

　　從 1988 年起至今，長沙市和撫順市每年都要定期召開學雷鋒理論研討會或經驗交流會，不斷探討改革開放時期學雷鋒的新情況、新問題，研究新時期如何學雷鋒，可謂殫精竭慮。而現在，如何把「學雷鋒」再推進一步，成爲擺在他們面前最重要的任務。

　　無疑，與不斷變化的時代條件相一致，學雷鋒的載體和手段，50 年來變化最爲劇烈。

　　在上個世紀，唱歌、貼標語、做好事幾乎是學雷鋒的「老三樣」，「五講四美三熱愛」、「學雷鋒，樹新風」是耳熟能詳的口號，歌曲《學習雷鋒好榜樣》、《接過雷鋒的槍》可以「曲不離口」，但在新世紀，這些手段無疑都顯得過時了。

　　共青團長沙市委的一位幹部說，爲了在推進學雷鋒上有所創新，他們已經絞盡腦汁。

　　媒體報導說，2012 年，長沙將發揮「新媒體」的作用，創建「雷鋒網」，開辦雷鋒事蹟網上展覽館、創辦「新時代雷鋒微博」，還將通過微博徵集，發起一句話說「雷鋒精神」活動。

　　而在學校中，新的「學雷鋒」手段，正在不斷引入。例如一些學校開展「雷鋒卡通形象」繪畫比賽，揮舞拳頭的超人、頭頂碩大南瓜軍帽、憨態可掬的卡通人物、愛時尚的運動達人……這些前所未有的雷鋒形象出現在孩子們筆下。長沙還將啓動「雷鋒動漫」創作推介工程，收集雷鋒故事、雷鋒日記，創作雷鋒動漫和卡通形象。

　　此外，在現有的雷鋒鎮、雷鋒大道、雷鋒學校的基礎上，開展雷鋒公園、雷鋒社區、雷鋒廣場、雷鋒街道、雷鋒市場等命名活動，「每一個以雷鋒命名的地方，都將成爲學習雷鋒的一扇窗口」。

## 雷鋒精神的時代變遷

與王進喜、羅盛教、賴寧、孔繁森等建國後湧現的諸多道德楷模相比，「雷鋒」無疑是塑造力度最大、持續時間最長的。

如果回望自 1963 年 3 月 5 日毛澤東爲雷鋒題詞起至今的 50 年，國人「學雷鋒」的變化，遠不僅僅在手段上。

首都師範大學教授陶東風在《雷鋒：社會主義倫理符號的塑造及其變遷》中描述了「雷鋒精神」的演變歷程。

在 1960 年代面世的歌曲《學習雷鋒好榜樣》，開篇即告訴人們「學習雷鋒好榜樣，忠於革命忠於黨」。1973 年的 3 月 5 日，毛澤東爲雷鋒題詞發表十週年，《人民日報》首次對雷鋒精神進行了全面概括，「愛憎分明不忘本」中「憎」的一面抬頭，一直延續到 1977 年。

粉碎「四人幫」後的第一個 3 月 5 日，《人民日報》頭版發表社論《向雷鋒同志學習》，在號召「向雷鋒同志學習憎愛分明的階級立場」的同時，還重點提及了雷鋒的「釘子」精神。不過一年後的「學雷鋒日」社論中，「階級鬥爭」就大大淡化了。

1980 年 2 月，《人民日報》在談及「雷鋒精神」時說，「概括起來說，就是全心全意爲人民服務」。3 年後，《人民日報》社論中「釘子」精神被重新定義爲「勤奮學習文化科學技術，努力掌握爲人民服務的本領」的精神。

進入新世紀後，如何將「雷鋒精神」與時代特色相結合，已不可迴避地擺在人們的面前。2010 年，長沙把雷鋒精神的時代內涵歸納爲「五個人」：像雷鋒那樣，做一個忠誠於黨、熱愛人民的人；做一個與時俱進、愛崗敬業的人；做一個利人利他、團結友愛的人；做一個艱苦樸素、道德高尚的人；做一個誠實守信、求眞務實的人。

不過，在包括撫順在內的其他城市，對於「雷鋒精神」的時代內涵則又是另一番闡釋。

「既否定貧窮社會主義論，又反對個人利益至上，這是新時期官方雷鋒精神闡釋的兩個基本原則。」陶東風說。但是究竟如何闡釋並傳達給普通民眾，依然是一個待解的課題。

（南方週末，2012 年 2 月 24 日）

# 附錄八：「雷鋒傳人」

南方週末記者：陳新焱

近年來，作爲偉大革命戰士出現的雷鋒形象和精神，正被來自商業、政治、娛樂的多重力量做多種解析。而在遼寧鞍山市，有一位幾十年如一日，捐款捐血，連家都不顧的「雷鋒傳人」。他憑藉什麼穿越變遷的時代？又憑藉什麼，成爲他人眼中的傳奇？

8月的一天早晨，鞍山監獄管理局，獄警郭明順剛打開廣播就聽到他哥的消息——「鞍山市委決定，在全市開展向郭明義同志學習的活動……」

郭明順嚇壞了：糟了，我哥出事了！

按這位43歲的老獄警的舊經驗，上級這麼隆重號召向某人學習，那人一定救人犧牲了，不犧牲也得殘廢，否則講不通啊——「我哥也就一普通人，幹了啥驚天動地的大事？」

直到他母親在電話那頭確認「老大沒事，好好的」，郭明順懸著的心才放了下來。

在郭明順心裏，家裏大哥郭明義「話不多，工作老忙，不顧家，過年過節從沒準時回來過……甚至沒個大哥樣」。

可就是這個「沒大哥樣」的郭明義，被人們介紹時，總加上一個前綴：「雷鋒傳人」。他工作的鞍鋼，曾經是中國最著名的戰士——雷鋒參軍的地方。1963年，毛澤東題詞號召全國人民向其學習。

郭明順很納悶：雷鋒那麼偉大，老大咋就整成雷鋒傳人了呢？

## 越來越窮的「捐獻狂」

2010年9月4日，遼寧鞍山，郭明義來到鞍山市採血中心的採血車上準備獻血。在他的號召下，鞍山市湧現出一大批無償獻血志願者（CFP／圖）

郭明義本該是人人羨慕的「高級白領」。

作為鞍鋼齊大山礦的公路管理員，他月入四千多。妻子孫秀英在鞍山市第四醫院病案統計室工作，月入近兩千。

作為從部隊退伍到鞍鋼 28 年的「老資格」，該陞官的，該分房的，早就該輪到他了。

可身高 1 米 70 左右、有些駝背的郭明義怎麼看，都不像「高級白領」，反而看著很寒酸。

他住得更寒酸——一家三口還住在四十來平方米的礦區宿舍，外牆脫皮，樓道露鋼筋，進了門——沒有衣櫃，穿的用的，都堆在床底下；客人超過三個，便只能坐在床上。

按他工友的說法，郭明義是個捐獻狂，生生把自己「捐」成個窮人。

郭的抽屜裏有 140 多張匯款單——1994 年當地實施希望工程開始，寄給 180 多個孩子的學費。這僅是一部分，以前郭明義寄錢不留底，後來在礦區領導的要求下才留的。

郭明義的捐獻方式，有時讓家人很「崩潰」。

人家換衣服都在家裏換，他是反著來的。妻子孫秀英說，有時老郭早上一雙新鞋一身新衣服上班，晚上一雙舊鞋一身舊衣服回來——他在路上看到哪個可憐穿著破爛的，心一軟就跟人家換衣服。

人家都是騎自行車上班的，可郭明義不成。不是不需要，從郭家到礦山，步行得 40 分鐘。也不是不會騎，15 年前，老郭可是騎自行車上班的。

主要是因為老郭送自行車送上了癮。聽說海城有個孩子要走 4 公里路上學，郭明義心一軟，就把自行車送了；妻子只好又給買一輛，可沒多久，他又將自行車送人了；又買一輛，又送……妻子給整怕了，按這速度，得開自行車鋪才行——老郭從此只好走路上班了。

老郭送電視機也上癮，他家曾買過三臺電視機，每一臺沒用多久就先後被他捐給了別人。2008 年，鞍山團市委聽說這事，特地買了一臺贈送給郭明義，並特地囑咐這是固定資產，捐了犯法，老郭一害怕，這才沒捐，全家從此安穩看上了電視。

礦裏領導學到了經驗，兩年前獎勵他手機，特意交待，這是固定資產兼工作需要，捐了犯法，老郭這次也沒捐。

從他 1994 年開始資助貧困學生開始，16 年來，他不僅把自己生活費捐了，而且把各種補貼一分不留地捐了；不僅把各級組織給他的獎金、慰問金捐了，還把所有的獎品、慰問品也都捐了。

鞍鋼礦業公司黨委書記楊靖波替他算了筆賬，他在鞍鋼工作 28 年，工資總收入 29 萬，他捐獻了 12 萬，佔了收入的近一半。

除了捐錢，郭明義還「捐血」——從 1990 年開始，至今已有 20 年。如果將郭明義 20 年來捐獻的全血和血小板全部折算成鮮血，他已累計獻出近 6 萬毫升，相當於一個正常人全身血液的十多倍。

## 傻不傻，都有說法

「這不傻嗎？」和郭明義住在同一個礦區的修豔平和陳亞平是郭明義的小學同學，年過半百的他們，雙雙下崗，正值上有老下有小的艱難時刻，他們至今依然不能理解，老郭為何會「傻」到這個程度，「連家都不要了，換我，做不來」。

而郭明義的小學班長，現在擔任鞍山市燃氣總公司黨務工作部部長的沈維剛，最近在報紙和電視上看到有關郭明義的報導，甚至都想找這位昔日的老同學談談，「獻愛心可以，但要以保障自己最基本的生活為前提。」

沈維剛算是「混」得好的，他有房有車。他的辦公室和郭明義的家差不多大。1998 年，這位老班長從鞍鋼跳了出來，下海撲騰，此後就與郭明義失去了聯繫。最近的一次相見，是在兩年前的同學聚會上。

聚會從下午開始，一直持續到第二天中午，久違的同學見面，嘮嗑的嘮嗑，擁抱的擁抱，郭明義卻顯得頗不合群，他不僅遲到，而且早退。

那天，即便是下崗吃低保的同學，也衣著光鮮，只有郭明義，依然是一身灰色的礦工服。大家起哄讓他表演節目，他張嘴就唱了一首《愛的奉獻》，一字不減。他還朗誦了一首自己寫的詩。雖然大家都鼓了掌，但沈維剛覺得，掌聲複雜，「有真心讚揚的，也有起哄的」。

同學中，幾乎人人知道，郭明義資助貧困學生，無償獻血，但他們並不知道，他捐助了多少人，獻了多少次血，看著他常年一身工作服，只是以為他「很困難」，同學中有紅白喜事，幾乎都自動將他省略，「怕他隨不了份，面子上下不來」。

對郭明義的行為，不只是同學，他身邊的工友，一開始同樣不理解。他們給他起的外號很多，「郭大傻」、「郭敗家」，甚至有一段時間，都以為他有「病」，難聽的話，當面就來，「老郭，你是不是獻血獻上癮了？」「老郭，我玩麻將沒錢了，贊助點？」

老郭不說話，說得急了，也只是笑笑。

# 工作狂人

有人說老郭怪，更怪的是在工作上。

齊大山礦是亞洲最大的露天鐵礦，郭明義自 1996 年開始任齊大山礦公路管理員。在齊礦修路作業區黨支部書記劉洪良看來，老郭其實可以不這麼累的。完全可以一張報紙一杯茶，一個電話到調度室，問問今天哪裏情況不好，再一個電話給修路組，坐等驗收就行。

但老郭是一定要折磨自己的。他每天早上四點半起床，比預定工作時間提前兩小時上班。他有節假日，但幾乎從不休息。

15 年來，他從沒準時出席家裏的年夜飯。一開始他沒手機，家人都不知道要等到什麼時候；後來有手機了，催也沒用。為此，弟弟郭明順沒少和他急過，但他就是不改。

幾十年前，齊大山礦還是一座山，開挖到現在，已經變成了一個深 135 米的坑，從採場入口到作業面，要走將近 40 公里。郭明義每天就穿梭於這條路上。礦區的作業平臺，不能建露天休息室，沒有任何遮擋。郭明義的皮膚因此而比一般的礦工還要黑。礦裏曾經提出，要為他換個輕鬆些的工作崗位，也被他拒絕了。

礦區領導為他算了筆賬，他每天提前兩小時到崗的結果是疊加出 156000 個小時，等於在他正常工作時間內，多工作了 5 年。而他每天在作業區步行十多公里，累計起來，則相當於走了 4 次長征。

老郭的親力親為，其實相當於「越俎代庖」。開始時，負責修路的主任不爽，和老郭急過，老郭也和他急。堅持不下，最後也只有他妥協──老郭的執拗，讓人無奈。

不理解他的人，只好以「卡」（鞍山話，「傻」的意思）來解釋，但他們卻又沒辦法理解老郭的聰明──憑著自學和進修學習，老郭拿了大學本科文憑，拿了助理統計等 4 個專業證書。

　　53 歲的老郭現在依然能講一口流利的英語，1993 年齊大山礦擴建，需從國外購進 33 臺電動輪汽車，他還曾被點名擔任現場口語翻譯和英文資料翻譯。這在文化程度普遍不高的礦工群體中，讓他顯得與眾不同。

　　在齊大山礦幹了 24 年的汽運作業區班長孫國海回憶，進口備件的質量本來與郭明義無關，但他每次為備件做說明時都要習慣性地檢查一下質量。一次檢查中，他發現了 5 臺電動輪汽車的後軸箱有開焊、電機燒斷等重大問題，老郭自費買來相機，將問題點拍下來，還寫出中英文說明。憑著這些有力「證據」，齊礦最終獲得外方公司 10 萬美元的賠償。

　　擴建工程完成後，外方想聘請其擔任駐中國代表，日工資 13 美元，幹一天頂國內工人兩個月，老郭拒絕了，他的理由居然是──「我是齊礦工人，不能給老外打工。」

## 登高一呼

　　老郭不僅自己做好事，還喜歡帶著別人做。

　　郭明義懷裏還常年揣著獻血的表格。沒有長篇大論，遇到熟人，開口就是一句話──「有這麼個事，你參加不？」修豔平和陳亞平下崗時，曾經找過老郭幫忙介紹工作。老郭挺熱心，到處找人，一週之後，他便打電話讓這倆女同學來一趟。一到礦上，老郭說，「明天礦上組織獻血，你倆也去吧？」

　　這兩人，一個低血壓，一個有病在身，不好說不去，填了表，結果不合格。血沒獻成，工作的事也不好意思再找老郭了。

　　為了動員工友們捐獻血小板，有一段時間，老郭經常去澡堂，免費給工友搓澡。邊搓邊說，說通了，就隨手拿出表格，讓對方填。捨不得錢的老郭，搓澡的工具卻很齊全，他自己買浴巾，五顏六色的都有，工友們笑話他，他也並不在意。

　　幾十年如一日的堅持，讓老郭在礦山擁有了非同一般的號召力。2007 年 2 月，郭明義在和血站的工作人員閒談時得知，由於這些天天氣冷，獻血的人少，臨床用血快要供不上了。老郭說，我來組織。

　　一個月後，在鞍山市中心血站，原定 50 人參加的無償獻血活動，一下子來了 100 多人，血站的工作人員欣喜之餘也有些措手不及，體檢表差點都沒夠用……這一次，市中心血站共採血 2 萬多毫升。類似這樣大規模的無償獻血活動，郭明義此後又組織了 11 次，累計獻血 12 萬毫升以上。

鞍山市紅十字會組織宣傳部長蘇震介紹，整個鞍山市，總共有 5000 多名造血幹細胞捐獻者，老郭所在的礦山就有 1700 多名，佔了三分之一還多。為了減少反悔率，每次到礦上採集，他都會問一下，對方是否真的瞭解，是否真的願意捐獻，得到的答案都是：「老郭講過的，我們是真獻。」

## 「活雷鋒」的思想源頭

家人有時也不能理解老郭，最氣的是連房子都讓人了。

郭明義曾經有過三次分房的機會，都被他讓給了別人。年邁的老母親甚至產生了誤會，認為他「工作表現不好，領導不給分房」；而妻子，則常常是在房子分完之後，啥也沒落下，才知道消息，連鬧都來不及。

家裏人有時候也納悶，為啥老大就成了「活雷鋒」，思想源頭在哪呢？他們能找到的惟一答案，是老大像他爹——簡直越來越像。

郭明義的父親也是齊大山礦的礦工，16 歲就獨自撐起了家，掄大錘，放炮眼。不但養活了一家六口，還供他的一個叔叔念完了大學。

1968 年，一個名叫毛新平的下鄉知青打水時，水井塌陷，老郭的父親第一個跳下去救人，人沒救上來，自己也受了重傷。他因此而被評為省勞動模範，受到周恩來接見。這給郭家帶來無上榮耀，至今，老郭家依然保存著周恩來送給他父親的請束。

郭父後來升為齊礦革委會主席，礦上要分他兩套房，他也只要了一套，挑的還是小的；他是文盲，但堅持讀報，去世時學會了六十多個漢字。而郭明義的母親，因為會推拿，常常為鄰居免費治病。鄰居感激不盡，而母親只是淡淡一笑。

深受父母影響的郭明義，小時候就以「實誠」著稱。假期裏，老師要求他們抓耗子，拿耗子尾巴上交。許多同學嫌髒，就偷車老闆的大鞭子，用銼刀將鞭梢挫幾下冒充老鼠尾巴——其實老師嫌髒，也不真檢查——只有郭明義老老實實地滿世界抓老鼠，抓住後割尾巴。

郭明義 19 歲時當兵——那時想當兵並不容易，因為郭父是勞模，同時又是礦裏的幹部，郭明義才得以驗上。妹妹弟弟記得，那個時候大哥的信，規規矩矩，「可以當報紙來讀」，最後結語通常是「實現四個現代化，好好學習」。

1982 年，24 歲的郭明義轉業，又回到了礦上，從此就沒再離開過。

相對單純的成長經歷，以及較爲封閉的環境，讓郭明義長期保持著一顆單純的心。妹妹郭素娟說，有時甚至覺得，哥哥「有點天眞」，一起看電視劇，看到好車和豪宅，她感歎一句，也會引來大哥的批評。

除了思想特別「正」之外，在家人看來，老郭與一般人其實也沒什麼兩樣。

他不抽煙，不喝酒，但是會玩麻將，會鬥地主。一家人聚會，他偶而也會上陣，有事要先走，他就讓給媳婦孫秀英，同時不忘叮囑一句，「多輸點」。

他也並非全然不顧家，逢年過節，都會讓媳婦給老母親買這買那，隔三岔五，就會給老媽去個電話。他的二弟媳，前年得了癌症，姊妹三人湊了一萬，準備動手術，他一人就出了六千。

不過在生活中他有時候還是會有點「少根筋」：由於他每天凌晨 4:30 就起床，他也理所當然地認爲，別人也會起很早。他經常在早上六點半給鞍山市希望工程辦公室主任宋紅梅去電話，打聽資助孩子的狀況；一次參加同學喜宴，找同學李樹偉借了 10 元錢，第二天早上五點，就給對方去電話要還錢，李樹偉說不要了，這下可好，每天早上五點，老郭準時來電話，他的愛人實在受不了了，只好讓李樹偉趕緊去取。

和常人一樣，老郭甚至也有「丟人」的時候，1990 年他第一次抽血，第一針硬是沒抽出來，「三十多歲的人了，竟然還害怕」。

隨著時間的推移，特別是最近郭明義被樹爲榜樣之後，理解他的人，越來越多——這其中包括一直喜歡和他抬槓的小弟郭明順，「人家這麼一宣傳，我才琢磨出俺哥還眞是不簡單，做一件好事不難，這幾十年都來勁——難！」

（實習生胡涵對本文亦有貢獻）

（南方週末，2010 年 9 月 25 日）

# 後 記

　　本書是在我的博士論文基礎上修改而成，論文完成於 2013 年，距今已過去四年多。這四年間，中國的媒介生態又發生了諸多變遷，但雷鋒報導卻已然漸行漸遠。儘管「雷鋒」這個符號以及「學雷鋒」運動已經成爲幾代中國人心中熟悉的集體記憶，但在新一代公民心中正在被漸漸遺忘。

　　雖然「雷鋒」形象是建國以來打造得最爲成功的典型人物之一，但本研究並不是一項關於典型人物報導的研究，而是希望跳出典型人物研究的程序，通過媒介的雷鋒報導來觀照中國新聞的獨特生態以及話語變遷。我深知由於自己的才疏學淺，本書無論從理論上還是方法上還存在諸多不足，但這些不足將成爲我以後前進的動力。而這項研究，從博士論文到書稿完成，都得益於諸多師友親人的幫助。

　　首先要感謝的是我的博士導師羅以澄教授。2010 年，羅老師將沒有名校背景且從未謀面的我納入門下，讓我再次得到寶貴的求學機會。入學之後，我才更加深刻體會到導師的睿智、博學、謙和、寬容之大家風範，更有對學生無私關愛與奉獻。我的拙作，從選題、調研、定稿乃至成書，都得到了導師的指導、鼓勵與推薦。沒有羅老師的支持與幫助，就不可能有書稿的面世。

　　感謝夏倩芳教授。夏老師平時對學生是出了名的嚴厲，但當我鼓起勇氣向她求教時，她無私地主動打來電話和我聊了許久，並推薦相關論文；感謝周翔教授，雖然最終沒有採納她的建議，但和她的交流討論對我頗有啓發。在博士論文的開題、預答辯以及答辯中，廖聲武教授、強月新教授、夏瓊教授、呂尙彬教授、吳玉蘭教授、陳剛副教授等給予了很多寶貴的意見，在此也表示感謝。

也感謝博士階段授課的石義彬教授、單波教授、王翰東教授等，從你們的講授中，我不但得到了知識，也擁有了對學問對人生對社會的更深思考與理解。

感謝南方日報報業集團的段功偉先生、羊城晚報報業集團的謝孝國先生以及駱平女士在資料搜集方面給予的熱心幫助。

感謝我的學友們！周榕、周敏、趙寰、老何、同舟、姚勁松、李品、文九、世紅等，雖然大家年齡不一、閱歷不同、來自不同地域，但和你們的交流與交往，讓我收穫了很多……

還要感謝我的父母。在我坎坷的求學之路上，他們陪著我一路走過，為我歡笑、替我擔憂，他們是我強大的精神支柱！每每想到他們為女兒付出如此之多，而女兒卻回報如此之少，不免心存愧疚。

感謝我的先生，無論我做出什麼樣的選擇，他總是默默給予支持。他的寬容與理解，永遠是我前進的動力。感謝我的公公婆婆，在我讀博期間，幫我照顧幼兒、分擔家務，沒有他們，我的博士論文不可能完成。

本書也送給我的兒子天曉。他從小體弱多病，在他未滿三歲時，也是最需要媽媽陪伴的時候，我卻離開了他來到武漢求學。想到他病中的情形，每次都是含著淚水踏上長途汽車……不過，現在他儼然長成一個小小的男子漢，這又令我欣慰。

最後感謝花木蘭文化事業有限公司給予本書以出版的機會。

所有的成績，如果有的話，應歸功於師友親人的幫助，而書中的不足和謬誤，均由我一人承擔。

胡覯春

2017 年 8 月於南通